소설 구경 영화 읽기

문학사연구회

이 책의 저자인 '문학사연구회'는 1988년 첫번째 모임을 시작했다. 대학과 대학원 석·박사 과정을 거치는 동안 배웠던 한국문학사를 총체적으로 되짚어보자는 것이 모임을 결성한 의도였다. 1930년대부터 해방 공간, 50년대, 60년대의 문학을 차례로 공부하는 동안 다섯 명이던 회원이 아홉 명으로 늘어났다. 문학사연구회는 이 책 출판을 필두로 그간의 연구 작업을 하나씩 출판할 계획을 갖고 있다. 회원 : 문영희, 노귀남, 서하진, 곽봉재, 김수이, 김연숙, 문해경, 이명귀, 성미란.

이 책에 쓰인 영화 관련 중요 사진 자료는 시인이자 영화평론가이신 김종원 선생이 후학들에 대한 교육적 취지에서 제공한 것임을 밝혀 둡니다.

청동거울 문화점검 **1**

소설 구경 영화 읽기

발행일/1998년 9월 10일 1판 1쇄 발행
2005년 3월 10일 1판 3쇄 발행

지은이/문학사연구회
펴낸이/임은주
펴낸곳/도서출판 청동거울
출판등록/1998년 5월 14일 제13-532호
주소/(137-070) 서울 서초구 서초동 1359-4 동영빌딩
전화/(02)584-9886~7 팩스/(02)584-9882
전자우편/cheong21@freechal.com

표지 인쇄 금성문화사/본문 인쇄 이산문화사
제책 광우제책

값 10,000원

ISBN 89-88286-01-4

청동거울 문화점검 1

소설 구경 영화 읽기

문학사연구회 지음

청동거울

문학공부의 새로운 단계를 위하여

> 이제 현대의 세계는 보는 것에 너무 사로잡혀 있다. 현대는 구경꾼의 세상이다. 사람들은 네 시간 동안이나 극장 안에 앉아서 아무것도 하지 않고 지켜 보고 있다. 네 시간이나 여섯 시간 심지어는 여덟 시간이나 TV 앞에 붙어 있다. 그대는 누가 노래 부르는 것을 듣고 누가 춤추는 것을 보며 누가 사랑을 나누는 것을 본다. 사람들이 포르노에 관심을 갖는 이유도 거기에 있다. 그대는 구경꾼에 불과하다. 그대 자신은 언제 경기하러 가는가? 그대는 언제 사랑하려 하는가? 그대는 언제 춤추고 노래하고 존재하려 하는가? — 오쇼, 「42장경」

　데까르뜨적 이성의 시대가 가고 감성의 시대가 도래했다. 기술 혁명이 감성 혁명의 쾌거(?)를 이룬 것이다. 통신위성, 다채널방송, CATV, 비디오, 컴퓨터 등의 광범위한 보급이 문화 · 지식 사회에 끼친 영향은 막강하다. 영상 문화는 순식간에 문자 문화를 잠식하고, 문화의 패러다임을 전환해 나간다. 대중문화 앞에서 고급/저급, 순수/비순수의 경계는 모호해졌으며 음악 · 미술 · 문학 등 순수 예술은 대중 매체를 매개로 섞이거나 통합되며 탈장르화하기 시작했다. 특히 문학 예술의 경우, 영상 문화가 끼친 영향은 말할 수 없이 크다. 움직이는 그림의 속도감에 젖은 대중들은 한 편의 소설을 읽는 대신 한 편의 영화를 본다. 영화와 소설은 서사(narrative)의 배다른 아들들이기 때문이다.

　과연 문자예술은 존폐의 위기를 맞고 있는가? 반드시 그렇지는 않다. 대중화의 측면에서 볼 때 문학의 발전은 매체의 발달과의 관계 속에서 이루어져 왔음을 확인할 수 있다. 인쇄술의 발달, 페이퍼 북

(paper book)의 양산이 문학의 대중화에 공헌했다는 사실을 잊지 않았다면 영상 매체 역시 위기에 빠진 문학을 건져올리며 영역을 확장하는 데 일조할 수 있다는 견해에 동의할 것이다. 문제는 수용이다. 영상에 익숙한 대중이 유익하고 활기차게 문자 문화를 수용할 수 있는, 글 읽기의 길을 트는 방법은 무엇인가?『소설 구경 영화 읽기』를 펴내는 일차적인 의도가 여기에 있다. 문화 패러다임의 변화에 걸맞은, 대중에게 가까이 다가갈 수 있는 문학 연구서를 만들어 보자는 것이었다. 비평의 고유 영역 가운데는 일반 독자를 위한 안내와 길잡이의 역할도 분명 들어 있다. 그러나 대부분의 경우 비평은 너무 딱딱하고 권위적이며 난해해서 독자들이 외면하기 일쑤이다. 이제 학문은 독자를 주눅들게 하는 횡포에서 벗어나 지식과 정보를 대중과 공유해야 한다.

그런데, 왜 하필 소설과 영화인가? 문학을 공부하고 가르치면서 영화의 세계는 문학의 확장자로 인식하지 않을 수 없었다. 책을 '안 읽는', 노래까지 '보'는 것이어야 하는 영상세대들에게 책만 읽히거나 일방적으로 지식을 나열하는 주입식 교육은 지양되어야 한다. 매체의 활용을 통한 살아 있는 수업으로 문학 교육의 방식을 바꿀 필요가 있다. 영화를 통한 소설 구경, 소설을 통한 영화 읽기는 신세대의 정서와 속도에 맞는 문학 교육의 새로운 장을 개척한다는 의미가 주어진다.

이러한 점에 유의하면서 원작 소설을 영화화한 작품들을 골랐다. 채택된 작품은 50여 편이었으며 그 가운데 주로 90년대에 만들어진 영화에서 문제삼을 만한 것을 중심으로, 원작의 작품성과 함께 고려하여 17편을 다시 선별했다. 연구 회원마다 두세 편의 작품을 맡아 차례로 발제하고 토론해 나갔다. 그 결실로, 작년 12월부터는 박제천 선생님과 송정란 편집장의 도움을 받아, 월간『문학과 창작』에「소설과 영화」라는 기획 논단으로 연재했다.

근대 이래로 영화와 소설은 근친 관계를 이루며 발전을 거듭했다. 지금은 영화가 소설로, 소설이 영화로 넘나들면서 장르 확산을 꾀하고 있다. 서사양식의 본산인 문학을 보는 안목으로 영화 읽기—이것은 영

5

화와 소설의 미학적 특성을 비교하는 일이다. 동시에, 이것은 현실에 대한 문제 의식과 그것을 파고들어 가는 담론 구성을 빌려서 영화의 서사 담론을 비판하는 새로운 방법론이다. 이러한 발상의 전환을 통하여 우리는 문학의 토양을 풍성하게 하며 우리 영화의 약한 체질을 개선, '보'고 '읽'는 문화를 다같이 고양시켜 문화의 새 지평을 열 것을 기대해 본다.

이 책은 출판을 염두에 두고 공동 작업한 것이라 각자 글의 문체는 달라도 문제 의식을 공유함으로써 흐트러짐이 없이 한 권으로 묶을 수 있었다. 우리가 중시한 공동 주제는 리얼리티 구현의 문제로, 현실과 역사를 외면하지 않는 가치를 비판적으로 점검해 가는 일이다. 이런 뜻에서 편집 단계에서 주제를 4부로 나누었다. 그리고 제1부 '소설과 영화'는 전체 주제를 포괄하여 보는 뜻에서 추가된 원고이다.

제2부 '도시, 일상, 욕망'은 일상에 내재되어 있는 일그러진 욕망의 모습을 주로 살폈다. 특히, 90년대에 들어와 80년대 민주화 열망을 실은 역사의 중심이 무너지면서, 해체적 담론 포스터모더니즘이 시장을 점유하는 것과 함께 욕망은 더욱 은밀하게 또는 노골적으로 팽창하는 이중성을 보여준다. 그것이 거짓과 테러와 자멸로 가는 것에서, 우리는 결코 해체되지 않은 현실 사회의 모순 구조를 역설적으로 읽어내야 한다.

제3부 '사랑의 변주'는 90년대와 80년대를 대비한 셈이 되었다. 해체와 소통 불능 시대에 새로운 방식으로 말하기의 사랑, 또는 페미니즘적 관심은 90년대 예술의 특징 가운데 하나로 나타난다. 그러나 그러한 관심과 여성적 글쓰기에서 현실적 삶과 밀착한 사랑의 건강성, 또는 진정한 여성성을 지닌 작품을 만나기는 쉽지 않았다.

제4부 '광기의 세월 속에서'에서는 6 · 25 전쟁, 4 · 19 혁명, 월남전 파병의 역사적 의미와 70년대 산업화로의 전환, 5 · 18 광주 민주항쟁의 상처와 80년대 학생 운동의 의미를 살필 수 있는 작품들을 통해서 현대사를 성찰할 수 있었다. 거기서는 억압과 폭력, 희생과 저항을 통

6

해, 개인의 삶 가운데 역사가 흐르고 있음을 발견한다.

　제5부 '죽음, 다시 삶으로'는 구경 또는 읽기가 궁극에는 삶과 죽음의 인생살이로 내려가는 일임을 확인했다. 전통과 종교 속에서 구경거리는 긴 역사의 맥락과 인간의 보편적 문제로서, 무엇보다 삶을 이겨내는 힘을 얻게 한다.

　그러한 고찰과 논의 과정에서 얻은 중요한 성과는 이렇다. 소설과 영화를 비교하면서 두 장르에서 현실적 문제를 파헤치는 높낮이를 정확하게 점검한 점을 우선 꼽아야겠다. 어느 장르에서든 작품성이 중요하지만, 이와 함께 현실을 읽어내고 비판하는 안목은 더 중요하다. 그런데 요지경 같은 현실에서 방향을 가늠하고 진정성을 찾아내기 위해서는 그 궁극적 의미를 매개하는 사건, 인물, 상황 등의 구성이 치밀해야 한다. 원작 내용이 영화를 말할 수 있는 것이 아니라, 영화는 영상서사로 재구성해 보여줄 수 있기 때문에, 각색은 매우 중요하다. 『돼지가 우물에 빠진 날』과 『하얀 전쟁』 『화엄경』 『우리들의 일그러진 영웅』 등의 각색은 의미 있는 것이었다. 허황되지 않게 말할 수 있는 작품은 자연스럽게 인간 내면의 문제이든 사회, 역사의 문제이든 그 현실의 깊이로 파고들어 가게 된다. 이와 같은 우리들의 관심의 한 끝에서 '구성진', '천연덕스럽고 멋지게' 잘 짜여진 우리 영화의 길을 모색하고 싶었다. 이런 문제를 우리 영화의 과제로 남겨 두고자 한다.

　이 책에 귀중한 사진 자료를 제공해 주신 영화평론가 김종원 선생님과 여러 영화 애호가에게 감사드린다. 아울러, 어려운 때 책을 출간해 주신 〈청동거울〉 식구들에게도 고마움의 뜻을 전하고 싶다.

1998년 여름
역삼동 도우누리에서
문학사연구회 회원 모두

8

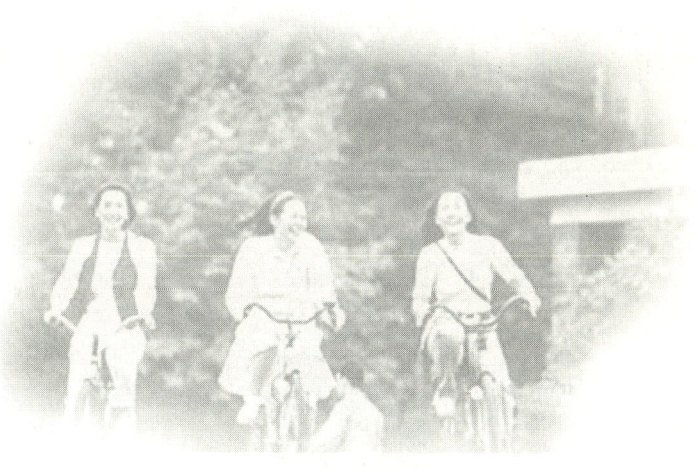

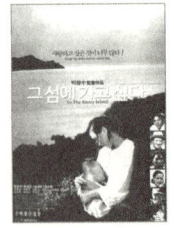

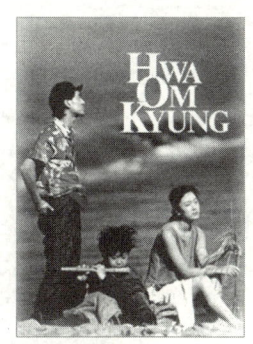

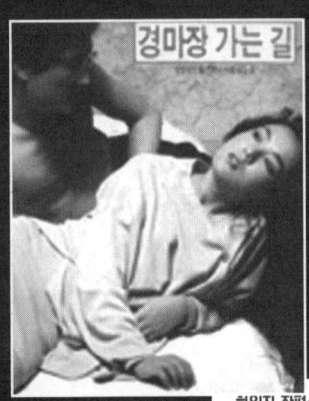

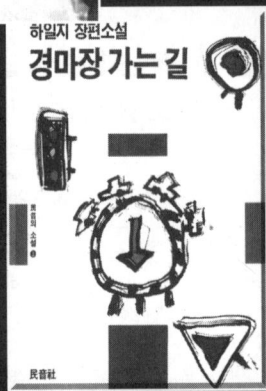

제1부

소설과 영화

소설은 소설을 떠나지 않았다

소설은 소설을 떠나지 않았다

: 소설 속의 영화

문영희

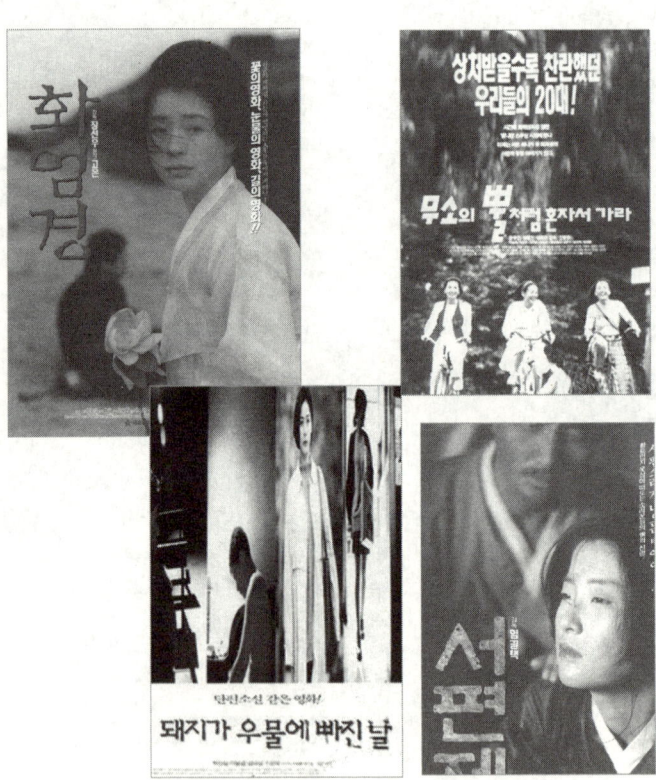

1. 너희가 영화를 믿느냐?

하일지의 『경마장 가는 길』을 보면 주인공 R이 글을 쓰기 위해 남쪽의 여러 마을을 떠돌아다니는 장면이 나온다. 썰렁한 식당에는 어김없이 TV가 켜져 있고 주방 아줌마들은 손님이 들어오는 것도 아랑곳 않고 테이블 주위에 앉아 TV 드라마를 시청하고 있다.

"세상에!"

"저러면 얼마나 좋을꼬?"

아줌마는 TV에 몰입되어 손님의 얼굴은 쳐다볼 생각도 않는다. 그가 신창원이라 해도 사정은 마찬가지였을 것이다. TV에 눈을 꽂은 채 물컵을 내려놓고 뭘 드시겠느냐고 묻는다. R은 육개장을 시킨다. 그리고 질문한다.

"아주머니네들과 저 이야기가 무슨 상관이 있다고 그렇게 열심히 보고 있데요?"

그러자 한 여인이 꿈에서 얼핏 깨어난 눈으로 R을 보며

"그래도, 재미있잖아요."

거대한 매직랜드의 착한 시민. 지적 수준이나 인식 수준의 높고 낮음을 떠나 이제 영상 매체는 가공할 만한 위력을 지니고 온 세계의 영혼을 잠식한다. 새롭고 신비한 마술의 나라와 현실 간의 간극을 채 인식하기도 전에 우리는 이미 '보'아 버린 것이다. 어머니의 뱃속에서부터, 잠자리에서 일어나서 눈을 감는 시각까지, 아니 꿈 속에서조차.

무언가를 '보'는 행위의 일차적인 목표는 재미이다. 산업과 과학의 자식 가운데 오랫동안 그리고 광범위하게 사랑받은 대중 매체는 영화이며, 영화의 일차적인 목표 역시 대중적 재미였을 것이다. 영화가 만들어지기 시작한 지 한 세기가 지난 지금, 수준은 말할 수 없이 높아졌다. 영화로의 다리를 놓아 주었던 것은 삼류 연극과 삼류 문학이었지

만 이제 영화는 문학적 상상력을 간섭하고 압도한다. 특히 90년대 들어 소설에 미치는 영화의 위력은 상상외로 크다. 영화 보는 행위마저 내부 검열을 받아야 했던 청교도적 견결성의 80년대 작가들과는 달리 태어나기 전부터 영상에 익숙해 있는 신세대 작가들이 대거 진출한 것이다. 그들은 영화를 통해 사유하고 영화를 통해 서사를 구축하며 합성된 영화 이미지 속에서 비유하고 재현한다. 그들은, 장정일의 말마따나 서사 부대를 압도하는 정보의 홍수 속에서 성장하고 성숙한 것이다. 그들의 현실은 스크린이나 TV, 비디오로부터 도출된다. 성장기 체험을 이야기할 때조차 어린 시절 보았던 TV 만화 영화를 빌려온다.

하지만 건국 후 반세기를 선도한 대중문화 가운데 하나인 영화가 신세대 작가에게만 압도적으로 영향을 끼친 것은 아니다. 선호도와 정도의 차이는 있겠지만 4·19세대나 유신세대 모두 손쉽고 값싸게 '문화'를 향유하기 위해 극장을 들락거린 경험이 있기 때문이다.

우리 소설 속에서 영화는 어떤 쓰임새와 방식으로 활용되는가? 그리고 그것은 어떤 역할을 맡고 있을까? '소설 속의 영화'를 쓰기 위해 작품을 뒤적이는 동안 발견한 흥미로운 사실 몇 가지. 1)소설 속에서 영화가 본격적으로 다루어지기 시작한 것은 1992년 이후이다. 2)그들은 대부분 '혼자' 영화를 본다. 3)영화를 언급하는 작가들은 마니아적인 전문성을 지니고 있다. 여기서 3)은 개인적인 취향의 문제이므로 접어두고, 1)과 2)의 경우 8, 90년대로 변별되는 정치, 사회, 문화적 분위기와의 역학 관계를 언급하지 않을 수 없다. 영화로 비유하자면, 80년대의 프레임 속에는 NHK나 독일에서 역수입한 광주 비디오, 혹은 『파업전야』 같은 '불법' 영화를 단체로, 숨어서 보는 그림이 담겨 있다면, 이러한 정치 사회적 이슈를 대중화하고 상업화한 『꽃잎』이나 『아름다운 청년 전태일』 등의 영화를 극장이나 안방에서 혼자, 버젓이 보는 그림이 90년대 프레임의 모습이라고나 할까.

아닌게 아니라 90년대에 쓰여진 소설 가운데서 비디오나 영화를 보는 장면이 삽입되거나 전적으로 문제되는 작품은 한두 편이 아니다. 임영태의 『비디오 보는 남자』는 비디오 대여점 주인이 주인공으로 설정되어 있다. 전경린의 「염소를 모는 여자」의 남편도 매일 밤 새벽녘까지 비디오를 시청한다. 발바닥을 부비며. 그리고는 이렇게 말한다. '아무것도 할 수가 없으니까.' 장정일의 『너에게 나를 보낸다』의 은행원은 『내일을 향해 쏴라(Butch Cassidy and the Sundance Kid)』의 주인공 부치와 자신을 동일시한다. 『너희가 재즈를 믿느냐』의 남편과 아내는 비디오를 너무 많이 보아서 본 작품과 안 본 작품을 구별할 수도 없는 상태다. 공지영의 『고등어』, 김소진의 『양파』에 나오는 주변 인물들도 영화광들이다. 김이태의 장편 소설 『전함 큐브릭』은 에이젠슈테인의 『전함 포템킨』의 '전함'과, 『클락웍 오렌지』, 『롤리타』로 유명한 스탠리 큐브릭 감독의 '큐브릭'을 합성한 제목이다. 구효서의 「카사블랑카여 다시 한 번」 역시 잉그리드 버그만과 험프리 보가트가 주인공으로 등장하는 영화 『카사블랑카』의 주제와 상황을 모티프로 차용한다. 특기할 만한 일은 이러한 작품 속 인물들이 영화와 맺고 있는 친밀도는 밀착되어 있으며, 대부분 마니아적인 속성을 지니고 있다는 것이다. 이 마니아들은 대부분 관계의 단절, 혹은 절멸의 위기에 놓여 있다. 또한 작품에 영화가 빈번히 등장할수록 소통은 불능에 가까워진다. 왜일까?

영화, 영상 매체의 발달과 광범위한 보급은 우리에게 '(엿)보'는 재미를 선사하는 대신 지적 호기심을 빼앗아 갔다. 알고자 하는 욕구가 생기기 전에 엄청난 양의 볼 거리가 밀려드는 상황이 지속된다고 상상해보라. 삶의 일부분으로만 작용하던 꿈이나 환상의 세계가 삶의 전부를 먹어치우는 끔찍한 사태가 발생하지 않는다고 누가 장담할 수 있겠는가. 회월이 살아 있었더라면 이렇게 말했을 것이다. '잃은 것은 현실

그 자체요, 얻은 것은 환상이었노라.'

  볼 거리에 밀려서 탐구를 할 수 없게 된 의욕 부재의 시대, 영상이 주
는 즐거움에 탐닉하는 관음의 시대, 없는 호기심을 짜내어서라도 소설
속의 영화를 구경해 보자.

2-1. 『헐리우드 키드(Hollywood Kid)』의 감각

  안정효의 『헐리우드 키드의 생애』(민족과문학사, 1992)는 5, 60년대
국내 개봉 영화의 역사이자 4 · 19세대의 문화사이다. 같은 제명으로
영화화(1994년, 정지영 감독)되기도 한, 영화 박물지인 이 작품을 구축
하는 두 기둥은 1)영화들 2)영화 향유자들이다. 작가는 중고등학교 시
절 '황야의 7인'이라 불리던 영화광 집단이 영화를 접하는 과정을 통해
당대에 상영된 모든 영화를 분류, 재구성해 보인다. 영화와 관련된 수
많은 에피소드, 영화 관련 정보들은 초점 인물 '나'(영화 감독 윤명길)의
친구 '임병석(헐리우드 키드)'을 회상하는 과정에서 소상히 드러난다.
일제 강점기와 전쟁을 거치면서 '문화적인 삶은커녕 생물학적인 생존
이 급급하여 만사가 살벌하고 불안했'던 이승만 독재 시절, 새로운 것
을 추구하는 청소년기에 막강한 영향을 끼친 것은 당연하게도 영화였
다. 그들의 일차적 모방의 대상은 당시의 정치 · 현실적 사회상이었겠
지만, 그들은 이 모든 것을 영화에서 배운다. 작가는 폭력, 사랑, 우정,
인생, 낭만, 이상 등으로 분류, 각 항목에 해당하는 영화와 '황야의 7
인'이 성장해 가는 과정을 접합시킨다. 이를테면 임병석의 별명 헐리우
드 키드(Hollywood Kid)에 관한 해명과 더불어 작가는 키드(Kid)라는
어휘가 들어가는 모든 영화를 섭렵한다.

'키드'라는 유행어의 등장은 데이빗드 밀러 감독이 로버트 테일러를 주연시켜 1941년에 만든 『빌리 더 키드(Billy the Kid)』가 『최후의 무법자』라는 제목으로 전후에 소개되면서 이루어졌다. 〔…중략…〕 오디머피가 주연하는 『씨마론 키드』가 있었고, 우유 배달부가 엉터리 권투 선수 노릇을 하는 대니 케이의 코미디까지도 『미녀와 우유 배달(The Kid from Brooklyn)』이었으며, 존 포드의 고전 서부 영화 『역마차』에서 존 웨인이 맡은 주인공 이름도 링고 키드였고, 나중에는 그것도 모자란다는 듯 루돌프 발렌티노와 너무나 비슷하게 생겨서 한때 유명해진 앤토니 덱스터를 주연으로 쓴 『해적 선장 키드(Captain Kid and the Slave Girl)』까지 나왔다. 그리고는 어디 너희들만 키드냐는 듯 제임스 케니그의 『프리스코 키드(Frisco Kid)』가 나왔는가 하면 바브 호프의 코미디에도 『레몬 사탕 키드(Lemon Drop Kid)』가 등장했다. (43쪽)

이런 방식으로 영화, 영화 배우, 영화 감독에 이르는 모든 정보는 조합되고 분류된다. 아울러 영화의 향유자들, '황야의 7인'과 관련된 모든 에피소드들이 낱낱이 소개되는 것이다. 그들은 '말론 브란도와 제임스 딘과 폴 뉴먼'을 자신의 확실한 반항아적 우상으로 삼는다. 그들은 '영화에서 꿈을 좇'으며 구질구질한 삶의 슬픔을 잊기 위한 도피처, 증오의 분출구와 행복에의 갈망, 그리고 모든 다른 것을 영화에서 찾아내면서 성장한다. 그 결과 '서양 얼굴들을 우리들 자신'이라고 잘못 알고 자라났으며, 남의 나라에서 생산된 시각과 문화에 젖어, '조금은 불결한 정신 환경' 속에서 성장해 간다. 자가는 이러한 환경이 한 인간의 일생을 좌우하는 결과를 초래한 예로 헐리우드 키드 임병석을 내세운다.

헐리우드 키드. 그는 신세대 영화 마니아 못지 않은 영화 중독자. 영화에 관한 한 그를 따를 자가 없을 정도로 스크린 속 환상의 세계에 몰입되어 현실/영화의 현실을 구분하지 못한다. 아니 오히려 영화 속 현실을 현실화하여 사는 인물이다. 그에게 있어 현실은 한갓 '구경거리'에 지나지 않는다. 따라서 그는 현실과는 일정한 거리를 유지하며, 설사 가족이 당하는 괴로움이라 할지라도 자신은 아무런 책임을 지지 않는, 관음증 환자의 자세만 유지할 뿐이다. 이런 사람이 제도나 사회에 적응할 리 없다. 당연히 그는 군입대를 거부하여 일생 동안 기피자 신세를 면치 못한다. 변변한 직업도 없이 싸구려 국밥집의 여인 등 무수한 여인의 치마폭에서 기식하면서 살아가는 그는 떳떳하게 가족 앞에도 나타나지 못하고 가끔씩 영화 감독이 된 친구 윤명길에게 돈을 꾸거나 구직을 요청하거나 할 뿐이다. 현실적인 논리로 보면 그는 패배자이며 국외자이다. 오로지 구경에 전 존재를 건 그는, '나'의 시각으로 보자면 '시야를 차단하는 어둠'의 세계를 통해 '환상'을 좇는 자이다. 이 세계는 '존재하지만 진실의 빛을 받으면 퇴색하여 보이지 않게 되는 세계'이다. 그는 어둠 속의 찬란한 꿈을 꾸기 위해 결코 현실에 눈을 돌리지 않는다. 마치 로드 설링의 TV 시리즈 『환상지대(Twilight Zone)』에 등장하는 여배우처럼, 영화들만 보면서 나날을 보내다가 결국 스크린 속으로 빨려 들어갈 운명을 만들어 가고 있었던 것이다. 자신의 죽음을 예감한 헐리우드 키드는 일생에 걸쳐 손질한 시나리오 『무책임한 두 주일』을 '나'에게 남기고 사라진다. '나'는 이 작품을 영화로 제작하게 되고 그 와중에 임병석의 시나리오가 세계 명화의 명대사 명장면들의 교묘한 합성물이라는 사실을 알아챈다. 분노와 회의, 그리고 갈등에 빠진 내가 이른 결론은 헐리우드 키드의 삶의 방식을, 그리고 그의 작품을 인정해 주자는 것.

내가 무엇이라고 병석이를, 그리고 그의 작품을 심판하려고 하는가?
[…중략…] 인간은 누구도 혼자 존재할 수가 없는 동물이다. 그래서 서로

훔치고 빌어다 씀으로서 인류는 문화를 발전시키고 역사를 이룩해 나가는지도 모른다. [⋯중략⋯] 과연 그들 가운데 헐리우드 키드 임병석에게 남의 영화에서 도둑질했다고 돌을 던져도 좋은 사람은 누구이겠는가? 적어도 나는, 나만큼은 그 돌을 던질 수가 없었다. (322~324쪽)

결국 『무책임한 두 주일』은 '나'의 이름으로 제작된다. 이 영화 덕분에 '나'는 한국의 비토리오 데 시카(영화 『자전거 도둑』의 감독)라는 칭송을 받는 동시에 흥행과 작품성 양면에서 호평을 받지만, '어둠 속의 찬란한 삶'만을 구가하던 임병석은 자신의 작품이 영화관에 내걸리기도 전에 죽고 만다.

『헐리우드 키드의 생애』를 통해 우리가 느낄 수 있는 것은 4·19세대 작가가 지니고 있는 작가 정신 혹은 정서의 일단이다. 사실, 5, 60년대에 소설의 주인공 헐리우드 키드나 윤명길처럼 영화를 볼 수 있었다는 것 자체만으로도 충분히 모더니즘적이다. 도시적 공간, 그것도 대도시에서의 일상이 아니라면 꿈도 꾸지 못할 상황이 소설 속에서 연출되었기 때문이다. 그럼에도 불구하고 작가는 자신이 지닌 영화에 대한 각별한 애착과 해박한 영화 정보에 몰입되지는 않는다. 작가는 영화적인 삶을 살다 간 '인간'의 이야기를 다룰 뿐이다. 현실(나)과 환상(임병석)의 대조를 통한, 현실의 삶 속에 영화 끌어들이기의 방법. 영화 혹은 문화의 미니아들이 지닌 무정부주의적인 속성을 경계하는 교훈성과 비판 정신 등이야말로 4·19세대의 감각과 정서가 아니겠는가. 이러한 감각은 다음에 분석될 신세대 작가의 작품들과의 대조를 통해 뚜렷이 구분될 것이다.

2-2. '키노 키드(Kino Kid)'의 정서

백민석, 배수아, 김경욱 등 신세대 작가들의 작품이 영상 이미지에 크게 의존하는 우선적인 이유는 그들의 성장 환경에 있다. 그들은 한마디로 '애비는 테레비였다'[1]로 규정되는 세대이다. '종'도 '개새끼'도 아닌 '테레비'를 애비 삼은 자들이 활보하는 시대, 소설 속의 예외적 인물 '헐리우드 키드'가 실제 인물 '키노 키드'로 활약하는 시대가 1990년대이다. 컴퓨터가 만든 가상 인물이 학점을 따고 가수가 되어 노래하고 광고 모델이 되는 포스트모던한 시대, 현실/비현실이 비현실 =현실로 화하는 현상은 소설 작품 속에도 그대로 반영된다.

백민석의 「헤이 우리 소풍간다」는 성장 소설이다. 이 소설의 주인공 이름과 성격은 모두 지난 시절의 만화 영화 주인공에서 베껴 온 것. 배수아는 인물의 이미지 혹은 분위기에 합성된 영화 이미지[2]를 적극 도입한다.

김경욱의 창작집 『바그다드 까페에는 커피가 없다』(1996, 고려원)를 보자. 이 창작집에 실린 8편의 단편 가운데 여섯 편은 표제부터가 영화 제목을 차용하고 있다. 「바그다드 까페에는 커피가 없다」(이하 「바그다드」) 「시네마 天國」「아웃사이더」「이유 없는 반항」「택시 드라이버」「至尊無常」이 그것이다.

주세페 토르나토레 감독의 『시네마 천국』에서 차용한 「시네마 天國」 속의 두 남자는 김경욱 소설에서 여러 차례 변형되어 나타난다. 데이비드 린치 감독의 『블루 벨벳』만 보는 비디오 가게 주인 '나'와『소림 오조』『의천도령』같은 중국 무협 영화를 빌려 보는 김석호라는 인물이 그들인데, 「아웃사이더」에서는 '나'와 '녀석'으로 변형되어 있으며

---

1) 함민복, 『우울씨의 일일』, 세계사
2) 신수정, 「포스트모던 테일」, 『문학동네』, 1998년 여름호

다른 소설에서는 초점 화자의 역할을 한다. 이 인물들은 하나같이 거대한 힘에 억눌린 자, 지리멸렬한 현실을 살아가는 자이다. 작가는 인물들의 이러한 모습을 다음과 같이 표현한다.

> 거리마다 특별한 사람이 되기를 꿈꾸는 평범한 사람이 있다. 그는 자신이 살아 있다는 것을 증명하려고 몸부림치는 외로이 잊혀진 사람이다.
> — 영화 『택시 드라이버』의 오리지널 포스터에서 (220쪽)

영화를 통해 현실을, 영화 포스터의 구절로 인물들의 실존을 묘사할 수밖에 없는 세대가 키노 키드이다. 그들은 영화 속에서 사유하고 표현하며 존재한다. 소설의 서사 구조 역시 영화적이다. 주윤발이나 이연결이 등장하는 홍콩 무협물처럼 같은 구조의 반복이거나 변형된 주인공을 등장시키는 것이다. 키노 키드의 이러한 정서는 「바그다드」에서 확연히 드러난다. 퍼시 애드론 감독의 영화 『바그다드 카페』에서 차용한 「바그다드」는 '나'의 C읍에서 보낸 1박 2일간의 짧은 여행기. 나의 직업은 영화 조감독이며, 현재 나의 내면은 영화 『바그다드 카페』의 풍경만큼이나 황량하다. 세계는 영화 속의 바그다드 카페처럼 '뭔가 있어야 할 것들이 없'으며, 나는 무언가를 잃어버린 불모의 세계에 살고 있기 때문이다. 세계에 대한 이러한 인식은 나를 꿈꾸기의 세계, 즉 미술(Magic)의 세계로 인도한다.

> 불완전한 그 세계를 다시 복원시키는 것은 매직이야. […중략…] 우리들이 놓치고 있는 세계를 환한 조명의 한복판으로 끌어들이는 것이 바로 마술이지. […중략…] 보이지 않던 세계, 아니 보는 것을 놓치고 있던 세계를 다시 보게 될 때, 꿈꾸기가 가능하게 될 때 잃어버린 세계는 다시 복원되는 것이지. (30쪽)

창작집 전체의 뼈대를 이루고 있는 이 '꿈꾸기'는 마술의 세계를 통해서만 가능하다. 이 세계는 '보여주기'의 세계이다. '꿈꾸기' 위한 방법, 그리고 그 꿈을 표현할 방법을 '영화'에서 찾아낸 것이다. '나'는 번듯한 직장을 그만두고 이 길을 가려 한다. 그러나 그녀는 나의 꿈꾸기를 이해하기는커녕 '몽상'이라고 비난하며 나를 떠난다. 바그다드 까페에는 커피가 없듯 현실(그녀) 속에 꿈은 존재하지 않는다. 존재해야 마땅할 진정한 가치가 배제된 세계, 이러한 세계는 일상 속에도 널려 있다. 철새가 떠나 버린 철새의 숲, 해장국 없는 해장국밥집……. 불화와 부조리의 세계에 대한 작가의 인식은 조금 어리기는 하지만 틀린 것은 아니다. 문제는 그러한 인식을 어떤 방식으로 표출하는가이다.

12월 31일이고, 낯선 곳이다. 나는 그녀에게 전화를 건다. 그녀는 '올봄에 결혼한다. 미안하다'고 말한다. 나는 생각한다. 『러브 스토리』였던가. 사랑하는 사람끼리는 미안하다는 말을 하지 않는다는 대사가'라고. 태초에 '영화'가 있었다. 그 다음은? 바그다드 카페에는 커피가 없고 소설에는 창작이 없다.

소설 「至尊無常」 역시 여행기. 유덕화 주연의 홍콩 카지노 영화 『지존무상』에서 모티프를 빌렸다. 가을이고 졸업 여행의 마지막 날이며 추적추적 비가 내린다. 우리는 '세상 물정을 하나도 모르던 『졸업』의 더스틴 호프만'이 아니다. 우리에겐 '노골적으로 유혹해 오는 로빈슨 부인도, 교회에서 결혼식을 벌이고 있는 도중에 낚아채 올 로빈슨 부인의 딸 캐더린 로드도 없'다. 설악산을 적시고 있는 비는 '『쉘브루의 우산』의 그것처럼 낭만적이지 않'으며 쓸쓸함과 아득함만이 가득하다. H, Y, L, K, 그리고 내가 포커판을 벌인다. 포커 게임이 진행되는 동안 화자는 대학 4년간의 생활을 추억한다. 그것은 양자 택일의 흑백 논리적 선택의 기로에서 순간순간 포커 페이스(Poker Face)를 유지해야만 하는, 자신의 속마음을 들키지 않고 남의 의중을 파악하는 포커판이었다. 우리는 4년 동안 눈치보기 놀음인 정치(포커)를 배워 각자 다른 길로 나간다. 4년 동안 줄곧 포커 페이스를 멋지게 유지하던 L이 2포카드를 잡고 판은 끝난다. '이제 남은 건 더욱 철저하게 익숙해지는 것.' 비록 그러기 위해서는 '아파해야 하겠지만' 우리는 순수하지도 감상적이지도 않다. 4년 동안 배운 게 무엇인가? 포커 페이스 아닌가? 이러한 겉늙은이의 자조 섞인 회억은, 인생은 '도박이며, 도박에서 중요한 것은 잃을 것은 잃고 딸 것은 확실하게 딴'다는, 살아가는 요령을 터득해 버린 복덕방 늙은이의 노회한 진술같이만 느껴진다. 이런 의미에서 키노 키드는 애늙은이이다. 애늙은이 키노 키드는 반성하거나 비판하지 않고 패배할 뿐이다. 무반성과 무치(無恥)를 덕목으로 자랑삼는 키노 키드를 우리 문단의 새 별이라고 부추길 것인가. 한없이 유치에 가까운 표절을.

3-1. 「전태일과 쇼걸」

경제 부흥기에 태어난 '테레비'의 자식들이 세운 업적과는 변별되는, 80년대에 학교를 다니거나 작가가 된 중간세대의 작품은 어떠한가? 김영하의 「전태일과 쇼걸」을 살펴보자.

박광수 감독의 『아름다운 청년 전태일』(이하 『전태일』)과, 공연윤리심의위원회와의 지난한 싸움 끝에 개막된 폴 버호벤 감독의 『쇼걸』. 이 두 영화가 서울극장에서 동시에 상영된다. 이 소설은 질적으로 상이한 두 영화가 동시에 상영될 수 있는 90년대 상황을 80년대의 운동권 학생이었던 '그'를 통해 비교해 보인다. 80년대에 비해 90년대는 조금도 나아지지 않았다. 다만 거대한 폭력의 실체가 바뀌었을 뿐. 90년대의 폭압은 화려하다. 그리고 강압적이지도 않다. 그러나 이 폭압은 80년 대의 그것보다 훨씬 교묘하고 효과적이다. 세련된 강압. 작가는 소설의 중간중간에 광고를 삽입함으로써 90년대를 통제하는 거대한 힘의 실체를 언뜻언뜻 내보인다. 이 힘은 원자폭탄만큼이나 강력한 것이다. 80년대 학번이며 한때 운동권이었던 그의 일상마저도 광고의 융단폭격을 받는다. 이를테면 '엘지 죽염치약으로 이를 닦고 아이보리 비누로 세수를 한 뒤 존슨즈 베이비로션을 바른 후 홍차의 꿈 실론티를 마신'다는 식이다.

영화 『전태일』은 그의 연인이었던 그녀와 우연히 해후하게 되는 매개이자 8, 90년대를 잇는 다리 역할을 할 뿐, 영화의 내용 자체가 중요하게 취급되지는 않는다. 대부분의 다른 80년대 학번들처럼 전태일에 대해 콤플렉스와 부채감을 함께 느끼는 세대이기 때문. 이 사실이 그를 영화관으로 이끌었고 헤어졌던 그녀와 우연히 해후하게 한다. 그러나 이 우연에는 필연이 들어 있다. 두 사람이 공유하던 무수한 시간대가 『전태일』이라는 기호, 혹은 코드와 무관하지 않기 때문.

그녀는 누구인가? '앉은 자리에서 소주 2병쯤은 넉넉히 해치웠으며 헐렁한 스웨터를 즐겨 입고 방학 때면 독일 문화원으로 독일어를 배우러 다니'던, '전혜린'이라는 약호를 자기 삶의 푯대로 내세우던 학생. 이런 학생이 80년대에 환영받을 리 없다. 당연히 '전혜린'은 타도 혹은 비판의 대상이 되고 그녀는 '노동 현장, 노동자와의 동거, 해고 노동자'로 약호를 바꾼다. 80년대 학생 운동을 약간 비껴서서 본다면 이런 측면이 있다는 것이다. 진보에 대한 강한 애착과 고양된 윤리 의식의 이면에는 이 견고한 담론이 억압하는 그 무엇이 있었다. 획일, 전형, 동지애적 사랑, 진실을 가장한 허위 의식……. 이런 것들이 개성을 혹은 자유를 침해할 수도 있다. 그가 그녀와 헤어진 결정적인 이유가 바로 이것이다.

그 무렵 학생회에서 일하고 있던 그 남자도 그녀의 자유주의적 성격을 비난했었다. 결국 그녀는 전혜린을 버렸다. 그녀가 전혜린을 버리는 순간, 그 남자는 그녀를 떠났다. (『새로운』, 창간호, 34쪽)

이러한 사실은 '광주'에 대한 추억을 통해 도드라진다. 80년대에 그는 그녀와 함께 광주로 여행을 갔었다. 선배를 만나 밥을 얻어먹고 그리고 술자리. 혁명 따위를 입에 달고 살던 그에게서 '여관'이라는 단어가 선뜻 나오지 못한다. 그녀가 여관에 가야 하는 게 아니냐고 한다. 둘은 여관으로 간다. 동지적 사랑, 혁명 운운하면서 '아무 일 없이' 날을 샌다. 다음날 망월동 묘지들을 둘러보며 눈물을 흘리고 그녀는 「친구 2」 노래를 불러준다. 광주에 대한 기억은 그녀에 대한 기억과 더불어 '좋았던 옛 시절의 추억'일 뿐, 두 사람간의 사적인 감정의 교류는 있을 수가 없었던 상황. 90년대의 광주는? '경계를 넘어서'라는 주제로 비엔날레가 개최되는 곳. 장소는 여전히 망월동이다. 아스팔트가 깔리고, 전위적인 모더니즘 작품들과 비디오들이 끝도 없이 설치되어 있다. 묘역 한쪽에는 장선우 감독이 영화 『꽃잎』을 찍고 있다. 모든 것이 상품화되는 일국 자본주의의 도래. 쓸쓸하게도 90년대의 광주는 여지없이 자본에 침투당해 순결성을 잃은 것 같다. 그는 그녀에게 광주 비엔날레에 갔었다는 말을 한다. 그녀는 옛 시절의 광주를 떠올리며 말한다.

그때 형이랑 잤으면 어땠을까. 후. 오해하지마. 그냥 궁금했을 따름이야. 그때는 왜 그렇게 안 된다고 발버둥을 쳤을까. 별 일도 아닌 것을……

(위의 책, 34쪽)

'결코 있을 수 없는 일'에서 '별 것도 아닌 것'으로의 전환. 이것이 90

년대식이다. 광주가 영화 『꽃잎』으로, 망월동이 비엔날레 전시장으로, 지하 문건이 『전태일』로 상품화되고 적나라하게 보여(Show)지는 시대, 그러므로 『전태일』이 『쇼걸』이고, 『쇼걸』이 『전태일』인, 야수의 발톱을 숨긴 당의정(광고—Show) 시대가 90년대라는 것이다. 이러한 인식은, 도래한 '보여주기'의 90년대가 지닌 부드러운 전체주의와 정치적 폭압에 맞서기 위해 개별을 희생시킨 전체성은 결국 동일한 얼굴에 불과하다는 비판 의식에서 출발한 것이다.

3-2. 「아름다운 사나이」

박덕규의 「아름다운 사나이」 역시 영화 『전태일』에서 모티프를 가져왔다. 작품 속에는 두 개의 스토리와 두 종류의 '아름다운 사나이'가 존재한다. 영화 『전태일』의 간략한 스토리가 그 하나. 『전태일』 속의 '아름다운 사나이'는 주인공 전태일(홍경인 분)과 그를 쫓아다니며 전기를 엮어 나가는 김영수(문성근 분). 이들은 실제 인물의 '아름다운 사나이' 전태일과 조영래를 지칭하기도 한다. 또 하나의 스토리는 2020년의 작가가 살펴본, 1990년대의 '냉장고 사나이'로 명명되는 사건. 이 이야기 속의 '아름다운 사나이'는 물론 '냉장고 사나이'와 그를 소설화하려는 화자 자신이다. '전태일이 저항했던 강력한 억압의 주체는 더 이상 눈앞에 자신의 실체를 드러내지 않'는다. 90년대, 혹은 2020년대의 '아름다운 사나이'는 어떤 억압에 저항하는가? 김영하가 파악한 억압의 주체가 설탕물을 묻힌 광고라면, 박덕규는 자본주의 경제 구조와 가부장 이데올로기로 파악한다. 영화 『전태일』을 본 한 남자(김영수)가 냉장고 속에 들어가 자결했다. 자살 원인은 무능. 그러나 그의 무능은 소비가 미덕이라고 선전하는 경제 구조, 경쟁적으로 할부 또는 외상을 종용하는 신용회사, '어린이날' 같은 가정용 문화 행사의 상품화 등 자본주의 사회가 끊임없이 부추기는 과도한 소비 문화 자체가 조장한 무능이다. '냉장고 사나이'를 계기로 무능한 남편, 자살하는 가장들이 늘고 있다는 기사가 연일 보도되지만 또 다른 폭력, 여성단체라는 이름을 건 집단 이기주의가 문제의 심각성을 축소, 은폐한다. 작가인 내가할 일은? 핍박 속에서도 '아름다운 사나이' 전태일의 전기를 쓴 조영래 변호사나 영화 속의 김영수의 역할을 떠맡는 것. 이로써 '아름다운 사나이'는 전태일—조영래(김영수)—김영수—나로, 1970년대에서 2020년대까지 대물림할 것이 아닌가.

> 『아름다운 청년 전태일』이라는 영화를 보고 온 날 역시 자살한 그 아름다운 사나이가 겪은 죽음의 고통 못지않은 시련을 겪게 될 것이다. 나는 쫓길 것이고, 죽을 것이고, 그리고 부활할 것이다.
>
> (『함께 있어도 외로운 사람들』, 84쪽)

그러나 이는 망상. 그에게는 가장 가까운, 무서운 폭력의 실체(아내)가 버티고 있다는 사실을 잠시 망각한 때문이다. 2020년대라는 미래 시점, 후반부의 산뜻한 반전을 통해 작가는 소설의 화자가 관찰한 폭력의 실체라는 것은 어쩌면 화자 자신의 여성에 대한 콤플렉스에서 발현된 것인지도 모른다는 사실을 고백한 셈이다. 그럼에도 불구하고 작품은 신용과 소비와 가정이 복합적으로 악용되는, 자본주의의 허상을 드러내는 미덕을 남겼다.

4. '없다'에서 '있다'로

이제 김영현과 조성기의 작품을 언급하는 것으로 소설 속의 영화를 따라가는 긴 여정을 마감하려 한다. 두 작가의 작품은 공통적으로 '없다'(부정 의식)에서 출발하여 '있다'(긍정 의식)로 전환한다. '타락한 세계에서 진정한 가치를 추구하는 이야기'를 소설이라고 정의한 골드만의 견해에 동의한다면, 소설의 주인공은 어떤 방식으로든 가치 추구를 향한 여행길에 오르지 않을 수 없다. '없다', '있다'의 번복과 뒤집기의 과정—이것이 소설의 내적 형식을 이룬다는 사실은 익히 알려진 바다. 이러한 사실이 작품들을 마지막에 논의하게 한 이유이다.

우선 김영현의 「내 마음의 서부」로 들어가 보자. 공권력의 폭압이 그 어느 때보다 드세었던 유신 말기, 후배 정민의 소개로 박목사를 만난다. 70년대 민주화 운동에 앞장선 세 사람은 패배감과 좌절감에 젖어 있다. '나'는 감옥에서 막 출소하여 빌빌거리고 있고 태백 근처의 시멘트 공장에서 일하는 정민은 감시 때문에 노조 결성도 못 하고 있다. 박목사 역시 현실 비판적인 설교 내용 때문에 큰 교회에서 쫓겨나 '푸른 교회'라는 개척 교회를 연 상태. 그렇다고 그들에게 '꿈'조차 없는 것은 아니다. '나'의 '꿈'은 서부 영화에 등장하는 '서부'로 묘사된다.

> 나는 그때 존 웨인이니 클린트 이스트우드니 헨리폰다니 하는 외국 배우들의 이름을 웅얼거리며 한동안 그들과 함께 총소리 울리며 황야를 달리는 꿈에 젖고는 했다. 말하자면 지겹도록 가난한 살림살이의 꿈 많던 소년 시절, 그들은 나의 우상이었고 탈출구였던 것이다.
>
> (『그리고 아무 말도 하지 않았다』, 155쪽)

물론 '서부 영화는 백인들이 중심인 미국인들의 도덕적 장식물에 불과하'며, 그런 낭만적인 서부조차도 더 이상 이 세상에 존재하지 않는다는 사실을 모르는 화자가 아니다. 그러나 화자가 감옥에 갇혀 있을 때 점심 시간을 알리는 트럼펫 소리와 함께 '황야의 무법자', '세인', '황야의 은화 일불' '오케이 목장의 결투' '돌아오지 않는 강' 따위의 영화 음악 주제곡이 울려 퍼지면 추억의 빛에 싸여 어린 시절의 모습이 고스란히 떠오르는 것이다. 그러니까 화자의 꿈이란, 순수하기만 한 어리디 어린 시절에 꿈꾸었던 낭만에 싸인 공간이며, 사랑, 정의, 죽음을 두려워하지 않는 의리의 사나이, 강하면서도 애련한 모습을 한 황야의 여자들이 사랑과 이별을 나누며 째째한 것을 거부하는 대자연이 끝없이 펼쳐져 있는 이상향(Paradise)이다.

박목사에게도 꿈은 있다. 그의 꿈은 대관령 황무지를 개간해 조그만 기독 공동체를 건설하는 것. 그의 꿈은 '사람들의 가슴에 작은 희망의 불씨를 심어 주'는 종교적 꿈이다. 이런 의미에서 '나'의 '서부'는 박목사의 '가나안'이다. 그러나 정민의 생각은 좀 다르다. 박목사의 '가나안' 꿈은 '낭만주의적 공상'에 불과하며, '현실을 과학적으로 이해'하는 것만이 잘못된 질서를 바꾸는 최선의 방법이다. 따라서 그의 꿈은 '지금, 여기'에 있을 수밖에 없다. '노동자를 주축으로 한 조직적이고 혁명적인 투쟁'만이 목사님의 '대관령'이라는 것이다. 80년대, 목사님은 5·17과 관련 합수부에 끌려가고 김포로 교회를 옮긴다. 정민은 자신의 꿈을 실현하기 위해 노동 운동을 하다 붙잡힌다. 나와 박목사는 정민이를 면회 가기 위해 다시 만난다. 정민은 교도소 안에서 단식 중이라 면회조차 허락되지 않는다. 두 사람은 박목사의 성경책을 넣어 준 뒤 눈 내리는 거리를 걷기 시작한다. 어디로 갈 거냐는 나의 질문에 박목사는 '대관령'으로 갈 생각이라고 전한다.

"눈도 내리고 하니 어디 가서 술이나 한잔 하세나. 대관령이 어디 강원

도뿐인감." (174쪽)

마음 속에 굳건하게 자리를 틀고 있는 '서부(대관령)'만이 핍진한 현
실을 견딜 수 있게 하는 힘이다. 낭만이든 공상이든 풍요로운 세상, 인
간다운 삶을 지향하는 꿈이 세 사람의 공통된 꿈이다. 영화 속의 서
부—서부는 없다—서부는 있다로의 대반전을 통한 전망 제시, 촌스럽
지만 따뜻함이 느껴지는 이것이 80년대적 낭만성이 아닐까.

김영현이 80년대 이야기를 따뜻하게 전개시키고 있다면 조성기의
경우는 도래한 90년대를 의심쩍은 눈길로 바라본다. 방법은 '영화 구
경'. ① 프랑스 영화『독서하는 여인』(LA LECTRICE, 우리말 번역『책읽
어 주는 여자』), ② 일본 영화『리큐』(히로시 데시가하라 감독), ③ 메릴
스트립이 출연하는 호주 영화『어둠 속의 외침』④ 덴마크 영화『바베
트의 향연』의 감상이 그것이다. 작가는 네 편의 영화를 보면서 떠오르
는 단편적인 생각들을 자유 연상 기법으로 서술해 나간다. 책들은 더
이상 세상을 구제하거나 변혁시킬 수 없는 무의미한 것이 되고 말았으
며(①), 권력욕이 아무리 강하더라도, 그것이 그를 죽음에 들게 할지라
도 문화는 살아남는다(②). 부화 뇌동하는 언론, 혹은 여론 조작의 냉
혹성에 맹렬한 비난을 한(③) 뒤 예술의 힘에 대한 예찬(④)으로 끝을
맺는다. 예술이란 '사람들의 마음에 사랑의 불을 일으키는 솜씨' 그 자
체이다. 모든 예술은 사랑의 예술이다. 그러므로 세상이 아무리 혼탁
하고 타락해 있더라도 여전히 예술은 살아 있고 '책은 책을 떠나지 않
았다'는 것이다. '책은 책을 떠났다'의 부정 의식에서 '책은 책을 떠나
지 않았다'의 긍정 의식으로의 전환의 과정에는 영화가 놓여 있다. 그
는 영화 구경을 한 것이 아니라 영화를 통해 그의, 책(예술)에 대한 생
각을 정리한 것이다. 90년대와 더불어 점점 상업화되고 천박해지기만
하는 문화는, 예술은, 시대적인 추세의 문제가 아니라 창작자와 향유

자 간의 소통의 문제이다. 제임스 조이스의 『더블린의 사람들』을 읽고 났을 때의 그 '따뜻한 사랑의 감정'이 남아 있는 한, 여전히 예술은 살아 있고 소설은 소설을 떠나지 않은 것이다.

환상, 그 흔들리는 보랏빛

: 영화 속의 소설

서하진

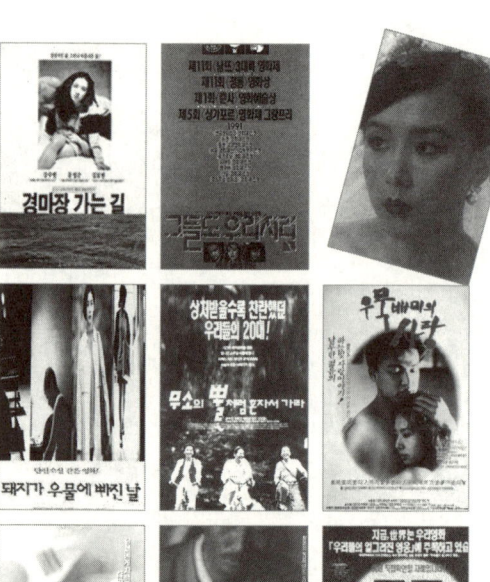

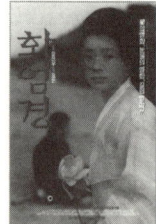

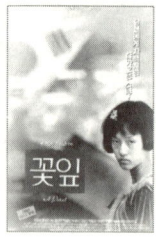

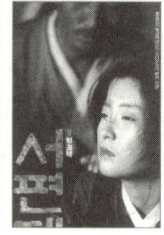

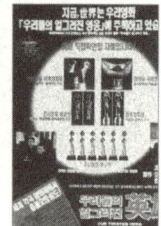

1

생머리를 늘어뜨린 여자가 고개를 살풋 기울이고 무언가에 열중하고 있는 사진이 있다. 여자가 기대 앉은 탁자 위 커피 잔에서 선명한 향기조차 잡힐 듯 하야스름한 김이 모락모락 피어오르고. 신사동 김모 주부(30세)라고 적혀 있는 사진 아래 부분의 글귀는 이랬다. '작가가 따로 있나요? 글을 써보세요.' 커피 회사에서 커피와 관련된 생활 속 이야기를 공모한다는 광고. 지난 해 상을 받은 누구누구가 어디어디로 등단했다는, 축하한다는 설명이 첨가되어 있는 그 광고를 오려내서 냉장고에 붙이고 커피 한잔을 끓이는 사람이 몇 명이나 될까.

누구나 글을 쓰는 시대의 소설이란, 시란 어떤 것일까. 문사(文士)는, 곧 보이지 않는 '길'을 찾아 비장한 여행을 떠나는 지사여야만 하던 시절과 컴퓨터 전원을 켜고 이곳저곳 수많은 방을 기웃거리다가 싫증나면 비로소 소설을, 시를 쓰기 시작하는 이즈음의 거리는 얼마나 되는 것일까.

영화 『너에게 나를 보낸다』[1]의 잘 알려진 씬 하나. 짧은 반바지를 입은 '바지 입은 여자(정선경 분)'가 누워 있다. 표절 시비로 신춘문예 당선이 취소된 작가(문성근 분)가 그녀의 무릎 부분, 예민하게 반응할 듯 싶은 장소를 헤집으며 씩씩대는 동안 바지 입은 여자는 엉뚱하게도 녹음기를 만지작거리고 있다. 말간 얼굴에 검은 테 안경을 쓰고서. 녹음기에서는 '나'와 여자의 연습용 인터뷰 녹음이 흘러 나온다. 문학이란 무엇이냐, 왜 소설을 쓰는가 따위의 원론적인 질문과 그에 대한 문성근의 어눌한 답변. 전체 줄거리가 '글쓰기(소설 쓰기)'라는 모티프와 긴밀히 연결되어 있는 『너에게 나를 보낸다』에서 이 장면은 특히 시사적

---

1) 『너에게 나를 보낸다』 장정일 원작, 장선우 감독, 장선우 · 구성주 각색, 유영길 촬영, 김동호 조명, 김현 편집, 강산에 음악, 문성근 · 여균동 · 정선경 주연, 제작 유인택.

이다. 가짜 인터뷰 대용 거리만큼도 안 되는 감흥 없는 섹스? 혹은 섹스의 흥분조차도 무위로 돌리고 마는 문학에 대한 진지한 질문? 영화를 본 사람이라면 둘 중 어느 해석에도 고개를 저을 것이다.

비교될 만한 또 다른 베드신. 『넘버 3』[2]의 시인 랭보(박광정 분)와 시인 지망생 현지(이미연 분)의 경우는 보다 직선적이다. 두 사람이 정사를 나누는 동안 차분하고 음울한 목소리(랭보)의 시 낭송이 배경음으로 깔린다. 그대의 가슴에 흐르는 눈물 운운하는 지극히 촌스러운 시어들이 감동으로 가득 찬, 진지하기 짝이 없는 음성에 실릴 때, 누구도 유치한 감상의 촉매로 전락한 '문학'에 조의를 표해야 한다고 생각지는 않는다. 왜냐하면 이 경우 '문학'은 촉매제가 아닌, 유치한 감상 그 자체이기 때문에. 그렇다면 '이 경우'의 문학과 '저 경우'의 문학은 과연 다른 것일까. 우리에게는 얼마나 많은 경우의 문학이 있는 것일까. 영화 속의 문학들은 어느 경우일까.

작가가 따로 있나요? 라는 카피가 어울릴 정도로 작가라는 것이 흔해진 현실. 현실만큼이나, 혹은 그 이상으로 많은 작가들이 영화 속을 활보하고 있다. 신기하게도 그들은 모두[3] 닮은 꼴이다. 깡마른 얼굴(『돼지가 우물에 빠진 날』을 제외한 전부), 근엄함을 가장한, 혹은 고뇌에 가득 찬 눈빛, 착 깔린 목소리 등등 일반적이고 고전적인 문인상을 벗어나지 않는다.[4] 생김생김만 그런 것이 아니다. 그들은 삶의, 글쓰기의 질곡으로 고통스러워하고 미친 듯이 술을 마시고 함부로 방뇨하고 사건에 휘말려 죽임을 당하고(『돼지가 우물에 빠진 날』), 타인을 죽인다

---

2) 『넘버3』 김인수 기획, 송능한 각본, 감독, 박승배 촬영, 김강일 조명, 박곡지 편집, 조동익 음악, 오상만 미술, 한석규 · 최민식 · 이미연 주연, 프리시네마 제작, 1997.

3) 이 글에서는 『축제』, 『하얀 전쟁』, 『그 섬에 가고 싶다』, 『너에게 나를 보낸다』, 『돼지가 우물에 빠진 날』, 『넘버 3』의 경우를 다루기로 한다.

4) 실은 외형적으로는 닮은 꼴 정도가 아니라 똑같은 경우가 더 많다. 위 영화들 중 안성기가 세 편에 걸쳐 출연한다. 그는 『그 섬에 가고 싶다』, 『하얀 전쟁』, 『축제』에서 거의 차이나지 않는 연령의 인물을

（『하얀 전쟁』).

2

『축제』[5]의 이준섭(안성기 분)은 명망 있는 베스트셀러 작가이다. 잘 팔릴 뿐 아니라 존경까지 받는 작가라니. 그 드문 위치에 이르기 위해 자신의 가족사를 팔아먹었다는 그의 자의식은 역설적이게도 노모의 죽음에 대한 지나친 냉담함으로 드러난다. 준섭의 깎은 듯한 얼굴, 주름 하나 없는 판판한 이마에는 육친을 잃은 상실감이 보이지 않는다. 다른 인물들, 예컨대 집 나갔던 천덕꾸러기 조카 용순, 치매 노인을 모시느라 들었던 미운 정 고운 정을 다 쏟아내는 형수, 시어머니를 모시지 못했다는 자책과 자기 위안 사이를 오락가락하는 아내, 이런저런 관계의 친척들, 단지 옆집에 살았다는 인연이 전부인 문상객 등등이 노인의 죽음 앞에서 울고, 웃고 짜증내고 싸우기도 하는 동안 유독 준섭은 시종 일관 커피 광고에서처럼 단정한, 높지도 낮

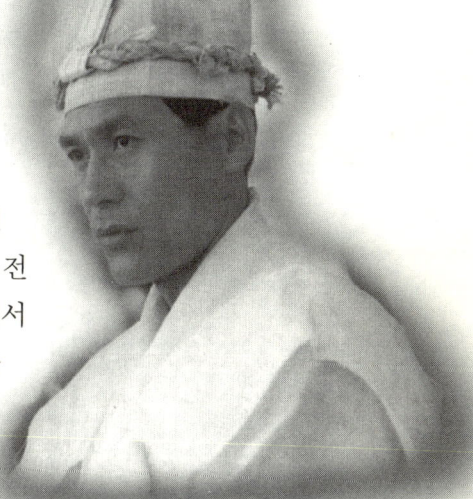

▲ 노모의 장례식에서 냉담한 표정을 짓고 있는 이준섭.

변함없는 분장, 비슷한 의상, 구별되지 않는 억양의 대사로 연기하며 문성근은 『너에게 나를 보낸다』에서 전혀 상반된 캐릭터에도 불구하고 그의 트레이드 마크 '그것이 알고 싶다' 이미지를 벗지 못했다.

5) 『축제』 이청준 원작, 임권택 감독, 육상효 제작, 각색·박승배 촬영, 김강일·김수철 음악, 안성기·오정해·한은진 주연, 태흥영화사, 1996.

지도 않은 톤의 목소리를 견지한다. 평범한 사람의, 범상한 행동 범주를 넘어서는 그를 보며 과연, 위대한 작가는 어머니의 죽음마저도 철학적으로, 관조적으로 받아들이는구나, 하는 감탄을 해야 하나.

그는 왜 그처럼 냉정한가. 감히 이렇게 물을 것에 대비해서 『축제』는 특별한 장치를 마련해 두었다. '할미꽃'을 소재로 한 동화 한 편. 영화의 중반부터 삽입된 동화는 초등학생인 준섭의 딸, 은지의 시선으로 진행된다. 앳된 음성의 나레이션이 깔리는 동안 화면은 동화에 걸맞은 온화함으로 가득 차 있다. 쪽빛 하늘. 행군 듯한 햇살. 연한 나뭇잎들과 코끝에 닿아올 듯한 바람. 동화 속 아버지 이준섭은 영화 속 이준섭보다 한결 온화하다. '할머니는 은지에게 나이를, 지혜를 나눠 주시고 저렇게 작아지신 거란다······' 부드러운 설명을 이어가는 준섭을 바라보는, 아이처럼 작아진, 아이처럼 아무것도 지각하지 못하는 할머니. 감독은 이미지를 위해 노모(한은진 분)를 이 부분에서만은 실제 소녀로 바꾸어 놓았다. 하얀 쪽진 머리 가발을 쓴, 탈색된 듯 흰 립스틱을 바른, 눈자위를 거뭏게 칠한 소녀. 정말이지 동화적이다. 그 소녀(혹은 할머니?)를 옷 갈아 입히는 장면. 의도적인 것인지 어떤지 알 수 없으나 요 위에 몸을 웅크리고 있는 소녀의 매끈한 벗은 등이 드러나는 순간 불행히도 동화는 끝나고 만다. 어떻게 보더라도 소녀의 등에서는 모든 것을 나누어 주고 작아진, 고달픔이나 애잔함은 느껴지지 않는다. 그저 보호해 주어야 할, 상처받기 쉬운 연약함이 있을 뿐이다.

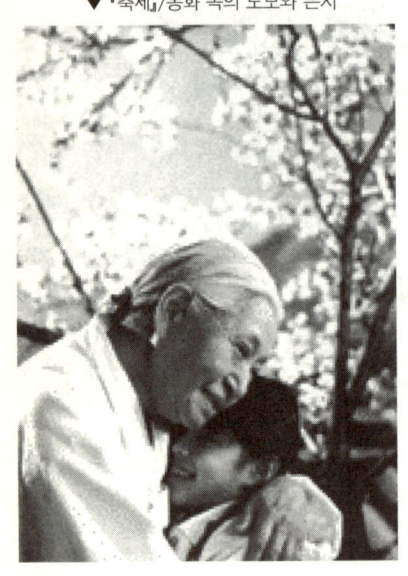

▼『축제』/동화 속의 노모와 은지

동화니까. 그렇다. 그것은 동화일 뿐인 것이다. 아름답고 따뜻한 이야기. 그러나 그 동화가 진 영화에서의 무거운 짐을 생각하면 문제는 그처럼 간단하지 않다. 동화가 다만 동화로 끝남으로 해서, 동화를 빌어서야만 온화해지는 준섭을 이해하기 위해 우리는 한 번 더 준섭의 냉담함으로 돌아가야 한다. 현실의 준섭은 어째서 동화 속의 아버지처럼 될 수 없는가. 용순이 말했듯이 가족의 이야기를 팔아먹는, 소설 쓰는 사람의 숙명이라고 해야 하는 것인가. 보통의 이야기로는 풀어낼 수 없는, 비유를 통해서만 속내를 말하는 속성 때문인가. 대부분의 관객들은 비유로써만 자신을 드러내는 준섭의 내면, 숨겨진 사랑과 그 절제에 고개를 끄덕인다. 그의 방식을 이해하며, 혹은 이해한 척하며 영화관을 나선다. 그러나 어쩐지 씁쓸하다. 한 꺼풀 또 씌워진 듯한 갑갑함이 가시지 않는다. 감동적인 소설과 감동을 주는 소설가, 이 둘은 정말 상관없는 것일까.

이준섭과 흡사한 냉철한 시선의 글쟁이를 우리는 『하얀 전쟁』[6]과 『그 섬에 가고 싶다』[7]에서 만날 수 있다. 먼저 『하얀 전쟁』의 한기주. 월남전 참전 용사라는, 그 실제적이고도 상징적인 사실 하나로 한기주의 고뇌는 충분히 설명된다. 영화가 한참 진행되도록 종일토록 한마디도 않을 듯 꾹 다문 한기주의 입술, 시선이 부딪힐까 봐 겁나는 눈빛을 보면 뭐야? 싶지만 『하얀 전쟁』이므로, 그것이 '월남전'에 관한 것임을 아는 한, 관객은 한기주를 참아내야 한다. 그는 소설을 쓰고 싶어하지만 쓰지 못한다. 그가 월남에서 겪었던 충격적이고 잔인하고 가증스러운 일들은 쓰지 않을 수 없는 당위로 작용하지만 너무도 엄정한 경험이 오히려 그것을 옮기는 것을 불가능하게 한다. 그가 써야 하는 것은

---

6) 『하얀 전쟁』 정지영 감독. 1992. 대일필름 제작, 안정효 원작, 정지영 · 공수창 · 심승보 각색, 유영길 촬영, 김동호 조명, 조융삼 미술, 신병하 음악, 모스크바국립방송교향악단 연주, 박순덕 편집, 안성기 · 이경영 · 심혜진 주연, 같은 해 동경영화제 작품상 및 감독상 수상.
7) 『그 섬에 가고 싶다』 1993. 임철우 원작. 박광수 감독, 안성기 · 이경영 · 심혜진 주연.

충격과 상실, 그로 인한 상처와 치유일 테지만 그 틈틈이 도사린 자신의 내면을 들여다보는 일이 그는 두렵다. 한기주는 소설을 씀으로 해서 스스로를 드러내는 것, 그 행위를 통해 지난 부채로부터 자유로워지는 것, 그 어느 것도 쉽사리 용납하지 못한다. 그는 피해자였지만 동시에 가해자이기도 했으므로.

어두운 방 안, 푸릇한 빛을 발하는 텔레비전에서는 전두환의 국보위 위원장 취임식 장면이 흘러 나오고, 이따금 전화를 걸어 오는 사람은 '좀 팔릴 글'을 쓰기를 종용하는 편집자뿐이다. 갇힌 현실을 강조하기 위해 감독은 한기주의 방을 세밀히 화편화(framing)[8]한다. 그를 어두운 방에서 끌어내는 것은 또 다른 참전 용사 변진수(이경영 분)이다. 골방에 갇힌 한기주와 달리 그는 끊임없이 사람들을 찾아다닌다. 그의 상처를 치유해 줄, 그를 죽여 줄 사람을 만나기 위해서.

결국 한기주는 변진수의 권총으로 그를 사살하고 나서야 이제는 소설을 쓸 수 있을 것 같다고 독백한다. 그가 변진수의 고통을 충분히 이해했다던가, 변진수를 살해함으로써 그의 원죄 의식을 벗겨 주었다는, 그런 의미가 아니다. 고통을 더 절절히 느끼면서도 그 연원을 분석하거나 거부하지 못했던 변진수에 비해 한기주는 애초부터 그 시작과 끝을 명확히 인식하고 있다. 다만 그는 자신이 인식하고 있다는 그 사실 자체를 몰각하고 싶었던 것이다. 변진수의 죽음은 몰각하고자 했던 한기주의 일부분의 멸실이다. 그는 이제 더 이상 고뇌어린 눈으로 사물을 노려보고만 있을 수 없다.

그가 정말 좋은 소설을 쓸 수 있을지 어떨지 우리는 알 수 없다. 변진수의 시신을 밟고서야 비로소 터져 나올 그의 일갈이 얼마나 힘찰지도

---

8) 화편화는 의미심장한 대상물을 강조하기 위해 사용된다. 일반적인 카메라 시선이라면 흐릿하게 잡힐 물체, 혹은 인물을 전경에 위치한 대상물과 동시에 또렷이 조명함으로써 복선임을 암시하는 것이다. 한기주의 방의 화편화는 역설적으로 그 안에는 아무것도 의미심장한 것이 없음을 드러내는 장치이다.

알 수 없다. 눈 하나 깜짝 않고 — 한기주는 흔히 방아쇠를 당길 때 그러하듯 외눈이 아닌, 두 눈 부릅뜨고 변진수를 쏜다 — 변진수를 사살할 만큼 한기주의 고뇌가 극한에 이른 것인가, 따지는 것도 부질없는 일이다. 관객이 충격을 받는 것은(만약 받는다면 말이지만), 소설이란, 소설가란 그렇게나 엄청난 희생을 필요로 하는 것인가 하는 점이다. 그들의 근엄하고 경직된 눈은 할미꽃을 앞세운 동화를 통해서만, 누군가 옆구리를 쿡쿡 찔러야만 웃고 일그러지고 눈물 흘리는가.

『그 섬에 가고 싶다』의 시인 김철(안성기 분)은 외딴 섬 낙일도에서 행해질 문재구(문성근 분)의 아버지 문덕배(문성근 분, 일인 이역)의 장례식에 동행한다. 그러나 시신을 실은 배는 섬에 닻을 내리지 못한다. 마을 사람들은 집단으로, 필사적으로 배를 막아선다. 왜? 오래 전 전쟁 중에 문덕배로 인해 마을의 남정네들이 몰살당한 과거사 때문이다. 지난날의 갈등과 대립이, 이어지는 현재의 장면과 교차하는 영화를 보는 동안 관객은 시대적 배경만 제외한다면 무엇 하나 달라지지 않았음을 알게 된다. 지나치게 많은 에피소드 때문일까. 감독은 한 사람의 배우에게 아버지와 아들 역을 동시에 맡김으로써 관객의 혼란을 방지하는 친절을 베풀고 있다. 영화의 과거 부분은 미친 옥님이 이모(심혜진 분)를 따라 다니던 소년 '나'의 시선으로 진행되며 이와 교차하는 현재의 나레이터는 시인이다. 섬의 학교 선생님(안성기 분, 일인 이역)인 아버지기, 섬을 통째로 삼킨 우스꽝스럽기 조치한 시건 앞에 무기력했음을 지켜 본 '나'는 반세기가 지난 이제 아버지와 똑같이 닮은 시인이 되어 돌아와 문덕구와 섬사람들의 갈등을 또다시 '지켜 본다'.

우익과 좌익을 가르는 인민 재판이 국군에 의한 연극이었음이 드러나는 순간 옥님이 이모가 깔깔대며 뛰어다니다 국군 병사의 총에 맞아 쓰러지는 것을 보았던 김시인은 문덕구와 마을 사람들의 갈등도 그 연극의 연장선에 있음을 명확히 이해하고 있다. 그러나 그는 아무런 행동도 하지 못한다. 섬의 유일한 지식인이었던 김선생님이 반동과 우익을 가르는 국군 장교(이경영 분)에게 항변하다 지금은 전시, 라는 말 한마디에 벙어리가 되는 것처럼 김철은 마을 사람들과 문덕구 사이를 중재해 보려다가 네 일도 아닌데 왜 나서느냐는 핀잔 한마디에 물러서고 만다.

해결의 실마리는 풀리지 않고 결국 상여배는 어두운 바다 한가운데서 불타오른다. 불타는 배와 함께 신들린 업순네의 한풀이 가락이 울려 퍼지고 온 마을 사람들의 기운이 쇠잔한 아침, 깡그리 타버린 배를 끌어올리면서 비로소 장례는 치러진다. 영화의 끝 장면, 별이 된 마을 사람들이 춤추는 아름다운 밤 하늘(이 장면의 촬영에만 일억 원이 소요되었다)을 보며 관객은 감독의 의도, 영화의 주제를 분명히 알게 된다. 화해. 애초부터 일방적인 피해자·가해자가 없었으니 화해와 용서는 예정된 수순이었을지도 모른다. 화해가 '별이 된 사람들'이라는 지극히 서정적인 방식으로 이루어진 것은 영화가 처음부터 끝까지 시인의 관찰에 의해, 시인의 상상력으로 이루어진 때문이다.[9) 치열하고 처절할 수밖에 없는 시신을 둘러싼 실랑이는 옥님이 이모와 함께 했던 유년 시절의 섬을 낙원으로 기억하고자 하는 시인의 강한 열망 덕분에 주술적이고도 환상적인 결말에 이른 것이다.

여기에 이르면 김철의 관찰은 단순한 '지켜보기'라고 말할 수 없게 된다. 술 마시는 일밖에는 아무것도 하지 않는 시인이 실제로는 영화 전체를 교묘히 이끌고 있는 것이다. 이제서야 그가 왜 공무원이나 회사원이 아닌, 글 쓰는, 그것도 시를 쓰는 '시인'이어야만 하는가가 밝혀진 셈이다. 그는 논리나 이치로 설명하고 풀어낼 수 없는 맺히고 얽

---

9) 박광수 감독은 『그 섬에 가고 싶다』에 대해 "한 시대에 작품을 하는 시인이 갖고 있는 상상력을 따라가는 것이므로 정확한 사실성을 갖지 않을 수 있다"고 말한 바 있다. 『한국의 영화감독 13인』, 이효인 편저, 열린책들, 1980. 박광수 인터뷰 참조.

힌 감정을 상상력이라는 강력한 무기로 해체해내는 역할을 해야 했으므로. 그 힘을 인정하지 않을 수 없으면서도, 비장하기조차 한 대단원에 감탄하면서도 어쩐지 또 쓸쓸해진다. '시인'은 어떤 식으로든 감독의 방패막이가 된 것이라고 한다면 너무 가혹한 평이 될까.

3

70년대의 유행어였던 '폼생폼사'라는 말이 90년대 신세대 그룹의 노래 제목이 된 것은 하나의 아이러니다. 두 시대의 '폼'은 같은 것일까. 다르다면 과연 무엇이? 『축제』와 『그 섬에 가고 싶다』, 그리고 『하얀 전쟁』의 소설가, 시인들을 70년대 식이라고 말한다면 어떨까. 그들은 과묵한 엄숙주의자들이다. 폼을 잡되, 스스로의 입으로 그렇다고 말하지 않는 것이다(내숭파?). 최근의 영화에서 글 쓰는 이들은 좀더 적극

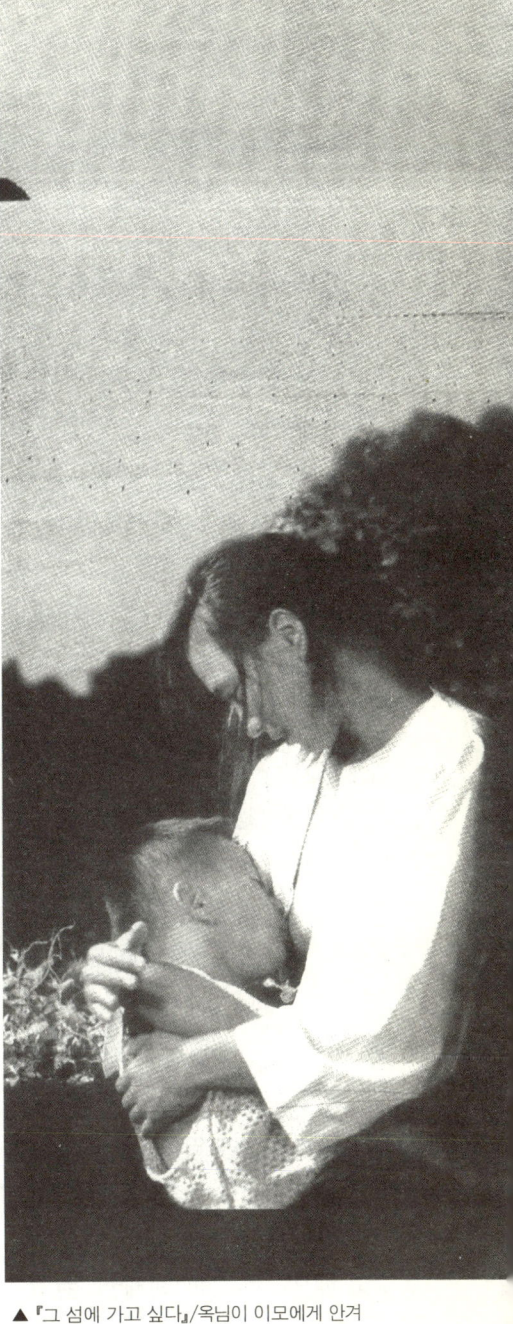

▲ 『그 섬에 가고 싶다』/옥님이 이모에게 안겨 편안히 잠든 유년 시절의 김철.

적으로 폼을 잡는다. 그들은 '나는 폼을 잡고 있다, 그러니 좀 보아 달라, 멋있지 않은가' 하고 광고한다. 안타깝게도 그들은 전혀 멋있지 않다.

삼류 인생들을 그린 영화, 『넘버 3』의 시인 장재봉은 최소한 세 번 이상 우리를 웃게 한다. 그 첫번째 장면. 시인은 손등으로 현지의 볼을 부드럽게, 천천히 쓸어 올린다. 지금 어떤 필링을 느꼈는지, 그걸 다음 시간에 시로 써올 것을 명령한 그는 다른 무언가를 기대하는 현지에게 단호히 등을 보이고 개천을 가로질러 간다. 휘청, 위태롭다고 느끼는 순간 그는 물에 빠지고 만다. 그것도 단숨에 빠지는 것이 아니라 두 번, 세 번 어기적거리면서. 물에서 나와 건너편의 계단을 오르며 그는 너무나 진지한 몸짓으로 바짓자락을 툭툭 흔들고 사라진다. 시인과 현지의 대화 한 토막.

> 시인 : (재떨이를 가리키며)사모님. 이걸 보면 무슨 생각이 나십니까?
> 현지 : 글쎄요, 그냥 재떨이 아닌가요?
> 시인 : (고개를 저으며)노우, 그건 보통 사람들의 말입니다. 저는 여기
>   서 인생을 봅니다. 제 인생을 불사른. (꽁초를 하나씩 들고서)이
>   놈은 왠지 데까당하고, 이놈은 쌕시하군요. 시인에게는 그런 눈
>   이 필요합니다.

현지는 '데까당'의 의미를 알지 못한다. 시인은 현지가 그 의미를 모른다는 사실을 알고 있으므로 그렇게 말한다. 굉장히 데까당한 음성으로. 부스스한 머리에 무테 안경. 양복자락 위로 보랏빛 쉬폰 스카프를 두른 그를 현지는 랭보라고 부른다. 그녀가 아는 가장 위대한 시인이기 때문이다. 현지에게는 '그런 눈(관찰력)'을 강조하지만 정작 랭보는 '필링'과 '터치'에 관심이 많은 시인이다. 솔직한 필링, 과감한 터치를

위해 두 사람은 러브호텔을 찾는다. 그 랭보라는 남자, 그렇게 실력이 좋으냐고 묻는 술집 마담 지나(오야붕의 아내, 방은희 분)에게 현지는, 그는 뭐랄까, 터치가 달라. 내가 전혀 모르던 세계를 가르쳐 줬어, 라고 말한다. 지나의 응수. 너 공부 끝나면 랭보 나한테 넘겨라, 나도 데뷔나 해보자. 랭보는 이제 지나의 시 선생님(?)이 된다. 계속되는 특별 교습…….

전혀 모르던 세계를 깨우친 현지는 영화의 말미에 이르면 『스물아홉, 섹스는 끝났다』는 시집을 내고 일약 베스트셀러 시인으로 변신한다. '불감증 시대를 비꼬는 미시 시인' '초판 5일 만에 폭발적 매진' '서점가 휩쓰는 섹스, 섹스 바람' 등등 회오리바람처럼 화면을 덮는 잡지 기사들을 보느라 어지러운 관객에게 랭보는 마지막으로 폼을 잡아 보인다. '그녀는 내가 지도했다, 우린 사랑했다'는 기사 머리에 '서정 시인 장재봉'의 우수에 찬 얼굴이 실려 있는 것. 이어지는 기사의 내용을 보면 실소를 금할 수 없다. 그녀의 시는 우리의 펄럭이는 보랏빛 사랑에서 비롯된 것이다…….

조직 폭력배들의 세계, 말 그대로의 폭력이 지배하는 곳에서 시인의 역할은 '펄럭이는 보랏빛' 이상도 이하도 아니다. 그 보랏빛이 그나마 펄럭일 수 있었던 것은 그가 표면적으로는 교활하거나 속물적인 인물이 아니었기에 가능하다. 그는 지극히 순수한(?) 시인이다. 그의 시 「장판지의 꿈」의 구절처럼 그는 남루한 영혼의 소유자일 따름이나. 베스트셀러인가요? 라고 묻는 현지에게 전혀 안 팔리고 있죠. 시인은 그런 것에 신경쓰면 안 됩니다, 라고 말하는 랭보의 음성은 엄중하다 못해 슬플 지경이다. 특별 수업을 부탁하는 지나에게도 랭보는 진지하게 말한다. 아닙니다. 이제 이렇게 살고 싶지 않습니다. 안타깝지만 그는 계속 그렇게 살아야만 한다. 오야붕의 아내를 거역할 수는 없으므로. 그는 결국 현지와의 사랑(?)을 폭로한 대가로 피습을 받고 거세당한다. 『섹스는 끝났다』는 제목과 성기 절단의 기막힌 조응. 관객은 참았던 폭소를 터뜨리고 만다.

『넘버 3』의 감독은 시인을 희화화함으로써 시와 문학 자체를 조롱하고 있는 것처럼 보인다. 낯설지 않은 제목 『스물아홉, 섹스는 끝났다』가 그렇거니와 장재봉이라는 시인의 이름도 한 시인의 실명(實名)을 차용함으로써 현실의 문단을 비꼬는 것으로 여겨진다. 현지가 박인환의 「목마와 숙녀」를 낭송하는 컷으로 시작되는 『넘버 3』에는 곳곳에 시와 문학에 대한 사소한, 그러나 심상찮은 언급이 산재해 있다. 영화의 중간 부분, 시에 취미를 붙이면 세상이 좀더 감동적으로 보일 거라는 현지의 말에 지나는, 나를 감동시키는 것은 단 세 가지, 캐쉬, 섹스, 크레디트 카드라고 일갈한다. 지나가 그렇게 말하는 순간 시는 그 세 가지와 동일한 수준으로 격하(혹은 격상?)되는 것이다.

누구나 알 수 있는 비유, 이미 상징의 기능을 상실한 차원의 패러디로 감독은 무엇을 노린 것일까. 하지만 영화는 지나치게 노골적인 비유, 당혹스런 희화화에 담긴 의도를 곱새길 여지를 남기지 않는다. 어쩌면 이것이 『넘버 3』의 장점일지도 모른다. 영화 속 현실은 주먹의 세계답게 철저히 날 것으로 이루어져 있다. 문자 그대로의 피가 튀고 살의가 번득인다. 그런 한가운데서 만나는 시인, 시의 모습이, 엉뚱할 수도 있을 존재가 전혀 어색하지 않은 것은 그 드러내는 방식 덕분일 것이다. 어떤 관객도 랭보를 보며 심각해 하지 않는다. 쯧쯧. 우리 문단이, 시인의 수준이 어쩌다 이 지경에, 라고 탄식하지 않는다. 기능을 잃은 패러디가 이미 상징의 차원을 상실한 시를 빗대는 것이라고는 절대로 생각지 않는다. 우스꽝스럽지만 웃을 수만은 없는 넘버 3, 서태주(한석규 분)[10]의 짧은 생애 속에 곁다리로 끼여 있는 깡마른 시인 따위는 한가로운 자리의 농담거리 이상이 아니다. 그래서, 그 때문에 우리는 랭보를 보며 마음껏 웃지 못한다. 『넘버 3』는 우습고, 무서운 영화다.

『돼지가 우물에 빠진 날』[11]의 효섭(김의성 분)은 랭보에 버금가는 스캔들의 주인공이 될 요건을 충분히 갖추고 있다. 유부녀와의 불륜, 삼각 관계, 소설을 빌미로 여자 거느리기 따위 랭보와 흡사한 길을 가는 그의 파국은 좀더 충격적이다. 삼각 관계의 한 축이었던 극장 사장 조카에 의해 살해당하는 영화의 결말은 관객을 혼란스럽게, 당혹하게 한다. 그는 왜 죽임을 당했는가.

효섭은 옥탑 방에 산다. 그는 잘 팔리지도, 평단의 인정을 받지도 못하는 소설가이다. 소설가다운, 구겨진 사파리 차림의 효섭이 옆 건물 옥상으로 팔을 뻗어 귤을 따 먹는 것이 영화의 첫 장면이다. 그는 유부녀 보경(이응경 분)을 만나 여관으로, 미술 전람회로 택시를 타고 다닌다. 그의 데이트 자금은 그를 사모하는 극장 매표원 민재(조은숙 분)의 주머니에서 나온 것이다. 그는 거짓말의 명수이지만 스스로는 거짓을 말한다고 생각하지 않는다. 사소한, 아무에게도 해가 되지 않는 듯한 거짓말들이 그를 죽일 거라는 사실을 영화가 진행되는 내내 효섭도 관객도 알지 못한다.

후배의 출판사에서 출판을 거절당한 소설 원고를 찾아 나온 효섭이 민재를 만나는 영화의 초기 부분부터 효섭이라는 인물의 속물성은 적나라하게, 지극히 일상적인 방식으로 그려진다.

---

10) 서태주라는 이름도 예사로운 것은 아니다. 한석규가 잠꼬대하는 장면. 그래, 내가 서태주다. 야. 운운하는 부분에서 '서태주'는 분명히 '서태지'로 들린다. 감독은 의외로 많은 것을 노리고 있다.

11) 『돼지가 우물에 빠진 날』 구효서 원작, 홍상수 · 정대성 · 여혜영 · 김알아 · 서신혜 각색, 홍상수 감독, 김일준 조명, 박곡지 음악 · 편집, 조용삼 미술, 조동관 촬영, 이응경 · 김의성 · 박진성 주연, 1996. 같은 해 영화평론가협회 신인감독상 · 음악상 수상.

민재 : 아침은 드셨어요?

효섭 : 아니. 못 먹었어(그는 민재를 만나기 직전 해장국 한 그릇을 국
　　　물까지 비웠다).

민재 : (안쓰러운 눈으로 효섭을 보며)맨날 밤새면서 끼니는 챙겨드셔
　　　야죠. 이 소설, 이번에 완성하신 거예요? 봐도 돼요?

효섭 : 응, 아직 더 손봐야 돼(민재가 소설 원고를 읽는 동안 슬쩍 자리
　　　를 피해 음식점 밖에서 화분 안의 벌레를 괴롭히며 담배를 피우
　　　는 효섭, 들어와서 묻는다). 어때?

민재 : (심각한 표정, 거의 울먹이며)뭐라고 표현 못 하겠어요. 모르겠
　　　어요. 너무 감동적이에요. (기어이 눈물을 떨구며)여자가 죽지
　　　않았으면 좋겠어요.

효섭 : 그건 좀 작위적이지 않니?

　그는 작위적이고 부도덕하고 유치한, 그가 아는 한 비문학적인 모든
것을 경멸한다. 효섭 스스로가 그런 인물임을 감독은 천연덕스러운 방
식으로, 솜씨 있게 보여준다. 예컨대 이런 식이다.

　1) 판사님. 저는 나름대로 평생을 바쳐서 글을 써왔습니다. 한 번도
반사회적이거나 부도덕한 일을 한 적이 없습니다. 한식집 종업원만 아
니었으면, 문학에 대해 토론하고 있는데 왜 고기 굽는 사람들이 끼여
듭니까. : 동창회에 참석했다 만취해서 난동을 부리고 즉심에 회부된
후의 항변(그에게 돌아온 답변은 '요지만 말해요'였다).

　2) 아가리 좀 닥쳐. 너, 왜 날 죽이려고 그러니. 저 여자는 내가 사랑
하는 사람이다, 됐냐? 집에 가서 곰 인형 안고 자. 너, 순수랑 유치랑
구별 못 해? 아무리 발버둥쳐도 넌 개 같고 더러운 똥이야. 나, 진짜 사
랑하는 거야. 나는 이런 사랑만 하게 되어 있어. : 그의 방을 찾아왔다
가 황급히 빠져 나간 보경과 맞닥뜨린 민재를 두들겨 패며.

감독은 '순수'라는 낱말에 강한 집착을 가진 것처럼 보인다. 효섭은 '순수'하게 보경을 사랑하고 보경 역시 '순수'한, 아무것도 바라지 않는 사랑으로 효섭을 대하고 민재는 효섭을 '순수'하게 모든 것을 다 바쳐 사랑하며 극장주의 조카는 자신의 민재를 향한 '순수'한 짝사랑이 통하지 않기 때문에 효섭과 민재를 죽인다. 그들 중 어느 쪽이 진짜 순수한 것일까.

우리의 관심은 그들의 순수 공방의 근원에 '소설'이 놓여 있다는 것에 있다. 소설가이므로 효섭은 자신의 사랑이 부도덕이나 반윤리와는 상관없는, 순수한 것이라고 믿는다. 팔리지 않는 작가이기 때문에 그 사랑은 더욱 결곡한 것이라는 자기 현시에 빠진다. 민재가 침침한 매표소에서 그의 소설을 꼼꼼히 교정하는 것, 포르노 만화 영화의 성우 노릇으로 배고픈 효섭의 용돈을 감당하는 것은 그가 '감동적인 소설을 쓰는 작가 선생님'이기 때문이다. 보경은 어떠한가. 소설가의 연인이라는, 여느 유부녀의 바람기와는 어쩐지 다른, 불륜임으로 해서 오히려 아름답게 여겨지는 그 사실이 그녀로 하여금 효섭의 자동응답기에 정말 사랑해요, 라는 메모를 남기게 하는 것이다. 이로써 영화 『돼지가 우물에 빠진 날』에서 소설은 거짓과 욕망의 은폐물이며 또한 그것의 대명사가 된다. 그야말로 '소설이 우물에 빠진 격'이 아닌가.

『너에게 나를 보낸다』에는 두 명의 소설가가 나온다. 소설가였으나 표절 시비로 작품을 쓰지 못하고 기관원의 사주로 도색 소설을 쓰는 '나(문성근 분)'와 소설 아닌 이야깃거리를 써서 베스트셀러 작가가 되는 은행원(여균동 분)이 그들이다. '나'의 신춘문예 당선작이 남미의 어느 작가의 단편소설과 구성뿐 아니라 문장까지 흡사하다는 사실에 대해 '나'는 적절한 해명을 하지 못한다. 그는 그가 꾼 꿈을 소재로 소설을 썼을 뿐 남미 작가의 이름조차 들어본 적이 없기 때문이다. 표절 시비로 스캔들의 주인공이 되어 경산에 칩거한 그에게 그와 똑같은 꿈을 꾸었다고 주장하는 '바지 입은 여자'(정선경 분)가 찾아오는 것으로 영화는 시작된다.

이 짧은 이야기에는 겹겹의 베끼기가 중첩되어 있다. 소설가의 소설은 그의 꿈의 베끼기인데, 그것은 또한 타인의 소설의 무의식적인 베끼기이며 바지 입은 여자의 꿈 역시 소설가의 꿈의 베끼기이다. 동시대적 상상력의 위대한 합성(!). 무엇보다 같은 꿈을 꾸었다고 가방을 들고 소설가를 찾아오는 전체 얼개는 쿤데라의『참을 수 없는 존재의 가벼움』을 고스란히 베낀 것이다.

이 베끼기 사이에 섹스가 틈입되어 있다. 바지 입은 여자는 '나'의 소설쓰기 감시자를 자처하지만 가방 하나 가득한 미니스커트로 대변되는 그녀의 성적 매력은 '나'의 도색 소설 쓰기를 부추길 뿐이다. '나'는 도색 소설 원고를 조잡한 철제 금고에 감추어 둔다. 누구라도, 열쇠 없이도, 잠깐의 힘을 주기만 하면 열리는 철제 금고는 '나'의 어머니의 유물이다. '철제 금고 속의 원고'는 이중의 상징성을 갖는다. 금고 속의 도색 소설은 기관원(권력)과 연계되어 있다. 권력 — 욕망 — 글쓰기라는 일련의 상관 관계를 주목해 보라. 감독은 '나'뿐 아니라 많은 작가들의 글에서 '도색 소설스러운' 부분은 마치 철제 금고 속의 그것처럼 얄팍하게 감추어져 있음을 넌지시 말하는 것이다. 그것은, 감추어져 있음으로 해서 호기심의 대상이 되며 금고는 역설적으로 호기심을 조바심으로, 억압으로 느끼게 하는 구조물일 따름이다. 마치 검열처럼. 어머니 시대의 많은 규율처럼.

은행원은 억압에 직접 노출되어 있는 인물이다. 창구에서 동전 바꿔주기로 하루를 보내고 돌아와 '밥 주세요' 한마디 하는 뚱뚱한 은행원의 얼굴에는 피곤과 권태가 가득하다. 밥을 먹는 아들을 보며 은행원의 어머니는 이렇게 말한다. 난 니가 소설가가 될 줄 알았다. 넌 어릴 때부터 거짓말도 잘하고 여자를 좋아했잖니.

　은행원에게도 일상을 견디는 나름의 비법은 있다. 『보니와 클라이드』식의 마구잡이 총격과 짐 모리슨의 빽판 속에 자신을 대입하는 것. 마침내 은행원은 영화 『보니와 클라이드』의 흑백 화면 속에 직접 뛰어들고, 그가 끼여든 순간 『보니와 클라이드』의 화면은 생생한 천연색으로 변한다. 총을 난사하던 그(클라이드가 된)가 흘리는 새빨간 피는 앞선 화면 속 클라이드의 검은 피와 선명한 대비를 이룬다. 흑백 ― 칼라의 일반적인 상징성이 효과를 발하는 순간이다. 흑백 영화 『보니와 클라이드』가 기록성과 사실성을 강조하는 생필름으로서의 역할을 훌륭히 해냄으로써 천연색 화면 안의 은행원은 대단히 비현실적인 인물, 어릿광대가 되는 것이다. 그의 피는 검은색보다 오히려 더 가짜처럼 보인다.

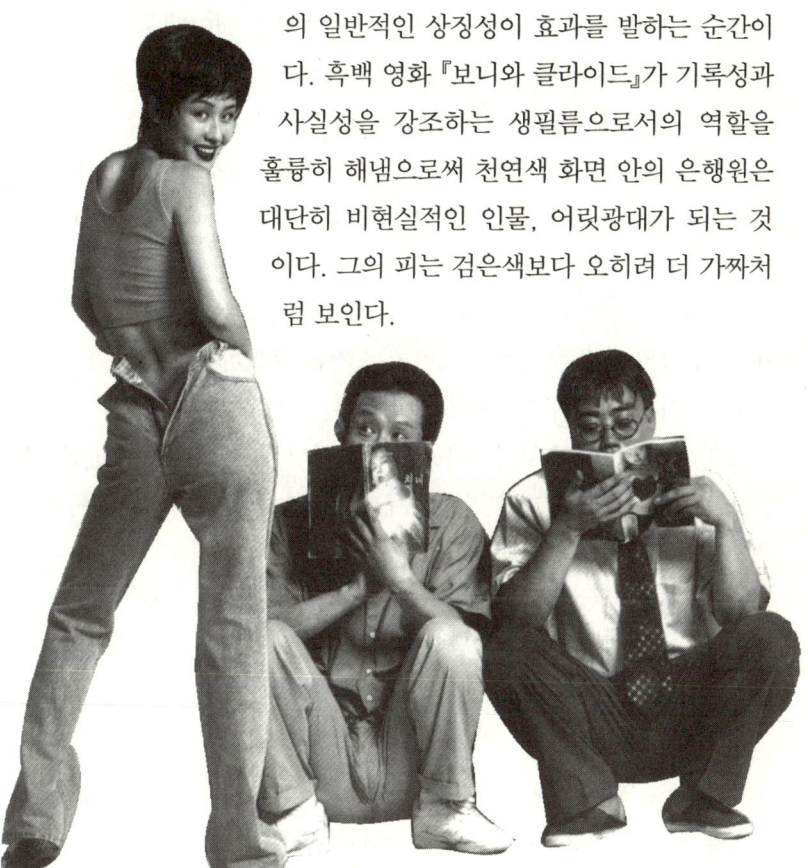

▲ 『너에게 나를 보낸다』/바지 입은 여자 정선경, 소설가에서 가방모찌가 된 '나', 베스트셀러 작가가 되는 은행원.

은행원의 글쓰기는 클라이드 되기의 다른 방편이다. 총 대신 타자기를 잡은 그는 총을 쏘듯 타자기를 두들긴다. 그에 의하면 그가 쓴 글은 소설이 아니다. 왜냐하면 소설이라 하면 마땅히 있어야 할 세계관이나 인간에 대한 이해 같은 것이 없기 때문. 그러나 그런 것들과 상관없이 그는 베스트셀러 작가가 된다. 그가 쓴 책, 『너에게 나를 보낸다』의 표지가 커다랗게 확대되어 걸린 스튜디오에서 그는 유명 배우가 된 바지 입은 여자와 인터뷰를 한다. 일찍이 '나'를 상대로 했던 바지 입은 여자의 연습용 인터뷰가 인물이 바뀐 채 실현되는 것이다. 은행원은 그의 책에 대해 자랑하지도 부끄러워하지도 않는다. 한편 '나'는 바지 입은 여자의 운전수가 되어 있다. 그는 소설을 다시 써 보라는 여자의 말에, 아니, 전 이게 훨씬 좋습니다, 라고 말한다. 여자로부터 건네 받은 은행원의 소설을 건성으로 넘겨 보다 버리는 그는 이제 소설가가 아니다.

은행원이 소설가가 되고 여공이 유명 배우가 되는 이 영화에서 '나'가 왜 소설을 쓰지 못했는가를 따지는 것은 무의미한 일이다. 다만 그와 바지 입은 여자의 연습용 인터뷰의 한 대목을 떠올리는 것으로 끝맺기로 하자. 문학이 무엇이라고 생각하십니까 — 그것은…… 진실을 말하는 것 아닐까요. 그럼 진실은 무엇입니까 — 진실은, 진실은, 진실은…….

4

여섯 편의 영화를 보고 난 후, 과묵하고 침울하고 욕망에 떠는 소설가들을 만난 후의 소감은 몹시 복잡하다. 복잡함 속에 떠오르는 단 하나의 생각.

"소설은 거짓말이고 소설가는 거짓말쟁이들이다. 어쩌면 진실은 그 것뿐인지도 모른다."

그러나 정말 그럴까. 우리는 단지 거짓을 읽기 위해 소설책을 산단 말인가. 그렇다고 하더라도 소설을 쓰는 사람들은 왜 갈수록 비속해져 가는 것일까. 누구나 글을 쓰는, 너무 평범한 이들이 문사가 되는 시대 탓일까.

영화 속 소설가들, 쓰는 이들에 대한 환상을 가차없이 무너뜨리는 그 인물들이 영화와 소설의 숙명적 대립, 혹은 공존에 대한 하나의 상징 물이라고 이해한다면 어떨까. 어떤 소설도 영화적 요소로부터 완벽하 게 자유로울 수 없는 시대, 감독들은 흔들리는 소설가들을 내세우며 조용히, 귀기울이지 않으면 자칫 흘려 버릴 만큼 낮은 목소리로 말한 다. 어딘가에 있을 그 무엇, 말 줄임표 속에 숨어 있는 그 무엇에 주목 해 달라고. 그들이 침묵하는 만큼, 흔들리는 만큼, 더 깊이 침잠할 그 것을 한번쯤 다시 생각해 보자고. 진실이라는 이름의 그것이 다만 흔 들리는 보랏빛 환상에 지나지 않는 것일지라도.

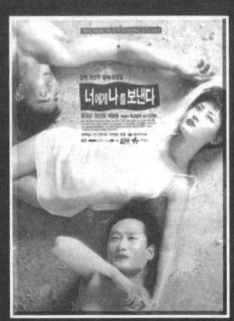

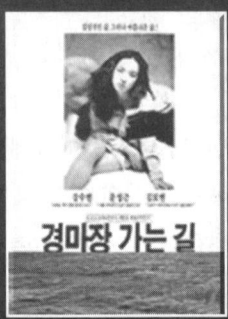

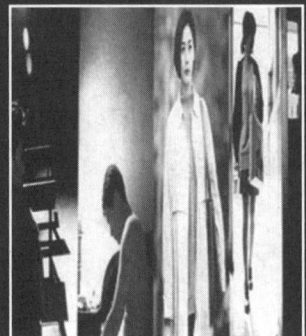

제2부

도시, 일상, 욕망

'읽을 거리'와 '포르노그라피'

'읽을 거리'와 '포르노그라피'

장정일 원작, 장선우 감독 『너에게 나를 보낸다』

문영희

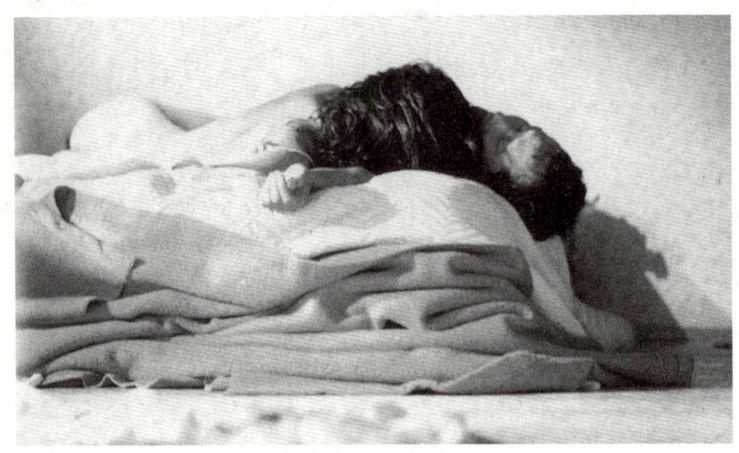

1. '아버지의 법' 조롱하기

장정일의 『너에게 나를 보낸다』가 선보인 것은 1992년. 서사 중심 문학의 쇠퇴와 기법 중심 문학의 약진으로 혼란한 와중에 탄생했다. 첫번째 소설집 『아담이 눈뜰 때』(1990)로 신세대 문학의 기수로 인정받은 그가 내보인 첫번째 장편소설이다.

『너에게 나를 보낸다』가 문제적인 이유는, 이 작품을 관통하는 작가의 시선이 시종 일관 조롱적이라는 데 있다. 그는 90년대, 혹은 자본주의적 질서를 유지하는 중심 담론은 무엇이든 조롱한다. 그에게 있어 법, 제도에서부터 문화적 관습, 심지어는 서사의 문법에 이르기까지 질서라는 이름으로 진행되는 모든 형식의 세계는 '아버지의 법'이다. 그리고 이것은 실상은 온갖 모순으로 뒤끓으면서도 가증스런 권위와 오만으로 가득 찬 위법에 다름 아니라고 파악한다. 아버지를 거부하기 위해서는 스스로 아버지 세계에 길들지 말아야 한다. 그런데 현실의 삶 자체가 아버지 세계의 자장 안에 있으므로 삶 속에서 아버지를 거부할 수 있는 방법은 전무하다. 그는 위대한, 거짓의 아버지를 거부하는 방편으로 글쓰기를 택한다. 글 속에서 아버지의 법을 마음껏 조롱해 보는 것이다. 장정일 문학이 시종 일관 사물과 세계에 조롱적 시선을 던질 수밖에 없는 까닭이 여기에 있으며, 이는 그의 문학 세계를 분석하는 유용한 잣대가 될 수 있다.

『너에게 나를 보낸다』에서 아버지의 법을 조롱하기 위해 작가는 은행원, 표절 작가, 바지 입은 여자 이렇게 세 인물을 제시한다. 그들은 제도(현실), 문학, 성적 담론을 조롱 혹은 전복하기로써의 역할을 맡는다. 은행원의 경우, 아버지의 세계는 '현실 그 자체'이다. 그는 현실을 '수정궁의 세계'로 파악한다. 그가 파악한 '수정궁'이란, 2×2=4인, 엄정한 계산과 질서의 세계이다. 은행원은 이 세계의 인간을 '가학성 음란 환자와 피학성 음란 환자'의 두 부류로 파악한다. 여기서 개성과 자유는 가학 환자만의 전유물이다. 문제는 피학 환자인 은행원 자신이 반드시 버려야 할 '의식'을 지니고 있다는 데 있다. 따라서 은행원에게 아버지의 세계는 '권태만이 지배하'는 세계이며 '감정이나 욕망이 개입되어서는 안 되는 세계'일 뿐이다. 수정궁의 세계를 벗어나는 방법은? 현실에서는 있을 수 없다. 그에게 허여된 자유란, '사창가(헌책방)에서 여자(헌책)를 사'는 일 정도이다. 따라서 그에게는 희망이 없다. 거대한 수정궁을 벗어나기 위해서 할 수 있는 일은 영화『내일을 향해 쏴라』의 주인공처럼 '수정궁'에 총질을 하는 것. 여기서 '총쏘기'로서의 예술이 탄생한다.

더럽혀진 세상은 스스로 자정되거나 반성하지 않는다. 그렇기 때문에 수정궁을 깨는 데는 총이 제일이야. 이처럼 더러운 세계에선 총쏘기도 훌륭한 예술이 되지. (146쪽)

수정궁의 현실 뒤집기로써의 조롱의 방법은 또 다른 현실인 문학의 세계(총질)로 도피하는 것. 이 방법은『아담이 눈뜰 때』의 주인공이 자신의 정체성을 찾아가는 방법의 연장선에 서 있다. 그러나 이때의 총쏘기란, 타락한 방식의 진정한 가치 생산이라는 골드만식의 의미 생산이라고 보기는 어렵다. 서점이 사창가로 환유되는 세상에서 진정한 가치는 찾아서도 안 되며 찾아지지도 않는다는 체념 섞인 시각 속에서 이 작품은 진행되고 있기 때문이다. 그러므로 작가는 은행원의 소설, 나아가 자신의 작품에 단순한 '읽을 거리'로서만 의미 부여를 하게 되는 것이다.

'무죄한 천사'로 묘사되는 은행원이 현실적, 제도적 차원의 담론에 대응하는 방법으로 총쏘기 행위(글쓰기)를 선택했다면 표절 작가 한일

남의 경우는 어떠한가? 장정일은 소설 속 화자에 해당하는 '나'에게 90년대 초반 시점에서의 중심적 문학 담론, 즉 리얼리즘 문학과 엄숙주의를 조롱하는 역할을 떠맡긴다.

'나'는 신춘문예 당선 작품이 표절작으로 밝혀져 문학 활동을 하지 못하고 경산에서 칩거하는 소설가이다. '나'에게 접근하는 사람은 세 부류. 기관원과 사이비 문화협회 사람들과 바지 입은 여자 들이다. 기관원은 도색 소설을 청탁하고 문화협회는 지방의 허영기 많고 순진한 여자들에게 문학을 팔아 호주머니를 터는 사기 집단에 가입할 것을 요구한다. 그리고 바지 입은 여자는 이들과는 달리 진정한 문학 작품을 쓰는 작가가 될 것을 요망한다. 여기서 유의할 것은, 한일남이 이들의 요청을 어떻게 받아들이느냐 하는 것보다는 장정일이 엮어 놓은 인물과 요구 사항 간의 관계이다. 다시 말해 권력(색안경)과 도색 소설, 성(Sex, 여자)과 문학의 진정성, 그리고 사기꾼 패거리와 문학 활동 간의 연결 다발이야말로 소위 문학 행위, 혹은 문학 활동에 대한 작가의 시선이 어느 정도로 시니컬한지를 엿볼 수 있게 하는 부분이다.

표절 작가는 진지한 소설을 쓰고자 노력한다. 그러나 속류 리얼리스트이자 엄숙주의자인 '나'의 실제 작품은 표절이거나 포르노이다. 결국 나는 바지 입은 여자가 원하는 진정한 소설가는 되지 못하고 그녀의 운전수로 변신한다.

장정일은 90년대 초반 문단에서 통용되는 아버지의 법—리얼리즘, 엄숙주의, 표절 시비, 엘리트주의 등에 대해 마구잡이로 총질을 해댄다. 그 총질은 초현실주의자 브르통이 예고한 바와 같이 여객기에 총을 난사하는 것이나 다름없이 다다이스트적이고 무정부적인 것이다. 실제로 그의 다음 작품 『너희가 재즈를 믿느냐』에서는 모든 의성어를 총소리인 '탕탕탕' 하나로 통일시키고 있다. 이런 아나키즘적인 시선은 성(性)을 표명할 때 더욱 활기차게 드러난다. 그는 '바지 입은 여자'를 등장시켜 은폐되고 고상하며 수동적, 소극적이었던 기존의 성(性) 담론을 마음껏 뒤집는다.

'바지 입은 여자'는 '엉덩이' 하나로 공장장을 거쳐 노동문학가인 오만과 자비에게로, 다시 표절 작가와 국제여관을 거쳐 일류 스타가 된다. 성의 담론에 대한 장정일의 견해는 이러하다. 우리는 문학이 순수해야 한다는 강박을 지니고 있는 것처럼 성이란 신성시되어야 한다는 강박을 지니고 있다. 그러나 후기 자본주의 시대의 문학이 결코 순수할 수 없듯 성 역시 신성하고 신비롭고 비의적인 어떤 것이 될 환경에서 벗어나 있다는 사실을 인정해야 한다. 이제 문학은 성과 마찬가지로 윤리적이고 도덕적인 그 무엇이라기보다는 교환가치가 높은 상품이다. 이런 의미에서 문학/성은 동일시되거나 위치바꿈을 한다(이분법적으로 문학을 정신 쪽에, 성을 육체 쪽에다 놓고 정신/육체의 관계 뒤집기).

장정일은 우리가 일반으로 금기시하고 있는 성적 용어를 사정없이 내갈김으로써 기존의 성담론을 깨뜨리려 한다. 또한 '냄비' '숟가락' '손잡이' '문고리' '반지' 등 무수한 성적 은유물들을 통해 성에 접근하는 것은 식사하는 행위나 마찬가지로 일상적인 일일 뿐이라는 것을 간단없이 드러내는 한편 세상에 저급한 언어와 고급한 언어라는 것이 있을 수 없음을 천명하는 것이다.

2. '변신'이 뜻하는 것

이런 시선이란, 계층의 이동이 거의 불가능한 후기 자본주의 시대의 주변부 인물이 감자 먹이기식으로 내미는 종주먹질에 다름 아니다. 사실 우리는 거대한 조직의 피댓줄에 묶여 다람쥐처럼 쳇바퀴만 굴린다. 언제나 다른 곳, 다른 일을 꿈꾸기만 할 뿐 현실은 지리멸렬하기만 하다. 이것을 벗어나기로서의 변신 욕망이 주인공을 끊임없이 존재 전이하게 하는 동인으로 작용한다. 이들은 모두 '국제여관'으로 환유되는 자본시장(은행원—국제여관—작가, 공원—국제여관—광고 모델, 작가—국제여관—운전사)의 공간을 거친다.

변신의 모티프는 주인공들의 신분 변화에만 쓰이는 것이 아니다. 단장 형식, 초점 인물을 재빨리 바꿔치기, 사물들의 지속적인 바꿈질(Change)—이는 만원짜리 지폐가 계속해서 동전으로 환전되는 장면에서 극적으로 제시된다—더 나아가 섹스 파트너의 교체(Change)에 이르기까지 다양하게 활용된다.

특히 단장 형식의 경우, 기존의 서사 문법을 일탈하고자 하는 적극적인 의미를 지닐 수 있다. 단순한 '읽을 거리'에 불과하고 주인공의 존재 전이에 초점을 맞추었다는 작가의 말대로 이 작품은 '왜'가 아니라 '그래서'에 집중되어 있는 것이다.

> 구성은 입을 벌리고 듣고 있는 혈거인이나 독재자인 군주나 그들의 현대적인 후손들인 영화 관객들에게 이야기해 줄 수는 없다. 이런 사람들은 '그래서…… 그리고 그 다음에는……'만으로 잠을 자지 않게 할 수 있으며 호기심만을 공급할 수 있다. 그러나 구성은 지력과 기억력도 아울러 요구한다. (41쪽)

단장 형식의 '그래서'가 주는 효과는 '호기심' 채워 주기로서의 효과이다. 한마디로 구성 따위, 인과 관계나 필연성 따위를 필요로 하는, 지력과 기억력을 갖춘 진정한 독자들은 읽을 게 못 된다는 것이 작가의 독자에 대한 견해이다. 그는 독자에게 이렇게 말한다. '이 작품은 시시한 거야. 거짓말에 불과해, 그러니 맘에 들지 않으면 읽다가 쓰레기통에 버려도 좋아.' 이러한 언술은 일종의 과도한 자기 방어의 소산인지도 모른다. 작품의 혹평에 대해서 이렇게 반응하는 것이나 마찬가지이기 때문일 것이다. '그래. 내 작품은 쓰레기에 불과하고 포르노이다. 어쩔래? 그러게 내가 뭐랬어. 읽다가 버리라고 했잖아.'

이쯤되면 이 작품에 대해서 긍정적인 의미 부여도 부정적인 의미 부여도 할 필요가 없어진다. 스스로 말막음을 하고 나서는데 누가 뭐라고 할 수 있으랴.

3. 가학/피학의 알레고리

1994년 가을, 신촌의 한 극장에 『너에게 나를 보낸다』를 보러 갔다. 관객들은 하나같이 20대 초반의 남자 대학생이었고(드물게는 40대의 아저씨도 있었다), 그들은 대부분 '혼자' 온 사람들이라는 사실에 놀랐다. 영화 상영 중에 흘러 넘치는 알지 못할 열기와 침 넘어가는 소리라도 들릴 만큼 긴장된 분위기는 20대 초반 남성 관객이 이 영화를 어떻게 받아들이고 있는지를 알게 한다.

그 극장의 분위기로 보면 장선우 감독의, '가벼운 포르노그라피를 만들겠다'는 의도는 성공했는지도 모른다. 관객을 그만큼이나 진지(?)하게 몰입시킨 국산 영화는 그 당시로서는 드문 것이었으니까(의도에서 벗어났나?).

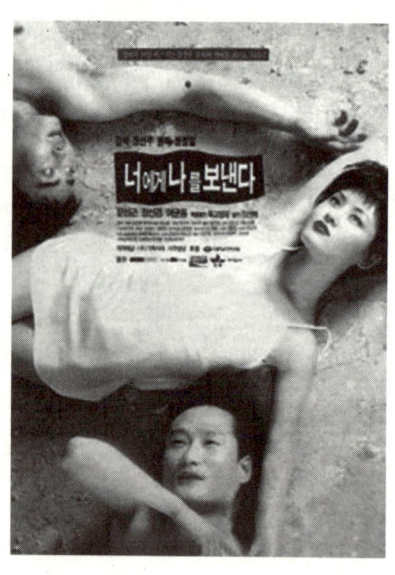

▲ 장선우 감독 『너에게 나를 보낸다』 포스터

그런데 내게 가장 인상 깊게 들려 온 대사는 이것이었다. "이런 '후진' 여관에선 '그걸' 안 하면 남는 게 없어." 이 대사처럼 이 영화를 적절하게 설명해 주는 것이 또 있을까? 영화, 소설 할 것 없이 숨겨진 의도는 바로 이것이라고 생각한다면 지나치게 부정적인 생각일까?

> 영화는 참 편리한 장르 같아. 『너에게 나를 보낸다』 같은 포르노를 찍다가 『꽃잎』 같은 작품을 찍어도 아무도 뭐라고 하지 않잖아……. 영화가 왕이야.　—김영하, 「전태일과 쇼걸」에서

장선우 감독의 작가적 특성을 한마디로 요약하는 대목이다. 아닌게 아니라 그는 부단히 부유한다. 『화엄경』에서 『우묵배미의 사랑』으로, 다시 『경마장 가는 길』 『너에게 나를 보낸다』에서 『꽃잎』으로, 다시 『나쁜 영화』로 전전한다. 소설 원작을 각색했다는 것만 공통점이랄 수 있는 그의 이러한 이동은, 혹시 원작이 지닌 서사의 튼튼함에 장선우가 안이하게 기대고 있는 것은 아닌가 하는 생각이 들게 한다. 왜냐하

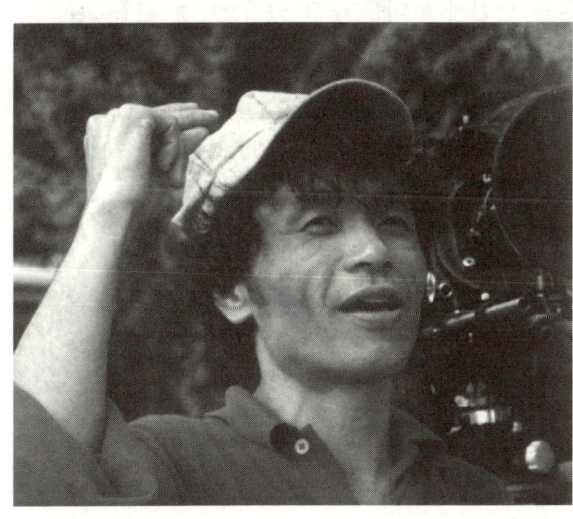

◀ 장선우 감독
1986년 MBC드라마 작가

주요 작품
1988년 『성공시대』
1990년 『우묵배미의 사랑』
1991년 『경마장 가는 길』
1993년 『화엄경』
1994년 『너에게 나를 보낸다』
1996년 『꽃잎』
1997년 『나쁜 영화』

시나리오집
『성공시대』 (학민사, 1987)
『남한강』 (학민사, 1991)

면 영화를 아우르는, 장선우만의 독특하고 공통적인 '색깔'을 찾아내기가 쉽지 않기 때문이다. 그보다는 '잦은 이동'의 성격적인 특성을 영화 기법을 통해 찾아보는 것이 장선우 영화에 쉽게 접근하는 방법인지도 모른다.

『너에게 나를 보낸다』의 경우, 소설이 1990년대 아버지의 법이라고 할 수 있는 모든 것에 조롱적인 시선을 던지고 있다면, 영화의 경우는 세계를 향한 감독의 눈길이 작가의 그것보다는 희석되어 있다. 영화에서 은행원(여균동 분)은 소설에서 제시하는 대로 '뚱뚱한 채플린'의 역할을 수행하는 데 모자람이 없다. 그러나, 아까 말한 극장의 그 관객들은 넋이 빠져 신인 배우 정선경의 '엉덩이'를 쳐다보았음이 분명하다. 바지 입은 여자 역으로 캐스팅된 정선경은 '엉덩이가 예쁜 여자'라는 닉네임에 걸맞게 신인답지 않은 과감한 '엉덩이 연기'를 선보였다. 표절 작가 역은 문성근.

장선우는 세 인물을 가학/피학의 알레고리로 제시한다. 장면들은 사실에 토대를 두고 있기보다는 은유, 환유, 알레고리의 기법으로 무언가를 감추고 있는 듯한 느낌을 자아낸다. 세계를 파악하는 방식을 가학/피학으로 삼을 경우 그 모든 것은 가학적이거나 피학적인 것이 되지 않을 수 없다. 나쁘게 말하면 피학의 주체들의 엄살 섞인 서사에 불과할 수도 있다는 것이다.

은행원의 경우, 환전 창구 앞에서 뚱뚱한 여자의 쓸데없는 환전(10000—1000—500—100—10000) 요구를, 감시자의 눈길을 의식하면서 굴욕적인 상황을 참아내는 모습으로 자본주의 사회의 이분적 구조, 가학/피학간의 관계를 은유한다. 또한 그의 방은 가학에 짓눌린 피학 환자의 '흉내내기'의 무대인 동시 정체성 찾기의 게임룸이다. 책과 레코드들이 벽면을 따라 가득 쌓여 있고 옷걸이와 침대로 가득 찬 좁디좁은 방에서 이불 밖으로 목만 내밀고 커다란 눈을 꿈벅이는 여균동의 모습에서 우리는 그의 발기 불능이 과도한 성생활에서 온 것이라기보다는 장남으로 지고 있는 과도한 부담 때문이라는 것을 어렴풋이 이해한다. 은행원의 방은 휴식 공간으로서의 기능을 상실했다. 가득한 옷 사이에서 로버트 레드포드를 흉내내며 총놀이를 하는 모습, 침대와 벽면 사이의 좁은 공간에서 전기 밥통에 말린 바나나 껍질의 가루를 긁어내며 짐 모리슨의 흉내를 내는 모습을 보라. 이러한 제시 속에는 산업 사회가 필연적으로 파편화하거나 기계화한, 기능인의 전형에 대한 감독의 동정적인 시선이 깔려 있다. 그러나 이러한 시선은 가학/피학의 구조에 일관성을 부여하지 못한다. 장선우는 1960년대 반헐리우드 영화 『내일을 향해 쏴라』 『우리에게 내일은 없다』의 주인공과 은행원을 동일시하는 방법으로 피학에서 가학으로의 방향 전환을 시도한다. 비켓덩어리의 모욕—발기 부진—술집에서의 봉변에서 국제 여관을 거쳐 타자기를 두드리고 펜을 휘둘러 드디어는 페니스가 벌떡 일어나는 동시에 베스트셀러 작가로 변신하기에 이른다는 은행원의 스토리는 앞부분에서 드러내려 했던 소모적이고 짓눌린 인간상이 자본주의 사회의 구조적 모순에서 기인한다는 은유를 뒤집어엎는 것에 다름 아니기 때문이다. 의도했건 않았건 은행원의 스토리는 소시민의 신분 상승됨으로 받아들여진다. 그러나 그것은 유리 상자(환전 창구)에서 또 다른 유리 상자(방송국 스튜디오)로의 이전을 의미하는 것이며, 그렇다면 처음부터 은행원을 그렇게 피학의 관계로 몰고 갈 이유가 없지 않느냐는 것이다.

이것은 '바지 입은 여자'의 경우도 마찬가지이다. 오만과 자비의 가학적인 태도(애니메이션으로 처리)는 또 다른 가학인 80년대 정치 상황에서 기인한다고 설명한다. 그러나 이러한 은유가 우리들의 눈에서 사라지기도 전에 바지 입은 여자는 가학을 즐기는, 혹은 적극적으로 이용하는 피학 환자가 된다. 표절 작가, 은행원, 옷집 남자를 거쳐 중년이 넘은 배불뚝이 대머리(경산문화협회 회장), 동성애자로 비쳐지던 색안경, 국제여관의 손님 등을 자발적으로 거친 뒤 광고 감독을 만나 일약 스타로 부상한다. 여공에서 스타로의 변신 역시 신분 상승담에 다름 아니며 초반부의 피학에 대한 설명은 중간 후부터 설명 없는 성에의 몰두로 진행된다. 감독의 시선은 동정을 넘어 관객과 함께 '엉덩이'를 즐기는 차원으로 넘어간다. 이 점에서 장선우는 철저히 남근 중심적 입장을 견지한다.

표절 작가의 경우는 어떠한가? 표절 작가라는 약점을 이용, 사이비 문화단체 사람이나 기관원(색안경)이 접근한다. 소위 문화 산업을 정치, 사상적으로 악용하는 색안경(가학), 순진하거나 겉멋 든 촌 아줌마들을 꼬시는(가학) 문화협회, 이런 것들이 진실한 글을 쓰고자 하는 표절 작가 위에 군림하고 있다. 그러나 이러한 억압적인 상황에 대해 표절 작가는 별로 저항적이지 않다. 왜냐하면 '밥벌이'로서의 글쓰기 문제가 끼여들어 있기 때문이다. 이러한 가학/피학의 관계는 '바지 입은 여자'의 등장 후 심화된다. 감시자이자 후원자인 바지 입은 여자 덕분에 그는 타자기 대신 엉덩이

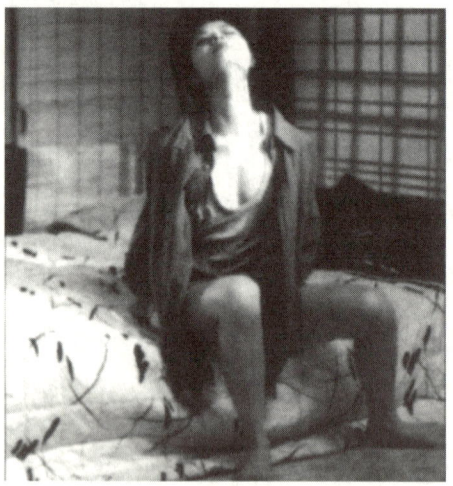

▼ '타자기/작가'의 방에서 '침대/섹스'의 방으로의 의미 전환

를 '찍'고 책상 대신 침대를 애용한다. 처음에는 책상과 타자기가 전면에 노출되도록 배치되어 있었다. 어쨌거나 그는 '작가'인 것이다. 그러나 침대와 타자기는 곧바로 자리바꿈을 한다. 타자기/작가의 방에서 침대/섹스의 방으로의 의미 전환, 유능한 성기(도색 소설)에서 무능한 성기(진실한 소설을 못 씀)로, 다시 거세된 성기(글쓰기 포기)로의 전락 과정에서 글쓰기 욕망은 성적 욕망이나 조금도 다르지 않다는 것을 시사한다. 그렇다면 이 영화는 엉덩이 스토리(성기)를 중심에 두고 성적 욕망에서 글쓰기 욕망으로(은행원), 글쓰기 욕망에서 성적 욕망(표절 작가)으로 이동하는 두 아웃사이더의 존재 전이의 과정을 제시한 '가벼운 포르노그라피'에 불과한 것인가.

4. 포르노적인, 포르노가 아닌

이 영화는 포르노성을 띠고 있다. 여성주의에 반하는 남성 중심적인 시각, 바지 입은 여자의 성적 타락의 과정을 따라가며, '성의 개인사'라고 할 수 있는 '은행원의 과거 이야기와 바지 입은 여자의 과거 행적'을 통해, 표절 작가의 도색 소설의 자막을 통해 다양한 정사 장면을 '구경시켜' 주는 것이 그러하다. 등장 인물 대부분을 '벗겨' 놓거나 속옷 차림인 채 촬영한 것도 그러하다.

그러나 이 작품은 포르노가 아니다. 처음 장면을 제외하고는 표절 작가와 바지 입은 여자의 섹스 장면은 엿보기의 기법을 사용, 중간 문의 유리창 너머로 한 번 걸러서 비추어 준다. 또한 추억 속의 성 이야기는 푸른색으로, 도색 소설은 흑백 자막으로 처리, 단순한 구경거리를 넘어서는 정서적 환기물의 역할을 허용한다. 성에 얽힌 정치적, 구조적 은유들, 그리고 기호화되고 상징화된 객관적 상관물(타자기, 술병, 샤워 꼭지, 담배 등)이 포르노적 요소를 지운다. 또한 표절 작가와 진실, 발기 불능과 사창가, 술집 마담과 그녀의 유아적인 남편, 냉동실과 돈봉투, 금고와 원고지, 동성애적 분위기의 기관원 등 인간과 사물 간의 뒤바뀐 관계들을 통해 절연되고 전도된 현대의 가치체계를 암시하고 있기도 하다.

그렇다고 해도 과연 이 영화를 이렇게 '깊이' 해석하고 이해해 줄 사람이 몇 명이나 되겠는가. 영상은 흐르고 생각은 단절된다. 성적인 호기심으로 충만한 어리거나 젊은 관객들을 충족시키며 동시에 90년대 초반의 우리 현실을 성적으로 환유하기에는 이 영화의 역량이 너무 모자란다.

5. 다시, 현실로

결과적으로 이 작품에서 욕망의 추구는 신분 상승 욕구와 등가를 이룬다. 달리 말해 산업 사회의 아웃사이더들의 성적 욕망 추구의 개인사이자 인생 유전이 이 작품의 기본 골격이 되어 버린 것이다. 장정일의, '아버지의 법 조롱하기'란 '아버지 법'의 구조에 포함되지 못한 자의 넋두리인 동시에 구조에 끼기 위한 전략의 일환에 지나지 않는다. 가학과 피학의 알레고리로 파악하려 했던 장선우의 시도 역시 등장 인물의 인생 유전을 끌어들임으로써 흐지부지되고 만다. 그러므로 이 작품은 작가가 강변하지 않더라도 '읽을 거리'이며, 감독이 떳떳이 밝히지 않더라도 '포르노'이다. 이 문제는 소외 계층의 이야기를 '어떻게' 다루느냐와 연관된다. 그들은 소설적 리얼리티와 영화적 진실을 호도했다. '성'을 다룬 것이 문제가 아니라 '성'을 잘못 결부시킨 것이 문제가 된 것이다. 장정일은 작품 후기에서 이 작품이 '마지막 읽을 거리'이

길 바라며, 이러한 '읽을 거리'는 스스로 '경험'하거나 '사유'하지 않은 채 날것의 '정보'를 조합하여 편리하게 소설을 쓰려는 신세대들의 경박함에서 기인한다고 변명한다. '신세대적 경박함'도 문제지만 그들이 현실을 어떤 방식으로 파악하는가가 더 큰 문제이다.

새로운 것을 추구하고자 하는 신세대적 특성은 나무랄 일이 못 된다. 그러나 진정으로 요구되는 것은 현실을 읽어내는 새로운 패러다임이다. 이러한 것은 '날것의 정보'가 아닌, 현실의 딱딱한 각질 속에 숨어 있다. 도저한 절망의 현실 속에서 모순적인 판짜기에 제동을 거는 자, 전체적인 안목으로 세계의 불화 관계를 파악하는 힘을 기른 자만이 우리 문화의 거품—'읽을 거리'와 '포르노'—을 날려 버릴, 진정한 저항 정신을 지닌 신세대이다.

탈일상의 욕망을 꿈꾸는 도시인의 초상

구효서 원작 『낯선 여름』,
홍상수 감독 『돼지가 우물에 빠진 날』

문해경

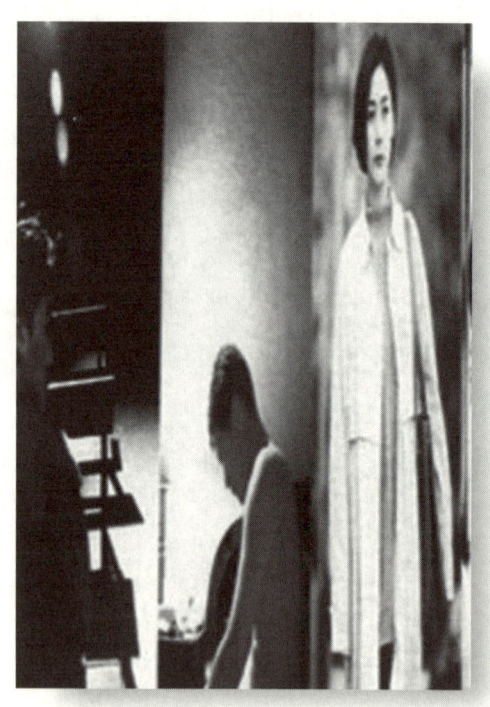

현대인은 모두 일상의 궤도 밖으로 벗어나고자 하는 욕망을 가지고 살아간다. 일상의 박제된 삶으로부터 이탈을 꿈꾸는 것은 달콤하기까지 하다. 그러나 현재적 삶에 대한 집착과 욕망은 이탈에 대한 실행을 지연시키고 무화한다. 설령 일상으로부터의 이탈을 시도하더라도 그는 일그러진 욕망의 얼굴을 가진 자신을 발견하고 절망할 뿐이다.

여기에 탈일상의 욕망을 가지고 있으나 늘 좌절하고 마는 도시인의 자화상을 다루고 있는 소설과 영화가 있다. 이 두 작품은 원작 소설과 각색 영화라는 불가분의 관계를 맺고 있으면서도 일상과 탈일상의 욕망이라는 문제를 전혀 다른 시선으로 포착해내고 있어 주목된다.

1. 어느 '낯선 여름'의 만남과 이별

구효서 원작인 소설 『낯선 여름』은 연애 소설이다. 소설가인 한 남자를 둘러싸고 부유하고 안정된 삶을 누리고 있는 유부녀 보경과 소설가를 좋아하는 민재라는 젊은 여성이 삼각 관계를 형성하고 있다. 연애 소설의 공식이 되어 버린 삼각 관계의 설정은 이 소설이 연애 소설의 진부한 틀을 탈피하지 못하고 있음을 단적으로 보여준다.

소설가인 김효섭은 결혼을 약속한 여자가 죽은 후 7년 동안 혼자 살고 있는 인물이다. 그는 독신의 남자가 흔히 가지는 궁상스러움이나 무질서함을 소유하고 있지 않다. 소설가로서도 어느 정도의 지위를 확보하고 있으며, 고독과 외로움을 적당히 조절할 수 있다. 또한 타인에 대한 무관심이 이미 생활에 깊숙이 밴 고립적인 인물이다.

이러한 효섭이 정기적으로 접촉하는 인물이라고는 민재뿐이라고 할 수 있다. 서민재라는 젊은 여성은 개인적인 신상을 전혀 드러내지 않는 인물로 타인에게 늘 적당한 선의 거리를 두고 행동한다. 효섭이 잡지사에 근무할 당시 동료였던 그녀는 번역일로 생활해 가는 예쁘고 지적이지만 차가운 이미지를 소유한 여성이다. 그런 그녀가 유일하게 효섭에게는 자신의 벽을 허물어 보인다. 그러나 효섭은 그녀와의 만남을 '간절할 것도 없이, 뼈가 시린 것처럼 아쉽기만' 한 것으로 느끼며, 이것도 연애의 일종이라면 '참으로 길고도, 괴상하고도, 적막하기 이를 데 없는 연애 아닌가' 라는 생각에 빠진다. 이즈음 그는 우연히 보경이라는 유부녀와 만나게 되면서 자신의 고요한 삶이 흔들리는 것을 발견한다.

강보경은 자상한 남편과 남매를 둔 30대 초반의 중산층 여성이다. 보경의 삶은 결락이라고 느껴지지 않는 완전한 것인 반면에 지극히 무료하고 적막한 것이었다. 그런 그녀가 웬디스에서 우연히 마주친 효섭을 보고 한눈에 마음을 빼앗긴다. 그녀는 효섭에게서 자신이 가지고 있었는지도 깨닫지 못했던, 어떤 사람의 윤곽이 그려진 투명지 같은 것의 실재를 순간적으로 인식하게 된다. 그것은 '기시감'으로 표현되고 있지만 운명적인 만남에 다름 아니다. 효섭과 보경은 그들 스스로 제어할 수 없는 어떤 힘에 의해 혼돈의 기류에 휘말리게 된다.

이즈음 민재는 효섭의 감정을 알게 되고 보경을 만나 두 사람의 사랑을 독려한다. 그리고 프랑스로 떠난다. 민재는 프랑스인 아버지를 둔 베트남인 어머니와 한국인 아버지 사이에서 태어난 다국적 혼혈아였으며 오랜 전쟁 후유증으로 아버지가 죽자 한국을 떠나기로 결심하였던 것이다. 효섭은 그녀를 이 땅에 머무르게 할 하나의 끈마저 되지 못한 자신이 안타까울 뿐이다.

효섭과 보경의 열정은 객관적 상황과 조건을 파기시키지는 못하지만 광적인 양태로 드러난다. 세 번의 관계를 통해 두 사람은 혼돈의 늪을 경험하게 된다. 일상의 모든 것을 초라하게 만들어 버리는 열렬한 사랑 앞에 무기력한 모습을 보여준다. 그러나 곧 효섭은 그녀와의 만남이 우연히 시작된 것처럼 그녀와의 이별을 감행한다. 일방적으로 그녀와의 관계를 절연한 후 이전의 정돈된 생활로 돌아간다. 그러나 보경에게 효섭과의 만남은 단순한 불륜의 경험을 넘어서는 것이었기에 이전의 자리로 되돌아간다는 것이 쉽지 않다. 우연히 다가온 이 사랑은 그녀를 송두리째 변화시키고 그녀의 존재를 관습적이고 사회적인 자리에서 이탈시킨 것이다. 열병을 앓고 난 회복기 환자에게 닥치는 현기증처럼 삶이 혼란스럽고 낯설기만 하다. 이전의 자리로 복귀하고 싶지만 그녀 자신이 전혀 다른 존재로 느껴질 뿐이다. 그리고 그녀는 얼마 지나지 않아 잠들듯이 세상을 떠난다.

이상의 이야기는 낯선 남자로부터 효섭에게 온 소포에서 비롯된다. 보경은 효섭과의 만남과 이별의 과정을 글로 남겨 두었으며 그 글을 남편이 발견하고 효섭에게 보낸 것이다. 보경의 글 중간중간에 효섭의 회상과 감상이 덧붙여지는 형식으로 소설은 전개된다. 글의 끝에 보경이 죽었음을 알려 주는 남편의 메모를 통해 비로소 효섭은 그 사실을 알게 된다.

이 글은 반복된 일상의 자리에서 제도와 관습에 길들여진 채 죽은 듯이 살아가는 남녀가 운명적인 사랑의 감정에 자신을 던짐으로써 낯선 자아를 발견하게 되는 과정을 그려내고 있다. 자기 안에 잠재한, 자신마저 알 수 없었던 낯선 자아의 모습을 작가는 우주적인 자아, 본래적 자아와의 조우라고 말하는 듯하다. 보경과 효섭은 서로의 만남을 통해 자기 안의 다른 자아를 대면하고 고래 뱃속과 같은 혼돈의 세계를 체험하게 되는 것이다. 남녀간의 만남이 또 다른 자아의 발견의 계기가 되며 다른 차원의 세계에 대한 자각으로 작용하는 것이다. 그러므로 사건의 배경이 되는 이 계절은 너무나도 '낯선 여름'이 아닐 수 없다.

그러나 이 소설은 여전히 기존의 연애 소설이 가지는 범주와 한계를 넘어서지 못하고 있다. 독신의 소설가를 둘러싼 두 여성의 애정 관계가 제공할 수 있는 흥미거리를 새로운 자아의 발견이라는 의미망으로 포장함으로써 은밀하게 여타의 연애 소설과 차별화시키려는 작가의 의도적인 장치와 세심한 배려에도 불구하고 이 소설에서 사랑을 통한 자아의 발견을 확인하기는 어렵다. 오히려 서사의 중심은 효섭과 보경의 미화된 불륜과 그의 여성 편력, 우연적인 만남과 이별이 조성하는 분위기에 놓여 있다.

효섭과 보경이 보여주는 일탈 행위의 기저에는 현실적인 배경이 존재하지 않는다. 탈일상의 욕망이 배태된 현실은 없고 단지 두 사람의 만남과 이별이 일상과 유리된 순간의 사건으로써 다루어질 뿐이다. 현실 속에서의 소설가와 유부녀의 사랑이 과연 이 소설 속에서처럼 그렇게 탈속적일 수 있을까. 작가는 그들이 지닌 욕망의 뿌리에 대해서는 한 번도 진지하게 생각해 보지 않은 것일까.

이 지점에서 그의 소설적 전략이 선명하게 드러난다. 그의 소설은 현대인이 지닌 일탈에의 욕망을 아름답게 미화시킴으로써 욕망의 근원이 되는 현실을 배제하고 망각하게 만드는, 그리하여 독자들의 말초적인 감각만을 충족시켜 주는데 급급한 상업주의적인 연애 소설에서 한 걸음도 벗어나지 못하고 있는 것이다. 아니 오히려 처음부터 이 작품의 목적은 그러한 독자의 기호에 호응하는 것이었는지도 모른다. 이 점은 이 작품이 개연성 있는 서사 구조보다는 사건을 감각적, 정서적으로 묘사하는 데 치중하고 있는 데서 더욱 분명해진다.

2. '돼지가 우물에 빠진 날'

『돼지가 우물에 빠진 날』은 96년에 가장 주목받은 한국 영화 중의 한 편이다. 이 영화는 청룡상, 영평상의 신인감독상을 석권하였으며 음악

상을 수상하기도 하였
다. 대외적으로는 96년
에 밴쿠버 영화제의 뉴
아시안 디렉터 부문 최
우수상을 수상하였으
며, 97년 2월 로테르담
국제 영화제에서 최고
영예의 상인 타이거상
을 받았다. 국내외에서
좋은 영화로 인정된 이
영화는 한편 영화진흥
공사가 주최한 96년 '좋
은 영화'의 목록에서는
제외되는 아이러니를
낳기도 하였다. 홍감독
은 이에 반발하여 국제

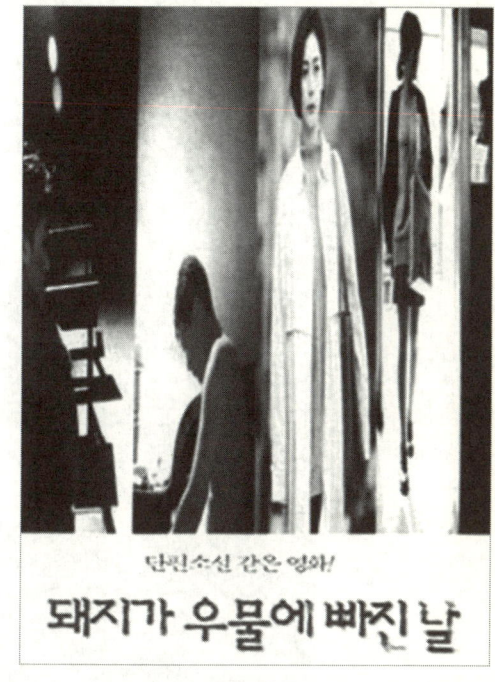

▲ 로테르담 영화제에서 타이거 상을 수상한 『돼지가
우물에 빠진 날』의 포스터.

영화제 출품을 거부하겠다는 입장을 표명하였다가 철회하는 등 이래
저래 화제를 불러일으킨 작품이다.

신인 감독 홍상수는 원작 소설인 『낯선 여름』을 대폭 개작, 수정하여
창조적인 각색의 한 전범을 보여준다. 소설이 남녀간의 애징과 갈등에
초점을 두고 있다면, 영화는 도시인의 삶과 고뇌에 카메라의 앵글을
맞추고 있다. 소설이 삼각 관계를 형성하고 있는 세 명의 인물에 의해
전개된다면, 영화는 새로운 인물을 창조함으로서 원작의 플롯을 변형
시킨다. 소설가인 효섭, 그와 불륜의 관계를 맺고 있는 유부녀 보경,
효섭을 연모하는 민재, 그리고 보경의 남편, 이 네 명의 인물이 각각
대등한 비중을 지닌 역으로 등장하고 있다. 여기에 소설을 각색하는

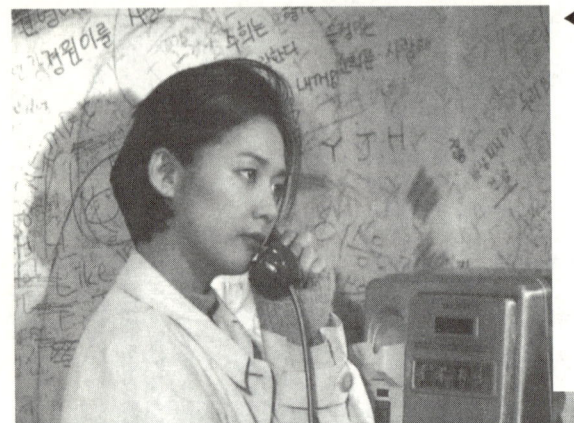

◀ 보경은 효섭과의 외도를 통해 일상 탈출을 꾀한다.

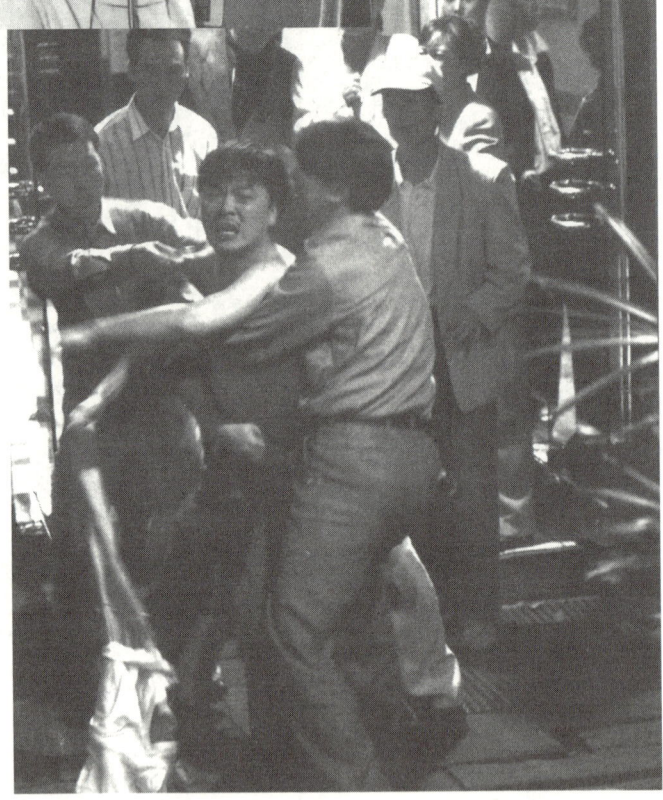

▲ 효섭은 피해 의식에 젖어 있는 인물이다.

과정에서 탄생한 인물로, 민재를 맹목적으로 사랑하는 청년의 존재가 첨부된다.

영화에는 효섭이 보경과 만나게 되는 과정이 생략되고 이미 두 사람의 관계가 오랫동안 지속되어 온 것으로 설정되어 있다. 효섭은 제대로 팔리지도 않는 소설을 쓰는 무능하고 무기력한 소설가이다. 세상이 자신을 무시한다는 피해 의식에 젖어 있으며, 선후배 사이에서도 인정을 받지 못하고 폐인 취급을 당하는 인물이다. 세속적인 가치에 대한 욕망이 강하지만, 자신만이 문학의 순수성을 지키려고 애쓰는 듯 행세한다. 그는 늘 보경과의 만남을 전시회나 그와 비슷한 공간에서 주도하거나, 민재 앞에서 가난하지만 지조 있는 예술가로 군림하려 한다.

보경은 남편과의 관계가 원만하지 못한 유부녀이다. 남편은 소극적이고 개인적인 도시 샐러리맨의 전형적인 모습을 갖추고 있다. 그는 가족과의 친밀한 유대감을 공유하지 못하며 자신의 업무에도 만족을 느끼지 못한다. 아내와의 애정도 시들해지고 스스로에 대한 자긍심도 찾을 수 없다. 아내에 대해 의처증의 태도를 보이거나 매사에 지나친 결벽증에 시달린다. 출장 중에 집에 있는 아내에게 전화를 걸어 아내의 통화를 의심한다든지, 고속버스에서 옆자리의 승객이 구토한 오물을 씻기 위해 휴게실 화장실에서 머무르다가 버스를 놓치기도 한다. 또 업무로 인해 하룻밤을 전주의 여관에서 보내는 동안 여자를 사기도 하지만 관계 후에는 성병에 설릴 것을 염려하여 병원을 찾기도 한다.

보경은 이러한 남편과의 사이에서 애정을 느낄 수 없다. 두 사람은 타인과 다를 바 없는 낯선 동거인들이다. 그녀는 효섭과의 외도를 통해 일상에서 탈출하고자 한다.

민재는 소설가인 효섭에 대해 선망과 동경과 애정이 혼용된 감정을 품고 있다. 2년이 넘도록 효섭의 주위에서 그를 숭배하며 가난한 예술가의 내조자가 되기를 꿈꾼다. 출판사의 교정 직원으로 근무했을 때

처음 효섭을 만나 그 이후로 사랑을 키워 온 것이다. 그러나 효섭은 민재를 기만하고 그녀의 애정을 자신의 편의대로 이용할 뿐이다.

삼류 극장의 매표소 직원으로 근무하면서 궁핍한 생활을 꾸려 가는 처지이지만, 그녀에게는 예술가의 연인이 되고자 하는 욕망이 가장 절실하다. 이러한 민재에게 그녀를 광적으로 좋아하는 청년인 극장 직원의 존재가 부담스럽기만 하다. 그는 민재의 소설가에 대한 사랑을 비웃고 질투한다. 민재의 애정이 효섭에게 하찮은 감정에 불과하다는 것을 깨우쳐 주려 한다.

효섭의 생일날, 그의 집을 찾아간 민재는 보경과 마주치게 된다. 보경이 집으로 가버리자 효섭은 민재에게 자신은 보경을 사랑한다며 화를 내고 폭력을 행사한다. 민재는 "선생님한테 어울리는 여자가 되려구" 노력한 나는 대체 어떤 존재인가 묻지만 절망스럽기만 하다. 이 광경을 지켜 본 극장 직원은 민재에게 매달리고 그녀는 자포자기하는 심정으로 그에게 자신의 몸을 준다.

며칠 후 보경은 터미널에서 효섭을 기다리지만 그는 나타나지 않는다. 여행을 약속한 효섭이 나타나지 않자 보경은 그의 집으로 찾아가지만 아무도 없다. 그녀는 그날 하루 온종일 거리를 배회한다. 우연히 남편을 발견하고 뒤를 밟아 그가 성병에 걸린 것을 알게 되며, 옛날에 살던 동네로 친구를 만나러 가기도 한다. 밤이 되자 보경은 다시 효섭의 집을 찾아가지만 집은 어둠에 휩싸여 있을 뿐이다. 그녀는 알지 못하지만 관객은 효섭과 민재가 극장 직원에 의해 처참하게 살해되어 있는 장면을 본다. 결국 보경은 집으로 돌아가지만 남편과의 불편한 관계는 해결되지 않는다. 그녀에게 남은 선택은 무엇일까? 그녀는 일상에서의 영원한 이탈을 시도하지 않을까?

이 영화는 서로간의 소통이 단절된 인간 군상들의 비틀린 삶을 리얼하게 드러낸다. 그것을 드러내는 방식은 너무나 집요해서 우리의 삶이 적나라하게 그 치부를 펼쳐 보일 수밖에 없다.

위선과 기만에 익숙한 소설가의 행태나 일상의 권태로움과 남편과의 불화로부터 탈출하려는 보경의 일탈, 신분 상승에 대한 욕망과 자기 희생의 어리석음을 소유한 민재의 행위 등은 현대인의 자화상에 다름 아니다. 보경의 남편은 산업 사회에서는 하나의 소모품에 불과하며 가정에서는 소외되고 배제되는 이 시대의 쓸쓸한 가장의 모습을 대변하는 것이며, 민재를 짝사랑하는 극장 직원의 극단적인 사랑과 집착은 영화 속에서만 가능한 행위가 아닌 것이다.

이 영화는 가면 속의 자신을 발견하지 못하고 끝없이 어긋나는 인간 관계 속에서 허우적거리다 어처구니없는 죽음을 맞이하거나 삶으로부터 도피하고 마는 인간의 모습이란 바로 우물 안에 빠진 돼지의 형상과 다를 바 없다는 전언을 담고 있다.

3. 영화와 소설 사이의 거리

오늘의 시대를 사람들은 영상 문화의 시대라고 말하며 문학의 위기를 우려한다. 분명히 지금 이 시대는 영상 문화가 우세한 시기임에는 틀림없는 듯하다. 쇠락해 가는 문자 매체와 부상하는 영상 매체라는 변화의 물결이 두드러진 시기인 것이다.

너무나 당연한 말이지만 문학과 영화는 다르다. 영상 매체와 문자 매체는 각각 고유의 독자성과 특성을 지니고 있는 것이다. 그렇지만 이 두 매체는 서로에게 강력한 영향을 미치는 상보적 관계를 형성하고 있는 것 또한 사실이다. 영화는 소설의 서사 구조를 차용하고 있으며, 소설은 영화적 상상력이나 영화 문법을 새로운 기법으로 활용한다.

소설을 원작으로 하는 영화의 경우 두 매체간의 이러한 밀접한 관계는 더욱 강화된다. 『낯선 여름』과 『돼지가 우물에 빠진 날』은 소설을 각색하여 영화화한 많은 경우 중의 하나이다. 그러나 이 한 편의 소설과 한 편의 영화는 지금까지의 원작 소설과 각색 영화라는 관계의 틀을 새롭게 정립하는 경우에 해당한다. 대체적으로 우리 영화는 원작의 주제나 분위기를 영상으로 고스란히 옮겨 놓는 데에 주안점을 두어 왔다고 할 수 있다. 따라서 소설을 각색한 영화에서 독창성이나 참신함을 기대하는 것은 어려운 일이었다. 오히려 원작의 향취를 반감시키거나 재현하는 데 급급한 인상을 주는 경우도 많았다.

『돼지가 우물에 빠진 날』은 원작을 읽은 사람에게는 영화가 전혀 다른 이야기처럼 오인될 정도로 심한 변형을 보여준다. 원작에 구애 받지 않는 자유로운 각색을 통해 감독은 소설가와는 판이하게 다른 이야기를 이끌어내고 있다. 원작을 바탕으로 하고 있지만 원작과 영화는 완전히 별개의 예술 작품으로 여겨질 정도이다. 영화 시나리오를 소설에 의존해 온 우리 영화계의 풍토를 염두에 둘 때 『낯선 여름』과 『돼지가 우물에 빠진 날』의 관계는 두 매체간의 바람직한 공조 관계의 한 예를 제시해 주는 듯하다.

『낯선 여름』은 고급화를 지향하는 연애 소설이지만 대중의 기호와 흥미에 적합한 소재와 구성을 취하고 있다. 이 원작에 충실

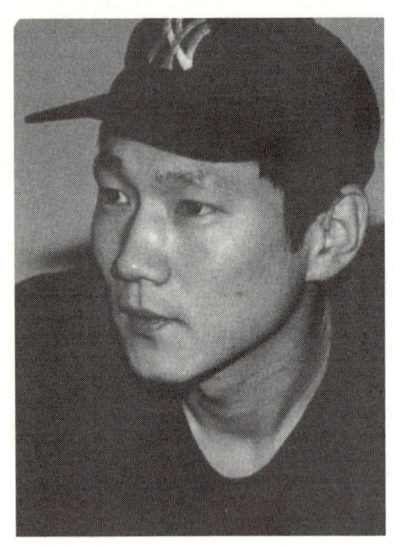

◀ 홍상수 감독
1961년 서울 출생
국립영상원 교수

주요 작품
『돼지가 우물에 빠진 날』
『강원도의 힘』

한 영화를 제작하는 것도 그리 나쁘지는 않았을 것이다. 그러나 홍상수 감독은 소설에서 자신의 의도에 적합한 아주 최소한의 것을 취득하여 시나리오화하고 있다. 아마도 각색을 담당한 감독을 비롯한 네 명의 스탭들(정대성, 여혜영, 김알아, 서신혜)의 공동 작업이 새로운 각본을 탄생시키지 않았을까.

이 영화는 도시인의 삶의 내부를 있는 그대로 스크린에 담아낸다. 소설 속의 인물이 우아하며 교양이 있고 세련된 취향을 소유하고 있다면 영화 속의 인물은 보다 현실적이다. 인생의 구차하고 치욕스런 부분이 자연스럽게 영상화되고 있다. 소설 속에서의 사랑이 일상의 무료함을 위무하고 그로부터 탈출하게 만드는 운명적 계기라고 한다면 영화 속에서의 사랑은 정물화된 일상의 소도구 중에 하나일 뿐이다. 사랑마저 일상화된 도시의 삶과 끝없이 이탈을 꿈꾸지만 좌절하고 마는 도시인의 초상을 여실히 드러낸다.

관객은 등장 인물에 대해 선망이나 동경, 거리감을 느끼기보다는 자신의 한 부분을 누군가에게 들켜 버린 쓸쓸함을 맛보게 된다. 우리 모두는 배부른 돼지의 탈을 쓰고 살아가는 나약한 인간에 불과하지 않을까. 이 영화는 우리에게 이렇게 말하고 있다.

폭로, 욕망, 자멸

하일지 원작, 장선우 감독 『경마장 가는 길』

문영희

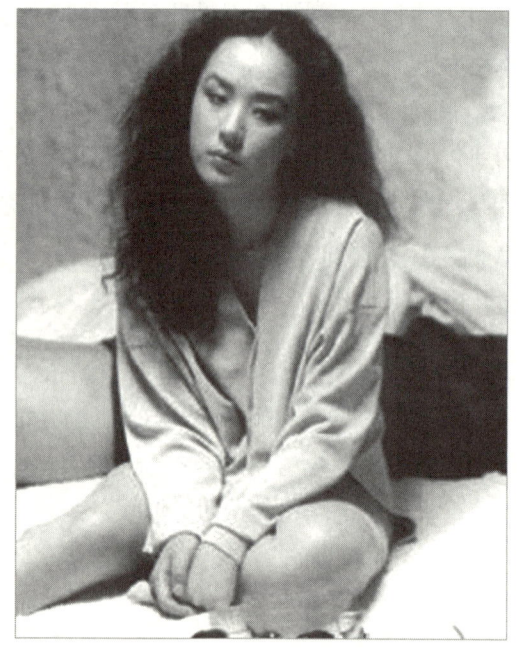

1

소설 주인공의 운명이란 참 얄궂기도 하다. 그들이 찾거나 원하거나 도달하고자 하는 본원적인 것은 이미 없다는 사실을 아는 사람들이기에 그러하다. 알면서도 찾아나서지 않을 수 없는 것이 주인공의 운명이라면, 이것이야말로 근대적 인간의 이중성(당위적 삶과 욕망추구적 삶)을 필연적으로 드러내는 것이 아니겠는가.

주인공의 얄궂은 운명은 우리 소설에서 흔히 볼 수 있는 여로 형식의 작품 속에 여실히 드러난 바 있다. 거칠게 살펴보더라도 60년대의 김승옥(「무진기행」), 70년대의 황석영(「삼포 가는 길」), 8, 90년대의 양귀자(「천마총 가는 길」 「숨은 꽃」) 등을 통해 각 시대의 상실된, 그러나 우리가 잃어버리지 말아야 할 것이 무엇인지를 역설적으로 드러내었다.

90년대 초미에 여로 형식이라고 하기에는 너무나 번잡하면서도 새로운 소설이 탄생했다. 하일지의 『경마장 가는 길』. 제목상으로 보면 앞에서 예거했던 여로형 소설과 같은 유형의 작품인 것처럼 느껴진다. 그러나 소설을 탐사하다 보면 이 작품은 우리가 여지껏 알아 왔던 여로형 소설과는 무언가 다르다는 것을 알게 된다.

작품의 새로운 형식이 그 하나. 작가는 주인공과 주변 사람들을 다분히 객관적인 어투로 철저히 관찰하는 듯한 시각을 사용한다. 그러나 그것은 은밀하고 교묘하게 주인공 R의 입장을 대변한다. 또한 이 작품은 작가가 보고 듣고 느끼는 일상을 상세하게 재현해내는 듯한 느낌을 주도록 장치해 놓았다. 이는 기술적인 문제이며, 이러한 기술은 대단히 새로운 기법으로 평가할 수 있다. 이를테면 지독하리만치 세밀한 정밀묘사는 미술의 극사실주의를 연상케 한다. 뿐만 아니라 주인공의 주변에서 일어나는 일상을 반복적으로 서술하는 기법 또한 신선하다. 이러한 기법을 통해 우리 인간들의 인생이라는 것이 얼마나 지리멸렬하며 하찮은 것들로 점철되어 있는지를 역설적으로 드러내는 데 기여하기 때문이다.

그러나 이 작품의 진정한 문제는 기법의 새로움에 있는 것 같지는 않다. 작가가 구사하고 있는 서술적 전략의 탁월성과 아울러 작가가 지니고 있는 해체적인 가치 의식은 우리 소설계를 뒤흔들어 놓기에 충분했다. 해체적인 가치 의식이란 무엇을 의미하는가. 근대가 시작된 이래 우리 소설은 다소 고압적이기는 해도 진정한 가치 추구라는 루카치적인 명제에서 한 발짝도 벗어나지 못했다. 그런데 이 작품은 그러한 루카치적인 사고의 틀을 완벽하게 깨부수는 데 성공한 것처럼 보이기 때문이다. 이는 작가가 소설 주인공을 현실의 길 위에 올려 세우지 못하고 있음을 반증한다. 주인공은 돌아온 서울, 대구라는 현실적 공간을 현실 공간으로 파악하지 못한다. 현실의 세계는 물 건너의 프랑스라는 이상적 공간에서나 가능하고, 지금 발을 딛고 숨쉬고 있는 이 공간, 한국은 거대한 허구의 세계나 마찬가지라는 생각 속에 빠져 있다.

나는 한국에 돌아온 지 이제 거의 한 달이 됐지. 그동안 나는 흡사 내가 허구의 세계 속에 살고 있다는 생각이 문득문득 들어. 가령 길에서 보는 사람들의 표정 하나하나가, 버스에서 듣는 대화들의 토막들이, 그리고 지금 저기서 술을 마시고 있는 남자들의 동작 하나하나가 모두 나한테는 허구적으로 보여. 왜냐하면 그런 것들은 모두 그 원인도 결과도 그리고 의미도 알 수 없는 것들이기 때문이지. (220쪽)

주인공 R의 이러한 생각은 시사하는 바가 크다. 현실 세계를 무대로 하고 현실의 이야기를 하고 있으면서 정작 그 현실 속에서 이야기를 전개시켜 나가는 주인공은 그 현실을 비현실인 것처럼 느끼기 때문이다. 원인도 결과도 의미도 알 수 없는, 인습의 굴레와 전도된 가치의 굴레에 포위되어 버린 소설적 자아의 이러한 현실 파악이야말로 리얼리즘 작가들이 지향해 온, 현실 사회 속에서의 부단한 자기 갱신의 노력을 일시에 무화시켜 버리는 듯한 발언이기 때문이다. 그러므로 주인공은 자아를 비현실(허구)의 세계에 위치시키고 자신의 주위에서 일어나는 모든 일들이 알 수 없는 어떤 힘에 의해 '기획'되어 있으며, 본질을 '찾는' 것이 아니라 가공의 세계와 짜여진 시간 속에서 이리저리 '끌려' 다니는 것에 불과하다고 생각하는 것이다.

  소설적 현실을 비현실로 뒤집어 놓은 이 상황을 이해할 때 작품의 앞부분에 제시되어 있는 '시간이라는 것은 어떤 식으로든지 이미 그에게 주어졌다' 라는 화자의 발언과, '빠리에서 본, 지체가 높고 젊고 깨끗한 한 사람의 지성인' 부분이 이해된다. 이렇게 되면 소위 '가치' 혹은 '본질'이라는 것 자체의 개념도 뒤집히게 된다. 작가는 이렇게 항변한다. 도대체 '가치'라는 것이 무엇이냐. 지식인은, 특히 인문학을 하는 지식인이라는 사람들은 산업 부르주아의 협조자 아니면 종사자가 되어야만 살아남을 수 있다. 현대는 산업 부르주아가 대표하는 시대이며 이를 달리 말하면 상표 혹은 상품으로만 진정한 가치를 인정받을 수 있는 시대이다. 이러한 시대에 지식인의 역할이라는 것은 근대의 지식인이 수행하던 그것과는 다르다는 것을 소설 속에서 분명하게 제시하고 있는 것이다. 여기까지 살펴보면 이 작가는 후기 산업사회의 대두를 제빨리 알아치린 대단히 명민한 사람으로 비쳐질지도 모른다. 그러나 작가의 이러한 생각은 작가가 지닌 또 다른 생각, 모종의 콤플렉스와 뒤섞여 작품 속에서는 분명하게 드러나지 못한다는 데 문제가 있다.

2

종전의 여로형 소설도 아닌, 그렇다고 새로운 가치를 추구하는 현대적인 작품도 되지 못하는 90년대 초미의 가장 시끄러웠던 작품 『경마장 가는 길』의 내용은 어떤 것인가.

작품의 줄거리는 대략 두 가지이다. 그 하나는, 주인공 R과 R의 아내, 그리고 R과 프랑스에서 내연의 관계를 맺어 왔던 J라는 여성 인물 간의 소통 불능이 가져다 주는 불화이다. R은 '폐결핵 같은 가난과 병든 노부모', 그리고 '악착같이 이혼하지 않는 아내와 두 아이'를 둔 남성. 그는 '아내와의 삶이 너무나 몸서리쳐졌'기 때문에, 그 여자가 '너무나 보기 싫어'서 프랑스로 유학을 가 5년 반이란 긴 세월을 보낸다. 그리고 거기서 후배 J와 동거하면서 J의 문학 박사 학위 논문을 대신 써 준다. J는 R이 대신 써 준 논문으로 학위를 받고, R이 대신 써 준 평론으로 문학 평론가가 되어 한국에서 버젓이 평론가 행세를 한다. R은 귀국하자마자 J의 마중을 받고, 그리고 프랑스에서와 마찬가지로 J에게 섹스를 요구한다. 그러나 J의 태도는 프랑스에서의 적극적이고 능동적이던 그것과는 전혀 다르다. 여기는 '한국'이므로, 그리고 R이 '이혼하지 않았으므로' R의 요구에 응할 수 없다는 것이다. 한편 R은 그의 아내에게 이혼할 것을 제의한다. 그러나 그의 아내는 R의 이런 제의에 응하지 않는다. R이 귀국하여 서울과 대구를 오가며 두 여성에게 제의하는 그 모든 것은 묵살당하고 부정된다. R과 J, R과 그의 아내는 제의—거부—마찰—격렬한 싸움이라는, 파행적인 소통 불능의 대화를 지속적으로 전개해 나간다. R을 중심항에 놓고 볼 때, 상대방과의 이러한 지속적이며 점점 커지는 불화는 R을 좌절과 절망 속에서 헤어나지 못하게 한다. 급기야 R은 다시 외국으로 떠날 결심을 하지만 이것 역시 자신의 계획대로 되지 않는다. R은 서울—대구간을 왕복하며 진행하던 자신의 계획(찾는 것이 아니라 도달하기로서의 경마장)을 포기하고 남쪽 지방을 떠돌면서 글쓰기에 착수한다.

소설의 중심 줄거리를 도식적으로 나열하면 다음과 같다. R의 욕망은 J를 통해서만, R의 아내의 욕망은 R을 통해서만 달성된다. 그러나 R은 R의 아내를 거부하며 J는 R을 거부한다. 집착하는 인물과 거부하는 인물 사이에는 어떠한 진정한 대화도 오갈 수 없다. 서로 다른 곳을 응시하고 있기에 본질적으로 대화라는 것이 소통될 수 없는 구조를 안고 있기 때문이다. 이러한 사실이야말로 작가가 내세우고자 하는 진정한 주제이다. 왜냐하면 작품의 말미, 즉 R이 J와 완전히 결별한 뒤 남쪽 지방을 떠돌다가 일별한, '짐을 이려고 하는 여인과 그것을 도와주려고 하는 여인 간의 엇갈린 시선'이 소설 속의 소설 『경마장 가는 길』을 쓰는 동기가 되고 있기 때문이다. 작가는 이러한 점을 R과 J, 그리고 R과 그의 아내 간의 대화 속에서 충분히 시사한 바 있다. 그들은 서로 다른 이야기를 끊임없이 주고받는다. 예를 들면 R은 귀국하자마자 J의 은근한 거부의 몸짓에 화가 난다. 여관에서 하룻밤을 지낸 R은 이 점에 대해 J에게 불평을 터뜨린다. 그러나 J는 이 말을 듣지도 않고 마구 화를 내면서 자신의 차 앞에 끼어든 차를 욕하기 시작한다. 이런 식의, 도저히 소통되지 않는 대화가 소설의 전편을 지배한다. 그런데 소통 불능을 다루되, 그 누구도 구제받을 수 없는 사람들간의 한심한, 집요하게 따라붙는 사람과 그것을 떼어내려는 사람이 만들어내는 지기 합리화의 언술들을 통해 그것을 드러내고 있다는 점이다. 이는 달리 말하면 소위 작가가 근본적으로 지니고 있어야 할 가치관을 철저히 배제시킴인데, 사실은 배제인지 작가의 무가치관인지가 문제이다. 이는 작품의 완결된 구조, 한 가난한 유학생이 믿었던 여자에게 배신당하고 그 사건의 전모를 작품으로 드러냄으로써 비로소 『경마장 가는 길』을 탄생시키는, 처음 부분과 끝 부분의 수미 일관성을 통해 드러난다.

자기 합리화의 언술들의 밑바닥에 숨겨진 논리는 돈과 명예를 한꺼번에 안고 싶은, 계층 상승의 집착이며, 이는 성적 욕구로 외화되어 드러난다. 지치지도 않고 지속되는 세 인물간의 싸움의 저켠에는 각자의 극대화된 이기심이 키워 온 은밀한 욕구(나를 '키워 주지 못'하는 아내를 버리고 나를 '키워' 줄 J와 결합하려는 R, 남편을 붙들어 둠으로써 명예와 부를 누리겠다는 영아 엄마, 구질구질한 R과 결별하고 돈과 명예를 이미 갖춘 다른 남자에게 시집가겠다는 J)들이 쓰레기통처럼 뒤범벅되어 있다. 논리는 순간순간의 상황 변화에 맞추어 상대의 기를 꺾는 무기로 사용된다. 이 세계는 바른 이성이, 깊은 인식이나 지성인으로서 가져야 할 분별력이 통하지 않는 세계이다. 타락한 세계 속에서 '그럼에도 불구하고' 진정한 가치의 세계를 향하여 항해하는 외로운 영혼은 이제 존재하지 않는 것이다. 극대화된 욕구 불만의, 갈급한 물질적, 성적 욕망만이 깡마르게 존재하는, 타락한 세계 속의 타락한 '물건'들이 짓눌린 세계이다.

이야기를 구축하는 또 하나의 축은 주인공 R이 지닌 위상에 대한 변설이다. 이러한 변설은 여성 인물 J와 R의 아내와의 관계를 통해 은밀히 드러난다. 작가는 R이 그의 상대자들로부터 부당한 대접을 받고 있다는 점을 대단히 객관적인 어투인 것처럼 위장된, R의 시각에 작가의 시각이 교묘히 개입된 어법으로 진술한다. 우선 J로 말할 것 같으면 '가난하고 순진한 남자를 이용하여 자신의 목적을 달성하고 차버리는, 더러운 창녀'라는 것이며, 그의 아내로 말할 것 같으면 '결혼했다는 이유 때문에 나를 파멸시키려 하'는 미련하고 탐욕스러운 인물이라는 것이다. R의 입장에서 이 여성들은 창녀이거나 마녀이다. 그러나 입장을 바꾸어 생각해 보자. R 역시 '가난하고 순진한 가족들을 이용하여 자신의 목적을 달성하고 차 버리려는, 비열한 이기주의자'이거나 '결혼이라는 미명하에 한 여성의 인생에 집요하게 끼어들어 파멸을 자초하는' 미련하고 탐욕스러운 인물이다. 달성되지 못하는 욕망은 새로운 욕구로 변주(섹스, 돈)되어 나타나고 이 욕구조차 받아들여지지 않을 때 세계는 비현실로 바뀌고, 이러한 비현실적인 세계로부터 벗어나기 위한 새로운 욕망의 구현이 글쓰기 욕망인 것이다. 그렇다면 R이 구현 하고자 하는 글쓰기란 욕망을 달성시키지 못한 자가 그것을 달성하기 위한 폭로성의, 그러나 결국에는 자폭에 이르고 마는 비참한 여정에 지나지 않는다.

이런 점에서 볼 때 제목 『경마장 가는 길』의 '경마장'이 의미하는 바 는 시사적이다. 경마장은, 전통적인 리얼리즘 소설 '○○○ 가는 길'의 ○○○와는 본질에서 다르다. ○○○가 주인공의 잃어버린 영혼이 묻 혀 있는 곳, 그 영혼을 다시 찾아낼 수는 없더라도 힐끗 볼 수는 있는 본질의 세계, 자기 동일성의 세계라면, 경마장은 그러한 본원적인 영 혼이 묻혀 있는 곳이 아니라 J와 R, R의 아내의 추악한 욕망의 집결지 이다. 잃어버렸기 때문에 도달할 수 없는 본원으로서의 경마장이 아니 다. 또한 주인공의 길고 긴 방황은 전자오락의 프로그램처럼 이미 내 장된, 허구의 길 속에서 작가가 시키는 대로 작동하는 허깨비 장난에 불과하다. 그에게 세계는 이미 허구적으로 '주어졌다'. 이 비현실적인, 주어진 세계 속에 주인공을 위치시킬 수밖에 없는 작가의 심리의 저켠 에는 허구를 가장한 실제 이야기라는 것을 교묘하게 감추거나 혹은 드 러내고자 하는 의도가 숨어 있을 것이다.

3

영화 『경마장 가는 길』을 통해 감독 장선우가 제시하고자 하는 것은 무엇인가? 영화는 장선우 특유의 기법, 원작의 골격을 해치지 않는 범

위내에서의 영화적 해석에 충실해 있다. 화면 위에 R이 공항에서 빠져
나오는 첫 장면을 제시하면서 나레이터의 음성이 들린다. '2월 16일 R
이 돌아왔다'로 시작되는 나레이션은 소설의 첫 장면을 그대로 도입한
것이다. 발목을 살짝 가리는 짧은 바지의 후줄근한 문성근, 별로 반기
지 않는 강수연의 연기로 이 영화는 시작된다.

차 안에서의 강수연의 대사, "주무시고 가실 거죠?"에 의아해 하는
문성근의 연기는 조금 부자연스러운 듯하며, 영화만을 보는 사람에게
는 그것이 무엇을 의미하는지 확연히 들어오지는 않는다. 여관—차 안
—길—다시 온천장의 여관을 거쳐 대구의 R의 집을 느린 화면으로 비
추어 주는 장면에 이르러서야 관객들은 주인공 R에 대한 환상(외국 유
학에서 갓 돌아온 유능한 문학 박사)을 버리고 그가 처한 환경이 어느 정
도로 열악한지를 깨닫게 된다. 화면은 아주 느리게 R 가족들이 기거하
는 두 개의 방 벽면과 물건들, 그리고 사람들을 고루 비춰 준다. 어울
리지 않게 덩치가 큰 시계와 부적, 벽 한가운데 걸려 있는 챙 넓은 모

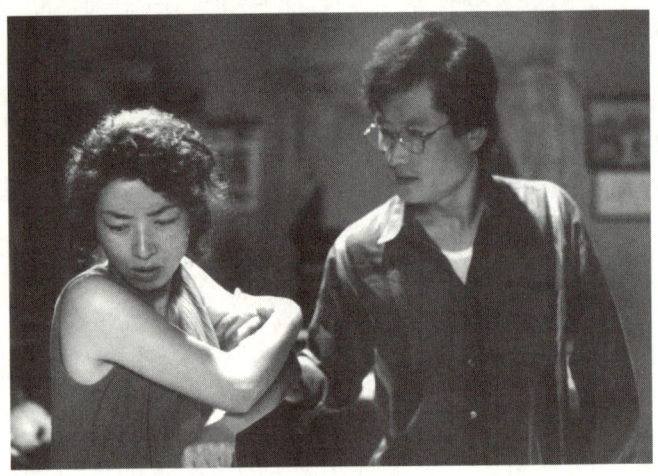

— 너는 왜 나하고 살아야 하니?(R)
—허이참, 결혼을 했으니까 살지요.(R의 아내)

자, 큼직한 달력, 커다란 쌀통, 냉장고, 책상, 지나치게 돌출되어 있는 고동색 장롱과 장식장, 그것들 위로 가득 쌓아올려진 사과 박스들과 책들, 콜라병, 전기 밥통, 개켜진 이불 등으로 공간은 말할 수 없이 협소하다. 그 좁은 공간에 등이 굽은 늙은 아버지, 어머니와 못 배운 여형제들, 그리고 뒤퉁맞은 R의 아내(김보연 분)와 아이들을 차례대로 화면에 펼쳐 보인다. 짐짝들로 가득 채워진, 그 속에서 옹색하게 찌그러져 있는 사람들의 일그러진 모습이야말로 주인공 R의 본연의 모습이라는 것을 장선우 감독은 시사하는 것이 아닐까?

이는 R의 아들 용택이 R을 처음 대면하고 그 소감을 말하는 장면(그 아이는 망설임도 없이 '시시하네'라고 뱉어 버린다)으로 처리되어 있다. 이렇듯 영화는 본질적으로 소설 작품 『경마장 가는 길』을 그대로 축소하고 있으면서도 영화적 기법을 서너 군데 사용하고 있다.

우선 스포츠 테니스를 통해 성적 이미지를 극대화했다. 감독은 R과 J가 여관 '파라다이스'로 향하는 장면에 테니스 가방을 메고 테니스 채를 휘두르며 지나가는 남자를 삽입한다. 묘하게도 테니스 채를 든 남자의 옷차림은 메리야스 차림이다. R과 J 간의 지겨운 성적 줄다리기는 다름 아닌 '속옷 차림의 테니스 게임'이라는 것이다. J의 '안 가면 안 돼요? 안 하면 안 돼요? 안 벗으면 안 돼요? 나요. 제가 벗을게요' 등의 대사는 '오늘은 무슨 일이 있어도 여관에 가야 한다. 다 벗었느냐? 그것도 마저 벗어야지. 너의 젖통을 3년 반이나 주물렀는데 새삼스럽게 왜 그러니?' 등의 R의 대사와 파트너가 되어 강간당하는 자와 강간하는 자, 피학증과 가학증의 미묘한 결합을 통한 성적 욕구의 거친 게임을 표출한다. 또한 R과 J가 섹스를 나누지만 J는 만족하지 못하고 R 혼자 오르가즘에 이르는 부분이 있다. 여기서는 테니스, 혹은 스쿼시로 연상되는 음향 효과를 적절히 배합하고 있다.

다음은 껌이다. 이 껌의 역할은 두 가지이다. 단물이 빠지지 않을 때

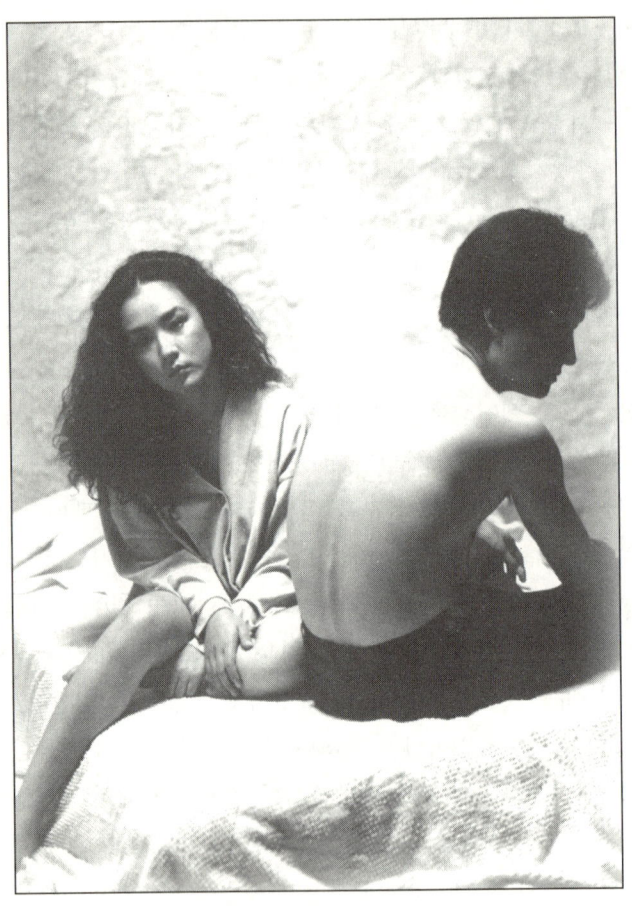

R이 도달하고자 하는 '경마장' 이란, J라는 말을 타지 않고서는 들어갈 수 없는
낯선 곳이기에…….

까지 입 속에서 씹히고 있을 때가 그 하나이고, 다른 하나는 씹히다 버림받은 껌이 자신의 속성을 발휘할 때의 그것이다. 이 껌은 J로부터 배신당하는 R의 처지를 여실히 증명하는 훌륭한 상징물이다. 프랑스에서의 J의 태도와 한국에서의 J의 태도는 다를 수밖에 없다. R은 J에게 있어서 껌 같은 존재에 지나지 않으므로. 이는 R의 아내에게 있어서도 마찬가지이다. 실제로 김보연은 R과 대화하면서 늘상 껌을 질경질경 씹고 있다. 아직도 빨아 먹을 단물이 R에게 남았기에 R의 제의에 응하지 않음을 의미할 것이다.

R의 아내에 대한 R의 태도와 R에 대한 J의 태도는 어느 면에서 닮아 있다. 상대가 전혀 '실용적이고 실질적'이지 못하므로 떼어 버리려 한다는 점에서 그러하다. R은 씹다 버린 껌이 구두 뒤축에 들러붙어 귀찮게 하듯 집요하게 J를 조른다. 말을 듣지 않자 지식에 의한 폭력, 언어 폭력, 성적 폭력을 마음껏 휘두른다. '너는 나와의 이당띠떼를 포기하는 순간 허공에 발을 들여 놓는 것이 될 것이다' '창녀 중에 가장 더러운 창녀, 돌대가리, 아둔, 미련', 화면 가득 펼쳐지는 강간범 같은 성폭력 등을 구사하면서도 집요하게 J를 따라붙는 이유가 무엇인가? R이 도달하고자 하는 '경마장'이란, J라는 말을 타지 않고서는 들어갈 수 없는 낯선 곳이기 때문이다.

J와의 불화와 그의 아내와의 소통 불능은 쁘띠부르주아에 대한 발작적인 적대감으로 표출된다. "한국의 쁘띠부르주아만큼 귀족 행세를 하려고 드는 족속이 이 세상에 어디 있을라고. 별것도 아닌 것들이 지랄하고 사람을 깔보기 이를 데 없지"라는 대사에서 보듯 R의 콤플렉스성 계층 의식이란, 뒤집어 보면 R 자신이 그 계층에 소속되고자 하는 강렬한 욕구의 표현이다.

한번 정리해 보자. 처음에 R은 왜 그 여자를 아내로 맞았을까? 그녀는 도덕적으로 순결하지 못했고 성적 매력도 전무하며, 성격 또한 맞지 않다. 무엇이 그로 하여금 그녀와 결혼하게 했을까? 혹시 R은 처가의 경제적 배경을 고려했던 것은 아닐까? 다시 J로 돌아가 보자. J는 아둔하고 빙충맞아 공부를 할 능력이 전혀 없다. 그녀는 우리말 문장도 제대로 구사하지 못한다. 그러한 J에게 R이 박사 논문을, 그리고 평론가 논문을 써 준 까닭은 무엇일까? R이 거는 은근한 기대, R이 갖추지 못한, 그러면서 여자들이 어느 정도 구비하고 있는 조건들이란 경제성 혹은 배경이 아닐까? 그렇다면 R이야말로 보수적이며 이기적인, 응큼한 한국 남성의 전형이다. 그는 한국 사회의 모순과 부조리에 관해서 말할 자격이 없으며, 실제로 교수 임용 과정의 부정이나 비리에 관해서는 의외로 관대하다. 하므로 오직 이 작품은 철저히 '비열할 수밖에 없는' 프롤레타리아 남성이 '더러운' 쁘띠부르주아 계층의 여성들로부터 능멸당하는 것을 복수하는 스토리에 지나지 않는 것이다.

그러므로 R이 내뱉는 독백, 'J야 너는 어떻게 그렇게 됐니. 그 가짜

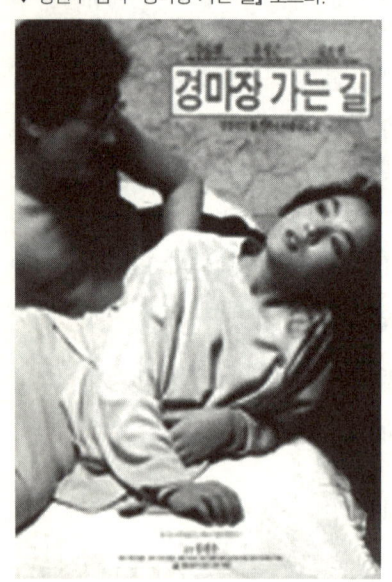

▼ 장선우 감독 『경마장 가는 길』 포스터.

들을 가지고 어떻게 살아갈려고 하니'와 눈물을 글썽이다 껌을 씹는 장면은 관객들의 조소를 사기에 충분하다. 장감독은 아마도 이 부분을 역설적으로 보여줌으로써 R이라는 지식인이 어느 정도의 허위 의식에 빠져 있는지를 드러내려고 했을 것이다.

4

소설과 영화 『경마장 가는 길』

의 차이점은 무엇일까?

작가와 감독의 작중 인물에 대한 태도가 그 하나. 소설 속에서는 남성 주인공 R의 입장에서 상대 인물들(J와 아내)을 그려내고 있다. 따라서 작가의 인물에 대한 태도는 객관성을 가장하고 있지만 상당히 주관적이다. R의 저 허무맹랑하고도 속된 욕망이란, 사실은 J 혹은 J를 둘러싸고 있는 이기적인 쁘띠부르주아 사회가 만들어낸 것이라는 것을 끊임없이 암시하고 있다. 반면 감독 장선우의 인물들에 대한 태도는 객관성을 유지한다. R, J 두 사람 모두 허위와 자만, 그리고 자기 모순에 빠져 있는 지식인이라는 점에 초점을 맞추고 있기 때문이다. 따라서 소설의 화자가 다분히 동정적인 어투로 남성 인물을 그려내고 있다면 영화의 시선은 두 사람 모두에게 냉정한 편이다.

섹스를 중심으로 R과 J 간에 벌어지는 언술로 이를 설명해 보자. 소설 속에서 두 사람간의 섹스 장면은, 작중 화자의 J에 대한 폭로성 언술(고결한 척하지만 사실은 음탕하기 이를 데 없는 여성 주인공의 이중성)로 가득 차 있다. 그러나 영화는 오히려 R이라는 인물의 권위적이고 기만적이며 뻔뻔하기조차 한 가학 심리에 초점을 맞춘다. R이 자신의 목적을 달성하기 위해 벌이는 다양한 시도야말로 속류 지식인이 자신의 개인적인 욕망과 목적 달성을 위해 전개시켜 나가는 합리성을 가장한 다양한 언술에 다름 아니다. 장선우 감독은 R의 아버지의 단 한마디 대사(아버지는 영화 전편에서 딱 한마디의 대사만 내뱉는다)— '시끄럽다. 마. 이 바보 같은 자식아'를 통해 지식인의 이러한 교활성을 여지없이 깔아 뭉갠다.

두 번째의 차이점은, 영화와 소설 두 작품 속에서 몹시 중요하게 취급되고 있는 공간—이 공간에 대한 묘사가 상이한 효과를 드러내고 있다는 점이다.

소설 속의 공간은 두 가지 의미로 읽힌다. 그 하나는 결코 도달할 수 없는 이상적인, 프랑스라는 과거의 공간과 현실의 한국을 대비시키는 데서 오는 효과이다. 과거와 현재로 분류될 수 있는 이 공간 제시를 통해 작가는 현실 공간이 얼마나 비현실적이고 누추하며 지리멸렬한 것인가를 드러내려 하였고, 이는 동일한 공간의 반복적인 제시를 통해 성공적으로 수행되었다.

다른 하나는 동일한 공간의 반복적 제시 그 자체가 갖는 의미이다. 작가는 대구의 집—서울의 거리, 식당, 다방, 여관—다시 고속버스로 되풀이되는 R의 행적을 집요하리만큼 지속적으로 제시해 보인다. 이러한 반복을 통해 작가는 결코 피할 수 없는 저 지긋지긋한 일상성의 의미를 훌륭하게 구현한다. 다시 말해 소설 속의 공간, 그 지루한 반복 자체가 일상성의 전형 구실을 한 셈이다.

또 하나의 공간, 대구 집의 내부 묘사를 들 수 있다. 이 부분은 소설의 특성을 십분 발휘한 것으로 평가할 수 있다. 이는 공간의 단순한 묘사가 아니다. 공간에 배치된 사물들의 세밀한 묘사는 묘사 그 자체로 끝나지 않고 그러한 공간이 의미하는 상황 혹은 정황과 아울러 그 공간에 주거하는 인물들의 숨은 욕망까지를 드러내는 구실을 하고 있다는 점이다.

장선우 감독의 경우는 좀 다르다. 그도 공간의 한 귀퉁이에 주인공을 배치함으로써 환경에 짓눌려 있는 주인공을 드러내려 한다. 아울러 일상인들이 일상적으로 접하는 거리, 다방, 식당 등과 한국에서 흔히 접할 수 있는 장면들—어깨띠를 둘러맨, 전단을 뿌리는 사람들, 반공 삐라를 뿌리며 달려가는 차량, 터미널 앞에서 목탁을 두드리며 절하는 스님 등을 마치 이방인의 눈에 비친 듯한 낯선 공간으로 만들어 버린다. 이로써 한국이라는 사회 혹은 일상이라는 것의 모순성과 불가해성을 은밀히 드러내려고 하는 것이다. 그러나 아무래도 영화의 주인공은 인물이 될 수밖에 없고 관객들은 이 인물의 행위를 따라가느라고 영화 속의 다양한 공간을, 그 공간이 드러내려는 효과의 은밀성을 놓치기 쉽다. 이것이 영화와 소설의 또 다른 점이다. 다시 말해 소설에서는 공간 그 자체의 묘사가 얼마든지 가능하며 이것으로써 소설만이 지닐 수 있는 독특한 가치를 십분 발휘할 수 있다. 그러나 영화 속의 스쳐 지나가듯 훑어내리는 공간은, 그것이 비록 모순투성이며 부조리로 가득 찬 것이라 할지라도 관객이 그 인식에 도달하기 전에 지나쳐 버리는 것이다.

이 작품을 읽고 또 관람하면서 우리는 진지하게 생각해 보아야 할 것이 있다. 이 땅의 인문주의자들이 할 일이란 진정 무엇일까? 혹시 우리도 R이나 J처럼 권위와 자기 합리화의 논리 속에서 저열한 욕망의 쓰레기통을 뒤지고 있는 것은 아닐까? 무섭도록 질주하는 시대의 변화에 숨차게 발맞추려다 R처럼 진정 중요한 것을 잃어버리고, 그것을 잃어버렸다는 사실조차 모른 채 일상의 늪 속에서 허우적대고 있는 것은 아닐까? 작중 인물들의 욕지기 나는 모습에서 우리는 이러한 반성의 계기를 부여받는다.

영혼을 잃어버린, 육체와 탐욕만 남은 타락한 자들이 노니는 세계, 이 세계의 길찾기란 결국 자멸에 이르는 길 따라가기가 될 것이다. 주인공이 찾아 헤매는 '경마장'은 잃어버린 본원으로서의 우리들의 마음의 정처가 아니다. 그곳은 타락천사들의 고향이며, 결코 도달하지 않아야 할 저급한 욕망의 끝자락인 것이다.

욕망의 집산지 압구정동에 대한 테러

이순원 원작 『압구정동에는 비상구가 없다』
『압구정동에는 무지개가 뜨지 않는다』,
김영빈 감독 『비상구가 없다』

문해경

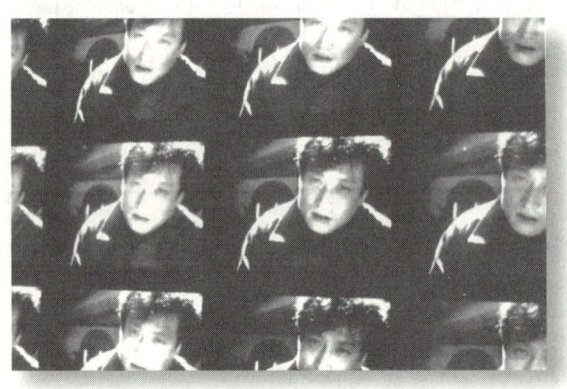

1

오렌지족, 야타족, 낑깡족, 막가파, 지존파, 빨간 마후라······ 등등. 90년대 우리의 삶을 가장 극명하게 드러내 주는 신조어들이다. 우리 국민은 세계화의 정책적 기치 아래(?) 이 기간 동안 의식주의 전면적인 세계화에 지구상의 어느 민족이 흉내낼 수 없을 정도의 열성적인 모습을 보여주었다. 막스 마라, 베르사체, 샤넬, 소니아 리키엘, 발리 등의 세계 최고급품을 걸치고, 피자와 스파게티를 범국민적으로 즐겨 먹으며, 거품이 이는 대리석 욕조가 설치된 최고급 빌라에서의 생활이 현실화되었다. 청소년들의 장래 희망은 대부분 연예인이나 스포츠 선수가 되는 것이며, 방학을 틈타 해외 여행을 하거나 아예 조기 유학에 오른 아이들도 부지기수다.

그러나 이 넘치는 풍요로움의 한편에는 부실공사에 따른 대형 참사와 경제 불황에 따른 기업의 도산이 끊이질 않고 있다. 생산과 건설의 미덕이 헌신짝처럼 취급되고 적당주의와 한탕주의가 판을 치는 세상이다. 광고 매체가 조장하는 소비의 마력은 현대인에게 환상의 공간을 제공하며, 내실보다는 외양에 치중하는 전도된 가치관이 만연되어 있는 것이 현실이다.

무엇보다도 권력과 자본과 섹스에 대한 욕망은 제어할 수 없을 정도의 위험 수위에 다다라 있다. 우리 시대의 이러한 욕망에 대한 집착과 추구는 더할 나위 없이 음험하고 노골적이다. 욕망에 달뜬 현대인의 모습은 심각한 병적 징후를 보여주기도 한다. 자기 욕망을 채우기 위해 타인을 가해하거나 심지어는 스스로에 대한 자해를 저지른다.

그렇다면 우리 사회가 지닌 이같은 병폐는 어떻게 치유될 수 있을까? 인간의 몸이 체내에 침입한 병균들에 대항하여 항체를 만들어 자가 치료를 하듯이 우리 사회도 자기 정화의 기능을 수행할 수 있는 것일까? 어쩌면 이미 환부는 썩을 대로 썩어서 온몸으로 독한 병균이 퍼져 있는 것은 아닐런지.

2

이순원의 소설 압구정동 시리즈는 이처럼 90년대에 들어 심화된 자본주의의 병폐를 적나라하게 드러내고 있는 작품이다. 『압구정동에는 비상구가 없다』와 『압구정동에는 무지개가 뜨지 않는다』의 연작에서 작가는 압구정동으로 대표되는 한국 자본주의의 기형적인 양태를 충격적으로 고발하고 있다.

압구정동이란 어떤 곳인가? 그곳은 소재상으로 보자면 서울의 강남에 위치한 행정구역상의 한 공간이다. 하지만 '압구정동'은 그 이상의 상징적 의미를 지니는 어휘로 압구정동 문화는 90년대 전반 한창 세간의 이목을 끌었으며, 그 타락한 문화에 대한 대다수 사람들의 눈길은 멸시와 동경이 착종된 것이었다. 이른바 '살기 좋은 강남'의 노른자위 땅에서 벌어지는 광경은 평범한 서민들은 한 번도 꿈꾸어 보지 못한 별천지의 모습이었다. 플로리다산 오렌지를 어렸을 때부터 먹고 자란 아이들, 호화롭고 깔끔하게 단장된 매장들이 즐비하게 늘어서 있는 로데오 거리, 여유롭고 생기 있어 보이는 사람들의 표정들에 일반 서민들은 거리감을 느끼면서도 한편으로는 현혹되지 않을 수 없었다. 압구정동 문화를 하나의 새로운 현상으로 주목하고 그것이 지닌 폐해와 문제점을 조명하던 유수의 일간지와 잡지들 역시 비판과 동시에 압구정동이 지닌 현란함을 재창출하고 판매하는 일에 더욱 주력했던 것 또한 사실이다. 이러한 현상은 문학계에도 영향을 미쳐 시인 유하는 『바람 부는 날이면 압구정동에 가야 한다』라는 미묘한 뉘앙스의 제목을 단

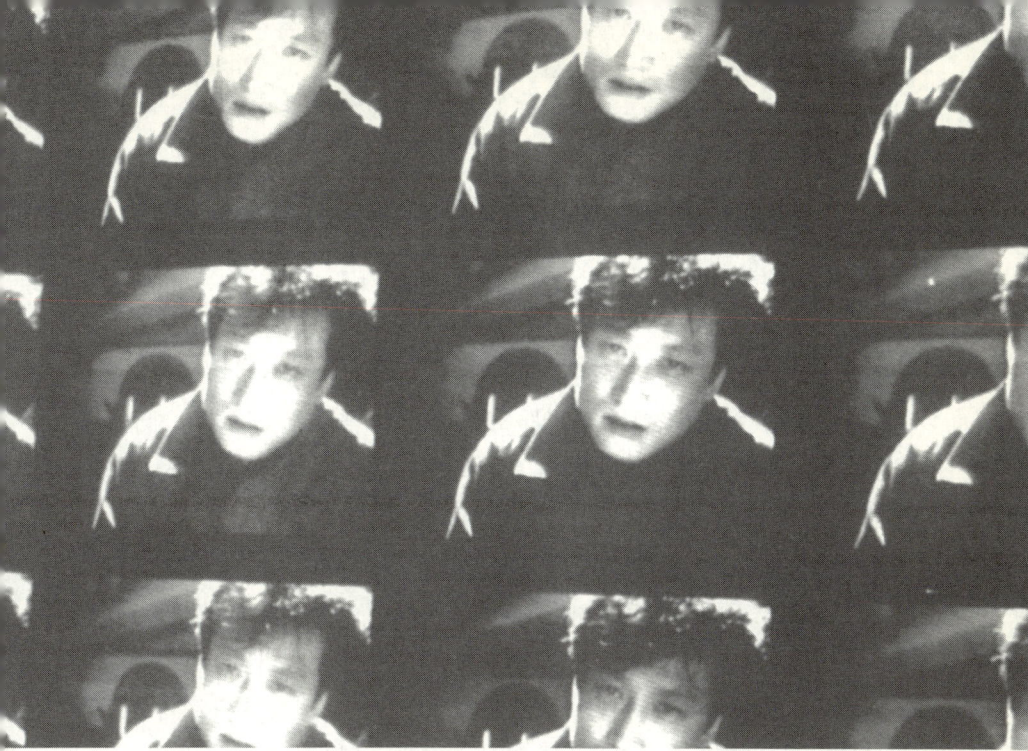

시집으로 베스트셀러 시인이 되었으며, 이순원도 압구정동 현상을 다룬 소설을 두 권이나 발간하였다.

　이순원에 의하면 압구정동은 바로 '이 땅 졸부들의 끝없는 욕망과 타락의 전시장, 아니 똥통같이 왜곡된 한국 자본주의가 미덕처럼 내세우는 환락의 별칭적 대명사'이며 우리들의 '욕망과 타락의 가장 민감한 성감대'로 치부되는 곳이다. 압구정동의 부패된 구조를 다루고 있는 작가의 시선은 마치 르포 작가의 그것처럼 사실적이면서 동시에 치밀하다. 그에 의하면 압구정동에는 세 가지 유형의 인간 군상들이 등장하는데 그들은 모두 욕망의 노예에 불과한 존재이다. 섹스와 자본 그리고 권력을 향한 끝없는 욕망을 키우는 인간들의 비틀린 삶을 작가는 세밀하게 추적하여 폭로해 보인다.

　소설은 연쇄 살인 사건을 중심으로 피살자들의 생활과 행태를 서술하는 축에 범인을 쫓는 최형규 형사와 살인 사건의 심층적 의미를 분석하는 이태호 기자의 행적, 압구정동 현상에 대한 기사 형식의 글들이 교차 삽입되면서 전개된다. 여기에 범인의 행적과 그를 둘러싼 인물들이 등장함으로써 복잡한 구조를 취하고 있다.

포르노 비디오에 중독되어 성도착 증세를 보이는 노파, 성전환증 환자인 게이, 압구정동 오렌지족인 여대생, 땅 투기로 부당하게 축재한 복부인(일명 까만 가죽치마), 마약, 도박, 변태적 섹스에 몰두하던 재벌 2세, 대학 입시 부정의 주동자인 음대 교수, 위선과 기만에 가득 찬 지식인인 신문사 논설위원 등 살인 사건의 피해자들은 하나같이 왜곡된 욕망의 소유자들이다.

한편 구로 공단에서 근무하던 중 사장 아들의 여자가 되었다가 압구정동의 콜걸로 변신하게 되는 '그녀'는 순진한 시골 처녀의 타락상을 대변하는 인물이다. 그녀는 가난한 집안 형편과 주변 상황으로 인해 자신의 몸을 더럽히고 결국에는 자신을 상품 진열대에 전시하게 되는 가련한 여성이다. 범인은 그녀가 상경하던 날 구로 공단에서 그녀를 스치듯 만난 후 같은 지역 공단에서 일하면서 계속 그녀를 주시하고 있었다. 당시에 범인은 구로 공단의 한 공장에서 일하던 평범한 청년이었으나 작업 도중 엄지손가락을 절단당하고 만다. 특히 그녀가 압구정동에서 콜걸로 행세하기 시작하는 두 번째 주부터 범인이 7주에 걸쳐 연속적으로 살인을 감행하게 된다는 점에서 그녀는 사건의 계기가 되는 존재이다.

그는 이제 말로만이 아니라 본격 방제를 시작해야 할 때가 되었다고 생각했다. —방제차의 시동을 걸며 그는 언젠가 보았던 영화의 살인 장면을 생각하며 핸들을 꽉 움켜잡았다.

내가 이 거리의 쓰레기들을 청소하겠다.

아니, 똥통 속의 벌레들을 박멸하겠다 —.

비록 그 실행은 한 여자 아이의 압구정동 진입으로부터 시작하였으되,

그것이 절대 어떤 원한과 같은 나 개인적 감정 차원에서 방제를 시작하는 것이 아님을 나 스스로 납득할 수 있도록.

범인의 정체는 두 번째 소설인 『압구정동에는 무지개가 뜨지 않는 다』에 이르러서야 밝혀진다. 본명 한동오. 나이 서른두셋. 태양 방제사에 근무하며 일요일 밤부터 목요일 밤까지 매일 밤 강남 일대의 유흥업소에 소독약을 뿌리는 일을 하고 있음. 한때는 구로 공단에서 일하였으며 프레스 기계에 오른쪽 엄지손가락을 잘림. 이상은 범인의 신상에 대한 설명이다.

그는 비록 육체적인 불구이지만 정신적, 도덕적으로는 우월한 존재로 스스로를 자처하는 인물이다. 그는 부패한 사회와 왜곡된 욕망의 소유자들을 조롱하고 멸시하며 그들을 처단해야 한다는 사명감에 젖어 있는 인간이다. 매주 금요일, 환락의 시간대에 압구정동 일대에서 교살이라는 똑같은 방식으로 행해지는 범인의 행동은 매우 치밀하며 계획적이다.

이순원은 그의 살인 행위가 '단순한 살인 사건이 아니라 체제에 대한 도전의 의미'를 가지는 것임을 강조한다. 한마디로 그는 소설 속에서 악의 무리를 응징하는 정의의 사나이로 군림하고 있다. '언젠가 보았던 영화 장면' 속의 주인공처럼(슈퍼맨이나 람보 또는 주윤발과 같은 영웅처럼) 그는 이 세상을 구해내야 할 존재이다. 범인은 자신의 살인 행위를 '보다 큰 벌레들과 균들의 박멸을 위한 진짜 방제'라고 여긴다.

압구정동으로 상징되는 부패한 자본주의 사회에 대한 고발과 경고를 목적으로 한 작가의 문제 의식은 여기에서 그 효력을 상실하게 된다. 한국 사회의 천민 자본주의에 대한 비판과 그에 대한 대응책으로 제시되고 있는 범인의 존재는 작가 스스로 비상구를 폐쇄하고 마는 형국이다. 범인이 지닌 냉철한 성격과 살인의 용의 주도함, 끝까지 경찰에 붙잡히지 않고 미결 사건으로 남게 되는 점 등 범인에 대한 우호적인 태도를 차치하더라도 부당한 방법(살인)으로 악의 무리에 대응하는 것이 진정한 해결책이 될 수는 없기 때문이다.

방제사의 살인 행위는 90년대 지존파나 막가파의 행동과 크게 다르지 않다. 얼마 전 미국에서 발생한 '유러버머'라는 폭발사건은 범죄자가 지식인이라는 점과 범죄의 의도가 부패한 사회에 대한 경고에 있었다는 점, 그리고 완전 범죄라는 점에서 세인들의 관심을 모으기도 하였다. 현대 사회에 횡횡하는 이러한 범죄는 현실에 대한 불만을 참지 못하고 현실을 뜯어고치려는 범죄자의 강력한 의지를 내포하고 있다. 그러나 현실에 가하는 그들의 대응책이란 얼마나 비정상적이며 파괴적인가.

압구정동 시리즈를 통해 우리 사회의 추악한 일면을 폭로하고 고발하고자 시도했던 작가의 의도는 '압구정동'의 부패와 타락의 근원에 자리잡은 구조적 모순에 접근하지 못하고 세태 고발적인 소설에 그치고 만 느낌이다. 더욱 안타까운 것은 이러한 현실에 대한 작가의 대응 방식이 매우 극단적이라는 점이다. 도덕적으로 우월한 범인을 설정하여 타락한 인물을 처단하는 행동은 선과 악의 이분법적인 논리에 젖은 발상이며, 그 기저에는 압구정동과 비압구정동을 구분하는 흑백 논리가 깔려 있다. 타락한 인간은 바퀴벌레에 지나지 않으며 방제를 통해 그들을 제거해야 한다는 생각이 아무런 제약 없이 너무나 정당한 명분을 획득한 채 소설 속에서 실행되고 있는 것을 대할 때 독자는 이순원식 사고에 전적으로 동감할 수 없게 된다.

오히려 범인 역시 그러한 부패한 압구정동의 부산물일 수밖에 없는 것이 현실인 것이다. 막가파나 지존파, 유러버머, 압구정동의 방제사 등은 모두가 사회 병리적인 결과물이라는 중요한 사실을 이순원은 간과하고 있는 것이 아닐까. 바퀴벌레에 소독약을 치고 조금 지나면 더

내성이 강한 바퀴벌레가 탄생하듯이 환부만을 강제로 도려낸다고 병이 낫는 것은 아니다. 진정한 치료는 발병의 근원 발견과 그에 대한 올바른 처방을 통해야만 비로소 가능하다.

3

김영빈의 영화 『비상구가 없다』는 이순원의 압구정 시리즈가 지닌 사회 고발적 주제 의식이 상당히 희석된 작품이다. 워낙 소설의 분량이 많을 뿐만 아니라 장황하고 복잡하게 구성되어 있어 이를 영화화하기란 쉽지 않은 일이었을 것이다. 그러나 결론부터 미리 얘기하자면 영화는 썩 좋은 작품이 아니었다.

소설이 피살자들을 통해 압구정동의 부패한 모습을 드러내거나 압구정동 현상을 분석하는 데 상당한 주의를 기울이고 있어 주인공에 해당하는 범인의 비중이 상대적으로 축소되어 있는 점에 비할 때, 영화는 확실히 범인에게 포커스를 맞추어 진행되고 있다. 영화의 특성상 극적 구성을 선호할 수밖에 없고 그러다 보니 범인이라는 인물이 영화의 흐름을 주도하게 된 상황이라고 할까. 이 영화에서 인물을 부각시키고 있는 것은 범인인 방제사 역으로 문성근이 캐스팅된 사실에서 더욱 확연해진다.

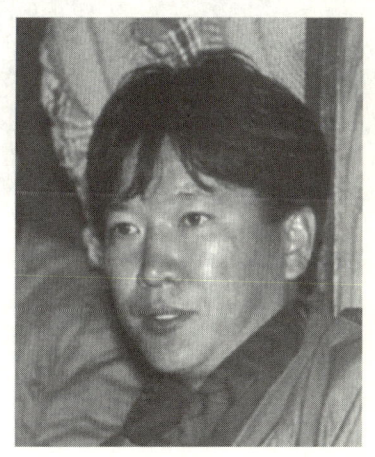

▲ 김영빈 감독

영화는 소설의 인물과 구성에 손질을 가함으로써 변형된 인물이나

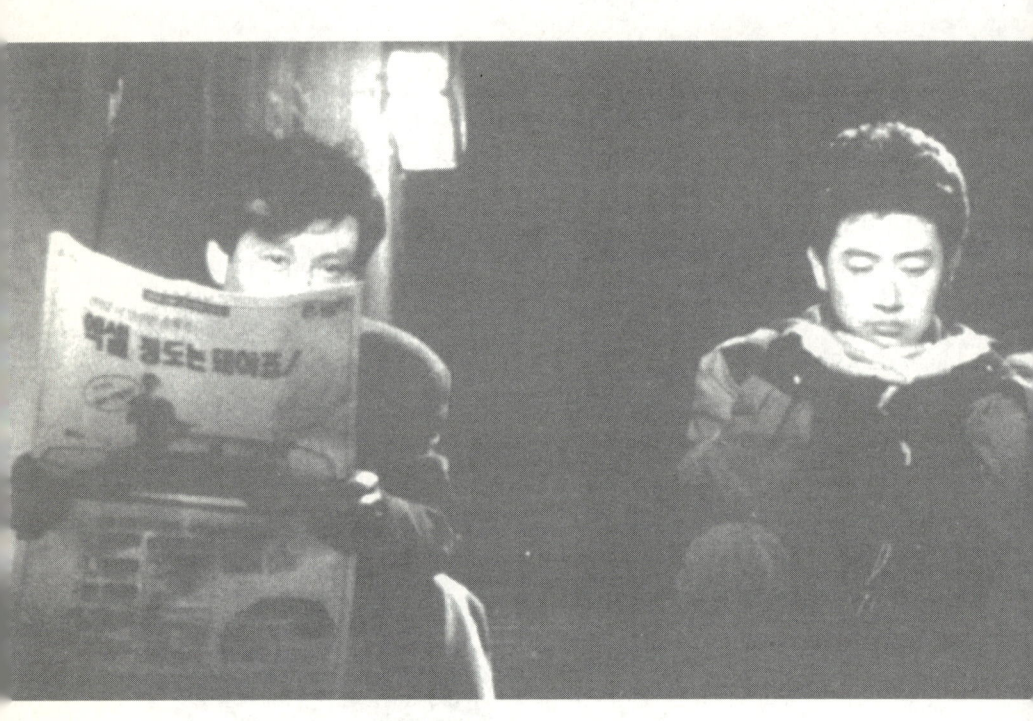

▲ 영화는 소설의 인물을 변형함으로써 전혀 다른 결론을 이끌어내었다.

새로운 인물, 또는 전혀 다른 결말을 이끌어내는 시도를 보여준다. 우선 영화에서는 사라진 소설 속의 인물이 있는데 소설에서 '그녀'로 지칭되던 인물이다. '그녀'는 범인의 살인 행위를 촉발시키는 존재로서 소설 속에서는 처음부터 끝까지 등장하고 있지만 영화에서는 전혀 찾아볼 수 없다. 사실 소설 속의 '그녀'의 존재는 범인의 살인 행위가 지닌 정당성을 뒷받침하기 위한 작가의 의도적인 장치였지만 작가가 기대했던 만큼의 효과는 얻지 못하였다. 오히려 그녀와 범인의 우연한 만남이나 살인 사건이 행해질 때마다 연관되어 삽입되는 그녀의 행적은 소설 구성의 엉성함과 작위성을 두드러지게 할 뿐이었다.

변형된 인물은 여럿인데 무엇보다도 범인의 이력과 성격의 변화가 눈에 띈다. 이것은 이 영화가 소설과 달리 독자성을 획득하고 있는 부분이다. 방제사를 형처럼 따르는 서비스 보이(박상민 분)의 역할이 영화에서 조연급으로 상정되어 있는 것은 영화의 전개 과정과도 밀접한 관련을 지니게 된다. 새로운 인물로는 혜지라는 이름을 가진 모델이 있다. 그녀는 연예인이지만 한편으로는 압구정동의 새끼 마담으로 활동하고 있다. 심혜진이 연기하고 있는 이 인물의 설정은 박상민 역의 확대와 함께 영화의 내용에 큰 차이를 가져다 준다.

영화의 구조는 범죄 발생—사건 해결(범인 체포)의 범죄 영화의 구조에 기대고 있으나 하나의 장르를 일관성 있게 파고들기보다는 여러 장르의 특성이 잡다하게 혼융되어 있어 산만함을 가중시키고 있다. 범인의 행적이 주된 줄거리가 되고 있지만, 압구정동의 환락가를 중심으로 한 에로틱한 요소와 서비스 보이와 혜지 사이의 순수한 사랑이라는 멜로적 요소가 지나치게 강조됨으로써 영화의 흐름은 매끄럽게 이어지지 않는다. 서비스 보이가 휴학한 대학생이며 등록금을 벌기 위해 압구정동에서 일하고 있다는 점, 이중적인 직업을 가지고 돈 많은 남자의 정부로 생활하는 혜지가 그런 애송이의 사랑을 받아 준다는 점 등은 압구정동 속에서도 순수한 사랑이 존재한다는 감독의 낭만적인 발상에서나 가능한 것이 아닐까.『비상구가 없다』라는 제목이 무색해지는 설정이 아닐 수 없다. 이러한 상황은 소설이 제기하고 있는 사회 비판과 현실 고발의 주제 의식이 영화에 제대로 반영되고 있지 않기 때문이기도 하지만, 이 영화 자체에 선명한 주제 의식이 부재하기 때문에 발생하는 것이라고 하겠다.

오락성을 획득하기 위해서 멜로, 스릴러, 액션 등의 여러 장르적 요소를 혼합한 영화들이 만들어지는 경우도 있지만, 그런 경우 대부분이 여러 마리 토끼를 잡으려다 실패하게 되는 것.『비상구가 없다』역시 에로틱, 스릴러, 멜로의 장르를 종횡 무진 넘나드는 용감한 시도를 보여주지만 결과는 시원치 않다.

작가의 주제 의식이 영화에 크게 작용하고 있지 않다는 점은 특히 범인에 대한 해석에서 뚜렷하게 드러난다. 소설에서 범인은 압구정동의 부패에 휩쓸리지 않고 정신적, 도덕적으로 비압구정동의 영역에 위치하는 존재이다. 이 점은 범인이 노동자의 이력을 지니고 있으며 산업 재해로 인해 불구가 된 인물이라는 것과 그의 살인 행위가 개인적인 복수가 아니라 사회 체제에 대한 불만을 담고 있기에 살인의 원칙을 분명하게 지킨다는 것에서 확인할 수 있다.

영화 속의 범인은 이와 너무나 다른 모습을 가지고 있다. 그는 남창 출신이며 그 스스로가 오염된 인간이다. 살인 후 소지품을 갈취하거나 야산에서 폭행, 강간을 일삼을 뿐만 아니라 살인의 방식도 정해져 있지 않고 닥치는 대로 흉기를 이용한다. 그에게서는 소설 속의 범인이 소유하고 있는 사회 체제에 대한 냉소나 조롱을 발견하기 힘들다. 그는 오로지 개인적인 불행에 의한 복수심과 울분을 표출하는 나약한 인물일 뿐이다.

이 영화에서 소설과 다른 묘미를 맛볼 수 있다면 바로 이러한 범인의 설정이라고 할 수 있다. 소설 속의 범인은 압구정동의 부패하고 타락한 삶을 재판하는 도덕적 우월자라는 측면에서 작가의 대리적 성격이 강한 인물이고 그렇기 때문에 범인의 존재가 현실성을 담보하지 못하였다. 이에 반해 영화 속의 범인은 좀더 리얼하다. 그는 남창의 경험을 가진 불행한 인간이며 병적인 징후를 보여준다.

문성근의 연기는 범인의 이러한 특징을 적절하게 표출해내고 있다. 살인을 위해 거리로 나설 때마다 거울 앞에서 무스를 발라 올백으로 넘기는 반들거리는 까만 머리는 단정함 속에 어떤 광포한 힘을 내재하고 있는 듯한 분위기를 환기시킨다. 이와 함께 서비스 보이가 근무하는 클럽의 멀티비전 앞에서의 범인의 표정 연기는 특히 이 영화에서 가장 뛰어난 장면이라고 할 수 있다. 여러 개의 화면에 일제히 등장하는 범인의 똑같은 얼굴, 머리는 흐트러져 있고 두 눈동자는 초점이 흐려져 있는, 하지만 무엇인가를 집요하게 응시하는 문성근의 표정은 범인이 있다면 바로 저런 모습이 아닐까 할 정도로 섬뜩한 느낌을 자아낸다. 그 모습은 단지 범인의 것만이 아니라 현대를 살아가는 우리 모두의 분열된 자아이며 맨얼굴이다. 소설이나 영화가 모두 살아 있는 캐릭터를 창조함으로써 제 역할을 제대로 발휘할 수 있다는 것을 염두에 둘 때 이 영화는 어느 정도 인물의 성격 창조에 성공하고 있는 셈이다.

이러한 연출은 감독이 범인의 존재 자체도 그야말로 압구정동의 부산물임을 분명하게 간파하고 있음을 알려 준다. 범인이 가지는 파괴력과 살의, 비정상적인 징후는 그대로 우리 사회의 그것임을 잘 알고 있는 것이다. 이와 비교할 때 이순원이 '압구정동'으로 대변되는 한국 자본주의의 부패와 타락을 고발하고 이에 대응하기 위해 '정의로운 방제사'를 동원하는 방법이란 얼마나 단순한 사고에서 비롯된 것인가. 비상구가 없는 그곳에서 방제사가 저지르는 살인 행위의 끝은 자멸에 이르는 길 외에 아무것도 없다.

부분적인 해석의 탁월함에도 불구하고 그러나 이 영화의 완성도는 매우 떨어진다. 우리 영화의 고질적인 병폐인 뚜렷한 주제 의식의 부재와 상업성으로 기울 수밖에 없는 대중 추수주의가 이 영화를 잠식하고 있기 때문이다. 대중들이 원하는 오락성이 단순한 눈요기나 감각적인 자극이라고 안이하게 단정하는 감독들의 사고 방식도 이제는 바뀔 때가 되지 않았을까.

이 영화는 범죄 스릴러물로 만들었다면 더욱 좋았을 것이다. 환락의 도시를 배경으로 매주 금요일 밤마다 교살의 형태로 벌어지는 살인 사건이 가져다 주는 공포와 두려움에 집중하여, 두 기자와 경찰이 범인의 정체를 밝혀 가는 과정을 영화에 담았더라면 어땠을까. 분명한 것은 현재의 작품보다는 더 나은 영화가 되었을 것이라는 점이다.

4

90년대 후반의 압구정동은 이제 어떤 곳일까? 삼풍 백화점과 성수 대교의 붕괴 이후 침체된 경기와 스스로 불명예를 씻고자 앞장서서 거리 정화 작업에 나서는 시민들의 이야기가 종종 지면을 채우는 것을 볼 때 환락의 거리, 욕망의 해방구 압구정동은 더 이상 존재하지 않는지도 모른다. 그렇다면 한때의 유행처럼 압구정동이 낳았던 수많은 행태와 사건들도 사라진 것일까? 대답은 분명하다. 압구정동으로 한정되던 자본주의의 병폐가 이미 전 지역으로 확산되고 일상 생활에 젖어듦으로 인해 우리의 의식을 마비시키고 있기 때문에 더 이상 대단한 문젯거리로 회자되지 않는 것뿐이다. 90년대 전반보다 사람들은 경직된 사고 방식에서 벗어나 한층 자유로워졌고 여유 있는 생활을 누리려는 개개인의 욕구를 더욱 중시하게 되었다. 또한 공동체의 이상을 향해 더불어 나아가는 일보다 한 사람의 개성이 소중하게 여겨진다. 그러나 한편으로는 사회 현실에 무관심하고 무책임하며 자기 중심적인 태도가 팽배해 있다. 더 나아진 것도 변화된 것도 쉽게 찾기 힘든 것이 현실이다. 이런 현실 앞에서 현대인들은 어느 한순간 압구정동의 방제사와 같은 병적인 인물로 돌변할지 알 수 없다.

이순원의 소설과 김영빈의 영화는 비상구 없는 현재의 삶을 보여주고 있다. 그러나 그들은 왜 우리의 삶이 이런 모습일 수밖에 없으며, 어떻게 살아가야 하는가에 대한 진지한 접근에 이르지는 못하였다. 이 소설과 영화는 그야말로 90년대 전반의 압구정동 붐에 일조하고 마는 느낌이다.

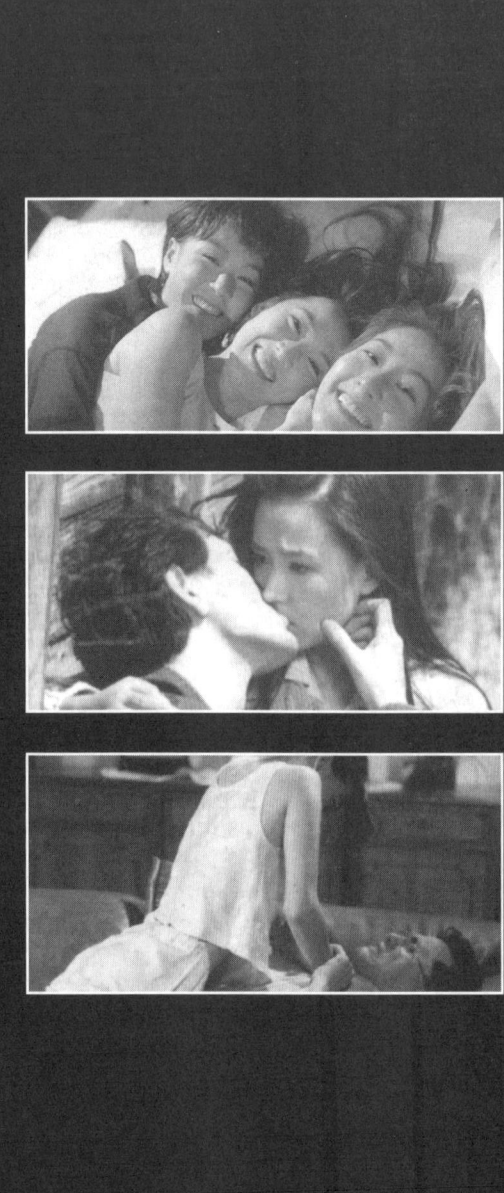

제3부

사랑의 변주

일렁이는 슬픔, 그리고 현실

일렁이는 슬픔, 그리고 현실

신경숙 원작, 곽지균 감독 『깊은 슬픔』

김연숙

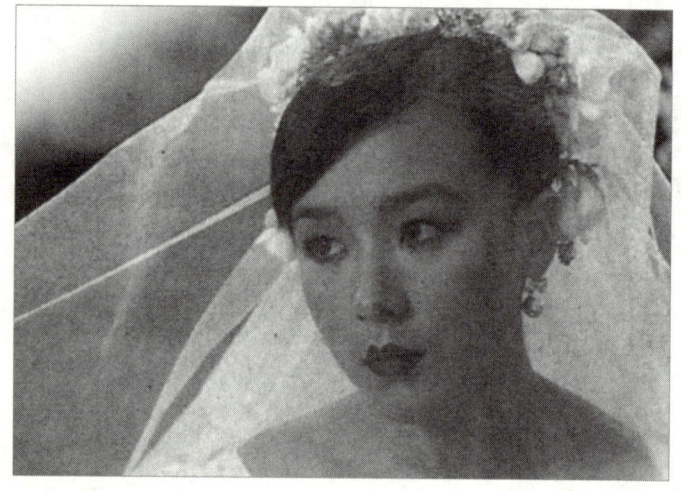

1. 사랑에 관한 이야기

사랑 이야기, 우리가 살아가는 동안 가장 흔하게 만나는 이야기. 아니 흔한 만큼 사랑의 종류도 갖가지다. 아름다운, 낭만적인, 환상적인, 기쁜, 열정적인, 가벼운, 슬픈, 집요한, 끔찍한, 처절한, 애틋한, 희생적인, 이기적인…… 사랑. 인간이 쓸 수 있는 수식어 모두를 덧붙여 봐도 결코 어색하지 않다. 이제 우리는 '슬픈 사랑'을 이야기한 작가와 감독을 만나 보고자 한다. 그들은 너무나 슬프고 슬퍼서, '사랑'이란 말은 제목에서 쏙 뺀 채로, '깊은 슬픔'만을 강조한다. 왜 그렇게들 슬픈 건가. 한때 유행했던 대중가요의 한 대목. '살아가는 일이 허전하고 등이 시릴 때 그것을 위안해 줄 아무것도 없는 보잘것 없는 세상을 그런 세상을 새삼스레 아름답게 보이게 하는 건 사랑 때문이다. 사랑이 사람을 얼마나 고독하게 만드는지 모르고 하는 소리지. 사랑만큼 고독해진다는 걸 모르고 하는 소리지.'

한 시인은 자신의 시[1]에 그 노래를 모두 옮겨 쓰고 있다. 그리고 이렇게 읊조린다. '나는 나다. 나는 나이고 너는 너이다. 내가 어떻게 너일 수 있으랴?' 사랑이 둘을 아주 가까이 닿게 할 수는 있지만, 하나로 만들어 줄 수는 없다. 나와 네가 절대 같을 수 없는데, '일체'라고 여길 때 그때 비극은 시작된다. 따라서 사랑으로 말미암아 고독해지는 건 절대 '사랑' 탓이 아니다. 그것은 사랑하는 사람들 때문이다. 자기 자신을 모두 쏟아 부었다고 믿는데, 상대의 마음이 모두 전해지지 않는다고 생각하는 어긋남. 이 어긋남을 스스로 만들어내는 남자와 여자. 그들이 소설과 영화 속 인물이다.

이야기는 두 남자(세, 완)와 한 여자(은서)로 구성된 삼각 관계를 기

---

1) 박남철, 「[물아일체론 비판] 킬리만자로의 표범」, 『창작과 비평』, 1998. 여름.

본으로 한다. 그러나 그 삼각관계는 단지 세 사람의 관계라는 의미일 뿐 전통적인 연애담의 삼각 관계와는 거리가 멀다. 세는 은서를 사랑하고, 은서는 완을 사랑하고, 완은 사랑을 믿지 않는다. 은서가 세를 사랑하게 되었을 때, 완은 은서를 사랑하게 되고, 세는 이제 사랑을 떠난다. 벽을 마주 대하듯 전해지지 않는 사랑이 끊임없이 부유하고, 그 떠 다니는 사랑을 붙잡고자 하는 이들의 슬픔이 바로 '깊은 슬픔'인 것이다.

2. 사랑을 그리워함, 혹은 그 욕망

소설 『깊은 슬픔』은 그 무엇인가를 간절히 바라고 기다리는 사람들의 이미지로 가득 차 있다. 은서, 세, 완의 상호관계가 그러하고, 은서의 이웃으로 나오는 화연은 사촌 오빠를 사랑함으로써 이루어질 수 없는 욕망의 한 정점을 그린다. 은서의 동생 이수는 누나를 향한 그리움을, 은서와 같은 일을 하는 방송국 구성 작가 유혜란은 노태수라는 사진 작가를 사랑하는 욕망을, 노태수는 사라져 가는 새들만을 사진으로 남길 바램을 가지고 있다. 그리고 '어린 파' 연작시를 쓰는 시인, 방송국 앞에서 노래하는 노인, 화연의 사촌 오빠, 은서의 어머니는 정체모를 상실감과 그것을 채우고자 하는 갈망을 드러내는 인물들이다. 이 많은 인물들을 일직선상으로 치달아가게 하는 그 '그리움'은 도대체 무엇인가? 그것은 '사랑' 특히 이루어지지 않은, 혹은 이루어질 수 없는 사랑에 대한 그리움이다. 그러나 사랑이란 현실에서 드러나는 방식일 뿐, 그 심층에서는 보다 근원적인 의미를 띠고 있다.

우선 은서를 중심에 두고 살펴보자. 여기에서는 표면상 두 가지 방향의 사랑이 드러난다. 은서가 완을 사랑한 것과, 그러한 은서를 사랑하는 세의 경우이다.

완에 대한 은서의 일방적인 사랑의 내면에는 은서의 어린 시절이 관련되어 있다. 은서는 '이슬어지'라는 농촌에서 자라났다. 그녀의 어머니는 어린 딸과 아들을 놔둔 채 잦은 가출과 귀가를 반복했고, 아버지는 그런 어머니를 끊임없이 찾으러 다녔지만, 그러나 돌아온 어머니를 완전히 받아들이지 못해 평생을 불안해 하면서 살아야했다. 온전한 가정이 유지되지 않는, 그 상황이 주는 본능적인 '허기'. 그것이 남동생 이수에게는 어디에도 마음을 붙이게 할 수 없는 상실감의 뿌리이다. 이수가 가끔씩 '누나 한번 와'라는 말 속에 자신의 모든 것을 담아 보내는 애절함을 보인 것도, 어린 시절 함께 '허기'를 겪었던, 그리고 어머니를 대신했던 누나를 통해 자신의 상실감을 채우고자 하는 욕망의 표현이다.

은서는 그 '허기'를 완을 향한 사랑으로 대치시킨다. 은서가 학교를 졸업하고 방송국 스크립터로 일하고 있던 때, 완과 함께 '이슬어지'로 가는 밤기차를 탔다. 그 밤기차에서 은서가 깜박 잠이 들었다 깨어보니 완은 그녀를 두고 기차에서 내려버리고 난 후였다.

어렸을 적부터 혼자 있는 게 싫었어. 그런데 얼마나 우습니. 그렇게 싫었으면서도 하없이 혼자 있게 하는 완을 이리 사무쳐하고 있으니. 너를 사랑하면 그만일텐데. 그러면 혼자 있지 않아도 될 텐데. 그러나 누가 옆에 있어도 늘 또 혼자라는 생각을 지울 수가 없겠지. 어머니 때문이었겠지. 세상에서 절대로 나를 혼자 있게 할 것 같지 않은 사람이 가장 혼자 있게 했으니까. 넌 몰라. 그 허기증 같은 것. 네가 어떻게 알겠어. 그날, 완이 기차에 나를 두고 가버린 그날, 혼자 이슬어지로 가는 역 대합실에 내려 나는 다짐했다. 어떻게 해서든 완을 내 곁에 두겠다고. 내가 왜 그런 다짐을 했는지 나도 몰라. 어쩌면 돌아온 어머니에게 단 한번도 곁을 주

지 못한 내마음이 그리 기운건지도 몰라. 완은 묘하게 어머니를 닮았거든. (강조 - 필자)

갑작스레 떠나버린 완에게서 은서는 자신과 동생을 버리고 떠남을 반복했던 어머니를 떠올린다. '무엇보다도 졸고 있는 사이에' '나를 두고 다름도 아닌 달리는 기차 안에 나를 두고 혼자 돌아가 버'린다는 것은 은서에게 상상도 되지 않는 황당한 일이었다. 그렇게 '독하게 그녀를 버려두고 갈 수 있었던' 또 한 사람이 어린 시절의 어머니였다. 은서의 어머니는 어린 아이들을 두고 언제인지도 모르게 훌쩍 떠났다가 돌아와서는 아무렇지도 않게 밥을 짓곤 했던 것이다. 떠남의 이미지가 완과 어머니를 동일시하게 되는 첫번째 이유라면, 보다 근본적인 닮음은 그 떠남의 이유가 동일하게 여겨진다는 것이다. 완이 기차에서 은서를 두고 떠나버린 것은 고향에 돌아가기가 두려웠기 때문이다. 완에게 '이슬어지'는 가뭄으로 물꼬 싸움 끝에 삽부림, 칼부림으로 인해 아버지가 죽고, 가족과 함께 밤도망을 쳐야했던 곳이다. 은서의 어머니가 가출─귀가를 되풀이 한 것은 아마도 '이슬어지'라는 농촌의 삶의 고단함이 원인이었으리라 추측할 수 있다. 고향에서 상처받은 삶, 그로 인해 가까운 사람을 버려두고 떠나는 아픔을 은서는 완과 어머니에게서 공통적으로 찾아낸다. 따라서 은서는 완과의 사랑이 이루어진다면, 그를 통해 어린 시절부터 간직해 온 '허기'를 채울 수 있을 것이라고 믿는다. 아울러 그것은 완이 가진 아픔도 해결할 수 있는 행복한 관계라 여기고, 받아들여지지 않음에도 불구하고 끊임없이 완에 대한 사랑을 꿈꾼다.

한편 은서를 사랑하는 세의 경우를 살펴보면, 그 또한 근원적인 세계를 향한 그리움을 상대에 대한 사랑으로 표출한다. 세는 '이슬어지'라는 고향에서, 유년 시절처럼 행복한 삶을 꿈꾸는 인물이다. 그에게

'어렸을 적 은서가 작은 키를 세우며 빨래를 널거나 걷고 있는 모습'은 '우물이 있고, 분꽃이 피고 대추나무가 있고 장독대가 있는' 집의 풍경 속에서 그려지는 아름다운 기억이다. 그러나 그 어린 은서의 모습은 사실 어머니가 가출한 상황에서, '종종 깨금발을 딛고도 잔등이 다 오도록 팔을 쳐들'며 빨래를 널어야만 했던 불우한 환경의 소산이다. 또 세는 '그런 은서를 완과 함께 혹은 이수와 함께 바라'보던 행복한 기억을 떠올리며, 그 시절 완과 자신, 은서, 이수는 아무 갈등이 없는 행복한 시절이었다고 믿고 있다. 그러나 이수에게 세의 행복한 기억은, 어머니를 대신하는 누나의 안쓰러운 모습으로 각인되어 있고, 완에게는 밤도망을 쳐야했던 불우한 어린 시절의 '이슬어지'로 남아있을 따름이다. 따라서 은서를 통해 '이슬어지'의 행복한 삶을 꿈꾸는 세의 사랑, 그 그리움은 현실에서는 이루어질 수 없다는 비극성을 전제로 할 수밖에 없다.

이렇듯 은서의 완에 대한 사랑, 세의 은서에 대한 사랑은, 표면적인 사랑의 형식 속에서 존재의 근원으로 돌아가고자 하는 욕망의 표현임을 알 수 있다. 이 존재의 근원은 '이슬어지'라는 표상으로 지칭되지만, 물론 현존하는 고향 '이슬어지'는 아니다. 각각의 인물들은 그들이

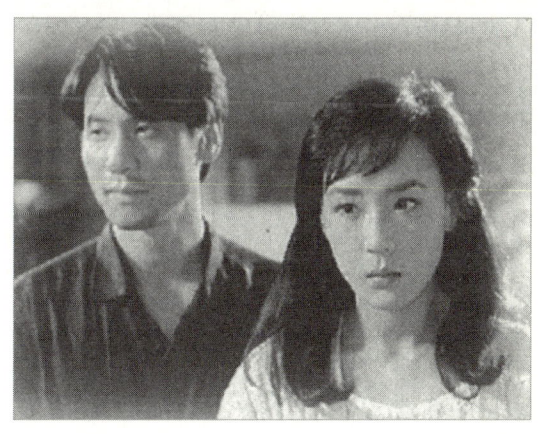

세, 은서의 어긋난 시선 ▶

꿈꾸는 완결된 세계, 갈등이 없는 공간으로서의 '이슬어지'를 그리워 하고 있을 따름이다. 이러한 욕망의 정체는 다른 인물들에게서도 마찬 가지이다.

사촌 오빠를 사랑하는 비극을 안고 있는 화연. 그녀는 화재 때문에 부모를 잃고 나서 여섯 살 때부터 이모집에서 자라난다. 그 외로운 생 활을 따뜻하게 감싸준, 유일한 사람이 사촌 오빠였다. 그 오빠를 사랑 하는 것은 자신의 상실감이 치유되는 세계로 들어가는 일이었으며, 그 것이 결국은 이루어질 수 없다는 것을 깨달은 것이 화연의 비극이다. 사랑은 근친 상간이므로 이루어질 수 없을 뿐더러, 그 사랑은 화연이 꿈꾸는 완결된 세계를 이루어 주지는 못하기 때문이다. 그럼에도 불구 하고 화연이 자신의 삶을 새로 시작해 보기를 간절히 바라는 것은, 그 의 근원적인 상실감이 치유되기를 바라는 욕망의 표현이다.

또 사진 작가 노태수는 일상적인 삶을 거의 버리다시피 하고, 사진 찍는 일만 가지고 세상을 살아가는 인물이다. 그가 찍는 것은 오로지 사라지는 것들이다. 그의 사진 찍기는 사라져 가는 것들에 대한 욕망 이다. 일회적이나마 사진을 통해서 사라져 가는 것들을 현실에 잡아 놓을 수 있고, 그 작업만이 삶의 의미를 찾을 수 있기 때문이다. 유혜 란의 사랑 또한 이러한 욕망의 표현이다. 그녀의 사랑은 사진 작가 노 태수가 아니라 노태수의 삶에 대한 것이다. 유혜란은 매일매일 원고를 만들어 내야 하는 유능한 방송국 구성 작가이다. 그녀는 아침에 잠을 깨고 나서 '아무 생각이 나지 않는 그것과 싸'움을 반복하는, 근원적인 세계를 잃어버린 삶을 살아왔다. 그러나 노태수를 만나며 그의 삶, 즉 그리움을 간직하고 살아가는 삶을 이해한 후에는, '기다림'을 배우고 '그리움'을 다시금 깨닫게 된다. 그것이 유혜란의 사랑이다.

결국 이 모든 이들의 사랑은 남녀간의 애정을 넘어서서, 사랑하는 대 상을 통해 자신의 욕망이 이루어지기를 꿈꾸는 행위가 현실적으로 드러나는 방식이다. 이것은 한갓 꿈꾸기가 아니라 그들에게 내재된 본능과 같은 것으로 그려지고 있다. 그들의 욕망은 '태어난 하천을 떠나 먼 바다를 거슬러 알래스카까지 갔다가, 다시 몸을 돌려 모천으로 돌아온다는 연어'로, 사막에 추락해서 누군가가 자기를 기다리고 있을 것이라는 그리움으로 무서운 밤을 견디는 야간 비행사로 비유된다. '연어'의 회귀 본능은 그것의 삶의 목표이자 삶의 전부이며, 야간 비행사에게 그리움은 그의 생명을 지탱하는 마지막 끈이다.

　　그러나 욕망이 가지는 그 중요성에도 불구하고, 그것은 당초부터 실현될 수 없는 것이라는데 문제성이 있다. 앞서 언급했다시피 은서와 세, 이수가 그리워하는 근원적 세계로서의 '이슬어지'는 명백하게 현존하는 공간이 아닐 뿐더러 그것은 이루어질 수 없는 세계이다. 그 점을 가장 잘 알고 있는 인물이 완이며, 때문에 완은 은서에게 다소나마 사랑을 느끼면서도, 철저히 사랑 자체를 부정한다.

　　"사랑…… 사랑하느냐 물었냐? 사랑을 우리가 온전한 사랑을 할 수 있을까. 이렇게 복잡한 세상에. 사랑이란 말이 가능하기나 할까. 이 도시에서 누군가 한 사람을 죽도록 그리워하기엔 마음에 품고 살기엔 이미 늦은 거 아니냐? 한눈 팔 것이 너무 많지 않아? 그 사람과 사이에 얼마나 많은 것들이 놓여 있니. 영화며 음악이며 비디오며 무엇보다 일을 해야 하지. 나는 껌종이 하나만 봐도 이걸 만드는 데 제작비가 얼마 들었을까, 그런 생각이 먼저 든다. 여긴 이슬어지가 아니야. 나는 이렇게 돼버렸어. 지금도 봐라, 이 음악. 머리를 맞대고 제대로 얘기도 못 하게 하지 않니. 그래 따지고 보면 다 뼈다귀 같은 일이지. 그런데 그 뼈다귀 같은 일 때문에 또 살아가는 거 아니겠어. 사랑…… 사랑으로 살기엔 이미 늦었어."

　　작중 인물들이 추구하는 그리움의 세계는 단지 그리움으로만 남아 있을 수밖에 없다. 왜냐하면 완의 인식에서처럼, 이미 모든 관계는 물화되어 있고, 자본의 가치가 힘을 발휘하는 세계 속에 살고 있기 때문이다. 그 속에서 소통이란 불가능한 것이고, 더구나 은서와 세가 그리워하는 근원적인 세계는 아예 실현 불가능한 것이다. 그러나 주인공들이 처한 현실에 대한 인식은 작품 전체를 지배하는 그리움의 강도에 비한다면, 아주 미미한 수준이다. 단지 완의 주장에서 단편적으로 언급될 뿐이다. 오히려 작가가 궁극적으로 보여주는 것은, 그 그리움이 도저히 현실적으로 가당찮은 대상을 전제로 한 것이기에 더 절실한 것이며, 그들은 그리움의 대상에 자신의 욕망을 투사함으로써 현실을 회피하고 서서히 망가져간다는 사실 자체이다.

완은 세가 은서와 결혼한 후, 다시금 사랑을 호소한다. 그것은 질투에서 비롯된 것이기도 하지만, 궁극적으로는 '네가 예전처럼 내 이름을 부르면 난 살 수 있을 것' 같다는 근원적인 욕망 때문이다. 그러나 은서는 이미 떠났고, 그는 심한 괴로움을 겪는다. 그리움으로 삶을 지탱해 왔던 세와 은서의 경우에는 좌절의 강도가 훨씬 크다. 은서와 결혼한 후에도 세의 욕망은 충족되지 않는다. 물론 은서가 여전히 완에 대한 미련을 가지고 있음이 첫번째 이유다. 그러나 마침내 은서가 완을 떠나 세에게로 돌아오고자 할 때 그는 더 이상 은서를 받아들이지 않는다. 뿐만 아니라 은서에 대해 지독한 불신을 가지고, 마침내 편집증적인 광기로 스스로를 무너뜨린다. 이제 지옥같은 나날만이 이어진다. 그 지옥은 궁극적으로 그리움이 사라졌기 때문에 생겨난 것이다.

"마음 속에서 그리움이 사라졌소. 다시는 시를 쓰지 못할 것 같아요. 아무것도 그립지 않으니 마음이 지옥이오. 어린 파 연작시를 쓸 때는 개인적으로도 외부적으로도 너무나 어려운 때였지만 그래도 마음은 늘 그리운 것이 있었지. 그것이 시를 쓸 수 있게 했소. 하지만 지금 그것이 끊겼

소."

'어린 파'에 대해 연작시를 쓰던 시인은 땅 속에서 갓 돋아나는 어린 파 싹에서 '거기에 온통 마음을 털어 바칠 수 있을 만큼 그리운 것' '절망적인 것이라 해도 마음을 붙이고 살 그리운 것'을 찾고자 한다. 그 찾는 행위가 시 쓰는 일이었는데, 정작 도달하지 못할 허망함을 깨닫게 되었을 때, 그리움은 사라지고 마음은 지옥이 된다. 더 나아가 아무 것도 기다릴 수 없는 곳이 여기 현실이란 걸 깨달을 때, 세상도 지옥이 된다. 사촌 오빠와의 사랑을 통해 화해로운 세계를 꿈꾸었던 화연이 자살을 택했던 것처럼 은서의 그리움은 결국 자살로 끝이 난다. 은서와 화연이 세상을 떠나는 것은 이 세상에서 더 이상 자신들이 남아 있을 수 없기 때문이다.

3. 현실로 내려온 사랑의 욕망

아름다운 어린 시절을 감싸안고 있었다고 믿어지는 '이슬어지', 서로의 사랑으로 그 아름다움을 회복시켜 보려 하지만, 순간순간 멀어지는 슬픔, ㄱ 때문에 무너져 내려가는 이들. 이 모든 아름다움과 슬픔에 다가가고자 한 것이 신경숙의 글쓰기였다면, 곽지균은 현실 속에서 그 모두를 살펴본다. 영화는 완(김승우 분), 세(황인성 분), 은서(강수연 분)라는 세 인물을 중심으로 원작 내용을 재정리한다. 이를 바탕으로 1부 세, 완, 은서, 2부 완, 세, 은서의 각 장이 나누어진다.

우선 완과 세, 은서는 성(姓)과 주민등록번호를 부여받음으로써 현실 속 인물로 확실하게 자리잡는다. 1부의 세 장은 유현세, 서완, 오은서의 주민등록증을 정지 프레임으로 잡음으로써 시작한다. 그후 과거를 회상하는 인물의 보이스 오버가 나직하게 깔린다. 각 장은 이슬어지의 추억—서울에서 정착—사랑하는 상대와 결별이라는 비슷한 시·공간 구도로 이루어져 있다. 그래서 인물들은 자신의 시각으로 동일한 사건을 펼쳐 보인다.

이를테면 이슬어지의 추억에서 가장 부각이 되는 완의 탈향을 보자. 완의 탈향은, 아버지의 죽음이 가장 큰 원인이다. 완의 아버지는 이슬어지에서 제일가는 주정뱅이자 개망나니다. 그런 아버지가 이유는 정확하게 드러나지 않지만, 분노한 동네 사람들에게 끌려나와 헛간에 갇히고, 그후 세의 아버지 칼에 찔려 죽는다. 완의 집은 풍지박산 나고, 완은 밤기차로 이슬어지를 떠난다. 이로써 평화로웠던 이슬어지의 유년 시절은 마감된다. 이러한 완의 탈향은 각 인물의 시점을 통해 세 가지로 재구성된다. 세는 모든 과정을 두려움으로 지켜보면서, 완과 운명적으로 어긋남을 느끼게 되고, 완은 고향에서 내쫓기다시피 떠났던 아픔을 이야기한다. 은서는 엄마의 바람기로 늘 외롭기만 했던 어린 시절 속에서 완마저 떠나 보내는 슬픔으로 울고 말지만, 완으로부터 죽은 엄마가 주었다는 목걸이와 첫키스를 받으면서, 사랑을 느낀다.

이런 설명 방식은 인물의 내면을 드러내기도 하지만, 그보다는 인물과 상황의 인과 관계에 좀더 주목하게끔 만들어 준다. 그리하여 주민등록증이라는 외형상의 현실화에 덧붙여 세와 완, 은서는 상식적인 설명이 가능한, 지극히 현실적인 인물이 된 것이다.

곽지균 감독이 택한 또 다른 현실화 방식은, 완을 조직 폭력배의 일원으로 만든 것이다.[2] 처음에 완은 이슬어지를 떠나와 허름한 권투도장, 날품 인력 시장 등을 거쳐 나간다. 핸드 헬드 카메라를 통해 찍혀진 도시 뒷골목의 고단한 삶. 불안정하게 흔들리는 화면 속에서 제대로 뿌리내리지 못하는 완의 힘겨움이 드러난다. 결국 완은 조직 폭력배 세계로 발을 디밀고, 그 속에서 인정받고, 조직의 보스(배종옥 분)와

결혼하면서 확실한 정착지
를 마련한다. '산다는 건
꿈꾸는 것 하고는 다르게
흘러갔지'라는 완의 말처
럼 현실의 차가움을 보여
주는 일련의 과정을 설정
한 것은 호소력 있게 전해
진다. 그러나 조직 폭력배
세계를 보여주는 장면은
지나치게 길고 진부하다는
점이 문제다. 홍콩 영화를
연상케 하는 현란한 패싸
움, 질서 정연하게 서열화
된 조직 폭력배 모습 등은

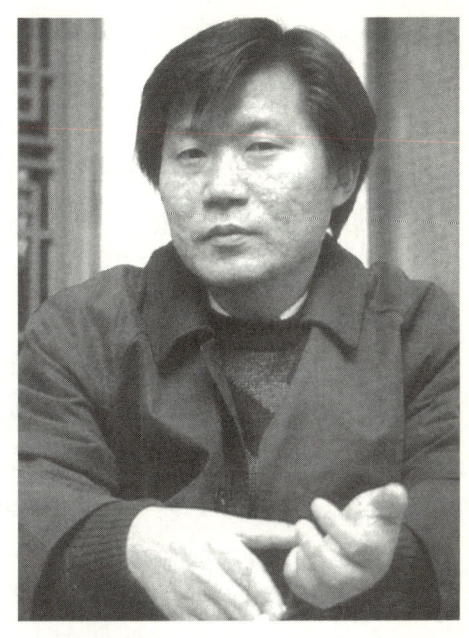

▲ 곽지균 감독

이미 너무나도 낯익은데 그토록 많은 분량을 할애할 필요가 있었을까.
더구나 피를 흘리며 혼자서 몇 명을 거침없이 해치우지만, 인질로 잡
힌 은서를 보고 몽둥이를 툭 떨어뜨리는 완의 모습을 담아내는 장면에
서는 묘한 역설을 느낀다. 현실화 방식으로 끌어들인 장면이 리얼리티
와는 정반대로 순정 만화의 한 장면을 보는 듯한 허상으로 여겨지니
말이다.

　현실을 보여주고자 했으되 그것이 오히려 비현실로 받아들여지는 모
순은 2부에서도 찾아진다. 2부의 각 장의 첫 장면들은 각기 중심이 되
는 인물을 클로즈업시킨 프레임이다. 클로즈업 된 완과 세, 은서의 꺼
칠한 얼굴은 자신들의 괴로운 심정을 중얼거리기 시작한다. 순간 카메

---

2) 이 부분은 원작과 크게 달라진 것이기도 하다. 소설에서 완은 출판, 편집을 대행하는 기획사무실에서
　일한다.

라 플래시가 번쩍일 때의 섬광처럼 화면이 하얗게 바래진다. 그 효과의 강렬함은 황폐해진 채로 파멸해 가는 분위기를 감각적으로 드러내준다. 그러나 실상 파멸해 나가는 과정을 보여주는 장면들은 설득력이 떨어진다. 세가 은서에 대한 불신을 견디다 못 해, 그녀를 욕조에 담그고, 샤워 꼭지를 들이대며 미친 듯이 발악하는 장면이나, 집에서 세가 은서의 옷을 강제로 벗기고 강간하다시피 성행위 하는 장면 등 몇몇 자극적인 장면만이 이질적으로 두드러지기 때문이다. 강렬한 자극성과 배우의 과장된 연기는 감각적인 효과 뿐 현실성을 전달하지는 못한다. 이 속에서는 사무치는 애증, 내면 상처의 질긴 아픔이 사라지고, 적대적인 미움 그 자체만이 노출될 따름이다.

어긋나는 사랑, 그로 인해 망가지는 사람들. 곽지균 감독이 영화에서 잡아낸 것은 그 사람들의 삶 자체이다. 그러나 영화는 소설 속의 내밀한 이미지를 현실 속에서 설명해내고자 함으로써 지루해지고 만다. 지상 세계로 내려온 황홀한 순간이 그 빛을 어떻게 간직할 것인가. 이것이 영화에 던지고 싶은 물음이다. 오히려 현실적인 설명 대신 서정적인 함축성을 택한 처음과 마지막 장면은 영화에서 가장 빛나는 부분이다. '이슬어지'의 아름드리 나무 아래에서 완과 세, 은서는 서로의 팔을 베어 준 채로 눈을 감고 누워 있다. 동요 '나뭇잎배'가 맑고 애잔하게 울려퍼지고, 싱그러운 초록 잎새가 간간히 나부낀다. 첫 장면에서는 어린이들로, 마지막 장면에서는 흰 옷을 입은 어른들로 등장한 인물들의 모습은 지극히 평화롭다. 원형의 그 손상되지 않은 낙원 세계는, 유년의 기억이나 아예 현실을 떠나버린(흰 옷을 입은 어른은 죽음이나 현실 초월을 상징한다) 곳에서나 존재할 수 있다는 그야말로 '깊은 슬픔'이 처연하게 전해진다. 그 슬픔은 엄마 곁에 누워도 자꾸만 생각난다는 '나뭇잎배'의 노래 가사처럼 우리 주위를 빙빙 돌고만 있다는 것이다.

4. 영혼과 형식을 찾아서

이제 소설 『깊은 슬픔』이 보여주는 그 '깊이'를 헤아려 보자. 그것은 슬픔을, 사라져 가는 것들을 견디게 해주는 기억, 아득한 글쓰기의 깊이이다. 이 모든 아름다움과 슬픔은, '석류알이 내뿜는 시고 달콤한 향기'처럼 '속 찬 배추 속까지 스며들' 풍경 소리처럼 이 세상에 아련하게 스며들어 있다. 더구나 작가의 생각을 짐작컨대, 아름다움과 슬픔 그 둘은 얄궂게도 한 얼굴의 운명이라는 것이다. 마치 '세상에 아침이 오려는 순간과 밤이 오려는 순간이 같'은 것처럼. 이 운명의 아련함에 다가가는 일. 그것도 아주 '깊이' 들어가려고 애쓰는 일, 그로써 세상에서 견디게 해주는 일, 그것이 신경숙의 글쓰기이다.

곽지균은 『깊은 슬픔』이 서사 구조의 허약성에도 불구하고 왜 그렇게 많은 독자를 가질 수 있었는지, 그 미덕이 무엇이었다고 파악한 것일까. 영화는 몇 부분을 제외하고는 원작에 지극히 충실하다. 그러나 그 충실함은 단지 사실적인 일치에 그칠 뿐 자신의 영혼을 보여주는 데는 이르지 못한다. 오히려 아련한 운명의 깊이는 현실로 끌어내려져, 홍콩 느와르에 예술 영화의 서정성을 착종시킨 듯한 기묘한 얼굴이 되고 만다.

소설을 영화로 옮길 때, 그 관계 설정은 전적으로 감독의 몫이다. 영화는 원작에 충실할 수도 있고, 원작에서 모티프나 다른 몇몇 내용들만을 빌려온 채 독립적인 구성을 할 수도 있다. 그 어떤 경우이든 가장 중요한 것은 언어 매체가 영상 매체로 바뀐다는 점이다. 매체의 변화는 기법 변화 이상을 요구한다. 영혼과 형식—이 둘의 관계가 설정되는 일이기 때문이다. 자신의 영혼을 만들어내는 일, 그것이 분명 만만한 주문이 아니지만, 그 독자성을 찾아낼 때야 영화는 원작과 행복하게 결합할 수 있을 것이다.

성장을 위한 서곡

공지영 원작, 오병철 감독 『무소의 뿔처럼 혼자서 가라』

이명귀

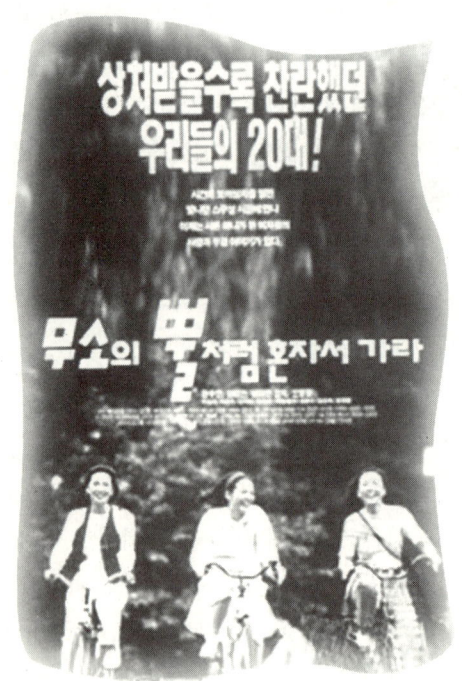

1

최근 들어 여성 작가의 활동이 눈에 띄게 활발해졌다. 귀에 익은, 혹은 베스트셀러를 내는 작가의 대다수가 여성이다. 양귀자, 신경숙, 공지영, 김형경, 은희경 등등. 이들의 작품은 흔히 여성주의 계열로 묶인다. 박경리, 박완서 등을 제외하고는 이렇다 할 여성 작가가 없었던 7, 80년대에 비하면 엄청난 변화라 할 만하다. 여성 작가들은 여성적 삶을 특유의 섬세한 문체로 밀도 있게 그려낸다. 여성 인물과 여성 화자를 내세우는 것과 사회라는 광장 대신 자아라는 밀실 혹은 내면으로 침잠(沈潛)하는 것도 두드러진 특징이다. 이 때문에 지나치게 사적(私的)이라는 비판을 받기도 한다. 이러한 경향은 90년대라는 시대적 특질과 관계 있다. 80년대가 사회 전반의 민주화와 부의 균등한 분배라는 거대한 주제에 관심을 쏟았던 시기라면, 90년대는 뚜렷한 관심사가 없는 시기이다. 대신에 그동안 소외되어 왔던 온갖 것들이 중심의 공백을 메꾸기 시작했다. 여성과 여성의 삶이란 주제도 그중 하나이다.

2

공지영은 90년대를 대표하는 여성 작가의 한 사람이지만 소위 말하는 신세대 작가는 아니다. 오히려 그녀의 세대 감각은 80년대에 닿아 있다. 그녀는 80년대 초반에 대학을 다녔고, 자유와 민주주의를 외치던 당시 젊은이들의 열정에 공감을 표하고 있다. 공지영의 작품에 자주 운동권 출신 인물이 등장하는 이유도 이와 관계 있다. 『무소의 뿔처럼 혼자서 가라』(이하 『무소의 뿔』)는 아마도 작가 개인에게 특별한 의미를 가진 작품일 것이다. 이 소설을 계기로 작품 세계의 변화를 꾀한 것은 물론이고 일약 베스트셀러 작가로 부상했으니 말이다. 여성주의 소설을 쓰는 역량 있는 작가로 인정받기 시작한 것도 이즈음이다.

『무소의 뿔』은 결혼에 대한 환상을 여지없이 깨뜨린다. 소설 속의 세여성—혜완과 경혜, 영선은 같은 학과 동창생이다. 이들은 한때 한 남자를 동시에 사랑했던 씁쓸한 추억을 공유하고 있다. 대학을 졸업한 후 그들은 각기 다른 조건의 남자를 만나 새로운 삶을 시작했다. 그러나 결혼 생활은 결코 스무 살 시절에 꿈꾸었던 것처럼 행복하지 않았다. 혜완은 아이가 사고로 죽은 지 1년 만에 남편과 이혼했다. 아이를 죽인 무책임한 어미라는 비난과 남편의 모욕을 참을 수 없었기 때문이다. 이혼 후 혜완은 소설을 쓰며 혼자 살아간다. 작품은 혜완을 중심으로 경혜와 영선의 삶을 교직해 보여준다.

경혜는 셋 중 가장 현실적이고 이해 타산적인 인물이다. 그녀는 예쁜 외모와 아나운서라는 직업 덕분에 열쇠 세 개도 없이(?) 의사와 결혼하는 데 성공했다. 그런데 그녀의 남편은 딸을 낳은 뒤부터 다른 여자와 바람을 피웠다. 경혜는 그 사실을 얼마 전에야 알았다. 하지만 경혜는 결코 이혼 따위는 하지 않을 생각이다.

영선은 집안의 반대를 무릅쓰고 가난한 감독 지망생과 결혼했다. 그리고 미처 졸업도 하기 전에 남편을 따라 불란서 유학길에 올랐다. 영선은 그곳에서 다른 유학생 부부와 마찬가지로 자신의 공부는 포기하고 오로지 남편 뒷바라지만 했다. 결혼 생활 8년 만에 남편은 전도 유망한 감독으로 성공했지만, 영선은 자신의 삶을 송두리째 잃어버렸다. 영선에게 남은 건 두 아이의 엄마라는 사실과 알콜 중독, 히스테리, 의부증 환자라는 사실뿐이다.

『무소의 뿔』에 등장하는 인물은 모두 불행하다. 희망 없는 삶 때문에 고통에 신음한다. 하지만 고통에 반응하는 양상은 저마다 다르다. 싸움, 자기 방어, 체념, 안주, 죽음 등.

하지만 겁도 없이 서른의 나이에, 결혼 삼년 만에 저런 말을 태연히 늘어놓는 경혜는 어떤 형용사로 느껴야 하는 것인지 혜완은 알 수 없었다. 아니다, 그건 부사로 설명될 수 있을지도 모른다. 어차피, 경혜는 그 말을 잘도 써댔다. 언젠가 세 여학생은 학교 벤치에 앉아서 그것 때문에 실컷 웃었던 적이 있었다. 혜완은 절대로, 라는 말을 경혜는 어차피, 라는 말을 그리고 영선은 그래도…… 라는 말을 자신들도 모르게 자주 사용하고 있다는 걸 이야기하면서였다. 그때는 우스갯소리였던 말들이 이제사 혜완의 살갗에 소름을 돋게 만든다. (50쪽)

'절대로, 어차피, 그래도' 만큼 세 여성을 잘 설명해 주는 말도 없을 것이다. 혜완은 자존심이 강한 동시에 상당히 전투적(?)인 인물이다. 부당하다고 생각되는 일은 결코 용납하지 않으려 한다. 주변 사람과 자주 충돌하는 것도 이런 성격 탓이다. 혜완이 지나치게 공격적인 이유는 뒤집어 보면 그만큼 상처를 많이 받았다는 의미가 된다. 과도한 피해 의식에 사로잡혔다고 해도 전혀 틀린 말은 아니다. 하지만 30대 초반의 이혼녀가 어떻게 피해 의식에 시달리지 않고 살아갈 수 있겠는가. 더군다나 한국 사회에서.

혜완이 보여주는 내면 갈등은 상당히 사실적이다. 끊임없이 반복되는 가사 노동, 일방적으로 떠맡겨진 육아에 대한 책임, 자신의 일을 하찮은 것으로 치부하는 남편의 태도, 죽은 아이에 대한 죄책감, 이혼녀를 바라보는 차가운 눈초리. 이 모든 것이 혜완에게는 너무 버겁다. 혜완은 더 이상 누군가를 믿으려 하지 않는다. 다시 결혼하는 일은 생각만 해도 끔찍하다. 하지만 구수한 된장찌개 냄새를 맡거나 잘 정돈된 친구집을 방문할 때면 가정에 안주하고 싶은 욕구가 밀려드는 것을 어쩔 수 없다. 지저분한 선우의 양말을 보면서 깨끗이 빨아 주고 싶다는 충동을 느끼기도 한다. 모순된 감정의 소용돌이 속에서 아슬아슬하게 줄을 타는 여자, 그가 혜완이다.

　결혼 이후 아나운서라는 화려한 직업을 미련없이 걷어치운 경혜는 혜완에 비해 영악한 인물이다. 쉽게 주변 모순에 대해 눈감을 줄 아는 요령을 터득했다. 게다가 남편의 외도와 자신에 대한 모욕쯤은 얼마든지 참아내는 인내심도 갖고 있다. '어차피 세상 일이란 뜻대로 되지 않는다'가 그녀의 좌우명이다. 일상 탈출을 위해 과거의 연인(셋이 동시에 사랑했던 대학 선배)을 불러낸 경혜는 남편과 다르게 다감하게 대해 주는 그에게 쉽게 빠져든다. 함께 여행을 떠나기로 한 날, 그의 부인은 분만실에서 생사를 오가는 싸움을 하고, 그는 경혜에게 미안하다고 말한다. 그로써 불륜은 끝났다. 경혜는 다시 체념하고 안주함으로써 삶을 이어 간다.

　영선은 지금껏 자기 희생을 당연한 것으로 수긍해 왔다. 가끔 자신이 초라하게 느껴지기도 했지만 그래도 남편의 성공이 기쁨이고 보람이라 믿었었다. 먼저 유학길에 올랐던 남편에게서 용서하기 힘든 고백을 들었을 때 명확한 결정을 내렸어야 했다. 그랬다면 지금보다는 훨씬 나았을 것이다. 자신의 시나리오 덕분에 학업을 마칠 수 있었던 남편은 집안일로 정신 없는 영선에게 공부 좀 하라고 힐책한다. 남편에 대한 분노가 그녀를 점점 더 황폐하게 만든다. 다시 시나리오를 쓰면서 자신을 찾으려 한 노력도 허사였다. 결국 영선은 술과 50알의 신경안정제를 삼킴으로써 생을 마감한다.

　『무소의 뿔』은 중산층 여성이 흔히 겪는 갈등 요소를 세세히 들추어 내었다. 이 점이 많은 여성 독자의 공감을 샀을 것이다. 기혼 여성이라면 세 여성의 순탄하지 않은 결혼 생활을 남 애기 같지 않게 들었을 테고, 미혼 여성이라면 결혼과 일, 그 두 가지를 병행하기란 불가능하다

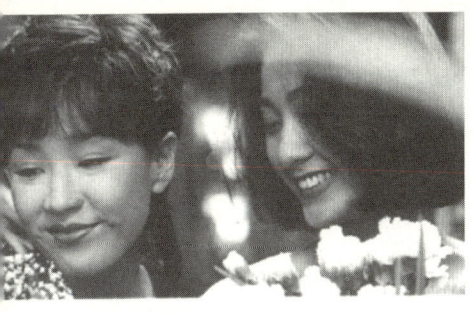
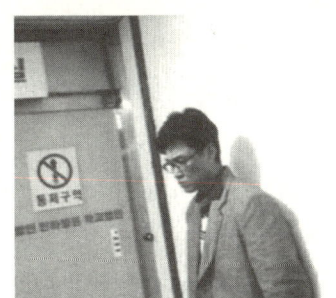
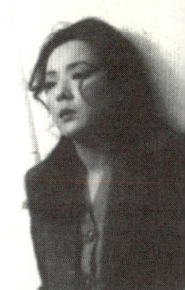
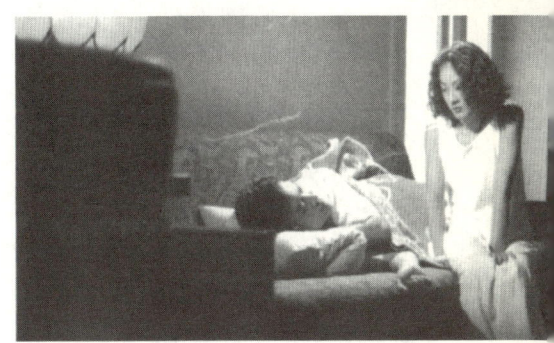

작가는 세 여성을 통해 우리 사회와 가정내의 여
성 차별과 억압을 통렬히 비판한다.

는 교훈(?)을 얻었을 것이다. 또 우리 사회에서 이혼녀라는 꼬리표를
달고 사는 게 얼마나 어려운 일인지 새삼 깨달았을 것이다. 어쨌든 작
가는 세 여성을 통해 우리 사회와 가정 내에 건재한 여성 차별과 억압
을 통렬히 비판하였다. 아무도 그것을 단지 허구일 뿐이라고 자신있게
말하지 못할 것이다.

　그럼에도 불구하고 한편에서는 전혀 다른 반응을 보이기도 한다. 얼
마 전, 뜬금없이 수백 년 전에 죽은 조선 시대 여성을 소설 속으로 불
러낸 한 작가가 『무소의 뿔』을 직접 공격하고 나선 것이다. 마치 우리
시대의 숨은 양심을 대변이라도 하듯, 호통치는 말투에도 자못 엄숙함
이 느껴진다. 내용인즉, 『무소의 뿔』이 집 안에서 별탈없이 살림 잘하
는 선량한 주부들을 집 밖으로 뛰쳐나가도록 선동한다는 것이다. 이
발언을 계기로 여성 학자들과 몇 차례 논쟁을 벌이기도 했지만 사실,
이런 원색적인 비난에는 대꾸할 필요조차 없어 보인다.

『무소의 뿔』이 비판받을 만한 점은 이항 대립적인 사고틀에 고착되어 있다는 점이다. 인물도 작가도 이 틀을 벗어나지 못했다. 소설 속의 남성과 여성은 결코 대화의 상대가 되지 못한다. 서로를 이해하지 못하는 것은 물론이다. 뿐만 아니라 남성은 가해자로, 여성은 눈물을 흘리는 일방적인 피해자로 그려져 있다. '태어났을 때 잔치를 벌인 남성'과 '그렇게 못 한 여성'은 너무나 다른 존재인 것이다. 적어도 그녀들은 그렇게 믿고 있다. 하지만 상대를 이해하고 포용하려는 노력을 하지 않는다면 성숙한 어른이 될 수 없다. 남녀는 언제까지나 대척점에서 마주할 뿐이다. 이 점에서 『무소의 뿔』에 등장하는 세 여성은 미숙하다. 소설 앞부분에 등장한 '울고 있는 소녀'야말로 이들의 자화상이다. 영원히 소녀로 남고 싶었지만 어른이 될 수밖에 없는 현실. 게다가 삶을 지탱하기에는 너무 허약한, 상처 입기 쉬운 마음과 가녀린 팔뚝. 고통은 여기서 비롯되었다.

　　혜완이 니가 헌이애비하고 헤어진다고 할 때 나는 한번 견디어 보라고 말해 주고 싶었단다. 산다는 게, 남자와 여자가 만나서 산다는 게…… 절대로 쉬운 일은 아니란다. 하지만 나는 지금 와서 그저 참고 견디어 준 네 엄마가 소중하다. 젊은 시절에는 사랑도 하고 미워도 했지만 지금은 그저 건강한 게 고맙고 살아 있는 게 고맙고…… 남은 생애 동안 누구보다도 소중한 친구라는 생각이 든단다……. (223쪽)

선우와 혜완의 아버지는 상대방을 헤아릴 줄 아는 특별한 남성이다. 선우는 경환(혜완의 전남편)의 친구이기도 하지만 누구보다 혜완을 이해하는 인물이다. 그는 혜완을 사랑하고 그녀와 결혼하고 싶어한다. 선우는 혜완이 좀더 삶을 긍정하며 살기를 바란다. 혜완의 아버지는 소설 속에 등장하는 유일한 어른이다. '견디어 보라'는 아버지의 얘기

가 새삼스레 감동을
주는 이유는 원숙함
과 진솔함이 배어있
기 때문이다. 어른
이 되는 일, 생의 연
륜을 쌓는 일은 많
은 노고를 필요로
하지만 그만큼 값진
것이다. '행복해질
준비'란 세월의 풍

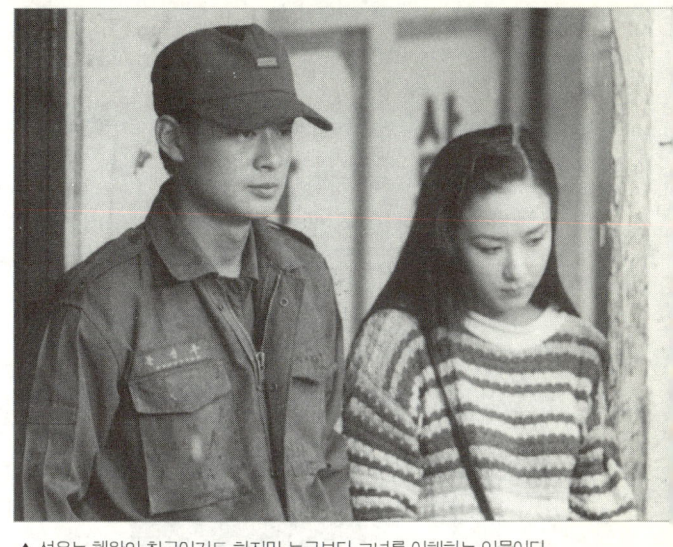

▲ 선우는 혜완의 친구이기도 하지만 누구보다 그녀를 이해하는 인물이다.

화작용을 견디는 일이 아닐까.

3

　소설을 영화로 만드는 작업은 과거에도 흔히 있었다. 『영자의 전성
시대』『별들의 고향』『겨울 여자』『깊고 푸른 밤』『겨울 나그네』 등은
7, 80년대의 베스트셀러 소설을 영화화한 것들이다. 모두 흥행에 성공
했음은 물론이다. 완성도 있는 시나리오를 구하기 어려운 현실에서 베
스트셀러 소설은 그야말로 잭팟을 터뜨리는 행운의 동전이 될 만하다.
90년대 들어서도 『나는 소망한다 내게 금지된 것을』『무소의 뿔』『너
에게 나를 보낸다』『깊은 슬픔』 등이 꾸준히 제작된 배경에는 흥행에
대한 위험 부담을 최소화하려는 의도가 깔려 있다. 그러나 원작과 영
화 모두 흥행에 성공한 예는 극히 드물다. 장르의 차이도 있겠지만, 대
부분의 관객이 영화가 원작보다 못하다는 선입관을 갖고 있기 때문이
다. 하지만 문제는 그렇게 간단하지 않다. 관객의 뿌리 깊은 편견만을

탓하기에는 우리 영화가 책임져야 할 몫이 너무 크다. 『무소의 뿔』은 이 부분에서 충분한 논란거리를 제공한다. 원작은 당당히(?) 베스트셀러 대열에 끼였지만 영화는 전혀 그렇지 않았다. 단순히 흥행을 기준으로 좋고 나쁨과 작품의 성패를 가늠하려는 게 아니다. 그보다는 왜 그런 결과가 나왔는지를 살피려는 것이다.

결론부터 얘기하자면, 『무소의 뿔』은 한마디로 스토리 위주의 밋밋한 영화이다. 특이한 기법이나 장치도 보이지 않는다. 감독의 개성이 제대로 발현되지 않은 탓이지만 여기에는 분명 각색의 문제도 있다.

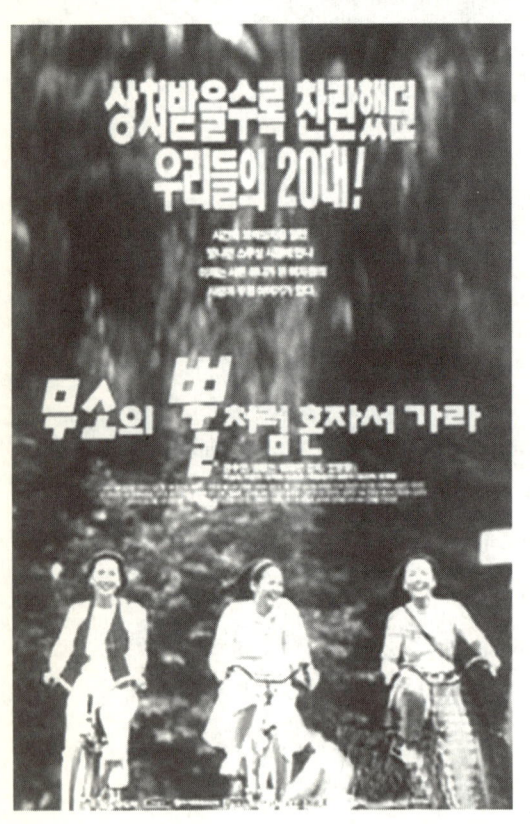

▲ 오병철 감독 『무소의 뿔처럼 혼자서 가라』 포스터.

『무소의 뿔』은 작가가 직접 각색한 작품이다. 소설을 영화라는 새 그릇에 온전히 담는 작업은 쉽지 않은 일이다. 또 원작자가 각색할 경우, 감독의 시각이 불투명해질 위험도 있다. 소설가가 감독만큼 영화를 잘 알 수는 없는 노릇이다. 그만큼 영화 고유의 특성을 살리는 데는 미흡함이 있다. 각색하는 과정에서 공지영은 인물과 스토리를 재구성하거나 새로운 상황을 설정했다. 경혜와 바람을 피우는 방송국 후배는 소설에 등장하는 대학 선배와 소설가 장씨(영화에는 등장하지 않는다)를 합성한 인물이다. 소설가 장씨의 말—'대체 일부일처제라는 게 인간의 본성에 얼마나 어긋나는 겁니까'—은 경혜 남편의 대사로 처리되고, 혜완 역시 출판사 사장과의 술자리 장면에서 소설 속의 후배 여류 시인과 합쳐졌다. 한편, 선우가 혜완의 앞집으로 이사 오는 상황 설정은 다소 작위적이다. 혜완 앞에 선우 누나 대신 그를 사랑한다는 당돌한 여자가 등장한 것도 너무 뻔한 이야기다. 영선이 파리가 아닌 모스크바로 유학갔었다는 점, 경혜가 전업주부가 아니라는 점, 결혼식 대신 시사회가 등장한 점 등은 원작과 달라진 부분이다. 이런 식의 변화가 줄거리를 크게 바꾸지는 않았지만 원작에 비해 주제 전달의 강도를 떨어뜨린 감이 있다.

인물의 내면 표현은 배우의 연기에 좌우되는 측면이 강하다. 혜완과 경혜, 영선 역은 각각 강수연, 심혜진, 이미연이 맡았다. 세 명 모두 내로라 하는 유명 여배우다. 그런데 이미연을 제외한 나머지는 너무 자주 본 얼굴이라서 식상한 감을 주었다. 이는 상업성을 위해 스타를 고집하는 한 해결하기 힘든 고질적인 병폐이다. 한국 영화 발전을 생각한다면 새로운 인재를 발굴하는 데 좀더 적극성을 띠어야 한다. 낯익은 얼굴이 빛을 발하는 영화가 있다. 하지만『서편제』『학생부군신위』『강원도의 힘』등과 같이 새 얼굴이 신선함을 주는 경우도 얼마든지 있다. 변화를 두려워해서는 관객을 끌 수 없다.

배우의 연기는 전반적으로 무리가 없었지만 때때로 어색한 표정이라든지 과장된 연기가 눈에 거슬렸다. 오병철 감독의 다소 안일한 연출 탓일 게다. 일례로 병원에서 막 퇴원한 영선이 남편에 대한 분노를 터뜨리며 죽여버리겠다고 말하는 장면에서 강수연은 대수롭지 않은 듯한 표정을 짓고 있다. 술잔을 집어던지며 억울하다고 말하는 영선에게 '정말 억울한 건 너 자신을 잃어버린 거야, 이 바보야!'라며 뛰쳐나가는 혜완. 비장해야 할 이 장면이 유치한 느낌을 주는 이유는 왜일까. 혜완이 돈봉투를 찢어 공중에 날리는 장면이나 선우에게 '우린 그저 섹스 파트너일 뿐이야'라고 말하는 장면도 마찬가지다.

영화의 압권은 세 친구가 모여 술판을 벌이는 장면이다. 영선이 퀴즈를 하나 낸다. '모처럼 침대보를 새것으로 갈고, 야한 잠옷을 입은 다음 나 좀 한번 안아 줘요 했더니 박감독이 뭐라고 했게?' 경혜가 젓가락으로 소주병을 두드리며 '정답! 너 여성지 보고 배웠지?'라고 답한다. 이어진 경혜의 음담패설로 좌중은 다시 한번 웃음 바다가 된다. '니네 나 죽으면 우리 애들 키워 줄래?'란 영선의 뼈있는 말도 농담쯤으로 넘긴다. 원작에서 비극적으로 드러났던 영선의 불행한 결혼 생활의 단면이 유쾌한 술자리로 대체된 이 장면은 배우들의 연기가 돋보인 인상깊은 대목이었다.

그럼에도 불구하고 전체적인 완성도는 전혀 만족할 만한 수준이 못된다. 남녀를 대립적으로 파악하는 원작의 문제점도 고스란히 안고 있다. 아니, 오히려 더 악화됐다. 영화에서 선우를 제외한 모든 남성은 속물이다. 출판사 사장은 '서혜완 씨, 나랑 연애할 생각 없어?'라며 추근대고, 만삭의 아내를 둔 방송국 후배는 경혜의 귓가에다 '이런 느낌 처음이야'라며 달콤하게 속삭인다. 박감독은 심작가 때문에 흥분한 영선을 달래는 대신 뺨을 때린다. 불필요한 섹스 장면과 선정적인 대사의 남발 또한 작품의 질을 떨어뜨렸다.

원작이 세 여성의 질곡에 초점을 둔 데 비해 영화는 굴절된 남녀관계를 과도하게 보여줌으로써 중심을 흐린 감이 있다. 남편 정부의 잦은 전화나 경혜가 '중계방송 그만해. 원래 아나운서는 나야. 이 쌍년아!'라고 소리치는 장면은 단지 흥미거리를 제공할 뿐이다. 아무리 떳떳하게(?) 바람을 피운다 하더라도 자기 아내에게 전화하도록 내버려 두는 사람이 과연 있을까. 남편의 배를 타고 앉아 목을 조르는 행위(원작에서는 영선 어머니의 행동으로 나온다)도 일회적인 분노 표출에 지나지 않는다. 즉, 인물의 고뇌와 주제를 전달하는 데는 별 효과가 없었다. 심하게 표현한다면, 원작을 새롭게 해석한 흔적이나 감독의 개성은 눈에 띄지 않았다. 영화의 부진은 아마도 이 때문일 것이다.

4

여성, 여성주의, 페미니즘이란 말은 이제 더 이상 낯설지 않다. 여성에 관한 이야기를 쓰는 작가도 많고 그들의 작품을 읽어 주는 독자도 많다. 하지만 여전히 여성주의에 대한 편견을 가진 부류도 적지 않다. 치기어린 투정과 과민한 행동을 여성 옹호의 방편으로 삼는 작품도 여전히 존재하기 때문이다. 진정으로 사랑받을 만한 좋은 작품이 적은 게 아쉽다.

여성의 억압적 현실을 일깨우고 그것을 개선하려는 노력은 소중하다. 공지영과 오병철의 작품이 여러 단점에도 불구하고 여전히 의미 있는 작업으로 여겨지는 까닭이 여기 있다. 오랜 세월을 두고 누적된 모순을 개인이 일순간에 해결할 수는 없다. 여성의 삶을 억압해 온 온갖 기제야말로 너무나 견고하다. 여성들만의 힘으로는 결코 부술 수 없다. 그렇기 때문에 문제를 인식하고 해결하려는 공동의 노력이 절실하다. 조급함과 강박관념에 시달려서는 안 된다. 지나치게 이론에 민감할 필요도 없다. 목소리가 높다고 해서 사람들이 그 소리에 귀기울이는 것은 아니다. 비록 낮더라도 울림을 갖는, 그래서 메아리가 되어 돌아오는 소리가 너 큰 공감을 주는 법이다. 이 점을 기억해야 한다.

들풀의 사랑

박영한 원작, 장선우 감독 『우묵배미의 사랑』

김수이

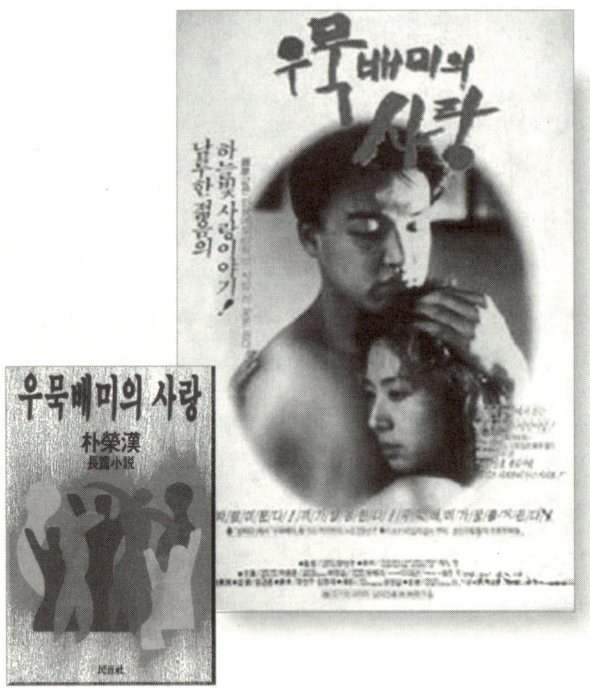

1

달동네와 가난한 사람들의 이야기는 우리 문학과 영화에 자주 등장하는 매력적인 테마이다. 가진 것 없는 이들의 고달픈 사연은 그대로 한국 현대사의 신산한 역정(歷程)을 드라마화한다. 때에 절은 방 한 칸에 어찌어찌 몸을 누이고 사는 사람들. 그들은 우리의 이웃이거나, 바로 어제 오늘의 우리 자신이다. 먹고 사는 일에 온 힘을 다해도 뾰족한 희망이 없다는 것, '뼈빠지게 긁어모아 봐야 발바닥만 아프고 손바닥만 작살나리라는'(박영한) 서글픈 예감은 가난한 사람들의 의식 속에 깊이 배어 있다. 척박한 생활은 순박한 이들에게 거칠고 걸쭉한 입담을 가르친다. 듣기 민망할 정도의 저속하고 공격적인 말들은 삶의 고통을 견디는 진통제 역할을 한다. 이들에게는 소위 '비빌 언덕'이 없다. 찌그러진 냄비와 때로 무기로 돌변하는 밥상, 시커먼 연탄집게가 고작 살림살이의 주된 밑천이다. 여기에 살벌한 부부싸움과 찢어질 듯한 아이의 울음 소리가 무슨 음향 효과처럼 더해진다. 혼을 빼놓을 만치 시끌뻑적한 악다구니들의 난장판은 그러나 짜증스럽거나 추하지 않다. 오히려 연민과 정겨움을 느끼게 한다. 팍팍한 현실의 가차없는 정황들은 깊게 벌어진 상처처럼, 그 험한 상처를 동여맨 때문은 헝겊 조각처럼 우리의 마음을 파고든다. 가난의 아픔은 상실과 두려움의 대상이 아니라 감동적인 그 무엇이다. 없음과 고난은 어떤 기묘한 충족을 포함한다. 그래서 우리는 궁핍에 관해 이야기하면서 이상하게도 마음 한구석이 꽉 차오르는 것을 느낀다.

가난에 대한 애착과 향수를 담은 많은 소설들이 있다. 이문구의 『관촌수필』·『우리 동네』, 양귀자의 『원미동 사람들』, 박완서의 『그 많던 싱아는 누가 다 먹었을까』, 박영한의 『왕룽일가』 등은 그 대표적인 작품이다. 이 작품들은 갖가지 정서의 온기로 감싸인 가난의 미학을 형

상화한다. '지상의 방 한 칸'을 구하기 위해 전쟁을 치르듯 살아가는
사람들에게 생은 영위의 대상이 아니라 '견뎌내야 할' 그 무엇이다. 그
러나 이들에게 가난은 황량한 폐허가 아니다. 가난은 삶에 대한 지긋
지긋한 환멸에서부터 생의 아름다운 진실에 이르기까지 많은 종류의
풀과 꽃을 품고 있는 야생의 들판이다. 이 들판에서 야생성을 거침없
이 발산하는 사람들은 거친 땅에서 향기로운 꽃을 피우는 들풀과 같은
존재들이다. 박영한은 그의 소설에서 들풀의 거친 속내와 향기로움을
동시에 보여준다. 서울의 변두리에 있는 우묵배미의 복작지글한 삶의
풍경 속에는 야생의 열정과 도시(인위)의 관습이 맞부딪혀 팽행한 줄
다리기를 벌이고 있다.

2

　박영한의 소설 『우묵배미의 사랑』은 가난의 계보학에 속하는 다른
작품들과 구별되는 특징을 갖고 있다. 박영한은 가난과 사랑, 가난과
진실의 함수 관계를 탐구한다. 80년대에 시인 신경림은 시 『가난한 사
랑 노래』에서 가난하기 때문에 사랑마저 버려야 하는 현실을 노래한
바 있다. 같은 시대에 나온 박영한의 소설 『우묵배미의 사랑』은 이 둘
을 따뜻하게 감싸 안으려 한다. 척박한 현실이 사랑을 가로막는 장애
물이 될 수는 없다는 것이다. 바람막이 하나 없는 거친 들판에서 피어
난 야생의 사랑은 더욱 강렬하며 맹목적이다. 이름 없는 들풀들, 소박
하고 가식없는 이들은 자신의 본성에 따라 뜨겁게 불타오른다. 여기에
도덕적 규범이나 사회적 관습은 별다른 힘을 발휘하지 못한다. 그렇다
고 소설의 주인공 배일도와 민공례가 현실을 비껴나 무작정 낭만과 환
상 속에 빠져드는 것은 아니다. 소설가 박영한이 그려내는 사랑은 질

픽한 현실과 정확히 눈높이를 맞추고 있다. 그는 이 작품에서 하루살이 같은 서민의 삶을 실감나게 묘사하는 한편, 남의 눈을 피해 몰래 하는 불륜의 사랑을 눈물과 유머 속에 그려낸다. 이 작품에서 가난은 안타까운 사랑의 배경이 아니며, 사랑은 가난한 삶을 아름답게 치장하는 장식품이 아니다. 가난과 사랑은 서로를 잠식하지 않으면서 진하고 애틋하게 어우러져 있다.

배일도와 민공례는 자식이 하나씩 딸린 유부남과 유부녀이다. 작은 치마 공장의 미싱사로 만난 이들은 위험한 관계를 맺는다. 가난한 삶 가운데 두 사람의 불륜은 오히려 아름다운 사랑의 격조를 얻게 된다. 먹고 사는 문제가 절박함에도 사랑은 그 모든 것을 넘어서 서로의 내면을 따뜻하게 밝혀 준다. 황량한 벌판에서 자라나는 생명은 거친 환경에 반하는 순정한 농도를 지니는 법이다. 두 남녀는 그들이 택한 사랑의 길이 좁고 꼬불꼬불한 '샛길'임을 처음부터 알고 있다. "우린 이렇게 계속 샛길로 가야 할 거예요." 배일도가 첫 데이트를 시작한 밤기차 안에서 멋적은 듯 말을 꺼낸다. "넓구 환한 길은 재미가 없잖아요." 공례가 위로하듯 그를 다독인다. 샛길의 재미란 어떤 것일까? 남들이 모르는 은밀함, 오밀조밀한 길섶을 따라 걷는 풋풋한 맛, 둘만이 숨어 있기 좋은 아늑한 후미짐 같은 것이 아니겠는가.

사랑의 샛길은 우묵배미의 별장연립 지하의 치마 공장에서 시작된다. 서울에서 진+의 양복점에 빌붙어 있던 배일도는 여주댁의 전화를 받고 우묵배미로 돌아온다. 다소곳하니 안쓰러운 자태를 지닌 미스 민과의 운명적인 만남은 이렇게 이루어진다. 미스 민은 바람둥이 배일도가 지금까지 만난 여자들과는 사뭇 다르게 느껴진다. 배일도의 표현에 의하면, 그녀는 '진흙탕 속에 활짝 핀 연꽃'이다. 미스 민이 유부녀인 사실이 들통나고 일도가 첫 월급을 받는 날, 두 사람은 함께 의정부행 밤기차를 탄다. 그들은 우묵배미로부터 가능한 멀리 달아나 사랑을 나눈다. 공례는 무능하고 포악한 남편에게서 벗어나기 위해, 배일도는 아내의 험악한 욕설과 지긋지긋한 바가지를 피해 더욱 빠르게 달음질친다. 이들은 집이 아닌 거의 모든 곳을 전전한다. 재단사 월급으로는 턱없이 비싼 레스토랑과 가난의 절망감만을 확인시켜 준 나이트 클럽, 장급 여관과 순대국밥집, 싸구려 여인숙, 들판의 풀밭, 버려진 비닐하우스 등은 두 사람의 사랑을 무르익게 한 기념비적 장소들이다.

박영한은 달랑 몸 하나를 밑천으로 살아가는 사람들의 이야기를 어둡지 않으면서도 사실적으로 그려낸다. '우묵배미'의 인물들은 허구적인 상상력의 소산이 아니라 실명(實名)의 인물로 느껴질 만큼 생생한 숨결과 목소리를 갖고 있다. 작가는 오랜 농촌 방랑살이의 경험과 밑바닥 삶을 사는 사람들에 대한 애정으로 우묵배미의 소설 공간을 만들어낸다. 박영한의 소설은 풍성하고 유창한 스토리텔링을 특징으로 한다. 넉살좋은 입심의 차원을 넘어 그악스럽게까지 느껴지는 작가의 능란한 입담은 강한 힘으로 독자를 매료시킨다. 소설『우묵배미의 사랑』역시 사투리와 비어, 속어, 은어 등 박영한이 구사하는 다양한 문장의 방물 보따리이다. 서울과 불과 한 시간 남짓 거리인 우묵배미에는 서울과는 전혀 다른 말들과 화법이 존재한다. 3인칭 서술자 외에도 번갈아 등장하는 나리 아빠, 배일도, 새댁 등 세 사람의 서술자는 우묵배미식 언어의 정수를 보여준다. 우묵배미에는 독특한 삶의 방식과 가치관, 인간미가 숨쉬고 있다. 부도덕한 행위도 이 곳에서는 나름의 정당성과 질서를 확보하고 있다. 배일도는 비록 마누라 몰래 바람을 피우지만 언제나 '인간 배일도'의 품격(?)을 지키려 애쓴다. 미스 민은 목숨이 아깝지 않을 정도로 소중한 사랑을 위해 아이마저 버리고 일도를 따른다. 작부 출신에다 성질이 벼락 같은 새댁(배일도의 아내)도 남편에게 포악을 떨기 일쑤이지만, 굶기를 밥 먹듯 하면서도 어떻게든 살아보려 애쓰는 야무진 살림꾼이다. 옆집의 나리 아빠는 은근히 남의 불행을 즐기면서도 요모조모로 일도의 바람막이가 되어 준다. 이처럼 우묵배미의 인물들은 저마다 크고 작은 도덕적 오점을 지니고 있다. 그러나 그 오점들은 눈감아 주고도 남을 만큼의 애교스런 것들이기도 하다. 우묵배미의 사람들은 웃고 울면서, 상처입고 악쓰고, 쓰러지고 다시 일어나면서 각기 독특한 인간적인 매력을 뿜어낸다.

『우묵배미의 사랑』에서 진실의 기준은 사회 관습과 도덕적 규범이 아니다. 등장 인물 또한 적당히 위선적이고 적당히 세속적인, 그렇고 그런 사람들이다. 물론 배일도의 경우는 좀 지나친 바가 있다. 그가 공례와 바람이 난 것은 아내와 동거한 지 3년 만에 무려 네 번째의 일이다. 재봉틀을 돌려 밥벌이를 하는 배일도는 갓난아기를 데리고 어떻게든 살아보려는 아내의 노력을 번번이 외면한다. 작달막한 키에 허풍스런 성격의 배일도는 돈을 흥청망청 쓰는 데다 여자라면 사족을 못 쓴다. 이쯤되면 공례를 향한 배일도의 진실성 여부가 의심될 법도 한데, 공례를 자신의 일생에서 다시는 못 만날 여자라고 생각하는 배일도의 순정은 또 여간 갸륵한 게 아니다. 한편 배일도의 아내는 삶의 풍상을 겪을 대로 겪은 팔자 센 여자이다. 계모의 학대 때문에 어린 나이에 가출한 그녀는 윤락가를 떠돌다 쬐끄만 땅꼬마 배일도를 만나게 된다. 한때 몸을 팔았던 여자라는 것이 믿기지 않을 정도로 새댁은 깔끔한 성격에다 강인한 생활력을 함께 갖추고 있다. 남편이 생활비는 고사하고 딴살림까지 차린 마당에도 그녀는 가정을 포기하지 않는다. "아작아작 씹어먹어도 션찮을 놈. 날 이 꼬라지로 만들어 놓은 주제에 기집질이라니." "문장 더럽힐까 봐서 욕은 삼가겠다 이놈아." 새댁의 입담은 거침없고 결판지다. 그녀는 남편의 작태에 분기탱천하면서도 끝내 남편을 잡아끌고 와 다시 가정을 여민다.

『우묵배미의 사랑』을 읽으며 독자는 상반된 감정을 동시에 느낀다. 배일도와 공례의 사랑을 축복하다가도, 새댁의 기막힌 처지에 이르러서는 함께 분노하고 통탄하게 되는 것이다. 작품 속에는 두 개의 서로 다른 진실이 있고 그것은 행복하게 조화될 수 없다. 박영한은 삶과 진실의 모순된 공존 앞으로 독자를 인도한다. 배일도와 공례는 여인숙에서 함께 한 첫날밤, '왠지 모르게 걷잡을 수 없이 펑펑 쏟아진 눈물 속에서 행복한' 사랑을 나눈다. 구두닦이 시절, 주린 배를 안고 남산에서 잠을 잤던 배일도는 서울의 야경을 내려다보며 이런 소망을 품었었다. "아아, 나도 언젠가는 저런 등불 하나를 갖고 싶다. 따뜻한 등불 하나……". 지금 번듯한 방 한 칸은 장만하지 못했지만, 그는 자신만의 '따뜻한 등불 하나'를 가지게 되었다. 그 등불은 다름 아닌 공례이다. 공례 역시 배일도라는 등불로 자신의 삶이 환히 밝아져 옴을 느낀다. 춥고 어두운 삶을 통과해 온 두 사람은 사랑의 따뜻함에 겨워, 또 지나온 삶의 서러움에 겨워 뜨거운 눈물을 흘린다.

흔하디흔한, 이름없는 들풀들에게 정해진 삶의 법도란 따로 있을 수 없다. 그들은 바람이 부는 대로 흔들리다가 서로 뒤엉켜 몸을 부빈다. 바람이 멈추면 그들은 언제 그랬냐는 듯 제자리에 다시 멈추어 선다. 배일도와 민공례는 그들에게 불어온 열정의 바람에 휩쓸려 '샛길' 쪽으로 자꾸만 몸을 들이밀었다. 그러나 그 사랑의 바람은 시댁 식구까지 동원한 배일도의 아내에 의해 여지없이 사그라든다. 배일도는 공례에 대한 그리움으로 몸살을 앓으면서도 착실한 공처가가 되어 가정에 복귀한다. 어디에서 무엇을 하는지 모르는 공례가 연락을 해온 것은 이듬해 3월의 일이다. 다시 만난 두 사람은 사랑의 바람도, 둘만의 은밀한 샛길도 모두 과거의 것이 되었음을 본다. 이제 허탈함과 상처를 견디는 일만이 남아 있을 뿐이다. 사랑도 잃고, 거기에다 자식까지 버린 몹쓸 어미가 된 공례의 상처는 일도에 비하면 말할 수 없이 깊다. "겁도 없이" 옛 추억의 장소인 우묵배미의 비닐하우스를 다시 찾은 두 사람은 지나간 사랑의 실체를 똑똑히 확인한다. 먼저 일도를 향한 공례의 원망에 찬 외침. "그 샛길은 엉터리였단 생각이 들어요." "미치구 환장할 정도로 좋아했죠. 미이라 같은 건 상대도 안 돼요. 세상에 이런 병신스런 여자가 어딨겠어요." 사랑에 모든 것을 걸었던 여자의 절망은 급기야 모든 것을 부정하기에 이른다. "난 전체를 기댔는데……" "하지만 다아 허깨비 놀음이었어요." 그러나 공례의 가슴아픈 절규에 대한 배일도의 반응은 어떠한가. 이 철딱서니 없는 남자는 복잡한 건 정말 질색이라며, 한 번 더 사랑의 즐거움을 맛볼 일에만 온 정신이 팔려 있다. "따악 오늘 하루만 나랑 같이 있자." "싫어요. 이젠 늦었어요." 추운 삶을 따뜻하게 녹여주던 등불이 꺼져버린 절망에 우는 여자와, 품에 안고 싶은 여자가 떠난 섭섭함에 안타까워하는 남자. 배일도와 민공례는 서로 다른 모습을 보이며 각자의 삶을 향해 돌아선다. 배일도만이 아직 문맥을 정확하게 파악하지 못하고 있을 뿐이다. 그는 자신을 뿌리치고 달아나는 공례의 뒤꼭지에 대고 생뚱맞게도 이렇게 소리친다. "또 연락해! 응? 꼭이야!" 그리하여 우묵배미의 등불 배일도와 민공례의 사랑은 더 이상 환하지 않은, 슬프고 우스꽝스러운 희극이 된다.

3

　장선우 감독의 영화 『우묵배미의 사랑』은 출생이 조금 복잡하다. 영화는 박영한의 연작 소설 『왕룽일가』의 2부인 「우묵배미의 사랑」 중 같은 제목의 첫번째 삽화를 원작으로 한다. 영화는 소설 자체의 탄탄한 구성과 흥미진진한 스토리, 독특한 인물들에 많은 것을 빚지고 있다. 실상 영화가 원작으로부터 가져올 수 있는 것에는 분명한 한계가 있다. 박영한이 쓴 『우묵배미의 사랑』은 소설적인 입심이 상당히 뛰어난 작품이다. 자유자재로 휘어지고 꺾여들며 살살 녹아드는 박영한의 입담을 영상 언어로 옮기는 데는 만만치 않은 수공이 들게 된다. 장선우는 영화에서 배일도와 새댁의 내레이션으로 이를 처리하지만, 폭포수처럼 쏟아지는 말들을 다 담아내기에는 역부족이었다고 보여진다. 원작의 '말발'이 너무나 거침없고 절묘하기 때문에 장선우는 각색에 많은 어려움을 겪은 듯하다. 그래서인지 그는 소설의 대화를 고치지 않고 거의 그대로 사용한다. 장선우의 영화적 재능이 모자라기 때문이 아니라 박영한의 소설적 능력이 넘치기 때문에 나타난 현상이다. 박영한은 영상 언어가 넘보기 힘든 화술과 이야기 재미를 듬뿍 맛보게 해주는 좋은 소설가로서 소설의 입지를 다시금 확인시켜 주고 있다.

읽는 즐거움의 진미에 보는 재미로 맞서는 장선우의 맞불도 녹록치는 않다. 영화를 만들 때마다 색다른 주제로 화려하게 변신하는 장선우의 능력은 『우묵배미의 사랑』에서도 유감없이 발휘된다. 무엇보다 장선우는 우묵배미식 삶의 떫고 깊은 맛을 잘 우려내고 있다. 영화는 엷은 푸른색과 밝은 회색의 이미지를 많이 사용한다. 해질녘 우묵배미의 동네 풍경과 마른 풀이 우거진 들판, 배일도와 민공례가 사랑을 시작하고 헤어지는 가을과 겨울의 시간 등은 사뭇 어슴푸레한 이미지로 채색된다. 두 사람의 사랑은 그렇게 손에 잡힐 듯 떠돌다 어느새 자취를 감춘다. 이 어슴푸레함은 그날그날 먹고 사는 일에 바둥거려야 하는 사람들의 고단한 삶의 빛깔처럼 안쓰럽게 다가오기도 한다.

영화에 출연한 배우들은 소설에서 그려진 이미지와 딱 맞아떨어지지는 않는다. 소설에서 배일도는 땅딸막할 정도로 키가 작고 맷집이 좋은 사내로 그려진다. 얼굴도 그리 잘생긴 편은 못 된다. 그는 근대화 초기 도시의 변두리를 떠도는 '유랑 빈민'의 전형적인 인물로서, 작달막하고 다부진 몸집으로 삶의 온갖 풍상을 겪어낸 인물이다. 여기에 여자 관계도 복잡해서 이래저래 만난 여자만 해도 한둘이 아니다. 과

묵함이나 진지함, 책임감과는 거리가 먼 배일도는 단순한 성격에다 불같은 열정에 곧잘 사로잡힌다. 이런 인물을 연출하기에 박중훈의 캐스팅은 다소 부적절한 감이 있다. 코믹 계열의 작품에 많이 출현해 온 그의 이미지가 소설의 분위기와 맞아떨어지는 면이 없는 것은 아니며, 박중훈은 특유의 곰살맞은 연기로 작품의 유머러스한 측면을 잘 살려내고 있다. 그러나 강단이 있으면서도 비굴하고(그는 아내한테 꼼짝도 못한다), 나름의 진실이 있지만 철없고 허황된 인물, 무엇보다 가난에 찌든 인물을 연기하기에는 어울리지 않는 감이 있다. 그의 외모는 하층민의 것으로는 지나칠 정도로 희고 번듯하다. 미스 민 역의 최명길도 몸에 맞는 옷처럼 실팍한 연기를 보여주지는 못한다. 특히 영화『장미빛 인생』에서의 그녀, 희망없는 삶에 몽롱한 눈빛만이 남은 만화가게 여주인의 명연기에 비하면 더욱 그렇다. 오히려 배일도의 아내 역을 맡은 유혜리의 연기가 좀더 그럴 듯하다고 할 수 있다. 유혜리는 농염한 작부 역과 땅딸보 남편을 늘씬하게 두들겨 패는 '폭력 아내'를 시원스럽게 연기한다. 장대 같은 다리로 남편의 목을 조르는 장면과 새살림 차린 남편을 찾아내 사람들 앞에서 옷을 북북 물어뜯는 모습은 가히 영화의 압권이라 할 수 있다. 친구의 아내를 떡 주무르듯하는 남수 역의 최주봉도 빛나는 조연으로 영화의 재미를 더하고 있다.

　박영한의 원작 소설이 기를 쓰고 살아 봐야 뾰족할 것 없는 서민들의 삶에 초점을 맞추고 있다면, 영화는 배일도와 미스 민의 불륜의 사랑에 카메라 앵글을 바싹 들이대고 있다. 실제로 영화에서는 없이 사는 이들의 애환이 질질히 표현되어 있지는 않다. 원작에서 박영한은 가난한 두 남녀의 사랑이 현실에 패배하는 것으로 결말짓는다. 그들에게 사랑은 단지 사랑의 문제가 아니었다. 특히 공례에게는 남편의 구타와 희망없는 현실에서 벗어나는 구원의 샛길이었다. 눈앞에 열린 길은 기대했던 것처럼 환하지도, 배일도의 말과 같이 '미이라처럼 영원하지도' 않았다. 처자식이 있는 남자는 늙은 어머니의 간곡한 눈물에 다시 '큰 길'로 돌아서야 했고, 남편과 자식을 버린 여자는 오갈데 없는 떠돌이 신세가 된다. 사실 배일도와 미스 민 사이에는 애초부터 어긋난 지점이 있었다. 현실에 대처하는 방식에서 이들은 차이를 보인다. 물론 배일도가 곱고 야리야리한 미스 민을 사랑한 것은 의심할 바 없는 진실이었다. 그가 눈물을 머금고 집으로 돌아간 것도 차마 어머니의 가슴에 못을 박을 수는 없었기 때문이다. 그러나 어쨌든 배일도는 사랑을 버리고 '현실의 힘' 앞에 승복한다. 세월이 약이어서, 미치도록 보고 싶은 여자를 서서히 잊을 수 있다는 것도 배운다. 여기 비하면 공례는 너무 순수하거나 지나치게 무모하다. '결심이 느린 편인' 공례는 다시 현실로 돌아오는 데도 많은 시간이 걸린다. 지호 아빠(배일도) 생각에 하루 한 끼 제대로 챙겨 먹지도 못한 그녀는 제자리를 찾지 못할 수도 있다. 최소한 그녀가 우묵배미로 돌아올 수 없다는 것은 분명하다. 눈 쌓인 겨울밤, 빈 그루터기만 남은 우묵배미의 들녘을 뛰어 달아나는 공례의 모습은 처연하기까지 하다. 그렇게 그들의 사랑은 과거 속으로 사라진다.

『우묵배미의 사랑』은 가난과 사랑의 따뜻한 리얼리즘을 보여준다. 박영한과 장선우는 현실을 부풀리지도, 서툴게 미화하지도 않는다. 작품 속에는 시종 꼼꼼하고 객관적인 시선을 유지하려는 흔적이 엿보인다. 소설에서 가장 중요한 서술자는 나리 아빠이다. 박영한 자신을 대리하는 것으로 보이는 나리 아빠는 우묵배미의 토박이들보다는 높은 생활 수준과 지적 소양을 갖추고 있다. 그 역시 우묵배미의 주민이지만, 그는 우묵배미 사람들을 얼마쯤의 거리를 두고 바라보고 있다. 장선우는 나리 아빠의 비중을 상당 부분 깎아내리고, 사건의 주인공들을 바로 전면에 등장시킨다. 그는 영화『우묵배미의 사랑』을 철저히 배일도와 민공례 두 사람의 이야기로 만든다. 사건을 전달해 주는 중간 서

술자(나리 아빠)를 없앰으로써 관객이 영화 속의 주인공과 대면하는 직접성을 높이고 있는 것이다.

『우묵배미의 사랑』은 사랑과 불륜, 슬픔과 유머, 도시와 시골 사이를 오가면서 소외된 변두리의 삶을 감칠맛나게 보여준다. 박영한의 소설은 이를 몸에 착착 감겨 붙는 듯한 넉살과 일사천리로 펼쳐지는 서술로 형상화한다. 이에 비해 장선우의 영화는 우묵배미의 분위기를 살려내는 연출력과 배우

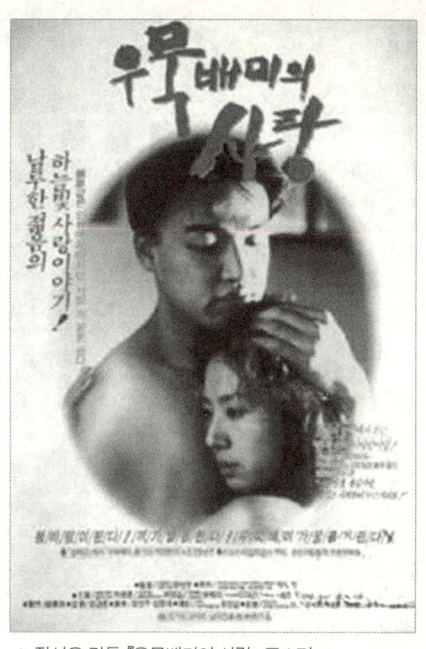

▲ 장선우 감독 『우묵배미의 사랑』 포스터.

들의 능란한 연기를 통해 작품성을 승부하고자 한다. 『우묵배미의 사랑』이라는 하나의 작품은 두 개의 장르 공간에서 각기 다른 의상을 입고 독자와 관객을 맞아들인다. 하나의 몸에 걸쳐진 두 벌의 의상은 동일한 작품의 육체를 매우 다른 느낌으로 코디한다. 예술의 장르란 의상과 같은 것이어서 일정한 유행을 따른다. 지금 우리 시대의 유행 장르는 분명 소설보다는 영화 쪽이라고 이야기할 수 있다. 그러나 이야기 형식의 원조라는 점에서 소설은 영화의 선조격에 해당한다. 이제 소설과 영화는 낡은 시대의 장르와 새로운 시대의 양식으로, 읽기의 어려움과 보기의 편안함으로 갈라서는 소모전을 그만두어야 한다. 그보다는 서로의 장점을 받아들여 다양한 장르의 행복한 공존으로 나아가야 할 것이다. 이런 점에서 소설의 영화화(혹은 영화의 소설화)는 매우 바람직한 시도라고 할 수 있다. 박영한과 장선우의 『우묵배미의 사랑』은 소설과 영화의 행복한 공존과 화합을 보여준다.

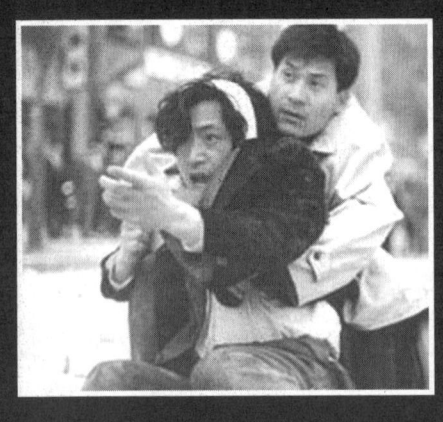

제4부

광기의 세월 속에서

오만과 편견의 역사

임철우 원작 『붉은 산, 흰 새』 『그 섬에 가고 싶다』
「곡두 운동회」, 박광수 감독 『그 섬에 가고 싶다』

성미란

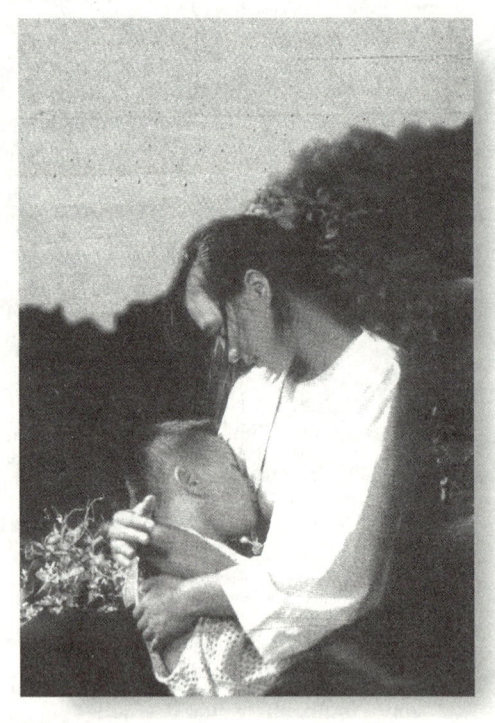

1

바야흐로 90년대 말, 아무도 복잡하고 무거운 일을 입에 올리지 않는다. 이 전도양양한 시대(?)에 어두운 기억의 끈을 놓지 않고 있는 사람이 있다. 마치 그 끈이 세상과 자신을 잇는 유일한 동아줄이라는 듯이. 어쩌면 불행한 기억을 애써 찾는 자는 비단 그만이 아닐 것이다.

프로이트는 예술을 이루지 못한 현실의 상상적 충족이라 정의하면서 악몽에 관한 해석에서는 상당히 당혹스러워했다. 현실에서 충족되지 않은 것을 상상의 세계에서 이루려는 것이 예술이라는 말은 그럴 듯하다. 그러나 왜 잊어버리고 싶은 상처나 상실도 반복, 재생되는가. 여기에 대해서는 세기의 천재 프로이트도 명확하게 답하지 못했다.

잊고자 하는 것과 잊혀지지 않는 것과의 대립, 갈등은 싸움의 한 유형이다. 그것도 시인 김승희의 말처럼 '세상에서 가장 무거운 싸움'일 것이기에 고통스럽다. 의식은 망각을 지향하나, 몸과 무의식은 의식을 배반한다. 그러므로 그 악착스러움을 견디는 것은 고투(苦鬪)일 수밖에 없다.

천지사방을 헤매며 어둠의 족보를 지우고자 몸부림친 작가의 싸움은 이름 없이 죽어 간 사람들의 존재를 증언한다. 오랜 세월 동안 어둠에 묻혀 있던 검붉은 벽화를 복원하는 일이 임철우의 작업이다. 음지의 아버지, 할아버지, 내 이웃의 무덤을 볕 좋은 양지로 옮기기 위해 그는 어두운 터널 속에서 묵은 기억의 파편들을 줍는다. 아니 캐낸다. 복원된 어둠의 족보를 한 장씩 뒤적이는 것은 우리들을 전율시킨다. 만약 당신이 한 점 그늘 없이 좋은 기억만 있는 자가 아니라면, 그의 유혹을 뿌리칠 수는 없을 것이다.

2

임철우는 끈질긴 작가이다. 왜냐하면 초기부터 꾸준히 하나의 연작에 몰두하고 있기 때문이다. 연작의 주제는 분단과 인간이다. 그런 이유로 그는 보편과 특수의 경계에서 작업한다. 인간의 증오가 용서와 화해를 만들어낼 수 있을까? 인간은 왜 화해를 지향해야 하고, 어떤 방식으로 그것은 가능한 것인가? 그는 이러한 일련의 질문들을 끈질기게 붙들고 있다.

임철우의 대다수의 작품은 하나의 연작 장편으로 읽힌다. 『아버지의 땅』(1984)에서 최근의 장편 『봄날』(1998)에 이르기까지 대부분이 그러하다. 동족 살육의 한국 전쟁은 파행적인 분단 현실을 낳았다. 분단의 씨앗인 냉전 이데올로기는 삶의 곳곳에서 우리를 위협하고 조종한다. 그의 작가정신은, 말하자면 전쟁 그 자체보다는 '전쟁이 배태해낸 소름끼치는 원죄의 올가미'를 느끼고 여기에 주목하는 것이다. '우리들의 의식과 무의식, 정서와 영혼까지를 철저하게 지배한 채 끊임없이 이 땅의 우리들 모두를 파괴, 해체해 가고 있는 어마어마한 어둠의 에네르기'를 남달리 민감하게 감지하고 있는 작가는 불행하면서도 행복하다.

그의 작품을 흔히 '광주세대의 분단 체험', '광주적 상상력'으로 평가한다. 이는 타당한 평가이다. 심지어 한국 전쟁을 다룬 작품들조차 전쟁 미체험 세대의 것이라기보다 광주세대의 분단 체험이라고 불리울 만큼 임철우의 작품 세계는 광주라는 역사 공간으로 회귀한다. 그 대표적인 예가 최근의 장편 『봄날』일 것이다. 그렇다면 그 이전의 작품들은 광주 체험을 고발하기 위한 밑그림 내지 배경쯤 된다는 말인가. 아마 그에게 광주는 종착지가 아니고 출발점일지 모른다.

우리 근대사를 뒤덮고 있는 '어둠의 에네르기'는 아직까지 우리들 영혼을 잠식하고 있다. 그 뿌리깊은 불화의 요인은 다름 아닌 냉전 이데올로기, 반공 이데올로기이다. 온통 붉은 피가 낭자한 이 땅의 역사는 색깔 시비로 무고한 사람들을 죽음으로 몰아왔다. 그 '곡두놀음'에 희생당한 영혼들은 아직 구천을 헤매고 있다. 작가는 억울하게 죽은 영령들의 한과 절규에 응답하고, 그들을 끊임없이 악몽 같은 기억 속으로 호출한다.

왜 그는 모든 사람이 치를 떨고 지긋지긋해 하는 피의 역사에 집착하는가? 죽은 사람은 죽은 사람이고 산 사람은 살아야 하는 엄연하고도 냉정한 세상사의 논리에 복종하지 않고, 망자들을 불러들여 굿판을 벌이고자 하는가? 이에 대해 작가는 이미 그 '어둠의 혈흔'에 깊숙이 감염되어 있었다고 털어놓았다. 곪고 멍든 가슴을 다스리고 치유하기 위해서 작가는 망자들이 필요하다. 왜냐하면 억울하게 죽어간 자들은 작가의 가족이자, 우리의 가족이며 조상이기 때문이다. 자신의 정체성을 확인하기 위해서도 그들의 사인(死因)은 규명되어야 한다. 내가 다시 태어나기 위해선 망자들의 부활이 필요한 셈이다.

영화 『그 섬에 가고 싶다』(이하 『그 섬』으로 표기)는 장편 『붉은 산, 흰새』(1990), 『그 섬에 가고 싶다』(1991), 단편 「곡두 운동회」(1984)를 원작으로 한다. 그의 첫번째 장편 『붉은 산, 흰새』는 작가의 고향인 낙일도에서 일어난 고정간첩단 사건(77년 3월)과 27년 전의 6·25를 다루고 있다. 여기에 등장한 인물들이 고스란히 최근의 광주사태를 다룬 『봄날』에 등장한다는 점에서 『봄날』의 전편이라 할 수 있을 것이다.

『붉은 산, 흰새』의 인물들은 모두 불행하다. 게다가 그 불행은 유전된다. 한 번 빨갱이는 영원한 빨갱이로 낙인이 찍혀 불행의 굴레를 벗어날 도리가 없다. 이 어처구니 없는 역사의 악순환에 인물들은 노출되어 있다. 얼마나 반복해야 이 악순환의 고리를 끊을 수 있을까. 경찰부대는 빨갱이들을 소탕하고, 이들에 학살당한 가족들은 복수의 칼을 갈고, 다시 세상은 돌고 돈다. '몇 차례나 뒤바뀐 세상은 증오를 낳고, 증오와 복수는 광기를 불러일으킨다.'

한원구는 고향이 자신에게 준 상처를 견디다 못 해 고향을 떠난다. 그는 광주에 정착하여 상업에 종사하고 있는 평범한 인물이다. 그러나 그의 가계의 역사는 그닥 평범하지만은 않다. 아버지 한조합장은 지주 취급을 당해 참혹한 최후를 맞이하고, 아내 귀단은 좌익 청년들에게 강간당한다. 자신의 아들이 아니라고 믿고 있는 큰 아들 무석을 그는 철저히 증오하고 학대한다. 그런 그가 15년 만에 부친의 묘를 이장하기 위해 고향 땅을 다시 찾는다. 그때 고향에서는 고정간첩단 사건이 벌어지고 있었고, 고정간첩이 다름 아닌 전처의 오빠 조성태라는 것을 알게 된다. 섬 사람들 사이에서 아직도 불신과 외면은 계속되고 있었고, 그 불신의 뿌리는 다름 아닌 이데올로기라는 '현란하고 화려한 이름'이라는 것을 목격한다. 그러나 그것은 '눈이 뒤집힌 야수의 광기'라고 한원구는 울부짖는다.

귀단은 어떠한가? 좌익 청년들에게 몸을 빼앗기고, 무석을 낳아 원구로부터 철저하게 학대당하고 급기야 미쳐 섬을 떠돈다. 자신의 아버지를 죽인 원수의 씨라는 증오를 한 몸에 받고 자란 무석은 '아버지, 당신은 누구입니까, 아니, 나는…… 나는 당신의 누구입니까'라고 외칠 만큼 부당한 자신의 존재에 대해 울부짖는다.

두 번째 장편 『그 섬에 가고 싶다』(이하 『그 섬』으로 표기)는 유년 시절의 고향 섬사람들과 모든 자연물에 대한 작가의 고백담이다. 소설은 생동감이 흘러 넘치고 인물들은 살아 움직인다. 주인공은 언제부터인가 도시로 편입되면서 잊고 살아가게 되었던 유년의 추억을 기억해 냄으로써 도시에서 얻은 삶의 상처를 치유해 나가기 시작한다. 고향 상실감에서 비롯된 향수는 역설적이게도 도시적 삶을 치유하는 처방책으로 기능한다. 주인공의 이야기에서 독자가 얻는 것은 산업 사회로서의 근대를 통과하면서 생겨난 병든 삶을 치유하려는 본능적인 몸부림이다.

『그 섬』은 작가인 '나'가 몸 담고 있는 일상의 도시(현재)와 유년의 고향(과거)의 두 축으로 구성되어 있다. 고향 이야기는 어촌의 토속적이고 서정적인 일상사이다. 미친 노처녀 옥님이 이모, 남편의 외도로 정신이 나간 넙도댁, 사내만 보면 벌떡벌떡 드러눕는다는 벌떡녀 등 인물들은 역동적이다. 끝이 없을 것 같은 에피소드들은 지금의 작가인 '나'에게 하늘의 별만큼 신선하고 순수하게 다가온다. 순수한 어린아이의 기억 속에 남아 있는 기억 속의 섬은 피의 원죄를 찾아볼 수 없다. 낙천적이고 순박한 섬사람들의 생활에서는 고통의 무게가 느껴지지 않는다.

두 작품을 비교해 보면 작가에게는 두 가지의 이질적인 기억이 공존하고 있다. 암울하고 두려운 추억에 무방비 상태로 노출된 무의식과 아름답고 훼손되지 않은 순수는 작가의 기억 속에서 길항한다. 부단히 작가가 화해를 지향하는 것은 '피의 원죄'를 알기 전의 순수한 어린아이의 영혼에 각인된 아름다운 기억이 그를 지배하고 있기 때문인지도 모른다. 단편「곡두 운동회」역시 전쟁의 비극과 분단이 얼마나 우스꽝스러운 연극에 의해서 연출되었는지 보여준다. 어원적으로 '곡두'는 괴뢰, 꼭두각시라는 의미를 띠고 있다. 중세어에 '곡도'가 허깨비를 뜻하는 것처럼,「곡두 운동회」에서는 한순간의 꼭두각시 놀음이 생사를 결정한다.

8월의 어느 날 새벽부터 오후까지 바닷가 그 작은 마을에서 벌어진 촌극은 그 섬사람들의 운명을 바꾸어 놓는다. 겨우 한 가닥 실 끝의 손놀림에 조종당하는 피노키오나 꼭두각시 인형처럼 섬사람들의 운명은 말뚝 친 새끼줄 안에 저당잡혀 있다. 겨우 한 뼘 정도의 거리에서 운명을 달리하는 상황을 갑자기 맞이한 주민들은 대한민국 만세와 인민해방군 만세를 번갈아 외쳐야 한다. 그들의 선택은 총부리 앞의 사냥감으로 전락하지 않기 위한 덫에 빠진 슬픈 짐승의 절규이다. 다른 이유는 없다. 그 결과는 반동과 양민이라는 낙인으로 나타난다. 그것의 차이는 소금장사와 우체국장, 푸줏간집 사내와 읍장이라는 계급의 차이에 불과하다. 반동에게는 죽음만이, 양민에게는 구원만이 있다.

이 작품 역시 임철우의 다른 초기 작품처럼 전쟁의 비극이 풍자적 알레고리 기법으로 형상화되어 있다. 경찰군의 반동군 색출을 위한 연극이 작은 섬에서 일어난다. 군 장교의 머리에서 나온 연극 대본은 관객들 모르게 진행된다. 이웃 마을 군인들은 연기를 담당하는 배우 역할을 하고, 읍장과 우체국장을 비롯해 그 마을의 지주들은 모른 체 능청을 떤다. 결국 하찮은 연극이 끝나고 해가 뉘엿뉘엿 넘어갈 즈음에는

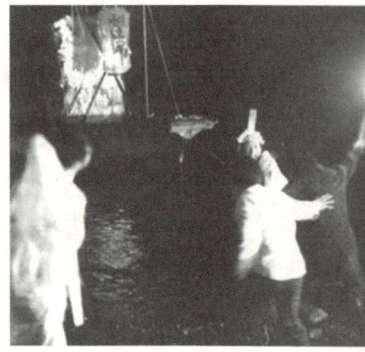

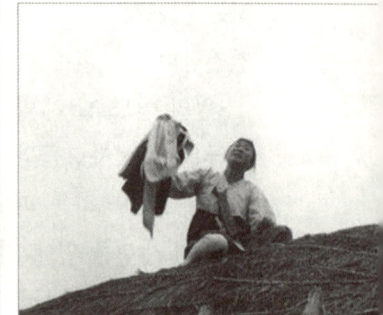

▶ 마을 청년들이 한원구의 시체에 불을 던지고 있다.
▶▼ 딸의 죽음을 슬퍼하는 넙도댁이 반임이를 초혼하는 장면.
▼ 뿌리깊은 이데올로기는 산자들을 갈라 놓고 있었다.

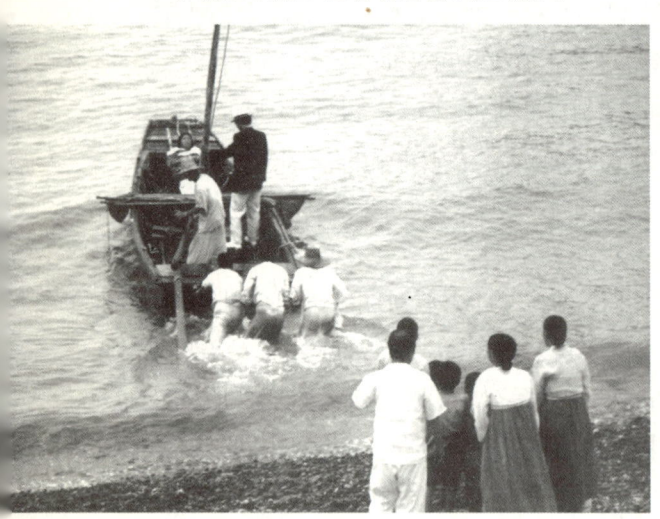

생사의 주사위는 던져져 있었다. 군 장교의 웃지 못할 상황을 연출한 부대는 자신들의 아이디어와 연기에 스스로 감탄하고, 그들에게 끌려가는 반동들은 얼굴이 창백하다. 아무런 영문도 모르고 멀리서 그 광경을 지켜보던 어린애들과 노인들에게 그것은 마치 청군 백군으로 나누어 한바탕 질펀하게 놀다가 즐거운 폐회식을 치르는 가을 운동회처럼 보인다. 불과 몇 미터 거리 밖에서 인간의 목숨이 운동회의 경기처럼 활기찰 수 있다니. 그들을 가둔 새끼줄이 저승과 이승을 가르는 죽음의 강이 되리라는 것을 그 누가 알았을까.

　대다수의 임철우의 작품은 경직된 이분법이 일으키는 갈등의 장이다. 이는 적군과 아군, 반동과 양민, 선과 악, 적색과 백색, 증오와 용서, 학살과 복수, 죄와 벌, 전쟁과 화해, 배신과 신뢰, 원수와 동지 등 이분법의 전시장을 방불케 할 만하다. 이는 허구가 아니다. 서글프지만 부인할 수 없는 우리의 역사이다. 고도로 발달된 이분법의 역사. 정치와 이데올로기는 이러한 역사를 용인하고 추동시킨 주범이다. 이분법은 광기이고 독재이고 탐욕이다. 그것의 정체는 자신의 논리와 색깔과 정당성만을 지구상에 퍼뜨려 천년 왕국을 건설하는 것이 목적이다.

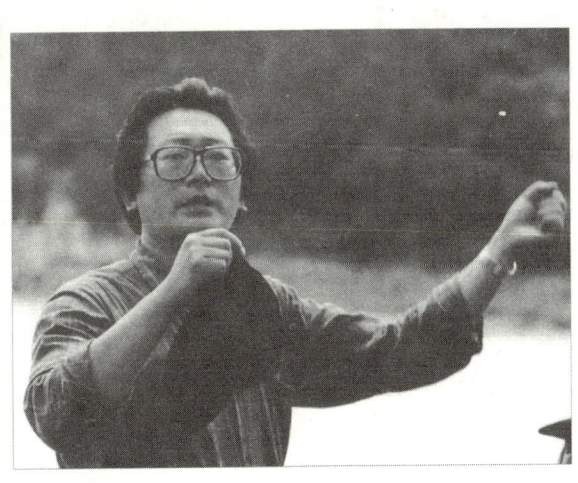

◀ 박광수 감독

1955년 강원도 속초 출생
　　　서울대 미대 조소과 졸업
1995년 이장호 감독 조감독
1988년 『칠수와 만수』
1990년 『그들도 우리처럼』
1991년 『베를린 리포터』
1993년 『그 섬에 가고 싶다』
1996년 『아름다운 청년, 전태일』

그러므로 핍박과 살육으로 절대가
치를 위협하는 극악무도한 무리를
제거해 온 그들의 역사는 핏빛으로
찬란하다. 독재자들은 자신들의 목
적 달성을 위해 허울좋게 조작된 이
데올로기라는 장치를 통해 인간을
수백 년간 억압해 왔다. 우리의 역
사에서도 이는 예외없이 소수의 지
배자들을 위한 튼튼한 장치였고, 수
많은 사람들을 다시는 돌아오지 못
할 죽음의 세계로 던져 버리는 강력
한 힘이었다.

우리에게 민족이라는 말처럼 모
호하면서 이물스럽기는 역사도 마

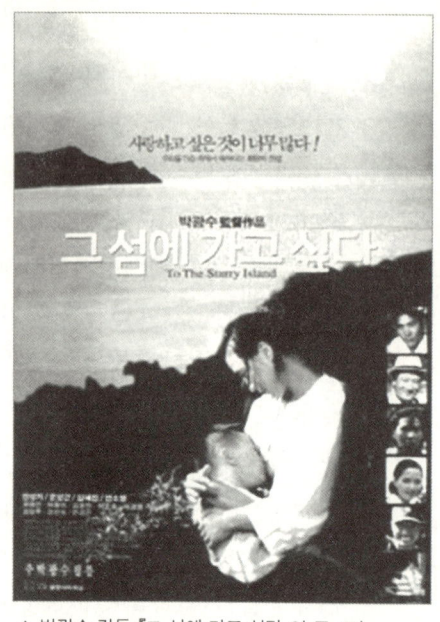

▲ 박광수 감독 『그 섬에 가고 싶다』의 포스터.

찬가지이다. 관념적이고 추상적인 개념에 살을 붙이고 숨을 불어넣을
수 있는 것은 작가의 상상력이라는 재능이다. 결코 순탄하지 않았던
우리의 역사를 작가는 뭍에서 파닥거리는 생선의 몸놀림처럼 구체적
으로 복원시켜 놓았다. 작가는 역사에 대해 설명하거나 설득하려 하지
않는다. 마땅히 그러해야 한다. 임철우는 허깨비탈 같은 이데올로기에
의해 억울한 죽음을 당한 망자들을 현실 세계로 소환한다. 오른손을
들면 우익에 몰릴까, 왼손을 들면 좌익에 몰릴까, 이러지도 못하고 저
러지도 못하고 파랗게 질린 삶을 살아온 바로 내 이웃의 삶, 내 가족의
삶을 우리의 역사는 차갑고 어두운 지하 바닥에 내동댕이쳐 왔다. 그
러나 작가는 당혹과 겁에 질린 공포를 안고 지하 세계에 감금당해 있
는 망자들을 위한 초혼제를 쉼 없이 올리고 있다.

3

박광수는 영화『그 섬에 가고 싶다』(1994)에서 한국 전쟁은 비극적
인가, 희극적인가, 많은 사람들을 희생의 제물로 바쳐온 우리의 역사
는 정당한가는 질문을 제기한다. 굳이 역사란 진보다, 쓰여지는 것이
다, 피의 혁명이다, 과거와 현재의 대화다…… 등 혀에 익은 말은 여기
선 피하도록 하자. 임철우는 우리의 역사를 '어둠의 족보'로 보았다.
박광수 역시 임철우의 그것과 다르지 않지만, 이를 표현하는 방법에서
는 다르다.

임철우의 원작『붉은 산, 흰 새』『그 섬』「곡두 운동회」세 편을 섞
어 영화를 만든 감독의 의도는 각색진을 살펴보면 알 수 있다. 영화
『그 섬』은 작가 임철우와 이창동, 그리고 박광수가 공동으로 각색했다.
그렇다면 박광수는 임철우의 세계를 그대로 직조해내고 있는 것인가.
『베를린 리포트』『그들도 우리처럼』『칠수와 만수』등을 떠올린다면
박광수와 임철우의 만남은 일견 자연스러워 보인다. 그가 사회와 분단
문제에 누구보다 깊숙이 관여하고 있음은 이미 알려진 사실이다.

영화『그 섬』의 서사 구조는 『붉은 산, 흰 새』에서, 섬에서의 일상적
일화들은 『그 섬』에서, 분단의 파행적인 기원의 상징성은 「곡두 운동
회」를 차용하여 영상화했다. 구조적으로는 세 작품이 교직되어 있지
만, 분단 비극의 광기와 폭력이 행사되는 방식을 상징적으로 비판하고
있다는 점에서는 원작과 동일한 주제를 공유하고 있다.

영화는 현재의 시점에서 과거를 재구성한다. 영화는 문덕배(문성근
분)의 아들 문재구(문성근 분, 1인 2역)는 그의 아버지의 유언에 따라 아
버지의 시신을 고향 낙일도로 가져가면서 시작한다. 소설에서는 한조
합장의 묘를 이장하기 위해 아들이 고향을 찾는 데 반해, 영화에서는
문덕배의 시신을 섬에 묻기 위해 고향으로 돌아온다. 그러나 섬사람들

은 그의 시신을 완강히 거부한다. 결국 문덕배의 시신은 바다에 표류하고, 아들 문재구와 섬사람들 사이에 갈등이 발생한다. 김철(안성기분)은 문재구의 친구이고 낙일도가 고향이다. 아버지(김선생, 안성기분, 1인 2역)는 과거 교사로 부임해 왔으며 마을 사람들의 존경을 받았던 인물이다. 김철은 문재구의 아버지 문덕배의 장례에 참가해 문덕배와 섬사람들의 갈등을 지켜 보면서 과거의 삶을 스크린으로 끌어낸다.

아버지의 시신을 아들이 고향 땅에 묻는 지극히 자연스러운 상례를 주민들은 왜 거부하는가. 그의 과거를 거슬러 올라가 보면 그 내력이 밝혀진다. 문덕배의 가계 내력은 그닥 특별하지 않다. 흔히 시골에서 일어날 법한 이야기이다. 문덕배는 게으르고, 허풍이 심한 데다가 아내를 두들겨 패거나, 그것도 모자라 오입질까지 하는 야비한 사내다. 그러나 천성은 순박하고 어리석다. 아내 넙덕네는 오입질하는 그 현장에다 불씨가 든 화로를 던져 버리고 돌아온다. 그 이후 곱사등이 딸 반임이가 죽고, 덕배는 마을 사람들로부터 따돌림을 당하거나 인간 취급을 받지 못한다. 곱사등이 딸 반임이의 죽음 이후 넙덕네는 실성하고, 덕배는 아내를 읍내 수용소로 보내 버리고 새 살림을 차린다. 동네 어른들이 멍석말이를 하여 덕배를 혼내 준 이후 그는 고향을 떠나버린다.

섬 바깥에서는 간간히 전쟁 소식이 들려 온다. 그러나 이 오지의 섬은 전쟁과 상관없는 일상의 연속이다. 옥님이 이모는 여전히 귀에 꽃을 꽂고 애들이랑 철부지 놀이를 하고, 벌떡녀는 뭍에서 온 땜쟁이 사내랑 눈이 맞아 밤마다 마을 사람들의 잠자리를 성가시게 한다. 한가하기만 한 낙일도 섬에서 전쟁은 딴 세상 이야기이다. 그러나 어느 날 갑자기 섬으로 인민군들이 들이닥친다. 나중에 안 사실이지만 마을 사람들의 눈총과 질시에 섬을 떠난 문덕배가 인민군들을 끌고 들어온 것이라는 사실이 밝혀진다.

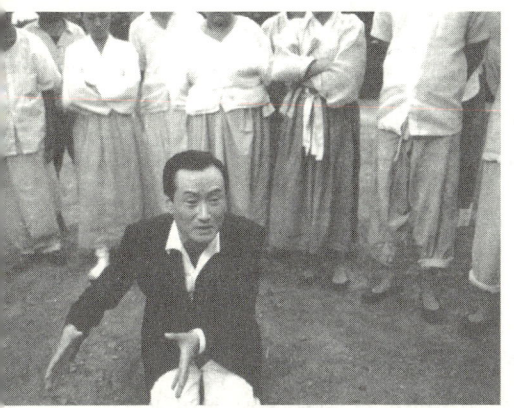

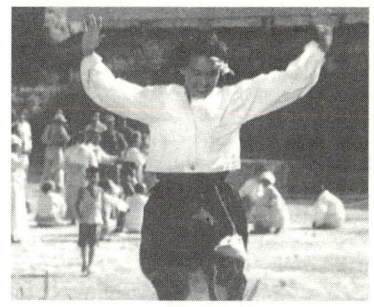

▲ 인민재판을 운동회로 착각한 옥님이 이모는 국군의 총에 희생당한다.
◀ 마을 사람들에게 야단을 맞는 문덕배.

인민군들은 학교 운동장에 사람들을 모아 놓고 반동과 양민을 구분하는 일대 소란을 벌인다. 반동과 비반동의 갈림길에서 낙일도 주민들은 격앙하고 서로 증오한다. 결국 한바탕의 소동은 국군이 빨갱이를 소탕하기 위한 연극(위장술)이었음이 드러난다. 또 한 번 운동장은 아수라장이 된다.

김선생의 항변에 국군은 '지금은 전쟁 중이오. 방식이 유치하건 아니건 그것은 그다지 중요하지 않소. 다만 빨갱이를 색출하는 것만이 국가적 일'이라 외친다. 그 순간 아무것도 모르는 옥님이 이모는 자기만 빼고 운동회를 하는 줄 알고 운동장을 가로질러 뛰어 다니다 국군의 총에 죽는다.

카메라는 다시 현재로 소급한다. 죽은 망자조차도 용서할 수 없는 15년이나 묵은 증오와 살의는 아직 시퍼렇게 살아 있었다. 이러한 끔찍한 사실에 과거 피해를 입었던 당사자는 물론 덕배와 철 모두 아연실색한다. 그들은 서로에게 묻는다. 왜 우리가 이렇게까지 해야 하는가? 아무도 그 이유를 알지 못한다. 그들이 보고 배운 것은 '그럴 수밖에 없다' '그래야만 한다'이기에. 그들은 서로의 상처를 이해하고 보듬는 말을 찾지 못하고 알지 못한다. 이데올로기전이라는 역사의 비극은 애들 병정놀이 그 이상도 이하도 아닌 것이라고 작가는 말한다. 이 대목에서 문덕배의 대사는 인상적이다. 덕배가 인민군을 끌고 들어왔다고 동네 사람들이 비난할 때 '이거 왜 이러슈, 나도 피해자야'라고 소리치는 장면은 가해자는 없고 피해자만 있음을 암시한다. 피해자들이 가해자라고 지목하는 자도 피해자가 될 수밖에 없는 논리는 냉전 이데올로기의 허실을 보여준다.

마지막 장면을 보자. 여전히 문덕배의 시신은 섬으로 들어오지 못하고, 섬 주민들과 대치하고 있다. 갈등이 고조되다 급기야 섬 청년은 문덕배의 상여에 불을 던지고, 상여는 밤바다에서 타오른다. 해안에서 신이 내린 업순네는 한풀이 춤을 추고, 억울하게 희생된 사자(死者)들은 밤 하늘의 별이 되어 어우러진다.

마지막 결말을 우리는 어떻게 해석해야 할까. 피해자이건 가해자이건 아름다운 화해와 너그러운 용서는 필요하다는 것인가, 아니면 모순으로 가득 찬 현실 너머 죽음의 세계에서는 모든 것이 무화된단 말인가, 증오도 복수도 원한도 모두 녹여 버리고 어울릴 수 있는 세계? 박광수는 아마 후자 쪽에 손을 들고 있는 것 같다. 많은 제작비를 들여 컴퓨터 그래픽으로 마지막 장면을 만들어낸 감독은, 병정놀이 이상의 가치도 없는 역사의 비극 아닌 비극에 억울하게 희생된 자들을 다시 시비의 심판대에 올리는 것을 가혹하다고 본 것 같다.

작품에서 결국 죽은 자와 산 자 간의 화해는 이루어지지 않았다. 그들은 화해와 용서를 나눌 만한 말을 찾을 수 없었기 때문이다. 그런 이유로 증오와 살의는 유전된다. 그들 역시 망자를 이해하고 껴안을 말을 알지 못했다. 증오와 살육의 언어만 배워 왔으므로. 그러므로 화해는 업순네의 춤을 통해서만 중재될 수 있다. 말은 이미 힘을 잃었다. 하늘에서 춤을 추는 것은 죽은 자들이다. 용서는 죽은 자들의 세계에서만 가능한 일이다.

4

우리는 성장하면서 자신도 모르게 이율배반을 배우고 '제 논에 물 대기 식'의 논리를 배웠다. 이 분야에서는 스승이 따로 필요 없었다. 역사와 현실 속에서 누구보다 몸은 이미 그 사실을 체득하고 있었다. '우리의 소원은 통일, 꿈에도 소원은 통일'이라고 열심히 배우고, 몇십 년간 목이 터져라 따라 부른 지금에야 비로소 우리는 안다. 통일을 가르치고 역설한 자들은 통일을 위해 노력하지 않았다는 것을. 자유를 앞에서 외치기만 하는 자는 억압을 자유로 오인하고 있었다는 것을. 그러므로 현실에서 우리가 깨우친 바는 배움과 실천은 멀리 떨어질수록 이상적이며, 이 원칙을 철저히 준수하는 자만이 크게 성공할 수 있다는 것이다.

인간의 역사는 참으로 더디게 발전해 왔다. 한발 한발 내디딜 때마다 발바닥을 찌르는 고통으로 역사를 밀고 온 자들이 있고, 그들의 고통의 편승해 가볍게 역사를 뛰어넘은 자들도 있다. 중요한 것은 후자들은 역사 너머에 있다는 사실이다. 말은 항상 고통의 대가를 치르지 않은 무임 승차자들의 전유물이었다. 분명한 것은 진정 내 몸의 아픈 기억을 회복할 수 있는 말로 역사를 찾는 작업이 다시 이루어져야 한다는 것이다.

권력의 운명과 우리 시대의 환멸

이문열 원작, 박종원 감독『우리들의 일그러진 영웅』

김수이

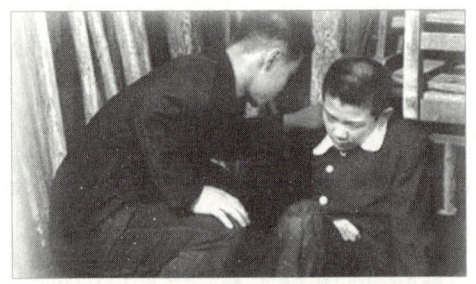

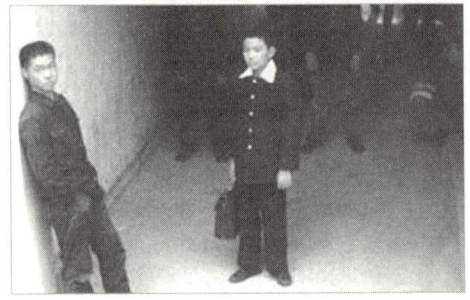

1

    이문열은 권력이라는 렌즈를 통해 한국 사회를 투시한다. 희뿌융한 권력의 렌즈에 비친 현실은 혼탁하고 추하다. 현실의 일그러짐은 본격적인 사회화의 첫 장소인 초등학교에서부터 뚜렷이 나타난다. 「우리들의 일그러진 영웅」은 사회에서 배워야 할 모든 것을 이미 초등학교에서 배운 아이들의 이야기이다. 한국 사회에서 성장한 우리 모두는 '고무적인' 학교 생활을 거쳐 사회의 일원이 되었다. 기묘하게도 우리의 뇌리 속에는 불합리와 불의에 휘둘렸던 쓰디쓴 체험이 한 조각 추억이 되어 박혀 있다. 이문열은 지난날의 음습한 기억을 소설의 불빛 아래로 불러낸다. 불유쾌한 추억의 먼지를 터는 일은 무엇보다 그 자신의 부끄러운 내부를 들추는 일이었을 것이다. 이문열의 분류대로, 우리는 누구나 한두 명의 힘센 석대, 한두 명의 의협심 강한 병태, 대다수의 무력하고 비굴한 아이들 가운데 어느 하나였다. 그는 독자들을 향해 뼈아픈 질문을 던진다. 당신은 그 중 누구였었나? 많은 세월이 흐른 지금, 당신은 어떤 역할을 떠맡고 있는가? 오늘의 현실은 어린 시절 당신을 충격했었던 불의의 힘과 억압으로부터 얼마만큼 멀어져 있는가?

    이 질문들은 개개인의 양심과 도덕성, 그 사회적 실천, 한국 사회의 권력 행태와 민주적 성숙도 등을 동시에 겨냥한다. 당신과 내가, 이 사회가 획기적으로 변하지 않는 한, 이문열의 질문들은 조금도 힘을 잃지 않을 것이다. 「우리들의 일그러진 영웅」은 학교 폭력의 50년대식 비전(시실 90년대식보다는 훨씬 인간적인 미학을 갖고 있다)임에도 생생한 현재성을 뿜어낸다. 자유당 정권 말기의 5학년 2반 교실은 지금도 한국 사회의 곳곳에 존재한다. 슬프게도 '엄석대의 왕국'은 몰락하기는커녕 외양을 달리하며 더욱 번성해 가고 있다. 작가는 열두 살 또래 아이들의 집단, 그것도 제도적인 학교 집단이 폭력과 비리로 버무려진 조직 세계라는 점을 면밀하게 보여준다. 이 사실은 두 가지 이유로 충격적이다. 하나는 우리가 실제로 그것을 경험했고, 분명히 '알고' 있었다는 점. 또 하나는 개인 사이의 작은 권력(미시권력)이 사회를 지배하는 큰 권력(거시권력)과 거의 똑같은 구조로 조직화되어 있다는 점. 힘없는 개인이 '조직의 쓴 맛'을 보지 않기 위해서는 불의 앞에 무릎을 꿇어야 한다. 한국 사회에서 살아가는 일의 어려움은 이러한 굴복이 도처에서 강요되고 있다는 점에 있다. 자의든 타의든, 한 번쯤은 그렇게 진흙밭에 무릎을 꿇어 본 적이 있다는 점에서 우리는 모두 동종범(同種犯)이다. 이문열의 논리적이고 현란한 필치는 권력에 관한 독자들의 무의식을 날카롭게 후벼 판다. 이 상처로부터 자유로울 수 있는 자는 많지 않다. 그러니 알고 있었다시피, 나도, 당신도 모두 유죄이다. 또는 모두 불행한 피해자이다. 이문열은 이렇게 질타와 위로의 파르마콘(약/독의 이중의 뜻을 지닌 말)을 던지며, 독자들을 소설의 그물 속으로 끌어들인다.

2

자신의 대표작으로 꼽은 이 중편소설에서 이문열은 권력의 역학 관계를 한국 사회의 특수한 역사적 정황 속에서 포착한다. 소설에 등장하는 인물들은 갖가지 권력의 모자이크 조각들이다. 이들은 석대의 검은 카리스마에 앞서 냉혹한 힘의 논리에 지배당한다. 지금까지 한국 현대사는 힘의 논리가 파행적으로 치달아 온 역사라 해도 과언이 아니다. 소설 속의 인물들은 뒤틀린 역사의 그늘 밑에 있다. 중앙의 공무원이었다가 시골로 '날려간' 병태의 아버지, 전학 간 학교에서 석대의 농간으로 문제아로 전락하는 병태, 황제처럼 군림하는 급장 엄석대, 석대의 앞잡이인 체육부장 패거리, 주먹 앞에 머리를 조아리는 조무래기 아이들 등은 모두 추악한 권력 놀음에 포박당한 자유와 양심의 일그러진 얼굴들이다. 이 잘 짜여진 소설 속에서 인물들은 권력이라는 숨은 기의의 외형적 기표들로 기능한다. 인물들은 자신이 지닌 권력에 따라 행동하고 사고하며, 그 범주 속에서 삶의 방식을 선택한다. 주인공 병태가 문제적인 것은 그가 석대의 왕국에 도전하는 유일한 인물이기 때문이다. 병태는 강압적인 지배 체제를 반사적으로 거부한다. 그에게는 '서울의 큰 국민학교'에서 받은 민주적인 교육과 서울내기다운 강단, 석대의 힘의 실체인 '불합리와 폭력에 기초한 어떤 거대한 불의'를 꿰뚫어보는 통찰력, 무엇보다 가장 중요한 '저항의 열정'이 있었다. 병태는 자신보다 나이도 많고 덩치도 크며 무소불위의 권력을 휘두르는 석대를 누르려 한다. 그의 싸움은 처음부터 열세이지만, 그래서 값지고 소중하다. 독자들은 병태의 분노와 절망, 외로움에 안타까워하며 '가망없는 싸움'에 동참한다.

석대와 병태의 힘 겨루기는 여러 가지 의미를 담고 있다. 이문열은 사내

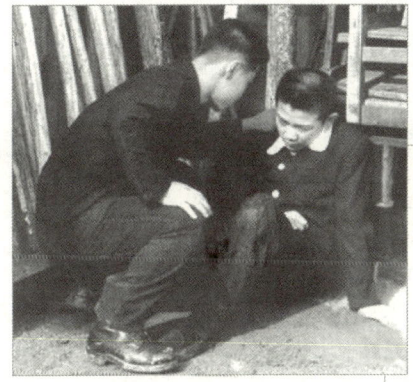

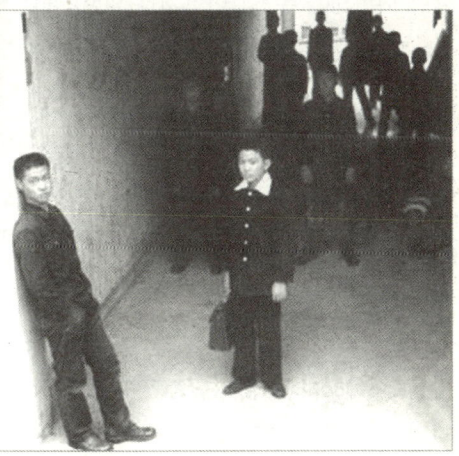

▲ 석대는 병태를 교묘하게 탄압하고 어르는 양공작전을 구사한다.
▶ 서로 다른 곳을 바라보며 보이지 않는 싸움을 벌이는 석대와 병태.

아이들의 자존심 싸움에 역사 현실과 정치 세태, 굴절된 인간 본성 등의 복잡한 문제들을 포개어 놓는다. 먼저 이 소설은 타락한 외부 세계에 맞닥뜨린 초등학교 5학년 아이의 내면을 그린 성장 소설로 읽힌다. 병태에게 닥친 시련은 타인의 지배를 받아야 하는 부당한 현실이다. 권력과 지배의 욕망은 인간의 본능이지만, 그 대상이 된다는 것은 비참한 일이다. 5학년 2반은 권력이 모든 것을 좌우하는 남성 중심 사회를 축약시킨 모델적 공간이다. 성장기의 아이들은 누가 가르쳐 주지 않아도 힘을 욕망하고 숭배한다. 석대를 중심으로 반 아이들은 힘의 성취와 좌절, 지배자와 피지배자의 진영으로 나뉘어 있다. 힘을 둘러싼 유년의 체험은 남자 아이들에게 공통의 추억을 형성한다. 승리와 패배, 지배와 굴종의 엇갈림은 사회인으로의 성장을 위한 통과 의례의 필수적 과정이 된다.「우리들의 일그러진 영웅」은 성장 소설의 껍질 속에는 날카로운 정치적 함의를 숨겨 두고 있다. 즉 이 작품의 알맹이는 알레고리 소설인 셈이다. 이문열의 역사적 비판은 50년대 말에서 60년대 초까지의 자유당 정권 말기와 4 · 19 혁명 시기에 집중된다. 어지러운 시대 배경은 소설의 주제인 '진실과 자유'를 역으로 부각시킨다. 5학년 2반 교실은 석대(독재자)와 병태(비판과 저항 세력, 지식인), 반아이들(민중)로 이루어진 역사적 공간이다. 그 안에서 벌어지는 일련의 사건들은 이승만 독재 정권하의 부패와 모순, 4 · 19 혁명의 과정을 상징적으로 보여준다. 소설이 지닌 알레고리의 의미폭은 작품이 발표된 해인 1987년까지 확대된다. 독자들은 5공 정권의 부패와 민중의 폭발력으로 성취된 6 · 29 선언에 이르는 역사적 변화를 소설의 전개와 나란히 음미해 볼 수 있다.

이문열은 성장 소설과 알레고리 소설의 이중 포석을 통해 권력의 운명을 다각도로 조망한다. 한국 사회에서 개인의 삶과 권력의 행태는 밀접한 관계를 갖고 있다. 그러나 권력의 운명이 반드시 사필귀정이나 권선징악의 원칙을 따르는 것은 아니다. 이 부조리함이야말로 우리 시대의 불행이며, 환멸의 근원이다. 불행과 환멸의 무서운 독(毒)은 그것이 또 다른 불행과 환멸을 낳기 쉽다는 사실에 있다. 그러니, 권력이라는 '뜨거운 감자'를 어떻게 처리해야 할 것인가? 이문열의 칼날은 이 질문을 향해 있다. 그에게 이상문학상(1987년)을 안겨준 「우리들의 일그러진 영웅」은 개인과 권력의 두 가지 층위를 하나의 용광로에 용해시켜 보여준다. 그것은 섞여 있으면서도 여전히 제각각의 빛깔을 지니고 있어서 작품의 중층적인 의미망을 형성하는 데 기여한다. 다시 말해 이 소설은 독자들에게 매우 다채로운 방식의 독서 체험을 제공한다. 박종원[1] 감독의 영화 『우리들의 일그러진 영웅』은 그 다양한 읽기 방식 중의 하나이다. 박종원은 가능한 원작에 충실하면서도 현실을 보는 관점에 있어서는 이문열과 선명한 차이를 드러낸다. 이는 특히 30년이 흐른 뒤인, 등장 인물의 현재의 삶에서 잘 나타난다.

3

소설이 사설 학원 강사가 된 병태의 회상으로 이루어지는 데 반해, 영화는 5학년 담임 선생님의 장례식장에 옛 급우들이 모이는 상황을 새롭게 설정한다. 영화는 과기와 현재의 대비에 초점을 맞추고 있다. 소설의 화자였던 병태(어른인 병태)는 영화에서는 내레이터 역할을 한다. 은사의 장례식에 참석하기 위해 초등학교를 다녔던 소읍을 찾은 병태는 농사꾼이 된 영팔, 택시를 운전하는 체육부장, 땅값이 크게 올라 졸부가 된 꼬마 한만수, 국회의원이 된 6학년 때의 담임 선생님, 암흑가의 거물이 된 것으로 보이는 석대 등과 재회한다(이 중 석대는 직접

---

1) 1958년 서울 출생. 한양대 연극영화학과 졸업. 주요 작품에 「구로아리랑」(1989)이 있다.

만나지 못하고 그의 부하들만을 본다). 이들의 변화는 흑백 필름 속에 담긴 30년 저편의 모습과 더불어 한국 사회의 세태상을 단적으로 엿보게 한다. 현실은 이제 불합리와 부조리를 넘어서 희화적 면모까지 연출하고 있다.

영화에서 김영팔이라는 매력적인 인물의 활약상은 원작에는 없는 것이다. 소설에는 반 아이 중에 김영기라는 지능이 낮은 아이가 있다는 언급이 한 줄 있을 뿐이다. 영화는 여기에 적극적인 캐릭터를 부여하여 인상적인 인물을 창조한다. 영팔은 바보이지만 진실이 무엇인가를 아는 순수한 소년이다. 이 점에서 영팔은 5학년 2반의 어떤 아이들보다도, 또한 타성에 젖은 대다수의 어른들보다도 훨씬 현명하다. 영팔은 석대와의 첫 대결에서 승리한 병태에게 소중한 보물인 탄피를 준다. 그는 병태의 저항이 가치 있고 옳다는 것을 증명하는 유일한 인물이다. '길고 외로운 싸움'에 지친 병태가 '굴종의 달디단 열매'를 택하자 영팔은 탄피를 돌려 줄 것을 요구한다. 영팔의 가치는 김 선생님의 혁명으로 석대의 잘못이 낱낱이 '까발려지는' 장면에서 결정적으로 발휘된다. 아이들이 석대를 거세게 비난하는 가운데, 자신의 차례가 되자 영팔은 "늬들도 모두 나빠! 우와앙!" 하고 울음을 터뜨린다. 그의 어수룩하지만 진실된 외침은 모두가 외면하고 있던 양심의 깊고 아픈 부분을 강타한다.

영화에서 김 선생님과 병태, 석대의 현재 모습도 소설과는 차이가 있다. 4·19 혁명의 기수였던 김 선생님은 현재 그 지역의 국회의원이 되어 있다. 병태는 대기업의 안정된 직장을 팽개치고 학원 강사 생활을 한다. 그는 제도권에 포섭될 수 없으며, 그렇다고 진정한 비판자도 아닌, 어정쩡한 불만 세력에 가깝다. 석대 역시 소설에서는 경찰에게 체포되는 도덕적 결말과는 달리, 영화에서는 검은 양복의 부하들을 거느린 암흑가의 거물로 처리된다. 석대가 장례식장에 모습을 보이지 않는 것은 그가 '검은 배후'의 실권자임을 의미한다. 박종원은 힘의 논리가 이 사회를 지배하는 변함없는 원천임을 역설한다. 그 힘이 정의로운가 그렇지 않은가는 큰 문제가 되지 못한다. 실제로 한국 사회의 현실에서 국회의원과 지하조직 보스의 거리는 실질적인 내용상 그리 멀지 않다. 드러남과 감추어짐, 표면상의 '합법적'과 '비합법적'의 차이가 있을 뿐이다. 힘의 중심에 서고자 하는 욕망과 정의(법)보다 힘(권력)을 우위에 두는 점에서 이들은 별반 다르지 않은 것이다.

이와 관련하여 박종원은 소설의 중요한 장면 하나를 삭제한다. 석대의 비리(시험지에 이름을 바꿔 써서 일등을 한 것)가 밝혀진 후의 변화된 상황이 그것이다. 6학년 2반은 선거 만능 풍조와 건의함 등의 새로운 분위기 속에 큰 혼란을 겪는다. 독재의 폭력에 길들여진 아이들이 자

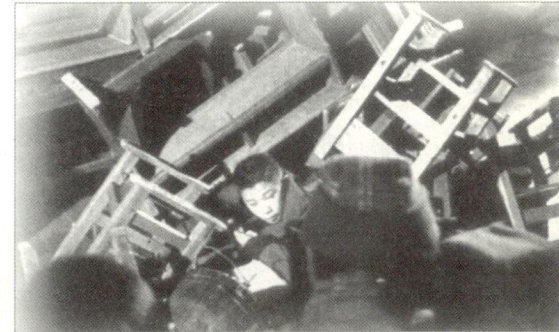

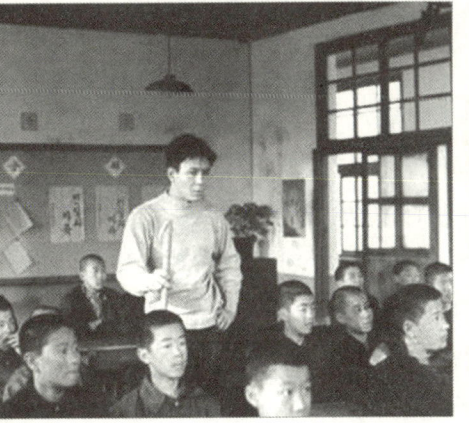

석대의 왕국 5학년 2반에서 벌어지는 폭력과 억압. 이듬해 4월 김 선생님이 몰고 온 '혁명'의 바람.

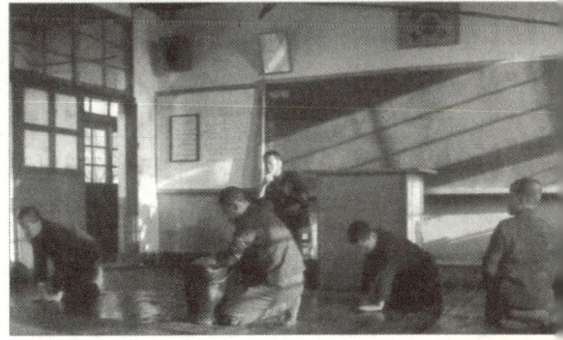

유로운 권리와 의사 표현, 합리적인 제도를 배우는 데는 상당한 시간이 필요했다. 그렇다면 박종원은 어떤 이유로 민주주의를 학습하는 모색기를 영화에서 누락시켰을까? 그는 이를 별반 중요하지 않게 생각한 것일까? 그렇지는 않을 것이다. 다음 장면을 보면, 소설에서는 배신감과 모멸감에 보복을 행하는 석대를 아이들이 힘을 합쳐 물리치는 모습이 나온다. 그러나 영화에서는 석대가 몰래 교실에 불을 지르고 엄마를 찾아 서울로 상경하는 것으로 처리된다. 박종원은 자신의 영화에 현실적인 시각을 강하게 불어넣고자 한 것이다. 그의 심중은 대략 이러할 것이다. 혁명과 변혁은 그렇게 쉽게, 더구나 선구적인 한 사람의 힘으로 이루어지지는 않는다, 썩은 현실을 뒤엎고 진정한 민주주의를 창조하는 것은 실질적으로 한국 사회에서는 매우 어려운 일이다, '석대'들은 쉽게 사라지지 않으며, 또 다른 모습으로 우리 사회 어딘가에 계속 잠복해 있다 등등…….

영화는 극적인 효과를 위해 원작에 없는 몇 개의 장면을 추가한다. 석대와 외로운 싸움을 계속하던 어느 날, 병태는 석대의 결투 장면을 목격한다. 소설에서 석대는 전학 온 옆반 아이와의 몸싸움에서 이겨 반아이들을 이끌고 시냇가로 멱을 감으러 간다. 영화에서의 석대는 다른 패거리의 보스와 기차가 달려오는 철교 위에 누워 담력 싸움을 한다. 다부진 몸집의 석대(홍경인 역)가 끝까지 버티다 철교의 침목 사이에 아슬아슬하게 매달려 승리하는 장면은 스릴과 경탄을 자아낸다. 병태가 투항한 후 석대가 벌인 미포에서의 놀이도 강한 인상을 남긴다. 이 놀이에는 평소 피아노를 즐겨 치던 병태의 옆집 여학생도 참가한다. 얌전해 보였던 여자 아이는 석대의 명령에 따라 천박한 유행가를 부르며 사내아이들의 흥을 돋군다. 술을 마시며 여자와 어울려 노는 아이들은 향락에 빠진 어른들의 모습 그대로이다. 박종원은 원작의 성장 소설의 면모보다 현실에 대한 풍자적 알레고리의 측면을 더 강조하고 있다. 이 때문에 영화에서는 다른 아이들에게 따돌림을 당하는 가없은 아이로서의 병태의 고민이 뚜렷이 나타나 있지 않다.

석대로 표상되는 현실의 벽 앞에서 주인공 병태의 의식은 분열을 거듭한다. 그의 내면은 '저항—힘의 소진—굴종(의식의 굴절과 파행)—부적응(혼돈과 환멸)—방황과 도태(환멸의 지속적인 확인)'의 변화를 거듭한다. 석대의 왕국에 낯선 이방인으로 입국한 병태는 가장 먼 외곽에서 권력의 핵심에 다가갔다가 다시 외부로 밀려난다. 해석을 확대하면, 그는 민중형 지식인에서 권력형 지식인으로 '변절'했다가 소외된 변두리 지식인으로 전락한다. 이제 마흔이 넘은 병태는 일상의 늪에서 허우적거리는 무기력한 소시민에 불과하다. 이런 병태에게 왕국의 주인이었던 석대는 복잡한 감정을 갖게 하는 존재이다. 병태는 누구보다도 석대의 힘을 증오했었다. 그러나 어른이 된 병태는 더 큰 불의와 모순 앞에 좌절하며 석대를 그리워하기에 이른다. 병태가 석대를 떠올리는 것은 석대의 힘이 지닌 '편리한 효용성' 때문만은 아니다. 민주주의란 허울 아래 뿌리부터 썩은 이 사회가 한 사람의 독재자에게 장악된 왕국보다 더 악랄하고 모순적이라는 것. 병태의 생각은 여기에 이르러 있다. 현실의 거대한 악덕이, 나름의 모랄을 갖고 있는 작은 악덕을 상대적으로 미화시켜 버린 것이다.

석대는 전형적인 보스형의 인물이다. 그는 아이들보다 두세 살이 많기는 하나, 아이답지 않은 명민함과 침착성, 상대방의 심리를 꿰뚫는 능력 등 지배자의 면모를 갖추고 있다. 석대는 권력에 대한 의지와 카리스마적 자기 동일시의 욕망이 큰 아이이다. 이런 그가 자신의 왕국을 위협하는 병태를 탄압하는 것은 당연하다. 병태를 굴복시키기 위해 석대는 지독한 끈기와 간교함을 발휘한다. 석대에 대한 아이들의 복종과 상납은 외형적으로는 어디까지나 자발적인 형태를 띠고 있다. 그러나 강요된 자발성은 그것이 계속 반복되면 순수한 자발성으로 변질될 수도 있다. 병태의 굴종은 이러한 방식에 의한다. 영화에서 병태는 석대의 잘못에 대해 "저는 잘 모릅니다"라고 대답한다. 그는 자신의 굴종에 순수한 자발성이 들어있었던 점을 부정할 수 없었던 것이다.

소설과 영화에서 모두 강조된 사실이 있다. 권력과 제도는 운명을 같이 한다는 점이다. 이 둘은 함께 자라나고 함께 시든다. 초등학교 교실은 근본적으로는 제도적 공간이다. 석대가 지배하는 5학년 2반에서 모든 제도는 권력의 도구로 악용된다. 급장, 부급장, 미화부장 등의 제도적 위계도 체제 옹호의 서열에 불과하다. 아이들이 지켜야 할 규칙은 석대의 힘을 돋보이게 하는 장식물과도 같다. '엄석대 반'이 공부와 운동 등 모든 분야에서 최우수 학급이 된 것은 그 눈부신 장식의 성과물이다. 주지하다시피 석대의 힘은 분명 악덕이지만, 강하고 '편리한 효용성'을 지니고 있다. 이문열은 이 점을 깊이 천착한다. 김병조 라이타 사건 때 담임 선생님은 병태를 불러 "비록 잘못된 것일지라도…… 아이들을 다스리는 석대의 힘을…… 인정할 수밖에 없다"고 더듬거리며 말한다. 현실에 안주하려는 사람들은 도덕적 정당성보다 현실적 효용성을 우위에 둔다. 이런 생각이 널리 퍼진 사회에서는 악덕이 정의를 구축(驅逐)하여 현실의 모순을 더욱 악화시킨다. 옳지 않으나 편리한 것, 이는 악의 질서가 지닌 기묘한 아이러니이다. 악의 아이러니는 간단하고 편리한 것을 취하라고 사람들을 유혹한다. 이 유혹에 굴복한 경험이 있는 병태의 의식은 어른이 된 후에도 5학년 2반과 6학년 2반의 틈서리에 위태롭게 끼여 있다. 우리 사회는, 아마도 당신과 나는 이 유혹을 쉽게 떨쳐 버리지 못할 것이다. 소설 「우리들의 일그러진 영웅」 시절의 이문열은 특히 그러했었던 듯하다.

이제 현대 사회에서 권력을 누가 소유하는가는 중요하지 않다. 권력은 그 스스로 주체이며, 그것도 너무나도 원기왕성한 주체이다. 권력은 인간의 의지와는 별 상관없이 태어나고 자라고 번식한다. 인간이 권력을 얼마만큼 제어하고 개혁할 수 있을지는 부정적인 의미에서 미지수이다. 이 지점이 바로 정치적 허무주의자나 가치중립적 세계관의 소유자로 지칭되는 이문열이 서 있는 자리이다. 이문열보다 냉정하게 현실을 직시하고자 하는 박종원 역시 이 불행한 인식으로부터 멀리 있지 않다.

3

「우리들의 일그러진 영웅」은 개성적인 미학을 지니고 있다. 이 작품은 소설과 영화 모두 성공을 거둔 드문 예에 속한다. 유년 시절 인간과 사회를 배우는 과정에서 누구나 겪었을 법한 고뇌와 갈등, 교복 세대라면 특히 공감할 수 있는 학창 시절의 추억과 해프닝은 이 작품의 중요한 밑천이다. 여기에 5, 60년대의 가난하고 소박한 소읍의 분위기는 소담하고 따뜻한 느낌을 불러일으킨다. 하나하나 애정이 가는 순박한 아이들도 빼놓을 수 없는 매력 요소들이다. 때로 악동으로 돌변하는 아이들은 콧물을 질질 흘리는 지저분한 모습에서마저도 묘한 정감을 느끼게 한다. 「우리들의 일그러진 영웅」의 세계는 이 모든 것들이 함께 어우러져, 어떤 이에게는 추억을, 또 어떤 이에게는 인간 본성에 대한 예리한 통찰을, 또 다른 이에게는 현대사의 한 부분에 내한 역사적 인식의 즐거움을 선사한다.

하나의 작품을 두 장르로 감상하는 것은 흥미있는 일이다. 사람들은 같은 내용을 다른 방식으로 향유하는 데 매력을 느낀다. 그래서 좋은 소설은 영화로 각색되고, 좋은 영화는 다시 소설로 쓰여진다. 소설과 영화 사이에서 독자이자 관객인 우리는 해석의 풍부함과 시각의 다양성, 감각의 미세한 차이들을 즐겁게 경험한다. 소설과 영화는 이야기

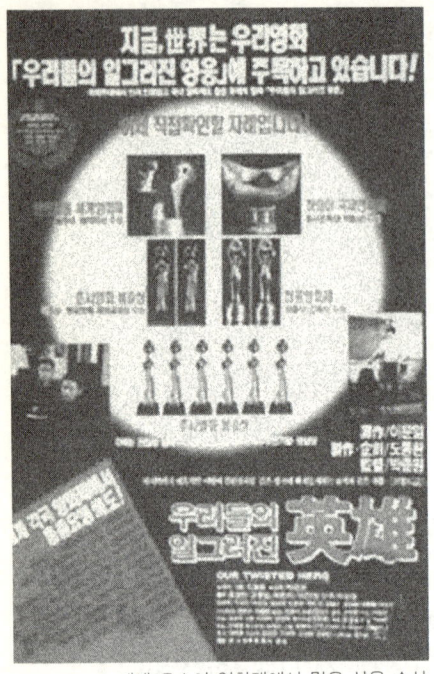

▲ 세계 유수의 영화제에서 많은 상을 수상
한 「우리들의 일그러진 영웅」의 포스터.

양식이라는 점에서 친족 관계에 있
으면서도 각기 독특한 특징을 갖고
있다. 소설이 유려한 서술과 정교한
묘사로 아름다운 문학의 공간을 만
들어낸다면, 영화는 실제와 다름없
는 영상으로 화려한 영상 제국을 건
설한다. 「우리들의 일그러진 영웅」
은 소설과 영화 모두 각각의 장르적
특성을 잘 발휘하고 있다. 이문열의
문장력과 논리적 치밀함은 이미 정
평이 나 있는 것이지만, 「우리들~」
은 그 중에서도 돋보이는 작품이다.
소설을 읽는 독자는 '굴종에의 미필
적 고의 섞인 착각' '묵시적 강요나
비진의 의사 표시' '합법적이고도 공공연한 박해' '모반의 열정' '저
항을 포기한 영혼이 짜낼 수 있는 것은 슬픔의 정조뿐' 등의 이문열 특
유의 수사들과 만나면서 지적 즐거움을 한껏 누릴 수 있다.

소설을 시나리오로 삼은 영화는 소설 자체의 작품성에 크게 의존한
다. 박종원 감독의 『우리들의 일그러진 영웅』이 대종상을 비롯한 각종
국내외 영화제의 상을 수상했고, 70만 불에 해외로 수출되었던 데는
원작의 작품성이 큰 몫을 했다. 그러나 영화의 완성도 또한 흠잡을 데
가 없다. 박종원은 흑백의 질감 속에 50년대 후반 초등학교 교실의 풍
경을 솜씨있게 담아낸다. 탄피, 자유의 여신상 동전, 교복의 흰 깃 등
상징물의 배치, 촬영 기법과 분장 솜씨, 소품의 적절한 사용 등은 영상
언어의 묘미를 흠뻑 느끼게 해준다. 그러나 영화의 압권은 단연 배우
들의 캐스팅과 뛰어난 연기라고 할 수 있다. 홍경인은 석대 역을 거의

완벽하게 소화해냈고, 어린 병태 역의 이민우를 위시하여 아역들의 빛나는 열연은 한국 영화의 한 페이지를 인상 깊게 장식하고 있다.

이제 권력의 문제로 다시 돌아가 보자. 엄밀히 말해, 권력에 대한 저항은 권력에 대한 열망을 그 안에 감추고 있다. 저항하는 자에게 있어 새로운 권력은 당연히 자신의 소유가 되어야 한다. 그것이 그가 생각하는 정당한 세계의 기본 구도이다. 그러므로 시대의 변화에 따라 권력의 담당자는 새롭게 등장하지만, 권력 자체와 그 구조적인 틀은 그대로 지속된다. 인간이 권력을 욕망하는 한, 자기 자신의 욕망에 따라 타인을 지배하고자 하는 의사를 남김없이 철회하지 않는 한, 이 같은 인간 사회의 구도는 결코 뒤바뀌지 않을 것이다. 이러한 점에서 이문열이 보여주는 것은 권력에 대한 환멸을 넘어서, 차라리 인간 자체에 대한 환멸이라고 보는 편이 옳을 것이다.

그러나 그 환멸의 풍경 속에는 흑백의 실루엣으로 떠오르는 가난했던 옛 시절에의 가슴 뭉클한 향수가 있다. 자장면과 설탕 과자와 서커스와 극장 구경, 지우개 달린 연필과 양은 도시락, 투박한 감색 책가방 따위 추억의 소도구들은 조금도 낡거나 빛이 바래지 않았다. 그것들은 언제든 다시 볼 수 있는 이야기 속에, 영상 속에 살아 다시 우리를 불러 세운다. 그리하여 그 어린 고뇌의 시절, 자신과 타인 모두에 대해 저지른 위선마저 추억이 되는, 어쩔 수 없는 그리움의 자리가 여기 있다. 그 그리움의 배후에서 어느새 그리움보다 훨씬 삿아들고 만 부끄러움과 통증을 애써 기억해내며 우리는 각자의 일그러진 양심과 마주해야 한다. 지금 이 순간에도 도시의 어두운 뒷골목을 배회하고 있을지 모를 우리들의 일그러진 영웅에게, '몰락한 영웅의 비장미도 뭐도 없는 초라하고 무력한 우리들 중의 하나'에게, 그리하여 바로 당신과 나 자신에게 시들지 않을 환멸의 화환을 바쳐야 한다. 이문열과 박종원이 그러했던 것처럼, 또 마땅히, 그들과는 다르게…….

전쟁의 광기로부터 눈뜨기

안정효 원작, 정지영 감독 『하얀 전쟁』

곽봉재

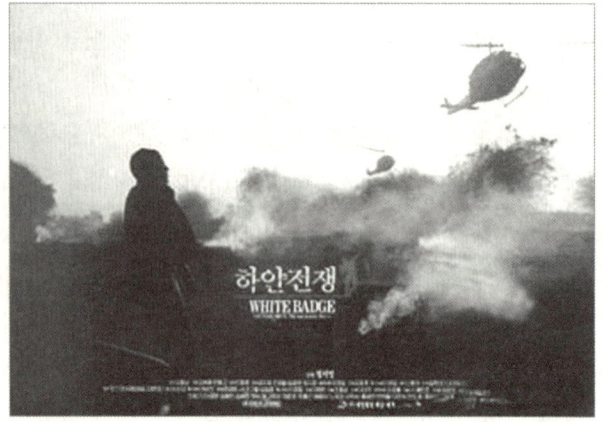

1. 전쟁의 포화에 눈먼 사람들

소설 『하얀 전쟁』의 원제는 『전쟁과 도시』이다. 원제는 도시의 생활과 베트남의 정글에서 벌어지는 전쟁 사이의 상관성을 떠올리게 한다. 그런데 작가는 미국에서 이 소설을 발표하면서 『하얀 전쟁』으로 제목을 바꾼다. 왜 하필 『White Badge』로, 왜 또 『하얀 전쟁』인가? 전쟁의 참혹함이나 공포, 또는 절망을 연상시키기에는 '붉은'이나 '검은'이라는 수식어가 더 적당하지 않았을까? 제목이 갖는 상징의 모호함을 걷어내기 위해 우리가 기억하는 월남을 정리해 볼 필요가 있다.

나트랑 해변의 야자수를 무대로 거총을 하고 있는 기념 사진, 아오자이를 입고 환하게 웃으며 자전거를 타는 처녀들·호치민, 맹호·청룡 부대 ……, VC의 잘려진 귀, 날카로운 대나무로 만들어진 부비트랩, 미제 냉장고, 카세트 라디오, 카메라, 텔레비전, 의족이나 의수를 댄 잘려 나간 팔다리. 파월 장병들의 검게 그을은 얼굴, 철모 아래 빛나는 눈동자. 그 뚜렷한 기억 주위로 떠돌던 노래 '월남에서 돌아온 김상사'.

그 기억들의 한편으로 두려움과 공포가 배어 있고, 또 다른 한 편으로 야릇한 우월감이 스멀거린다. 월남전에 대한 우리의 기억이 이중적이며 파편적일 수밖에 없는 것은 그 전쟁에 관한 실제적인 접근이 제대로 이루어진 적이 없기 때문일 것이다. 월남전에 관한 일련의 소설들이 쓰여신 것이 파월 20년이 지난 1980년대라는 사실에 주목한다면 그 이유는 보다 선명해진다. 박영한의 『머나먼 쏭바강』, 황석영의 『무기의 그늘』이나 이상문의 『황색인』, 이원규의 『훈장과 굴레』, 그리고 안정효의 『전쟁과 도시』, 모두가 80년대 중반을 전후해서 썼다. 이 사실은 미국의 '용병론' '목장개설'로 이어진 모종의 군사 협정, 전쟁

특수 등이 서슬 퍼런 70년대 독재 정권 아래에서는 담론화되기 힘들었음을 반증한다.

국내의 민주화 운동이 곧 사회주의 내지 공산주의 운동으로 붉게 덧칠되는 상황에서 월남전은 '자유 수호 전쟁'이 되고, 참전 부대는 십자군처럼 우상화되었다. 따라서 전쟁의 참혹함을 경험하지 못한 사람들에게 이 전쟁은 오히려 민족적 자부심을 고양시키는 데 부족함이 없었다. 분단의 고착 상태를 유지하려는 세력에게 월남전은 지구상에서 '빨갱이'를 소멸시킬 수 있다면 어느 곳이라도 달려가야 한다는 식의 극우 반공주의 이념의 훌륭한 실천장이었던 것이다. 그런 점에서 참전 용사들만이 아니라 국내의 수많은 사람들은 그 전쟁의 참된 모습을 보지 못했다고 할 수 있다.

온갖 잡다한 기억의 색들이 어우러질 때 흰색이 나온다. 흰색이 상징하는 정신적 경향은 분열, 공황이다. 월남전을 치렀지만 조작된 이념의 굴레에서 벗어나지 못한 사람들 모두의 정신이 곧 하얀 백치의 상태를 뜻한다고 본다면 무리일까. 그 백치의 정신을 온전한 정신으로 되돌리기 위해 작가가 할 수 있는 일은 무엇일까 하는 질문에 대한 답이 곧 『하얀 전쟁』일 것이다. 이것이 『하얀 전쟁』을 통해 월남전을 치르며 조장된 허구적 이데올로기에 대해 성찰하게 하는 이유이다.

2. 눈뜸의 방식

전쟁을 다룬 서사들은 인간을 죽음으로 몰고 가는 특수한 요인에 주목한다. 국가간의 이해 관계에 의해 저질러진 전쟁에서 죽어 가는 소수의 삶은 과연 의미 있는 것일까. 알 수 없는 거대한 손에 자신의 운명을 맡기고 참혹한 전장에서 사투를 벌여야 하는 개인에게 전쟁이란 과연 어떤 의미로 다가올까? 과연 그들에게 전쟁을 반성할 정신은 있겠는가? 자신의 입지를 파악할 정신적 여유도 능력도 가지지 못한 병사들이 그 전쟁을 객관화하려면 정신적으로는 물론 육체적으로도 그 전장에서 떠나와야 한다. 충격이 크면 클수록 그 충격을 흡수하기 위한 완충의 두께도 두꺼워야 하는 것. 두꺼운 시간적 거리를 갖는 만큼 자신의 경험에 얽매이지 않는 객관적 사고도 가능해질 것이다. 전쟁의 공포에 눈먼 자가 서서히 빛을 회복하는 과정, 안정효의 전쟁 서사는 우리에게 그 눈뜸의 방식을 보여준다는 점에서 일단 흥미롭다. 이제 『하얀 전쟁』을 읽어감으로써 작가/감독이 우리의 눈을 어떻게 뜨게 하는지를 살펴보자.

소설은 두 가지 시간대에 이루어지는 사건들로 교직되어 있다. 주인공 한기주가 60년대 중반 백마 부대원으로 월남전에 종군하면서 약 1년 동안 겪게 되는 전쟁이 한 축이고 80년대 중반 이 기간의 경험을 회상하며 참전 동료인 변진수를 만나고 그를 살해하게 되는 사건이 다른 한 축을 이룬다.

양평 9사단은 백마 부대라는 명칭으로 월남전에 참전하여 닌호아 지역에 주둔하게 된다. 월남 도착 직후 참호를 파거나 매복을 나가는 단순한 일과 속에 지루해 하던 이들은 야간 매복 중 물소 떼를 VC로 오인해 죽이는 데서 전쟁을 예감하게 된다. 얼마 후 이들은 수색 정찰을 나가게 되고 그 과정에서 VC 저격병이 쏜 단 한 방의 총에 쓰러진 동료를 목격한다. 소대원들은 쓰러져 검붉은 피를 토해내는 주검을 통해 비로소 전쟁의 실체를 접하게 된다. 이처럼 갑작스럽고 예외적이던 죽음이 일상화된 것은 VC의 대대적인 9사단 공격 작전이 개시되면서부터였다.

귀국을 얼마 남겨 놓지 않고 투입된 적정 수색 작전에서 대부분의 소대원들이 죽음을 당한다. 부비트랩에 의해 죽은 김문기 하사, 지뢰를

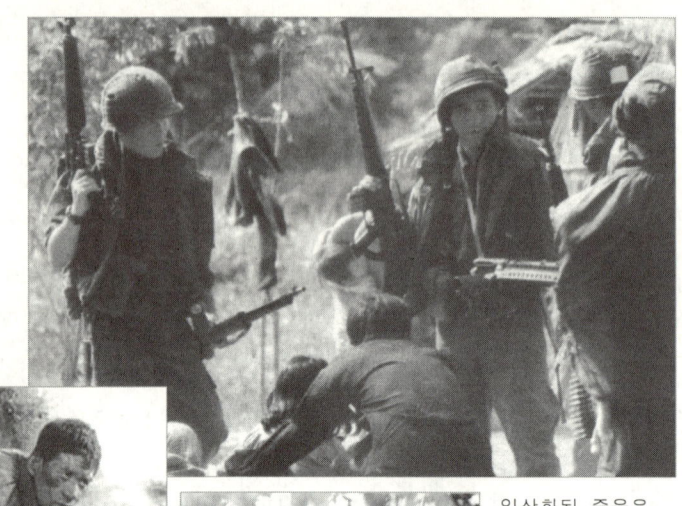

일상화된 죽음은
살아 남은 자들의
의식을 지배한다.

밟고 죽은 민정기·성병조·진승각 상병, 부상당한 신규식 병장을 후
송하려다가 그가 죽자 낙오의 공포를 이기지 못해 적진임에도 불구하
고 야음 속에 본대를 찾아왔으나 동료의 오인에 의해 죽은 윤명철 병
장, 그를 살해한 죄책감에 정글 속으로 사라져 버린 채무겸 상병, 수색
정찰 도중 전원 몰살당한 4분대원들, 그리고 주인공을 엄호하려다 죽
은 한규삼 병장. 44명의 대원이 투입되어 7명이 남은 죽음의 계곡 전
투가 끝날 동안 변진수는 놀랄 만큼 침착하게 지냈는데 사실은 모든
과정을 전혀 기억하지 못할 만큼 넋이 빠져 있었던 때문이었다.

　한병장에 의해 관찰된 변진수는 어리숙하고 여린 마음의 소유자다.
그는 죽음이 가져오는 공포에 못 이겨 울고, 오줌을 싸고 참혹한 죽음
이 이어지는 전후 상황을 전혀 의식하지 못하고 행동할 만큼 정신의

착란을 겪는다. 베트콩의 귀를 잘라 오는 호기를 부리거나 매일같이 단검을 갈아 VC의 회를 뜨겠다고 으름장을 놓는 민정기와 같은 인물로서는 상상도 할 수 없는 정신적 나약함, 그것은 갖은 노력을 다해 잊으려고 하는 죽음의 공포를 다른 대원들에게 끊임없이 환기시키고 그것 때문에 다른 대원들로부터 멸시와 증오의 대상이 된다.

반면 한기주 병장은 매우 이성적인 인물이다. 영어와 불어에 능통해 본부의 자질구레한 통역 임무를 수행하는 가운데 월남인들을 접하게 되고 전쟁에 대한 그들의 입장을 듣게 된다. 그 중 한 사람이 마을 소개 명령에 항의하기 위해 찾아온 촌장 낫 띠엔이다. 촌장은 미군이나 한국군이 월남을 떠나면 자연히 월남의 문제는 해결된다고 말한다. 그들은 자신의 미래를 알지만 미군이나 한국군은 그것을 모른다고 질책한다. 프랑스군에 이어 영국군이 진주하고 다시 일본군과 중국군 그리고 미군이 진주한 가운데 외세와의 오랜 투쟁이 그들의 역사를 이루고 있음을 이방인들, 특히 군대를 앞세운 제국주의 국가들은 알 수 없다는 것이다. 그 지리한 전쟁의 와중에 노인은 네 아들을 잃었고, 민족해방 전선에도 정부에도 이방인의 군대에도 희망을 걸지 못하는 힘겨운 삶을 살고 있음을 주인공에게 토로한다.

"이런 전쟁에서 용감한 자도 없고 비겁한 자도 없습니다. 그저 한 인간
으로서 최소한의 의무를 지키며 살아갈 따름이죠."

인간으로서 최소한의 의무가 목숨을 부지하는 일인 것이 전쟁이다. 그것은 좌/우의 대립 속에서 살아 남기 위해 인공기와 태극기를 번갈아 흔들던 우리네 역사와 너무나 닮아 있다.

또 다른 월남인 인물 소년 짜우는 돼지피를 바른 붕대를 머리에 감고 외국 군인들의 동정심을 유발해 생계를 유지할 줄 아는 교활한 아이

다. 물론 그 교활함은 아버지를 전쟁에 잃고 경찰의 첩살이를 하면서 한편으로 몸을 팔아 생계를 꾸릴 수밖에 없는 어머니와 같은 삶들에게서 배운 것이다. 삶의 교활함을 이른 나이에 체득한 소년 짜우는 전쟁이 어떻게 인간의 삶을 구차하고 야비하게 만드는지를 여실하게 보여준다. 소년 짜우의 모습은 주인공 한기주가 어린 시절 미군 부대의 쓰레기통을 뒤지다가 찾은 닭고기 부스러기를 양식으로 삼고, 아버지의 손에 이끌려 다시 그 쓰레기장을 뒤지던 서글픈 기억과 겹쳐진다. 아이들로 가득 찬 피난길에서 어른 한 명에 아이 한 명밖에 책임질 수 없어 결국 몸이 성치 않은 계집 동생을 버려야만 했던 주인공의 체험만큼이나 비감한 것이 짜우의 삶이다.

제대를 하고 정상적인 사회 생활로 돌아와야 할 주인공은 그러나 그렇지 못했다. 그것을 상징하는 것이 발기 불능이다. 아이를 낳지 못한다고 시부모로부터 온갖 구박을 받던 아내를 부모가 죽고 나자 이제는 남편인 주인공이 의심한다. 잠자리를 함께 하지 않는 남편, 아이를 생산하지 못한 여자로 치부하는 남편의 태도에 대항하듯 아내는 외도를 한다. 그리고 의사의 검진을 받아 자신에게 아무런 문제도 없다는 사실을 확인 받고 오해와 편견밖에 없는 결혼 생활을 청산하자고 주인공에게 요구한다. 그런 가운데 한기주는 자신의 정상적인 성기능을 호스티스 미스 홍에게서 확인 받고 그녀의 위로를 받는다. 전쟁 체험의 정신적 악몽으로부터 자유로울 수 없었던 자신의 비정상을 다시 호스티스로 표상되는 평균적 삶 이하의 비정상을 통해 위로 받고자 한다.

변진수는 한기주보다 더 심각하게 전쟁의 망령에 시달린다. 변진수는 스스로 자살을 시도할 용기도 없다. 그는 전우들을 찾아다니며 자신을 죽여 주기를 부탁하지만 한결같이 미친놈 취급을 당한다. 소대장 김소위의 집에서 쫓겨 나오던 변진수는 소대장이 월남전에서 노획했던 폴란드제 권총 한 정을 발견하고 그것을 훔친다. 마지막 참전 동료인 한기주의 주변을 배회하며 기회를 노리던 변진수는 급기야 권총을 맡기고 그것으로 자신을 죽여 달라는 부탁을 하고 한기주는 사람들로 가득 찬 오후의 공원에서 변진수를 살해한다.

옛 전우를 찾아가 살인을 부탁하는 변진수의 행동이나 그 부탁을 거절하지 않는 한기주의 행동은 분명 비정상적이다. 그들에게 현실은 아무런 의미가 없다. 살인의 대가를 생각하지도, 논리적인 해결책을 찾으려 하지도 않는다. 그런 비정상은 전쟁 상황의 연장에서 이해될 수밖에 없으며, 그렇게 삶 전체를 장악하고 있는 과거는 그 어떤 보상으로도 해결될 수 없는, 이성의 차원을 떠난 비극이다. 현재의 삶과 이어지지 못하는 과거의 시간, 월남전은 너무나 강렬한 체험을 안겨 주지만 그 체험의 내용은 강렬한 만큼 다른 인생의 시간들을 파괴하고 만

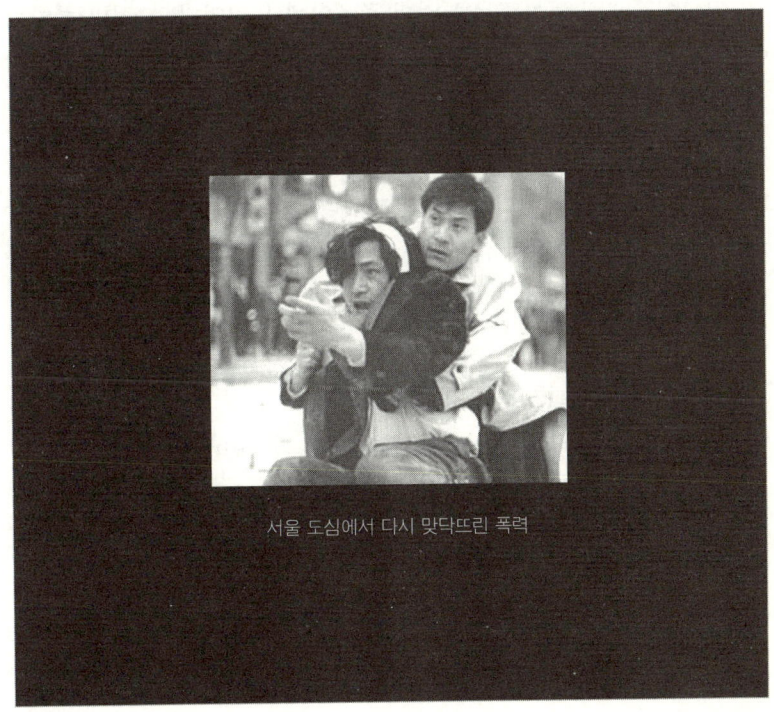

서울 도심에서 다시 맞닥뜨린 폭력

다. 조각난 인생, 그것은 한기주가 책임 편집을 맡은 상식 백과 사전의 지식들처럼 어떤 연결 고리를 찾지 못하고 동떨어져 있다. 개별적인 삶의 우연적 동기에 비극성을 부여하는 제도적 폭력들에 대한 성찰, 『하얀 전쟁』이 월남전 참전의 바탕 위에 쓰여졌으면서도 그 경험의 직접성에 함몰되지 않은 것은 바로 이 점을 강조하고 있기 때문일 것으로 여겨진다.

한기주는 군작전이라는 명분으로 월남인들의 삶의 수단들을 파괴한 것이나 소년 짜우의 어머니와의 사랑과 이별에서 행한 가해에 괴로워한다. 짜우 어머니에 대한 한기주의 행동은 한국전의 미군이 주둔지의 여성에게 저지른 폭력과 다름없는 것이다. 짜우의 어머니는 한기주를 통해 자신의 삶을 구원 받고자 하지만 그 소망은 여지없이 묵살당한다. 월남인들에게 한기주는 폭력의 주체임에 틀림없다. 그러나 한기주 역시 그 폭력의 피해자임도 틀림없는 사실이다. 폭력의 피해자이면서 동시에 가해자인 자신에 대한 회의가 한기주를 괴롭히는 근원이다. 그 것은 왜곡된 삶을 조장한 전쟁과 그 전쟁에 관여한 사회에 대해 작가가 지닌 시각의 요체이기도 하다. 그러나 주인공 한기주가 과거의 삶과 현재의 삶을 잇지 못하는 것처럼 작가는 폭력에 희생된 개인과 폭력의 주체인 집단 사이를 연결하는 끈을 찾는 데까지는 이르지 못한다.

정지영 감독은 실존적 시각에 초점을 맞춘 원작을 사회적 맥락에서 재구성하고 있다. 한국전이 유년을 앗아간 폭력이라면 월남전은 청년을 앗아갔다. 그 모든 폭력을 무기력하게 견뎌낼 수밖에 없었던 지식인 주인공 한기주의 자의식이 부각되고, 극도의 공포 속에서 정신이 분열된 변진수는 죽음을 통해 고통스런 전쟁의 기억으로부터 탈출하고자 한다. 집단화된 폭력이 어떻게 개인의 인간성을 말살하는가를 조망하고 있다는 점에서 원작을 충실히 따르고 있다.

원작에서는 현재의 삶을 비정상적으로 만드는 원인을 과거의 끔찍한 전쟁 체험으로 그려 놓고 있다. 영화는 그 원인을 자신의 폭력성이 만든 상처를 치유할 줄 모르고 오히려 스스로를 지키기 위해 쉴새없이 새로운 희생자를 만들어내는 '제도/집단'에 있음을 강조한다. 그것의 강조를 위해 원작과는 달리 한기주의 아내와 가족사를 생략하고, 그를 출판사 직원의 신분이 아니라 낡은 아파트에서 혼자 사는 전업 소설가로 그려낸다. 나아가 일상의 삶 대신 79년 박정희 암살로부터 전두환의 등장으로 이어지는 쿠데타와 시민 학살, 시민과 학생들의 민주화 투쟁 장면을 배경으로 삼는다. 대통령의 죽음이 잡지의 판매 부수를 올릴 특종으로만 다루어지는 잡지사 편집실의 분위기, 데모대에 휩쓸려 도망치는 한기주와 변진수에 가해지는 이분적 대립 구도—그들은 의식 있는 군중이 아니라 구경꾼에 불과했지만 데모대에 섞여 들었기 때문에 적으로 간주된다. 김재규의 '범행 내용'을 낭랑한 목소리로 발표하는 전두환의 목소리—이것은 전쟁터로 몰아 붙였던 '제도/집단'의 폭력이 여전히 건재하다는 것을 나타낸다. 이 모든 것에 대한 주인

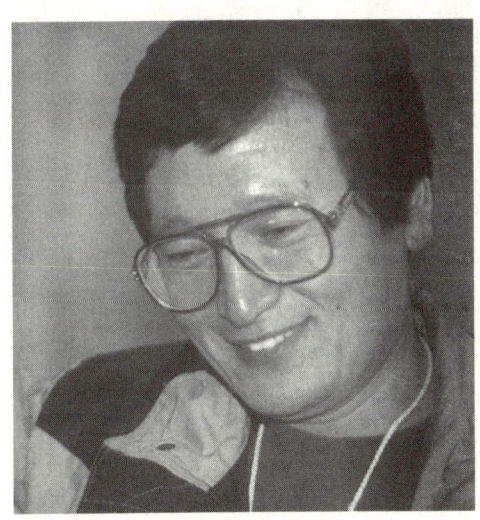

◀ 정지영 감독
1946년 청주 출생
고려대 불문과 졸업

주요 작품
「위기의 여자」
「남부군」
「헐리우드 키드의 생애」

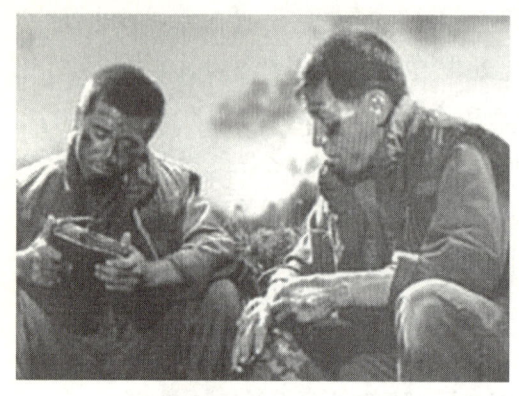

공의 무감각한 반응은 상처를 치유해 줄 어떤 진보된 사회도 불가능하다는 짙은 허무의식의 표현이다.

80년대의 현실에 대한 한기주의 태도는 철저히 방관적이다. 월남전의 기억이 온통 그의 의식을 사로잡고 있기 때문이다. 그는 월남 체험을 바탕으로 잡지에 소설을 연재하기 시작하지만 그 글쓰기 작업은 고통스럽기만

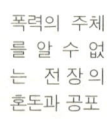
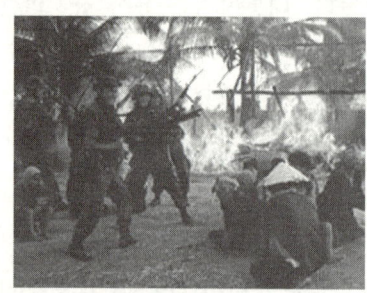

폭력의 주체를 알 수 없는 전장의 혼돈과 공포

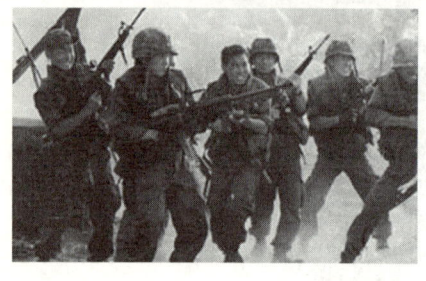

하다. 내면의 상처를 치유하기 위해 시작한 글쓰기가 오히려 고통을 가중시킨다. 잡지사의 편집장은 주인공의 고통과 글쓰기 목적에는 관심이 없고 오로지 잡지의 판매 부수만을 고려할 뿐이다. 누구도 그의 상처를 이해하지 못한다. 도시는 자신의 생존을 위해 고투를 계속해야 하는 또 다른 정글일 뿐이다. 그러나 그렇게 홀로 내팽개쳐진 한기주보다 더 심각한 상황에 처해 있는 것이 변진수이다. 적어도 한기주는 글쓰기를 통해 그 상처를 드러내고 치유의 방법을 모색할 수 있는 지

성을 갖추고 있지만 변진수는 그렇지 못하다.

월남전 당시 김문기, 변진수, 조태삼 일행은 수색 작전 도중 김문기의 오인 사격으로 민간인을 죽인다. 징계가 두려운 김문기는 변진수와 조태삼을 총으로 위협하여 절규하는 민간인들을 죽이고 귀를 도려내도록 함으로써 그 사건의 목격자인 둘을 공범으로 만들어 버린다. 이 사건이 가져다 준 극도의 공포 때문에 넋이 빠진 조태삼은 야간 초병 근무중 김문기를 대검으로 찔러 죽이고 자신은 실종된다. 강요된 침묵과 악몽 같은 살인의 공포로 정신이 혼미해진 변진수는 이후 사단의 작전 수행을 위해 적의 주력 부대를 유인하는 작전에 투입되지만 한기주, 변진수 중대장, 민정기만이 살아 남은 격렬한 전투를 전혀 기억하지 못하게 된다. 귀국 후 미군 부대 주변의 술집에서 스트립 걸 생활을 하며 생계를 유지하고 있는 김문기 하사의 여동생과 동거 생활을 시작한다. 그러나 온전한 정신이 아닌 그는 끊임없이 환청과 환각에 시달린다. 전쟁의 환영을 더 이상 견딜 수 없게 된 변진수는 생존한 참전 동료들을 찾아다니며 자신을 죽여 주기를 부탁하지만 그때마다 거절당한다. 김문기 하사를 죽이고 실종된 조태삼이 어딘가에 살아 있으리라고 믿는 그는 이미 온전한 정신이 아니다. 고통스런 기억으로부터 탈출할 수 있는 어떤 방법도 찾지 못하던 그는 아내가 GI와 미국으로 떠나자 자신의 한쪽 귀를 도려낸다.

변진수는 자신의 귀를 도려냄으로써 일시적인 마음의 안정을 얻는다. 그것은 마음의 괴로움을 덜고자 하는 치유의 방법이지만 근본적일 수 없다. 김문기의 여동생을 찾아가 동거를 시작한 것도 같은 맥락으로 해석된다. 무고한 민간인의 죽음과 산 자의 이해 때문에 귀가 잘려 더럽혀진 그들의 시신은 이제 역으로 귀를 자르고 옛 전우의 총에 죽은 변진수의 시신과 동일화된다. 변진수는 시간을 거슬러 자신을 괴롭힌 사건의 발단 지점, 월남의 정글로 되돌아간 것이다. 변진수의 주검

곁에 같이 누운 한기주는 이제는 소설을 쓸 수 있을 것 같다고 말한다. 전쟁이 개인의 삶을 어떻게 파괴시키는가를 소설을 통해 드러내겠다는 그 대사는 관객들로 하여금 이 영화가 그 소설의 완성본임을 깨닫게 하기에 충분하다. 변진수의 공포와 한기주의 부채 의식이 마땅히 위무 받고 치유되어야 하리라는 메시지는 그러나 변진수의 비극적이고 비정상적인 죽음이 주는 충격을 통해 역설적이게도 불가능할 것이라는 유추에 도달하게 된다. 결국 결론은 집단적인 폭력의 근원을 해소하는 것으로 귀착된다.

3. 역사의 교활함 앞에서

정지영의 영화 『하얀 전쟁』이 '제도/집단'의 폭력에 대한 강렬한 이의 제기라는 사실을 수긍한다 하더라도 안정효의 체험주의적 리얼리즘에 바탕한 부정 의식, 허무 의식과 그 이의 제기가 어떻게 다른가를 변별해 보아야 한다. 정지영은 12·12 사건을 현실적 배경으로 택함으로써 소설과 영화를 차별화 시킨다.

월남전을 월남의 국내 상황만으로 본다면 민족주의적 시각이나 냉전 이데올로기의 대립 구도에서 파악될 수 있다. 또는 전쟁의 야만성만으로 제한적으로 월남전을 이해한다면 개인의 실존적 위기라는 주제가 적합할지도 모른다. 그러나 월남전 참전이 남북 분단 체제의 고착화와 독재 정권의 창출에 이용된 국내 상황 사이를 역학적으로 따져 본다면 새로운 시각을 확보할 수 있다. 정지영의 영화 『하얀 전쟁』이 원작에 비해 보다 강한 사회성을 지니고 있다는 지적은 바로 이 점에 주안하고 있기 때문이다.

극중의 한기주가 박정희 암살을 보도하는 신문을 그저 무심하게 지나치며 바라본다든지 시위대의 거리 행진이나 당시 전두환 국보위장의 수사 결과 발표를 무신경하게 흘려 듣는 것, 또는 주인공의 사건 진행과 현실의 상황을 전혀 무관한 것으로 꾸며 놓는 등의 장치를 통해 관객들이 그 사실을 의아하게 느끼도록 한 것은 결국 주인공의 의식 세계에서 바라볼 때 80년대의 현실이 월남 상황의 반복에 불과하다는 것을 강조하는 효과를 낳는다. 안정효는 월남전의 공포와 상실을 말하지만 정지영은 군부 독재 권력의 실체를 드러내는 데 주안한 것이다.

박정희가 죽고 전두환이 새로운 실력자로 부상해 정권을 장악하는 과정에서 치러진 광주, 그곳이 곧 신군부의 베트남이다. 그러므로 치유 받아야 할 사람은 월남 참전 용사들만이 아니다. 제도화된 폭력에 의해 끊임없이 희생되고 있는 수많은 개인들의 삶을 문제삼는 곳에 정지영의 『하얀 전쟁』이 있는 것이다.

영화는 장면의 전환, 그것도 월남전에 관한 회상의 대목마다 어김없이 하얀 섬광을 장치해 놓고 있다. 반복적으로 이어지는 장면 전환과 그때마다 눈이 멀도록 발광하는 하얀 섬광은 매우 상징

▼ 『하얀 전쟁』은 월남전과 한국의 현실을 교차하며 이를 지배하는 폭력의 실체를 드러내고 있다.

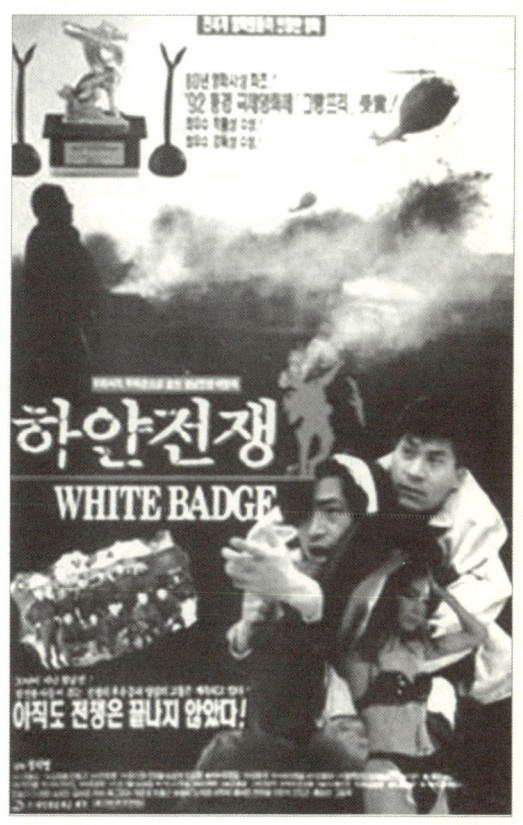

적이다. 전쟁의 포화가 발산하는 하얀 섬광이 번뜩이는 순간 모든 의식이 정지해 버린 변진수, 그 정지한 백짓장 같은 의식을 깨우기 위해 우리는 다시 그 전쟁으로 돌아갈 필요가 있다. 그것은 우리에게 주어진 부채이다.

그럼에도 불구하고 『하얀 전쟁』은 미국 영화 『Platoon』을 흉내내고 있다는 인상을 줌으로써 감동을 반감시킨다. VC의 대대적인 공격을 받고 전투 지역내에 포격을 요청하던 『플래툰』의 라스트 씬에 등장하는 대대장은 『하얀 전쟁』에서 그대로 재연된다. 또 원작에 없는 김문기 하사 일행의 민간인 사살 장면도 마찬가지다. 이 사건으로 인해 쾌활한 성격의 변진수는 정신이상을 보이는데, 원작에서 변진수가 애초부터 겁 많은 병사로 그려지는 것과 다르다. 다른 월남전 소재 영화 장면과 『하얀 전쟁』이 유사하다고 해서 그 자체만으로 잘못이라고 할 수는 없다. 서사물의 공통된 속성인 전형적 상황의 연출은 개연성의 확보를 위해 필수적이며, 따라서 같은 소재를 다루는 서사물들은 유사한 장면을 지닐 수도 있다. 문제는 그들 영화의 유사한 부분에도 불구하고 어떤 차별성이 존재하는가 하는 점이다.

미국인에게 월남전 영화의 대명사는 『람보』다. 근육질의 살인 기계인 람보는 이후 정글 속의 사이보그로 진화한다. 물론 진지한 태도로 이 전쟁에 접근한 몇 편의 영화가 있다. 인간의 실존적 선택을 주제로 한 『디어 헌터』(Deer Hunter), 선과 악의 양면성이 공존하는 인간성을 전쟁의 사실성 속에 그려낸 『플래툰』(Platoon), 참전 용사들에 대한 사회와 국가의 책임을 묻는 『7월 4일생』 등이 그것이다. 이들 영화가 보여주는 관점의 변화는 작품의 공간이 전쟁 상황으로부터 멀어지는 만큼이나 객관성을 확보한다. 다시 말해 전쟁의 공포에 하얗게 눈멀어 버린 자들이 서서히 시력을 회복해 가는 과정을 보여준다. 그렇지만 그 시력의 회복은 전쟁 도발자로서 자신이 속한 사회의 책임을 묻는 선까지 나아가지 못한다. 단지 보편적인 전쟁으로 인한 인간의 파괴와 그 인간을 전쟁으로 내몬 부정한 집단만이 있을 뿐이다. 이곳이 안정효의『전쟁과 도시』가 머무는 지점이다.

『하얀 전쟁』의 '하얀'이라는 수식어는 그들의 의식 상태를 말하지만 그 백색의 공포를 바라보는 객관적인 시각이 어떤 방식으로 정립되어야 하는가를 보여주는 작품이 영화『하얀 전쟁』이다. 그 선명성이 우리 사회의 특수성에서 기인하는 것임을 놓치지 않은 감독의 시선이 보다 폭넓어지기를 기대해 본다.

리얼리즘과 로맨티시즘

황석영 원작, 이만희 감독 『삼포 가는 길』

성미란

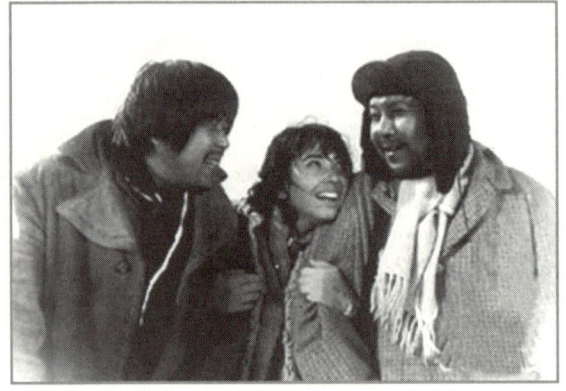

1

황석영의 「삼포 가는 길」(이하 「삼포」로 표기)은 한국판 『파리, 텍사스』라고 말한 평론가가 있었다. 70년대 소외 계층의 삶을 다룬 「삼포」와 거장 빔 밴더스 영화의 고혹적인 분위기를 기억하는 몇몇 사람들이 과연 이 표현에 수긍할까? 어떤 점에서 『파리, 텍사스』와 「삼포」는 조우하게 되는가? 삼포와 텍사스의 파리? 기이한 비유라는 느낌을 지울 수 없지만, 두 작품의 유사성은 여로형 서사라는 데 있는 듯하다. 과거를 지우기 위해 황량한 텍사스 사막을 떠돌다, 과거를 찾아 나서는 한 사나이와 사라진 고향이라는 상상 속의 낙원을 찾아 눈밭을 헤매는 영달과 백화, 정씨는 '길을 찾기 위해 떠남'이라는 동일한 서사의 주인공들이다.

소설 「삼포」는 낙원의 상실을 다룬 촌놈들의 서사이다. 이 경우 도시로의 상경은 대부분 비극으로 끝난다. 그들은 가진 게 없고, 배운 게 없다. 어쩔 수 없는 가난은 그들을 도시로 내몬다. 출세하지 못하면 돌아오지도 않는다는 것이 도시 생활을 견디게 하는 유일한 힘이다. 이 위험하고 아슬아슬한 힘은 현실을 지탱하는 버팀목 구실을 한다. 그러나 낙원으로의 진입은 위험 부담감을 안고 있다. 그들은 모험을 감행해야만 하는 위태로운 조건 위에 있는 것이다.

이와는 달리 『파리, 텍사스』는 자신의 4년 동안의 과거를 아들의 조력으로 현실에서 재구성한다. 사나이는 아들과 아내를 결합시킴으로써 자신의 소명을 다 할 수 있었다는 점에서 길 떠난 보람이 있으며, 다시 길을 떠난다 하더라도 여정은 새로운 의미를 부여할 것이다.

「삼포」의 경우, 주인공들을 기다리고 있는 것은 변해 버린, 그래서 이제는 갈 수 없거나 갈 필요가 없는 공간이다. 이들이 그리워하는 세계는 지구 위 어디에도 없다. 먼길을 돌고 돌아 도착한 거기는 잃어버린 낙원이다.

2

    귀향 서사는 '떠남과 회귀'의 서사이다. 길 위에서의 파란만장한 경험에서 귀향에 이르기까지의 과정이 근대 이전의 영웅 서사 양식이라면, '왜 길을 나서는가'가 중요하게 취급되는 것이 근대 이후 서사 양식이다. 고대 영웅전이나 홍길동전 등 영웅 서사의 경우, 영웅적 자질을 가진 자들은 모순된 현실을 등지고, 원대한 이상 사회를 건설하기 위해 길을 떠난다. 그들은 고난과 역경과 시험을 이겨내고 귀향하며, 목적한 이상 사회를 현실에서 이루게 된다. 이는 고대 영웅 귀향 서사의 공통점이다.

    이와는 대조적으로 근대 이후는 평범한 개인이 길을 떠난다. 그들은 사회적 모순을 누구보다 민감하게 인식한 자들이라는 의미에서 문제적 개인이다. 그러나 사회는 그들을 거부하고 소외시킨다. 그들은 비범한 재주를 가지지도 않았고, 구원자나 조력자도 없다. 따라서 갈등을 인식하면서도 모순에 맞서 대항할 수 없고, 용감하게 길을 떠나 고결하게 귀향할 수도 없다. 중요한 것은 출발 동기이지, 여정이 아니다. 그러므로 여행담은 근대 이후의 독자들의 흥미를 끌지 못한다. 문제적 개인은 '길이 끝나자 여행은 시작된' 서사의 주인공들이다. 그들을 여행 혹은 고행의 도정으로 몰아세운 것은 거대 사회이다. 그들에겐 귀향은 의미가 없다. 진정한 탕아는 돌아가지 않아야 한다.

    「삼포」는 근대 이후의 서사이지만, 귀향을 꿈꾸는 서사라는 점에서 특별하다. 그러나 여기에서 귀향은 완성되지 않는다. 근대 이후의 서사 주인공들은 자신의 존재 증명을 위해 길 떠남을 감행하지만, 「삼포」

의 주인공들은 보이지 않는 힘에 밀려 고향을 떠난다. 「삼포」에서의 탈향 혹은 고향 상실은 '우리식 근대화'에서 비롯되었다. 근대화란 무엇인가? 진보의 원리에 대한 신뢰, 시간의 상품화, 실용주의, 성공의 숭배 등의 구호 속에서 자유의 승인 등을 그 특징으로 한다. 정씨, 영달, 백화는 근대적 시간을 거슬러 회귀하려 한다는 점에서 반근대적이다. 근대에는 인간의 온기가 느껴지지 않는다. 근대화의 논리는 인간의 감정을 배제할 수밖에 없다. 성장과 창조를 위해서는 갈아엎어야 하고, 기계 앞에서는 더 기계적일 필요가 있다. 인간은 서서히 퇴장해 주어야 한다.

90년대에 「삼포」를 보는 시각은 어떠해야 하는가. 작가는 이 짧은 단편에서 무엇을 말하고자 하는가. 70년대 산업화 시대, 즉 근대 초기에 작가는 직감적으로 그 이중성을 본 것은 아닐는지. 정씨, 백화, 영달은 그 이중성의 희생자들이다.

'그는 어디로 갈 것인가를 궁리해 보면서 잠깐 서 있었다'. 소설 「삼포」는 이렇게 시작한다. 정씨는 도시 생활을 청산하고 고향으로 돌아가는 중이다. 노영달은 옥자한테 버림받은 떠돌이다. 백화는 '서울 식당'에서 무작정 도망친 작부다. 대책 없는 인생들이 눈길 위에 있다. 먼저 영달과 정씨가 만난다. '나이 들어 가보고 싶'어 고향을 찾아가는 사내와 딱히 갈 곳을 찾지 못하고 길 위에 서 있는 다른 사내는 곧 친근한 사이가 된다. 돌아갈 곳이 있음과 없음은 두 사람을 구별지어 주는 차이처럼 보인다. 그러나 정씨 역시 정처 없기는 노영달과 마찬가지다. 고향에 가 봐야 자신을 기다리는 가족이 있는 것도 아니고, 집이 있는 것도 아니다. 동물적인 본능으로 두 사람은 서로에게서 자신을 발견한다.

부평초 같은 두 사내 앞에 대책 없는 또 다른 인생이 끼여 든다. 가진 거라곤 '하두 빨아서 빛이 바래고 재봉실이 나들나들하게 닳은 헌 속치마, 빤스, 싸구려 화장품' 몇 개가 다인 어린 작부 백화도 딱히 갈 곳이 없다. 아니 막막할 정도로 갈 곳이 없다. 다른 술집을 전전하는 것도 지쳤다. 그러니 세 사람은 길동무가 될 수밖에.

처음에는 도망간 백화를 잡아 주고 푼돈이라도 마련할 속셈이었던 영달도 백화의 살아온 이야기에 동정을 느낀다. 그리하여 세 사람은 눈길을 떠나는 길동무가 된다. 그러나 어디로 갈 것인가? 눈발은 차갑고, 배는 고프고, 길은 호젓하다. 재를 넘는 길은 멀지만, 그 먼길 끝에는 무엇이 그들을 기다리는가.

눈길 위에서의 만남은 서로에게 고단함이 밴 얼굴을 발견하게 한다. 소박하기 그지없는 꿈과 행복의 열망들도 확인한다. 백화의 꿈은 '고향에서 조용히 농사나 거들며 동생들이랑 사'는 것이다. 정씨는 '비옥한 땅은 남아돌아 가고 고기도 얼마든지 잡을 수 있는' 삼포로 돌아가는 것이다. 영달 역시 집이나 가정을 가지는 것이다. 이렇게 볼 때 정착은 그들의 꿈이다.

그러나 소설은 막바지에 반전을 시도한다. 춥고 먼 길 끝에서 그들은 다시 한 번 갈 곳이 없음을 확인받는다. 삼포는 예전의 삼포가 아니다. '비옥한 땅은 얼마든지 남아돌아 가고 고기도 얼마든지 잡을 수 있는' 삼포가 도시로 변했다는 소식을 접한다. 그들을 갉아먹은 도시가 삼포마저 집어삼켰다. 정씨의 신세마저 부랑 노동자가 됨으로써 세 사람은 명실공히 뜨내기로 다시 돌아가게 된다. 그들은 다시 눈길 속을 헤매게 될 것이다. 기약 없는 방황은 반복된다. 다시 어디로 갈 것인가. 눈은 내리고 바람은 불고, 기차는 달리는데.

이 대목에서 우리는 낯익은 비유를 만날 수 있다. 40년대의 김기림은 '장미꽃 묶음의 연기를 토하는 새나라의 기관차'라고 그 근대적 성격을 노래한 적이 있다. 40년대 모더니스트 김기림에게 근대는 '무지와 불행과 미련만이 군림하던 재빛 신화는 사라'지는 것, '장미 연기를 토하고 달리는 검은 기차'로 인식되었다. 그러나 70년대 황석영은 그

것을 기차는 달리지만, 인간이
탈 수 없는 화물차쯤으로
본 것 같다. 기차는 달리
고 인간은 플랫폼에 남
겨진다. 눈보라는 치고,
몸은 시리고, 갈 곳은
없다. '어디로 갈 것인
가'는 이 소설의 처음과 끝
에 반복되어 나타난다. 세 사
람이 만나 실낱 같은 희망을 주
고받으며, 정착의 꿈을 가져본 것은

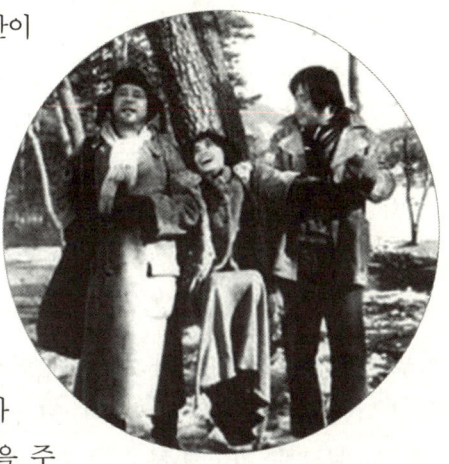

▲ 남자2, 여자1의 구조로 꿈을
찾아 나서는 로드 무비의 원조.

허사가 아니던가. 백화는 자신의 본명을, 속살을 내보이는 것처럼 부
끄러워하며 영달에게 고백하고, 정씨와 영달은 무거운 발걸음을 떼어
야만 한다.

　인간 삶의 질을 높이고, 사람다운 삶을 표방한다는 근대성은 오히려
순박한 인물들을 눈 속에 방치하거나 내팽개쳐 버린다. 근대의 수혜를
가장 많이 받아 마땅할 주체들은 어처구니없게도 상처를 입었고, 결국
은 황량한 겨울 눈길 위에 남겨진다. 이것이 우리 근대의 숨은 얼굴이
라는 것을 말함이 아닐까? 「삼포」에서의 낙원은 과거의 고향 그 자체
를 의미하지 않는다. 때문에 그 모습을 한 번도 느러낸 적이 없다. 떠
나올 때 고향은 가난만이 전부인, 떠나야만 하는 척박한 땅이었다. 그
러나 기억 속의 고향은 풍요와 동경의 땅이기에, 돌아가야만 하는 곳
이다. 그러나 그 공간은 기억 속에서만 존재한다. 그러므로 낙원은 과
거에도 부재했고, 현실에서도 없는 상상이나 기억 속에서만 실재하는
그 무엇이다. 이 이율배반의 기이한 구조가 당시 우리 현실의 모습이
아닐까?

이쯤에서 이중성의 문제를 보자. 아이러니는 무엇보다 두 개의 시점이 필수적이다. 두 개의 퍼소나가 공존하는 아이러니는 「삼포」의 구조라 할 수 있다. 작가는 세 인물을 에이런으로 내세우지만, 알라존의 목소리로 우리식 근대를 질타한다. 어쩌면 당시 작가에게 근대의 이중성이 명확하게 잡히지 않았을 수도 있다. 이 작품이 발표될 당시는 산업화 초기였으니까. 그러나 그는 근대 이면의 비인간화의 참담함을 추적하는 데 쉽 없다.

삼포는 정씨가 돌아가고자 하는 고향이자, 잃어버린 낙원이다. 고향으로의 귀환은 꿈에 지나지 않는다. 힘겨운 귀로의 끝은 또 다른 봉쇄된 출구다. 삼포는 가고자 하나 갈 수 없는 곳이다. 즉, 떠나온 곳이면서 도달하고자 하는 공간이다. 영달 역시 집 혹은 가정을 가지기를 희망하나 그의 꿈은 불가능하다. 왜냐하면 그는 뜨내기이기 때문이다. 뜨내기에게 정착은 어울리지 않는다. 백화이자 이점례는 술집 작부이자 소박한 꿈을 가진 여자다. 닳고 닳은 창녀의 꿈이라니. 이점례라는 이름을 얻은 순간 다시 백화로 돌아가야 한다. 이들은 다 이중성을 상징한다. 에이런과 알라존의 대립이자 갈등이다. 이것을 아이러니라 부를 수는 없을까. 우리 근대의 아이러니라는 이름으로.

결국 작가는 현실의 각박함에 허덕이는 인간들을 희망의 수레에 태웠다가 현실 속 깊이 내던졌다. 신비와 꿈으로 잠시 동안 현실을 가릴수는 있다. 그러나 그 꿈은 오래가지 못한다. 현실에 대한 직시만이 지친 삶을 견디고 이기게 할 수 있는 처방이 될 수 있기 때문이다.

3

영화와 소설의 줄거리는 동일하다. 영화에서는 소설의 비극적인 전언은 배제되고, 인간적인 사랑이 넘쳐 흐른다. 눈길 위에서 뜨내기인 세 사람은 차가운 들판을 지나오며 하나가 된다. 거칠게 살아온 인생 역정에 카메라의 애정이 배여 있다. 가히 '주관적 사실주의'로 평가받는 감독답다.

이만희 감독의 마지막 작품이 된 『삼포 가는 길』(이하 『삼포』로 표기, 1975)는 밑바닥 삶을 사는 인물들을 다룬다. 영화는 원작의 '길 찾기 그러나 길 잃음' 이면의 '길의 무의미성'에 주목하지 않는다. 그러므로 삼포라는 공간의 상징성도 없다. 도입부의 '어디로 갈 것인가'라는 영달의 대사가 종국에는 사족이라는 사실을 확인할 수 있다. 영화에서 정착은 그들의 절절한 꿈이 아니다. 그렇다면 감독은 무엇을 말하고자 하는가.

한 사내가 눈길로 바지춤을 추스리며 도망간다. 그는 공사판 밥값을 갚을 길 없어 식당 여자에게 몸으로 대가를 치르려다 남편에게 들켜 줄행랑을 치는 중이다. 우연히 길 위에서 뜨내기인 다른 사내를 만난다. 자연스럽게 그들은 길동무가 된다. 잠깐의 요기를 위해 들른 식당에서 도망간 작부를 잡아다 주면 만원을 주겠다는 주인집 여자의 말에 영달(백일섭 분)은 솔깃해진다. 정씨(김진규 분)는 내키지 않지만, 따라 나선다. 결국 작부 백화(문숙 분)를 만나지만 그녀를 넘겨 줄 수 없다. 그녀의 넋두리는 영달의 때 절은 인생과 흡사하기 때문이다.

이제 영화는 본격적인 궤도에 오른다. 눈길 위에서 여자 하나, 남자 둘은 모험을 찾아 떠나는 애들마냥 들떠 있고, 활기차다. 그들 사이엔 갈등이 없다. 한 사람이 살아온 속얘기를 털어놓는다. 나머지 두 사람은 맞장구를 친다. 그들에겐 차가운 눈길은 지겹지도 멀지도 않다.

백화는 닳고 닳은 작부이다. 그러나 그녀는 아직 어린 나이이다. 그럼에도 후미진 세상에서 지친 남정네들이 그녀 '배 위로 사단 병력이 지나갈' 정도로 화류계 생활에 이력이 나 있다. '주전자 운전 3년에 남은 것이라곤 욕하고 유행가 가사뿐'인 백화 삶의 굴곡을 그들이 어찌 모를 것인가. 아침마다 일어나 화투장을 떼는 어린 작부는 '님 떨어지고 돈 떨어지면 님이 어딨고, 돈이 어딨어? 니미럴' 하고 푸념한다. '화류계 3년에 남은 건 헌 속치마, 고무줄 끊어진 빤스, 화장품, 짝 잃은 화투장'이 모두인 백화는 두 사내의 누이이자, 딸이 된다. '속치마 꼴을 보면 내 신세와 똑같아요. 재봉실이 낡아서 나들나들해진 것이 내 신세와 똑같아요. 젓가락 두 쪽이 똑같아요'라는 백화의 말에 두 사람은 숙연해지기까지 한다. 자신들의 인생 역시 그러하지 않던가. 눈보라치는 길 위에 있지만, 그들은 힘들지 않다. 서로를 이해하는 데 더 이상의 말은 필요없다. 고달픈 삶이었다고 설명하지 않아도 위로받을 수 있기 때문이다.

'왕년에 잘나갔다는 사람치고, 넋두리 한번 거창하지 않은 놈은 없어요. 술만 먹으면 고향이 그리워도 못 가는 신세로부터 시작해 가지구 사랑에 속고 돈에 울었으며, 사랑은 눈물의 씨앗이니 과거를 묻지 말고 그대여 변치 마라, 인생은 나그네 길이 아니겠느냐구, 염병하네'라는 백화의 걸쭉한 말에 두 사내는 '거 참, 욕 한번 시원하게 한다'고 장단을 맞춘다. 이들은 이제 명실공히 하나이다. 초상집에 들러 밥을 빌어먹기도 하고, 농악대에 합류해 신명놀이를 한다. 영달은 허수아비를 들고 눈길을 달리고 두 사람은 덩실 춤을 춘다. 삶의 찌꺼기는 사라지고 카타르시스만 있다. 떠도는 부평초 같은 인물들은 끈끈한 정으로 얽히고 화해한다. 꽹과리와 징과 깃발 아래 고단한 삶은 하나가 된다. 눈을 녹일 듯한 포근하고 따뜻한 볕 속에서. 이 장면에서 우리는 여자 하나, 남자 둘로 길을 떠나는 로드무비 몇 편을 어렵지 않게 떠올릴 수 있다. 70년대 이장호의 『고래사냥』, 90년대 여균동의 『세상 밖으로』의 원조가 이만희의 『삼포』가 아닐런지.

노영달은 사연이 많은 사내다. 한때는 잘나가는 땅군이었다는 둥, 굴

착공이었다는 둥, 여자가 도망가는 바람에 노름으로 돈을 다 날렸다는 둥 과거가 복잡하다. 어느 것 하나 믿을 만한 얘기는 없지만 고향에 돌아갈 수 없는 사연이 있다. 그러나 그 사연은 중요하지 않다. 백화는 영달을 동정한다. 화류계 연애 경력 3년이지만, 그녀는 정에 약한 순정파다. 이때부터 영화는 신파가 된다. 두 사람은 모닥불 아래서 사랑을 한다. 비록 빈집에서 나누는 뜨내기와 작부의 사랑이지만, 세상의 어떤 사랑에 뒤지지 않을 만큼 아름답게 그려지고 있다.

정씨의 성격은 밋밋하다. 소위 '큰집' 출신인데도 난폭하거나 범죄적이지 않다. 오히려 도인 같은 면모를 지니고 있다. 풍진 세상사를 다 겪은 사내마냥. 그는 영달과 백화의 연애를 부채질하고, 인생의 선배답게 그들을 충고한다. 사랑싸움을 중재하기도 하고, 백화를 딸처럼 영달을 아들처럼 대하고, 때로는 위기에 나서서 그들을 돕는다.

이쯤되면 영화의 분위기는 무르익어 완연한 로맨스의 막바지에 달한다. 영달과 백화는 같이 갈 수 없다. 영달은 그녀를 책임질 수 없기 때문이다. 백화를 사랑하지 않아서가 아니라, 자신 하나만으로도 인생은 벅차기 때문이다. 그런 연유로 그녀를 시장에 남겨 두고 도망친다. 그러나 역 대합실에서 두 사

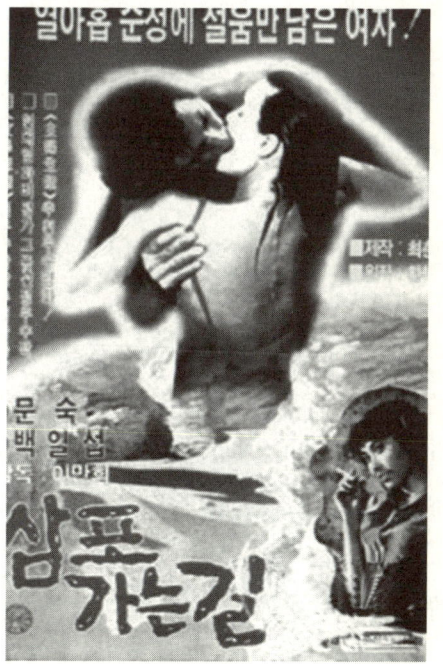
▼ 영화 『삼포 가는 길』의 포스터.
흥행을 염두에 둔 당시 영화계의 분위기를 엿볼 수 있다.

람은 극적인 상봉을 한다. 눈물로 호소하는 영달, 엉엉 소리내어 울면서도 사내를 이해한다는 백화. 갑자기 영화는 눈물바다가 된다. '같이 가면 안 돼? 나 아이도 낳을 수 있을 텐데. 사실은 나 남자를 많이 거치지 않았단 말이야. 몇 명 안 돼. 자긴 여자 경험 많으니깐 다 자 봐서 알 텐데.' 백화의 대사다. 영달은 그 말을 등지고 목 메인 소리로 삶은 계란과 빵을 사서 백화에게 건넨다. 목포행 기차표와 자신이 가진 전 재산도 함께. 감동한 백화는 다시 삶은 계란을 영달에게 건넨다. 기차가 플랫폼에 들어오고, 백화는 울먹이며 영달에게 자신의 본명을 가르쳐 준다. '내 본명은 이점순이야. 아무에게도 말하지 마.' 그녀는 떠나고, 두 사람도 떠난다. 그러나 기차를 타지 않은 백화가 다시 대합실로 돌아와 유리창 너머로 겨울 풍경을 보며 소녀같은 미소를 지으며 영화는 끝난다.

이렇게 보면 영화는 신파조로 귀결된 셈이다. 영화 도입부에서 플래시백(과거 회상)은 이러한 사실을 뒷받침한다. 60, 70년대 우리 영화는 신파극을 다루기 위해 이 장치를 빈번하게 사용하였다. 이만희 역시

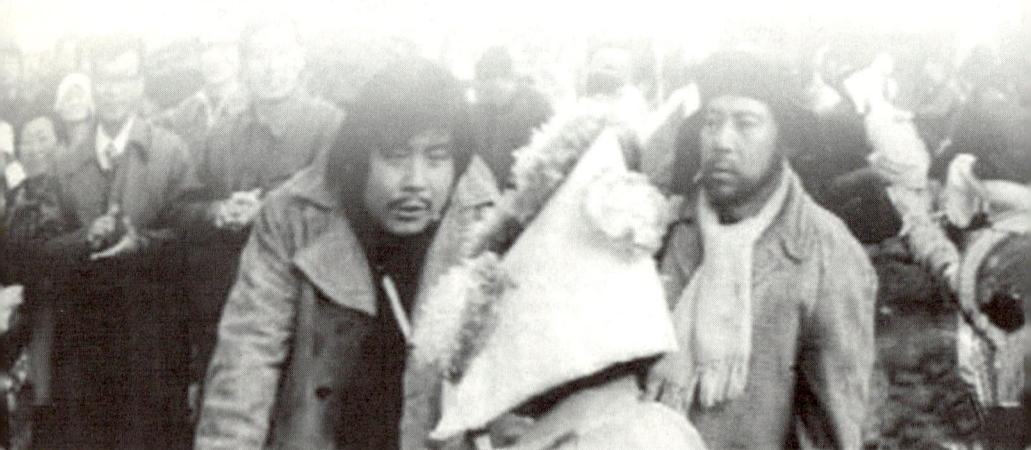

▲ 농악대와의 한바탕 놀이 모습. 소설의 현실성과는 다소 거리가 멀다.

여기로부터 자유롭지 못했다. 한국 영화사에서 문예 영화라는 장르는 특별한 배경을 가지고 있다. 영화계에서 상을 수상하기 위해서는 대부분 문예 영화를 찍어야 했다. 왜 꼭 그러해야 했는지 명확하진 않지만, 아마 경직된 문화계 분위기 탓이 아니었을까. 어쨌든 상을 탄 영화사는 외국 영화를 수입할 수 있는 기회가 주어졌기 때문에 많은 영화사들이 문예 영화를 찍지 않을 수 없었다. 그러나 또 하나의 문제가 남는다. 예술 영화가 아닌 바에야 흥행에 신경쓰지 않을 수 없다. 그러므로 당시의 대부분의 영화는 신파이거나 신파조이다. 60, 70년대 한국 영화가 처해 있었던 상황을 참고하면『삼포』역시 이해되지 않는 바는 아니다. 그러나 분명한 것은 소설과 영화의 거리가 너무 멀다. 이는 소설이 영화화될 때 원작에 충실해야 한다는 것을 의미하는 것이 아니다. 영화와 소설은 엄연히 다른 장르이기에.

구체적으로 살펴보자. 시베리아 벌판을 상기할 만큼 추울 법도 한데 겨울 시골 눈길은 그닥 추워 보이지 않는다. 아니 동양화의 한 풍경처럼 신비하기조차 하다. 그리고 붉은색 혹은 장밋빛은 관객을 압도한다. 영달과 백화가 사랑을 나누는 장면에서는 모닥불까지 동원돼 영화『남과 여』가 연상되기도 한다. 시대 현실 아니 사회상을 반영할 만한 대사 처리나 장치가 없다. 농악대랑 초상집에서의 한판 놀이를 보고 피폐해 가는 농촌을 연상할 수 없다. 공사판을 전전하는 부랑 노무자와 감옥에서 오랜 세월을 썩어 버린 귀향자의 척박한 리얼리티도 없다. 어리지만 작부계에선 대접받는 백화 역시 종국에는 순진한 소녀로 변한다.

영화 미학은 보여주기이다. 서사의 한계를 영화는 뛰어넘을 수 있다. 영화에서의 장면 제시는 서사에서의 긴 설명을 극복할 수 있는 좋은 장치로 활용되어야 한다. 원작「삼포 가는 길」은 과거 우리 민중이 사회의 구조적 모순에 밀려 보금자리를 떠나 부유하던 방랑과 귀향의 불가능성을 고발하고 있다. 다시 한 번 강조하지만 원작에 충실한 것이 좋은 영화가 아님은 분명하다. 밑바닥 삶에도 로맨스는 있다. 그러나 그것이 전부는 아니다.

4

소설 「삼포 가는 길」이 근대의 실체를 볼 수 있었던 것은 세계를 보는 현실 감각 때문일 것이다. 가장 밑바닥 삶을 끌어들이고, 따라가면서 만난 것은 막막함이다. 길 위에 혼자 서서 기세 좋게 달려가는 기차를 바라보기 위해 그 먼 길을 걸어온 것은 아니다. 우리는 '삼포'로부터 너무 멀리 왔다. 그러나 처음으로 돌아가 '어디로 갈 것인지' 잠시 생각해 보자. '삼포'를 떠나 비인간화를 자청하고, '살아 남기 위해서'라는 생존의 논리가 모든 것에 우선함을 자인해 온 우리가 내야 할 길

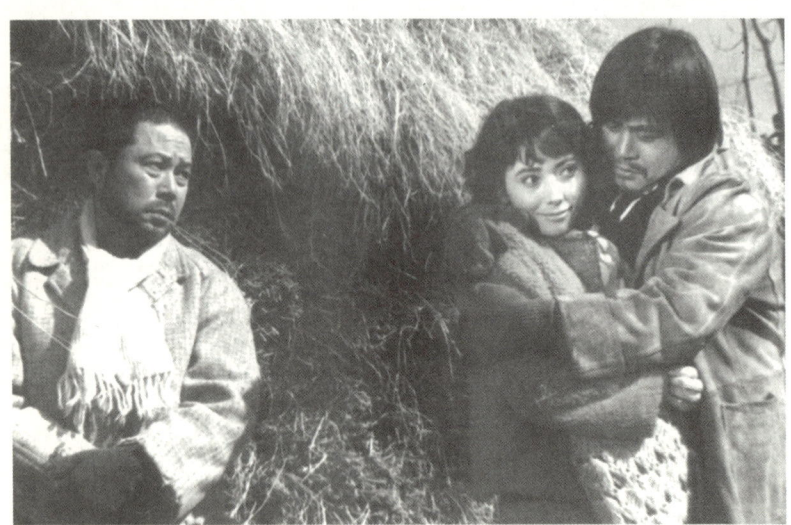

▲ 눈 덮인 재를 넘어오며 사랑을 발견한 영달과 백화.

을, 기차만 달리는 외길이 아닌, 사람이 어깨동무하고 갈 수 있는 길을 소설은 요구하고 있다.

영화는 그 정도가 지나치지 않다 하더라도 결국은 신파다. 당시의 영화계의 분위기를 짐작하더라도 새로운 해석의 아쉬움을 떨칠 순 없다.

이제 아무도 '장미꽃 묶음의 연기를 토하는 새나라의 기관차'를 황금 마차라고 믿지 않는다. 진보의 역사관이라 맹신하고 쫓아온 근대의 끝자락은 낙원으로 가는 출구만 화려하고 요란할 뿐이다. 섣불리 희망을 갖지 않는 지혜를 얻었지만, 삶은 공허하다. 우리는 선조의 전철을 밟아 길이 끝나도 여행을 시작할 용기가 없다. 불행하게도 우리는 이미 그 떠남의 의미를 알고 있다. 그들이 지향했던 곳이 유령낙원이었으며, 출구 없는 감옥이었다는 것을. 그 끝에는 힘없는 분노와 억울함만이 있다는 것을.

폭력, 그리고 상처 입은 자들

폭력, 그리고 상처 입은 자들

최윤 원작 「저기 소리없이 한 점 꽃잎이 지고」,
장선우 감독 『꽃잎』

이명귀

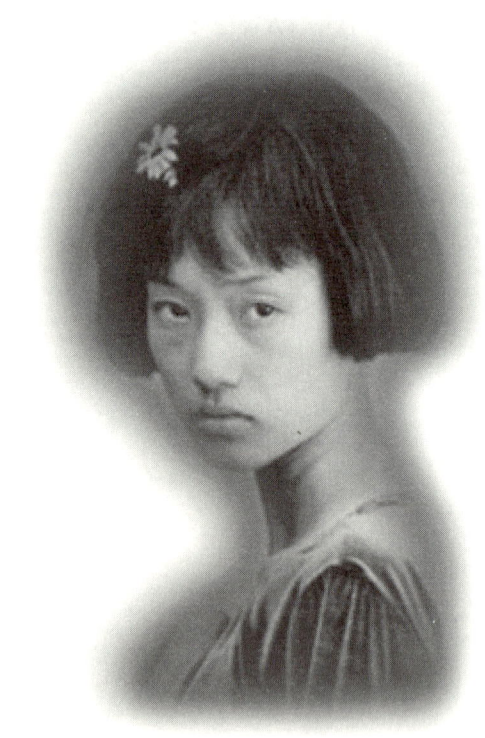

1

96년 봄, 시내 극장에서는 우리 영화사에 기록될 만한 한 편의 영화가 상영되고 있었다. 광주민중항쟁을 다룬 최초의 32mm 영화 『꽃잎』. 『꽃잎』은 방화로서는 드물게 제작 과정에서부터 많은 이들의 관심과 기대를 모았다. 이제껏 금기시되어 온 우리 현대사의 비극을 정면으로 다루었다는 점 때문이겠지만 그밖에도 엄청난 제작비, 신인 배우의 뛰어난 연기력, 상영 전 해외 수출 계약 체결 등등 일련의 소식들이 연일 일간지의 문화면을 채우며 세간의 이목을 끌었다.

조명이 꺼지고 흑백의 다큐멘터리 필름이 돌아간다. 전쟁을 치른 후의 폐허처럼 거리에는 화염이 솟고 그 위로 죽은 사람들이 처참하게 누워 있다. 육중한 탱크, M16을 멘 군인들, 결박당한 채 질질 끌려가는 팬티 차림의 남자들. 관객들은 숙연해진다. 몇 년 전 시민들이 청문회로 밤잠을 설치던 때, 텔레비전 화면을 통해 간간이 보았던 그 장면들이다. 삼엄한 화면 위로 김추자의 '꽃잎'이 흘러내린다.

장선우 감독의 영화 『꽃잎』은 이렇게 시작된다. 그 다음 소녀를 찾아 나선 일행을 태운 기차 안 풍경이 비쳐지고, 한 미친 소녀가 절름발이 남자를 쫓아가는 장면이 이어진다. 영화가 진행되는 동안 관객은 소녀와 장씨, 소녀를 찾아 나선 '우리' 일행을 조용히 뒤따른다.

2

여기, 치유될 수 없는 환부를 안고 살아가는 사람들이 있다. 시간의 흐름 속에서 날로 더해만 가는 고통을 체감하는 것 — 80년 5월의 광주는 우리에게 그렇듯 치욕으로 남아 있다. 피비린내 나는 거리, 처참히 뭉개진 얼굴과 구멍 뚫린 몸뚱아리들을 목격하고도 살아 남은 자는 무엇을 선택할 수 있는가. 침묵 일단, 혹은 과격한 행동. 어떤 삶의 방식을 선택하든지간에 살아 남은 자들은 당시의 상처와 부채감에서 영원히 자유로울 수 없음을 『꽃잎』은 충격적으로, 그러나 낮은 소리로 웅변한다.

1988년 『문학과 사회』에 발표된 최윤의 데뷔작 「저기 소리없이 한 점 꽃잎이 지고」는 어린 소녀의 상흔을 통해 폭력의 실상을 고발한 작품이다. 그런데 이 작품은 광주민중항쟁이란 거대한 소설적 주제를 한 미친 소녀의 내면 독백을 중심으로 다루고 있어 특이하다. 이 점은 리얼리즘 계열의 작품에 익숙해 있던 독자들에게는 상당히 이질적인 것으로 느껴졌다. 발표 당시 문단에서 리얼리즘 논쟁(일명 '깃발' 논쟁)이 뜨겁게 일었던 이유도 이 때문이다. 「저기 소리없이 한 점 꽃잎이 지고」는 살육의 현장을 생생히 보고함으로써 분노와 각성을 촉구하기보다는 오히려 실존의 문제에 집착하고 있는 듯한 인상을 준다. 서정적으로까지 느껴지는 섬세한 문체는 이 작품의 주제와는 분명 어울리지 않는다. 한 시대를 일시에 가위눌리게 만들었던 비극적 역사를 어떻게 이런 방식으로 그리느냐는 문단 내외의 지탄이 일었던 것도 그 낯설음 때문이었다. 화자와 시점의 잦은 변동도 독자를 곤혹스럽게 만든다. 주인공인 소녀의 내면 시선과 소녀를 찾아 헤매는 '우리'의 시선, 작가(혹은 장씨)로 여겨지는 3인칭 화자의 시선. 독자는 이 시선들을 따라가며 소녀가 미쳐 버린 이유를 추적해 간다.

책을 열면, 독자는 느닷없이 누군가로부터의 간곡한 당부와 맞닥뜨린다.

당신이 어쩌다가 도시의 여러 곳에 누워 있는 묘지 옆을 지나갈 때 당신은 꽃자주빛깔의 우단치마를 간신히 걸치고 묘지 근처를 배회하는 한 소녀를 만날지도 모릅니다. 그녀가 당신에게로 다가오더라도 걸음을 멈추지 말고, 그녀가 지나간 후 뒤를 돌아보지도 마십시오. ……그저 그녀의 얼굴을 잠시 관심 있게 바라보아 주시기만 하면 됩니다. (205쪽)

미쳐서 무덤가를 떠도는 소녀를 관심 있게 바라봐 달라는 당부, 이는 작가 최윤이 독자들에게 하는 당부에 다름 아니다. 어린 소녀에게 가해진 폭력의 실체를 직시하고 그녀의 상처를 이해해 달라는 의미이며, 동시에 사람들의 뇌리에서 지워져 가는 광주를 복원시키고자 하는 의도이다. 결국 작가는 소녀로 표상되는 광주에 대한 '관심' 을 유도하는 것일 터이다.

공사장 주변에서 오빠 또래의 젊은 남자를 발견한 소녀는 무작정 그를 따라간다. 남자는 술에 취한 소녀를 거칠게 유린한다. 그러나 그 순간 남자가 느낀 것은 해소도 쾌락도 아닌 일종의 두려움이었다. 소녀와 동거하게 된 이후 남자는 자신의 좁은 숙소 한 귀퉁이에 둥지를 틀듯 도사리고 앉은 소녀에게 억제할 수 없는 폭행의 욕구를 느낀다. 남

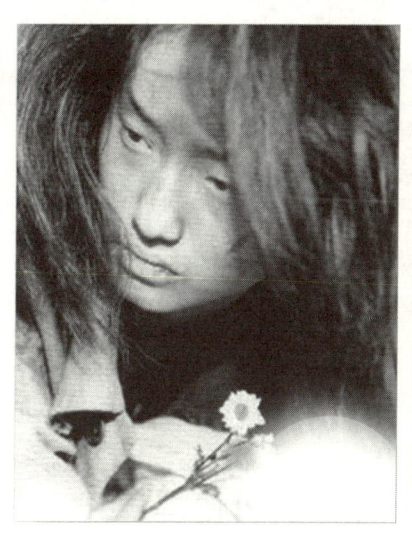

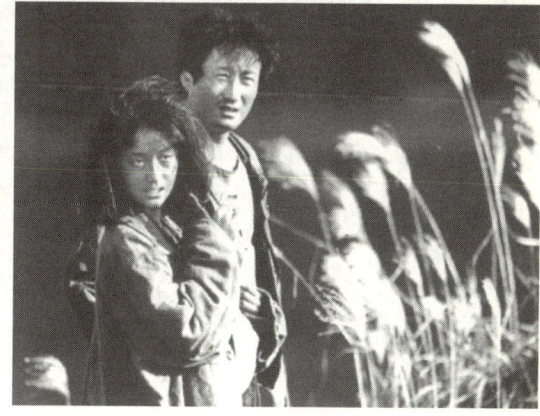

▼ 소녀에게 연민을 느끼는 장씨.

자 자신도 알 수 없는 무력감과 분노는 일순간 소녀에 대한 폭력으로 돌변한다. 이렇듯 제어할 수 없는 폭력의 정체는 무엇일까. 공사장 잡역부 장씨. 그는 밑바닥 생활을 전전하는 인물로서 자본주의 고도 성장의 풍요로움으로부터 소외된 자이다. 또한 사회 정치적인 억압과 폭력에 오랫동안 길들여진 인물이기도 하다. 폭력에 길들여진 자가 자신의 욕구를 해소하는 방식은 또 다른 폭력의 행사로 귀착될 수밖에 없다. 그런 장씨가 더 이상 소녀를 때리지 않게 되는 것은 그녀가 미쳐 버린 이유를 어렴풋이나마 알게 되면서부터이다. '도시마다 회오리처럼 퍼지는 소문의 물결, 입에서 입으로, 금기처럼 빠르고 세세하게 전달되는 가장 끔찍스럽고 믿기 어려운 그 소문'을 들을 때마다 장씨는 소녀를 떠올린다. 장씨는 이제 소녀에게 연민을 느낀다. 자신마저 가해자가 되어 버린 현실을 아파하면서. 결국 그는 심인 광고를 고치고 또 고친다.

소녀가 미쳐 버린 원인은 소녀의 내면 독백을 통해 제시된다. 소녀는 끊임없이 '두고 온 집과 죽은 오빠와 구멍 뚫린 엄마'에 관한 꿈을 꾼다. 대학에 다니다 군대에 간 오빠는 어느 날 갑자기 죽었다. 그리고 양복 입은 아저씨들이 찾아와 하얀 봉투를 전해 준 그날 이후 엄마는 이상해졌다. 자신을 버리고 떠날지도 모른다는 두려움 때문에 소녀

▲ 80년 당시의 광주를 재현한 『꽃잎』의 한 장면

는 어느 늦은 봄날 엄마를 따라 나선다. 사람들의 물결이 파도처럼 일렁이던 거리에서 엄마는 온몸에 구멍이 난 채 쓰러진다. 엄마가 손을 움켜쥐던 바로 그 순간, 소녀는 자신의 눈에 '검은 휘장'이 쳐짐을 느낀다. 동시에 그 손을 떨쳐내기 위해 엄마 팔을 사정없이 짓밟고 있는 자신을 발견한다. 그것은 스스로에게조차 끝내 용서받을 수 없는 죄악이었다. 이러한 죄의식('검은 휘장'으로 상징된)은 소녀로 하여금 고통을 감내하는 것에 그치지 않고 자해 행위까지 하도록 만든다. 소녀는 무수한 '파랑새의 침입(성행위)'과 장씨의 폭력을 아무런 저항 없이 받아들일 뿐 아니라 날카로운 돌조각으로 자신의 몸을 긋는다. 그렇게 해서라도 자신의 죄에 대한 대가를 치르고 싶어하는 것이다. 결국 소녀는 자신을 미치게 만든 '그날'의 일을 고백하기 위해 다시 오빠를 찾아 떠돈다. 집을 떠날 때 입고 나왔던 옷가지를 보물인 양 싸들고서. 자줏빛깔의 그 옷은 추석날 오빠와 함께 산 것으로, 몰라보게 달라진 자신을 알릴 유일한 징표이다.

'우리'는 오빠의 친구들이다. '우리'는 어딘가로 떠나 버린 소녀를 찾기 위해 옥포와 장항, 대천 등지를 뒤지고 다닌다. '우리'는 소녀를 찾아 구체적으로 무엇을 어떻게 해야겠다는 계획을 가지고 있지는 않다. 단지 친구 누이동생의 흔적이 '이미 상실해 버린 꿈처럼 우리의 빈곤한 일상의 갈피에서 매순간 생생한 상처로 되살아났'기 때문에 길을 나선 것이다. 그것은 살아 남은 자들이 느끼게 되는 어쩔 수 없는 부채감일 뿐이다. '우리'는 옥포댁의 이야기를 통해 소녀가 실성했다는 사실을 안다. 그곳에서 그녀가 따라 나섰다는 젊은 인부들을 찾아 장항으로 가지만 소녀가 그곳에 가지 않았다는 사실을 알고 다시 옥포로 돌아온다. 그리고 김상태라는 남자를 만나 대천에 머문다. 김상태는 서천의 알부자 김 아무개의 조카로 소녀를 병원에 데리고 갔던 인물이다. 그는 죽은 어린 애인에 대한 기억 때문에 소녀에게 호의를 베푸는 병적인 낭만주의자이다. 김상태를 통해 '우리'는 소녀가 오빠를 찾아 떠돌고 있다는 사실을 확인한다. 부지하세월로 대천에 머물며 김상태가 제공하는 술에 빠져 지내던 '우리'는 '장식할 것 없는 청춘이 조금씩 해체되어' 감을 느끼고 대천을 떠난다. 친구의 기일이 다가온 그 무렵, '우리'는 달포나 지난 신문의 심인 광고란에서 소녀를 발견한다. 주소지로 찾아간 '우리'는 반쯤 실성한 장씨를 발견하고, 그가 죽은 친구와 닮았다는 사실을 안다. 그는 말끝마다 자신을 자책하면서 오히려 '우리'에게 그녀를 찾아 달라고 애원한다. 결국 '우리'는 소녀 찾기를 접어둔 채 친구의 젯상에 올릴 서한 준비를 위해 모여 앉는다.

책을 덮으며 독자들은 소녀의 미소가 뇌리에서 떠나지 않음을 느끼거나 혹은 거대한 폭력 앞에 희생된 가녀린 소녀를 떠올리며 폭력의 실체에 몸서리칠지도 모른다. 「저기 소리없이 한 점 꽃잎이 지고」라는 표제 속의 '꽃잎'은 죄없이 죽임 당한 무수한 생명과 폭력으로 인해 미쳐 버린 소녀를 상징한다. 결국 작가는 아무런 방어 능력도 갖지 못한 연약한 존재를 통해 폭력의 크기를 증폭시키는 효과를 거두었다. 하지만 독자가 작가의 주제를 인식하기까지는 많은 곤란을 겪어야 한다. 잦은 시점 변화와 상징적 기법, 심리 묘사에의 치중 등은 독자들로 하여금 작품을 이해하는 데 어려움을 느끼게 만든다. 애초 비극적인 역사의 현장을 한 인물의 내면 들여다보기를 통해 접근해 보겠다는 작가의 의욕이 지나쳤기 때문일까. 독자는 작품 속에서 당시의 진실과 정면으로

▼ '우리'는 달포나 지난 신문의 심인 광고란에서 소녀를 발견한다.

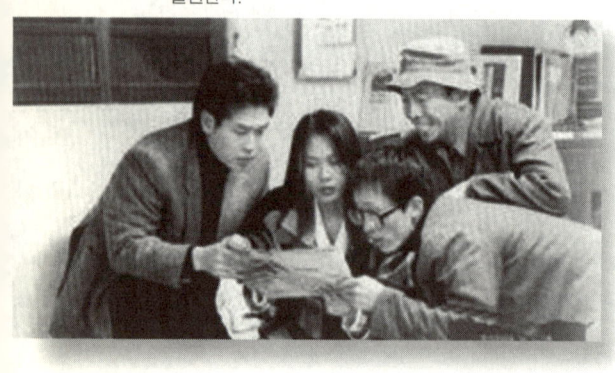

만나고 싶었을 것이다. 그래서 작가가 좀더 서사에 치중했더라면 하는 아쉬움을 갖게 된다. 결국 「저기 소리없이 한 점 꽃잎이 지고」는 참혹한 비극적 현실을 폭력으로 인해 망가진 소녀를 통해 설득력 있게 제시했지만 폭넓은 서사 공간을 확보하는 데는 한계를 보였다.

3

영화는 감독의 작품이다. 때문에 소설을 원작으로 한 영화는 원작에 대한 해석인 동시에 별개의 창작물이다. 『꽃잎』의 감독은 최윤의 원작을 크게 벗어나지 않는 범위에서 영화를 만들었다. '폭력의 실체를 까발리고 싶었다'는 감독의 말은 영화가 전달하고자 하는 메시지를 함축하고 있다. 그것은 원작의 주제와 별반 다르지 않다. 그러나 원작과 영화가 제공하는 감동은 그 농도와 폭의 측면에서 다르다. 영상과 음향이 환기시키는 감각은 영화의 감동을 좀더 구체적인 질감의 것으로 만든다. 『꽃잎』을 통해 처참했던 80년 광주의 현장을 대면하기란 어렵지 않다. 원작에서는 독백 처리되어 뚜렷하지 않았던 '그날의 기억'이 생생한 현실이 되어 관객을 압박한다. 이는 영화에 삽입된 다큐멘터리 필름이 제공하는 사실성에 힘입은 바 크다. 뿐만 아니라 감독은 80년 당시를 구체적으로 환기시키는 영화적 장치를 마련하고 있다.

김상태와 '우리'는 현실을 비관하며 쓴 소주를 털어 넣고, '창 밖의 여자'를 절규한다. 텔레비전에서는 삼청교육대와 제5공화국 헌법 공포식에 관한 뉴스가 흘러 나온다. 국기 하강을 하는 듯 시장통 사람들은 모두 멈춰선다. 그 사이를 소녀 혼자 걸어간다. 엄마가 죽던 날, 애국가와 함께 발포가 시작된 까닭이다. 어느덧 흑백 영상이 스크린을 가득 채우고, 트럭마다 죽은 사람들이 넘쳐난다. 이상은 원작에는 등장하지 않는 대목이다. 관객들이 80년 당시의 분위기와 상황을 떠올리는 데이보다 더 효과적인 장치가 있을까. 어느새 관객들은 과거의 시간 속으로 빠져든다.

영화의 주요 인물은 소녀와 장씨, '우리' 일행 등이다. 신인 배우 이정현이 소녀역을, 중견 배우 문성근이 장씨역을 맡았다. 이정현의 연기는 세간의 찬사를 받기에 충분했다. 헝클어진 머리와 자줏빛 원피스, 여기저기 삐져 나간 입술 연지, 허공을 응시하는 텅 빈 시선과 알아들을 수 없는 웅얼거림. 이정현은 대사 대신 광기어린 표정과 몸짓만으로 폭력으로 망가진 소녀역을 훌륭히 소화해냈다. 한편 장씨는 원작과 달리 절름발이 남자로 등장한다. 이러한 변화의 의도는 무엇일까. 납득하기 어려운 폭력을 행사하는 인물의 굴절된 내면을 외형적으로 제시하려는 것이 아니었을까. 그럼에도 불구하고 문성근은 원작의 장씨만큼 황폐한 인물로 보이지 않는다. 그의 연기력이 부족해서? 아니, 그보다는 지식인으로 고정된 이미지 때문에 관객은 문성근에게서 삶에 지친 노가다꾼의 이력을 찾아볼 수 없다.

▲ 영화 『꽃잎』의 소녀(이정현 분)와
장씨(문성근 분)

감독이 소설을 영화화하는 과정에서 어려웠던 점은 소녀의 내면, 특히 꿈을 어떻게 영상화할 것인가 하는 문제였으리라. 장선우 감독은 소녀의 꿈을 두 가

지 방식으로 처리하였다. 흑백 화면이 그 하나, 다른 하나는 애니메이션으로 처리하는 방식. 엄마의 죽음과 시체더미에서 도망치는 꿈 등은 전자를 따르고, 두고 온 고향집과 오빠에 관한 꿈은 후자를 따랐다. 이는 소녀의 고통스러웠던 기억과 행복했던 기억의 대비로 볼 수 있다. 딱정벌레(헬리콥터)에게 쫓기다가 백마 탄 기사(오빠)에게 구출되는 꿈은 소녀의 잠재된 두려움과 탈출에의 욕망, 오빠에 대한 그리움 등을 나타낸다. 한편, 꿈으로 현현되지는 않지만 소녀의 행복했던 기억의 단면을 엿보게 하는 장면이 있다. 방학을 맞아 귀향한 오빠와 오빠 친구 앞에서 김추자의 '꽃잎'을 부르며 춤을 추는 흑백 장면. 소녀의 발

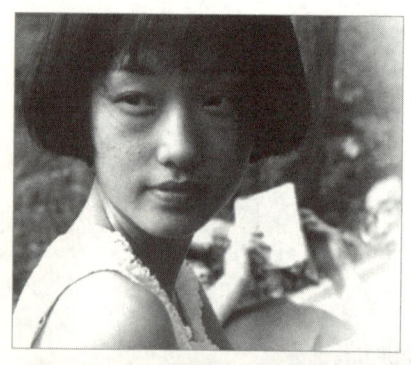

랄한 몸짓과 천진스런 웃음이 미쳐 버린 현재의 모습과 강렬한 대조를 이룬다. 소녀의 행복했던 과거와 암흑의 현재가 확연히 대비된 장면이었다. 그러나 감독은 실제 화면을 역으로 대비시켜 처리했다. 흑백의 단순화된, 즉 설명 가능한 행복한 과거와 컬러로 보여지는 복잡하고 해석 불가능한 현재가 극명하게 대비된다.

극장 상영 이후 김추자의 '꽃잎'이 영화의 주제와 맞지 않다는 지적이 많았다. 제목이 동일하

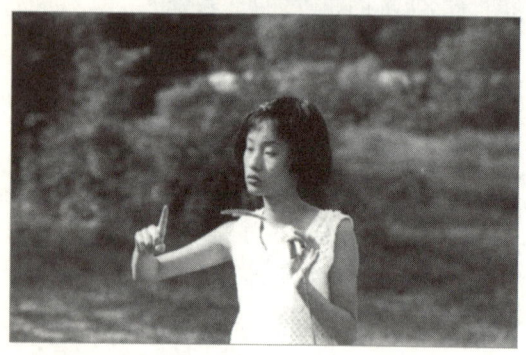

▲ 소녀의 발랄한 몸짓과 천진스런 웃음이 미쳐 버린 현재의
모습과 강렬한 대조를 이룬다.

고 노랫말의 일부가 '광주의 그날'을 연상시킨다('꽃잎이 피고 지는 때면 그날이 또 다시 생각나 못 견디겠네……')는 사실 외에 감독은 또 다른 측면에서 주제가의 의미를 찾지 않았을까. 김추자는 70년대를 풍미하던 대표적인 가수이다. 그녀의 관능적인 몸짓과 호소력 짙은 목소리는 당대 젊은이들의 낭만성과 잘 어울린다. 70년대식 낭만주의는 '광주'와 함께 처참하게 짓밟혔다. 한편 영화『꽃잎』이 제작되고 상영된 시점은 90년대이다. 젊은이들이 사회와 운동의 의미를 묻던 70년대와 그것이 송두리째 짓밟힌 현장으로서의 80년대, 이 모든 것들을 단지 추억으로만 간직하고 있는 포스트모던한 90년대. 감독은 '꽃잎'이란 노래로 세 시대를 함께 아우르고 싶었던 것은 아닐까. 하지만 감독의 의도가 얼마나 관객에게 잘 전달되었는지는 별개의 문제이다. 그것을 미처 눈치채지 못한 관객이 훨씬 더 많다면 영화 음악의 효과는 반감될 수밖에 없는 것이니까. 여기에『꽃잎』의 난점이 있다.

소녀가 기찻간 통로에서 발작하는 장면은 그녀의 죄의식의 강도를 보여준다. 장씨 곁에서 잠이 든 소녀는 기차를 탄 꿈을 꾼다. 어두운 밤을 배경으로 단발머리에 빨간 머리핀을 한 소녀가 수줍게 웃고 있다. 설핏 잠이 든 소녀는 누군가 유리창을 두드리는 소리에 깨어 놀란다. 머리를 산발한 여자가 피눈물을 흘리며 자신을 향해 말한다. '날 똑바로 쳐다봐. 날 쳐다보고 그 뻔뻔한 입술로 말을 해봐. ……네 엄마를 어떻게 했어. 말해 봐. 말해 봐. 말해 봐!' 소녀가 유리창을 두드리며 마구 비명을 지른다. 창 밖의 여자가 마침내 소녀의 목을 조르기 시작한다. 그 손아귀에서 벗어나기 위해 몸부림치던 소녀는 유리창을 들이받고 쓰러진다. 소녀는 끊임없이 잠꼬대를 한다. 자신이 엄마를 죽였다는 죄의식이 악몽으로 나타난 것이다. 관객들은 섬뜩한 공포를 느낀다. 그것은 소설의 행간에서는 느낄 수 없는 충격이다. 문자가 전달할 수 없는 구체적인 감각의 환기.

'우리'들은 소녀를 찾는 목적도 상실한 채 떠돌다가 서울로 향하는 기차를 탄다. 기차 안에서 '우리'들이 겪은 집단적 착시 현상은 '우리'들의 무력함과 부채감을 효과적으로 보여준다. 원작에서 '우리'는 이렇게 진술한다.

착시 속에서 본 지복의 미소가 우리들이 그녀에 대해 상상한 모든 영상을 지우고 우리의 기억 속에 끊임없이 되살아났다. 그 미소가 그녀를 찾아 떠난 우리의 동기들이 모두 경솔한 것이라고 비웃기라도 하는 것 같아 우리는 말짱하게 잠이 깬 채, 새벽까지 남은 시간을 왜 우리가 그녀를 찾고자 여행을 떠났던지에 대해 곰곰이 생각하는 데 보냈다. (287쪽)

'우리'는 어쩔 수 없는 지식인이었던 것이다. 작가와 감독의 시각차는 장씨와 '우리'가 만나는 결말 장면에서 드러난다. 원작에서 '우리'는 장씨에 대해 연민을 느끼는 듯하다. 하지만 영화 속의 '우리'는 장씨의 애원을 냉정히 외면한 채 돌아선다. 원작에서는 화해롭게 비쳐지는 결말이 영화에서는 전혀 그렇지 않다. 감독이 한 잡지와의 인터뷰에서 말한 것처럼 이는 지식인 일반에 대한 감독의 부정적 시각을 보여준다. 최윤이 프랑스에서 언론 보도를 통해 광주를 접한 것과 달리 장선우는 당시 광주를 직접 목격했다. 그런 만큼 지식인의 나약함과 기회주의적인 속성을 경멸한다. 적당한 타협과 화해가 끼어들지 않은 것은 이 때문이다. 그러나 마지막 장면에서 확인되는 것처럼 폭력의 실체를 고발하려는 작가와 감독의 의도는 크게 다르지 않다.

마지막 장면은 소녀에 대한 관심을 당부하는 남성 나레이터의 목소리로 처리된다. 원작의 첫 부분에 해당하는 이 장면은 결국 감독의 주제 의식이 작가의 그것과 같은 선상에 놓여 있음을 새삼 확인시켜 준다.

4

아무도 책임지지 않은 살육의 과거, 그것은 현재를 살아가는 우리 모두의 무거운 짐으로 남아 있다. 최윤의 「저기 소리없이 한 점 꽃잎이 지고」와 장선우 감독의 『꽃잎』은 이러한 짐을 나누어 지려는 시도의 일환으로 창작되었다. 「저기 소리없이 한 점 꽃잎이 지고」는 폭력으로 인해 망가져 버린 한 소녀의 내면을 중심으로 기술한 작품이다. 미친 소녀의 와해된 정신 상태는 지극히 파편화된 양상을 띨 수밖에 없다. 그러나 작가는 이러한 소녀의 내면을 치밀한 문장으로 묘사함으로써 비논리적인 서사를 오히려 논리적인 구조로 재구성한다. 그리고 독자는 소녀의 파편화된 기억의 조각들을 맞추어 그녀의 잃어버린 과거를 복원하기에 이른다.

「저기 소리없이 한 점 꽃잎이 지고」는 주제 의식을 전면화시킨 작품이 아니다. 그보다는 상징과 치밀한 문체를 주로 사용함으로써 기법으로 승부하고자 한 작품이다. 이러한 사실은 소설의 형식 미학을 추구하고 있다는 점에서 긍정적으로 평가될 수 있다. 그러나 소설 진술의 난해함은 작품과 독자와의 거리를 좁히는 데 부정적으로 작용했다. 이에 비해 영화 『꽃잎』은 대중과 폭넓게 소통될 수 있는 가능성을 가졌다. 이것이 소설과 영화가 상호 보완하며 행복하게 만날 수 있는 지점이 아닐까.

사실화와 풍경화

최인석 원작 『새떼』, 박광수 감독 『그들도 우리처럼』

김연숙

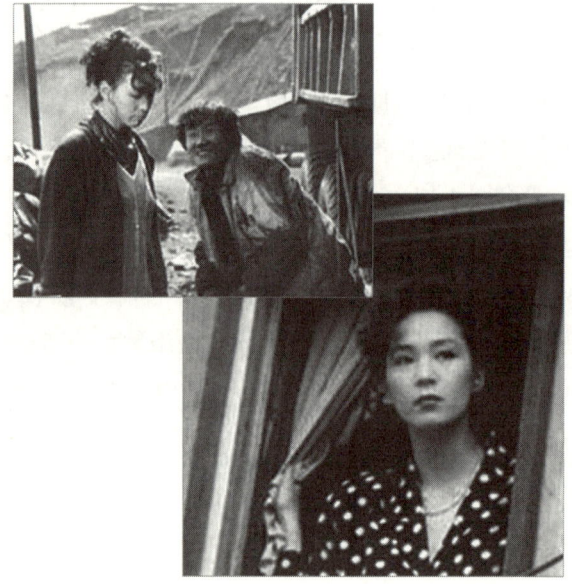

1. 청년과 현실

지친 젊음, 그리고 표류하는 영혼—이들은 아마도 우리 문학 혹은 예술에서 가장 낯익은 얼굴 중 하나일 것이다. 식민지 지식인의 창백한 모습, 해방과 전쟁 속으로 내동댕이쳐졌던 모습, 통기타와 청바지로 상징되는 자유와 낭만의 모습, 최루탄 연기와 맞싸우는 모습, 그리고 신세대라 불리우는 90년대의 젊은 모습……. 그들은 늘 상처 받고, 좌절하고, 방황한다. 그것은 개인적이면서도 역사적인 통과의례이다. '현실'과 '청년'은 불협화음을 만들어내고, 그 불협화음은 우리 현실의 모순에서 비롯되기 때문이다. 현실의 모순이 크면 클수록, 청년이 감당해내야 할 무게는 막중하다. 그 무게에 상처 입고, 그것을 이겨나가는 모습, 이 때문에 젊음이 소중한 것이 아니겠는가.

최인석과 박광수가 주목하는 젊음은 80년대 청년이다. 현실 변혁에 대한 열망과 공동체의 일원이라는 책임감이 아울러 주어졌던 시대의 청년들을 소설 『새떼』(1988)와 영화 『그들도 우리처럼』(1990)은 그리고 있다. 특히 영화 『그들도 우리처럼』은 당시 대학가에서 하나의 화젯거리였다. 학생운동·노동쟁의 등 현실 변혁 운동을 처음으로 공식적인 제도권 문화 속에, 그것도 긍정적인 방식으로 끌어들였다는 점, 당시 방북 사건으로 유명해졌던 문익환 목사의 아들 문성근이 학생 운동가 배역을 맡았다는 점 등이 호기심을 불러일으켰기 때문이나. 아울러 그것은 87년 민주항쟁이 문화적으로 결실을 맺은 것이라는 자부심을 가져다 주기에 충분했다.

두 작품은 소설과 영화라는 장르적 차이를 현격히 보여준다는 점에서 흥미롭다. 작가와 감독은 80년대 학생 운동가를 몰락해 가는 탄광촌으로 보낸다. 그곳에는 시커먼 산, 시커먼 강물, 시커먼 공기 속에서 시커먼 얼굴에 그보다 더 시커먼 가슴을 가진 사람들이 살고 있다. 을 씨년스럽기조차 한 탄광촌을 수배를 피해 다니는 학생 운동가의 눈으로 바라보게 하는 것이 작품의 중심 맥락이다. 그 가운데 소설이 지식인의 허위 의식, 관념적인 현실 인식이 변화하는 과정을 설명하고 있다면, 영화는 소시민적 지식인의 내면을 풍경화하고 있다. 한쪽은 서사에, 또 다른 쪽은 이미지에 무게 중심을 둠으로써 장르적 특성을 보여주고 있다.

2. 쓸쓸한 풍경 속의 쓸쓸한 젊은이들

한고조(본명:한태훈, 문성근 분)는 수배로 쫓기는 몸이다. 그는 무슨 이유에서인지는 모르지만, 탄광촌으로 흘러들어온다. 한고조가 기차에서 내려 처음 들어간 여인숙 방의 풍경은 서글프기 짝이 없다. 낮은 천장, 우글쭈글하고 빛바랜 벽지와 장판, 얇다란 꽃무늬 이불 한 채, 뿌연 유리, 그나마도 군데군데 깨져 녹색 테이프로 이어 놓은 창, 삐걱거리며 닫히는 방문을 축 늘어져 흔들거리는 알전구의 희미한 빛이 비춰 주고 있다.

탄광촌, 한때는 광부들이 캐내는 탄가루가 돈뭉치 그 자체였던, 경기 좋은 시절도 있었다. 작업이 끝나고 간조를 받을 즈음에는, 여자들의 분칠한 웃음이 흩날리고, 시커먼 얼굴이나마 국가 경제에 이바지한다는 자부심이 빛나던 때였다. 그러나 한고조가 도착한 탄광촌은 이미 그 시절이 훌쩍 지나간 때이다.

읍에서는 지상에 존재하는 모든 것들이 다 검다. 석탄 먼지 때문이다. 지상의 모든 것들 위로 석탄 먼지는 저주처럼 내려앉는다. 차가 지나가도, 바람이 불어도 석탄 먼지가 자욱이 일어나 재앙처럼 덤벼든다. 길에도, 건물의 유리창과 처마에도, 벽면에도, 심지어는 ㅅ읍 주민의 얼굴과 살갗에도, 그들의 체내에도, 어쩌면 그들의 두뇌의 갈피 갈피와, 마침내는 그들의 정신에까지 석탄 먼지는 켜켜이 쌓여 있다.

(『새떼』, 238쪽, 강조 : 필자)

돈가루와 동일시되었던 석탄 가루는 어느새 '저주'와 '재앙'으로 변해 있다. 그동안 사람들은 돈을 모으기는커녕, 그저 그대로인 가난한 살림살이와 진폐증, 종양 등의 병을 덤으로 안았을 따름이다. 이 스산하고 쓸쓸한 풍경에 대한 묘사는 영화에서 단연 압도적이다. 소설에서 탄광촌의 모습은 몇 장에 걸친, 자세한 묘사를 통해 설명되지만, 카메라 렌즈를 통한 영상은 보다 감각적이고 구체적인 모습을 전달해 준다.

▼ 탄광촌으로 들어가는 쓸쓸한 젊은이 한고조.

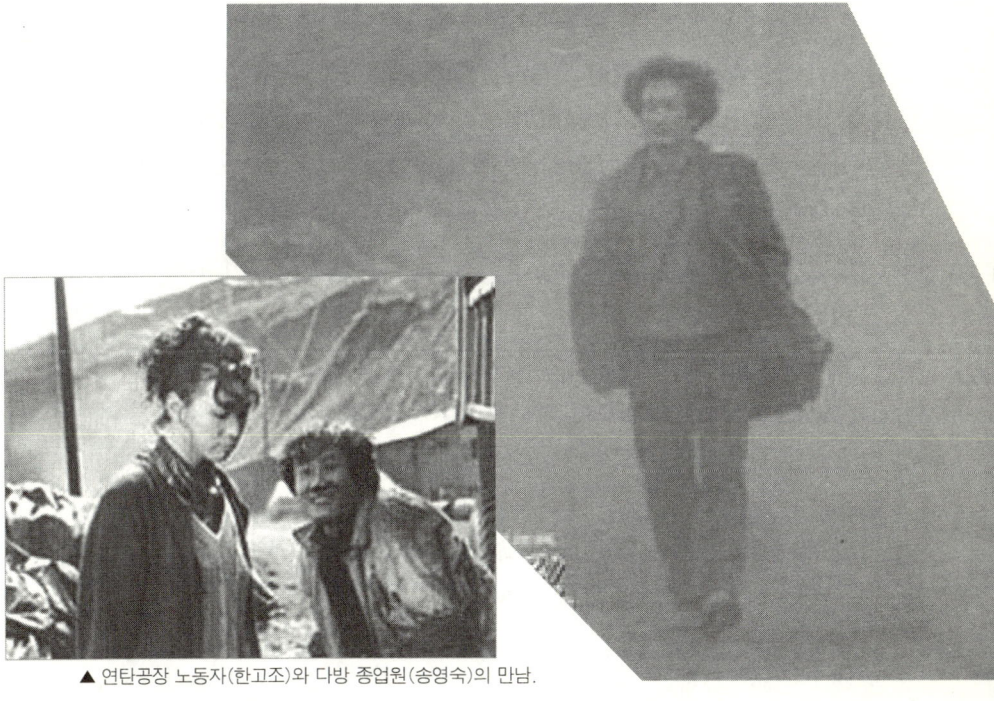

▲ 연탄공장 노동자(한고조)와 다방 종업원(송영숙)의 만남.

탄광촌에 도착한 한고조의 눈에 비친 장면─석탄 산업의 사양화로 곳곳에 구멍만 뻥 뚫린 폐광이 음습한 모습을 드러내고 있다. 폐광 입구에는 '품질 향상'이라는 글씨가 쓰인 나무패가 비뚤게 붙어서 좋았던 시절이 있었음을 알려 준다. 폐광의 쓰러진 버팀목 사이로 아이들은 버려진 광부 헬멧을 쓰고, 막대기를 들고 다니며 전쟁놀이를 한다. 무능한 가장은 술에 취해 윤기를 잃어버린 세간을 마구 집어던지며 화풀이를 한다. 그 모습을 보는 노인네들은, 동네 어른의 엄격하면서도 자애로운 시선을 상실한 채 미소짓는 듯 탄식하는 듯 이빨 빠져 쭈글쭈글한 입을 나른히 벌리고 있을 따름이다. 무리로 몰려다니던 힘좋은 청년들 대신 늙수그레한 중늙은이, 피곤에 절은 아줌마, 아직도 앳된 모습의 대식이가 광산과 연탄공장에서 일하고 있다. 박광수는 이 쓸쓸한 모습들을 회색빛 색감을 부각시켜 보여준다. 영화 전체에서 가장 강력하고, 성공적으로 구현된 이미지가 바로 이 부분이다. 이는 '박광수식 페르소나'라는 말이 무색하지 않을 정도이다.

여기에 걸맞게 탄광촌에서 살아가는 사람들 또한 쓸쓸하게 시들어가는 모습이다. 청년들에게서조차 '희망'은 찾아볼 수 없다. 영화에서 보여주는 인물은 세 사람. 탄광촌에 막 도착해서 연탄공장에 위장 취업한 학생 운동가 한고조, 한고조가 취업한 연탄공장 사장의 아들인 이성철(박중훈 분), 본다방 종업원 송영숙(심혜진 분)이 그들이다. 이 셋은 판이한 생활 환경에서 살고 있지만, 외롭고 쓸쓸한 방황을 보여준다는 점에서 닮아 있다.

소설은 한고조가 탄광촌까지 흘러들어오게 된 전후 맥락을 상세히 설명하고 있다. 수배를 피해 도망다니던 중 아파트 건설 현장에서 알게 된 노동자에게 이름(김기영)과 그의 이력을 빌리게 된 사연, 한고조란 별명을 얻게 된 내력, 그를 둘러싼 가족, 중산층 소시민으로 안주한 친구들의 삶 등을 통해 이 젊은 학생 운동가가 좌절하게 된 경로를 보여준다. 한고조의 좌절은 외면적으로는 학생운동의 탄압(수배) 때문이지만, 궁극적으로는 학생운동의 대상(민중)에 대한 믿음의 상실 때문이다. 그는 광주항쟁에서 거대한 힘을 발휘한 민중과, 사냥꾼 앞에서 '늘 양쪽 눈으로 양쪽을 다 흘겨보고 있던 새떼'처럼 무력하고 이기적인 민중 사이에서 스스로 길을 잃었다고 생각한다. 따라서 한고조의 내면은, 수배자의 결연한 의지 대신 휑뎅그렁한 폐광의 구멍처럼 텅 비어 버린 상태다.

이성철도 경제적인 여유에 비해 그 내면은 황량하기 그지

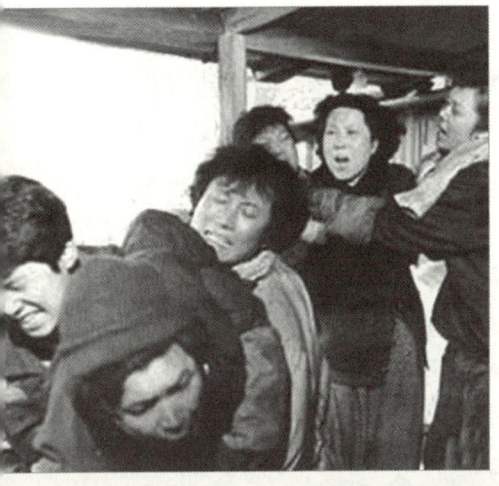

◀ 탄광촌에서 벌어지는 거친 삶의 모습들.
▼ 성철은 송영숙에게 위안을 얻고자 하나, 이미 한고조를 좋아하는 그녀는 냉정히 외면한다.

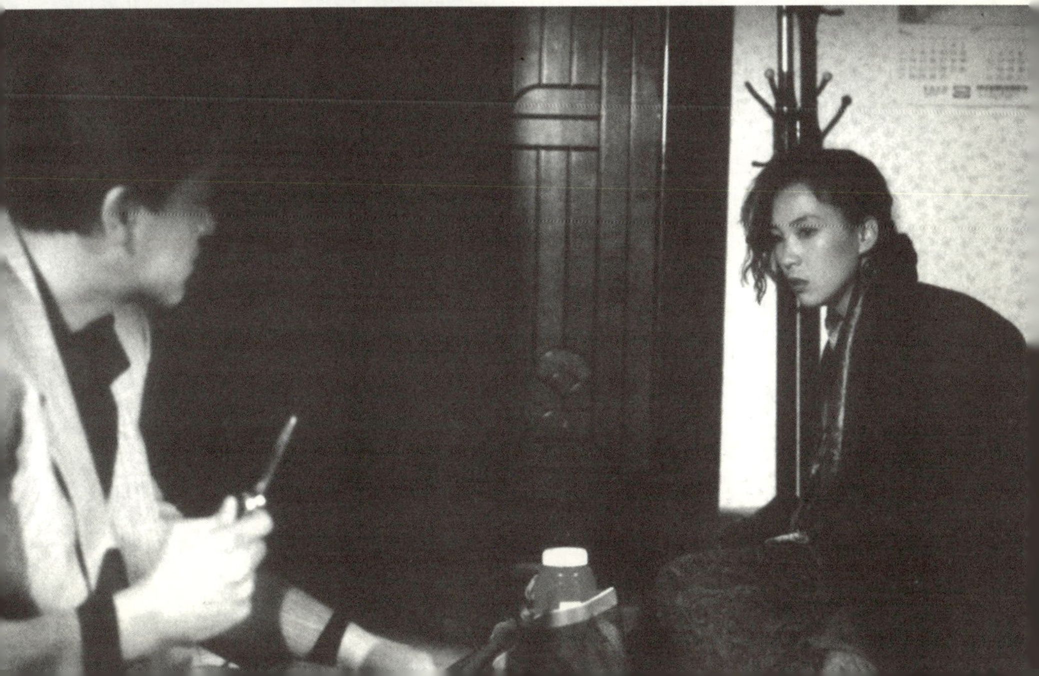

없다. 자신의 생모를 내버린 아버지, 사랑이나 유대감이 없는 새어머니, 배다른 동생 등 파탄나 버린 가족, 그 누구에게도 어디에서도 정을 나눌 상대가 없는 외톨이다. 소설에서 이 가족의 내력이 아주 상세하게 설명되고 있다면, 영화에서는 이성철이 품에 지니고 있는 사진이나 자신의 방에 놓여 있는 사진 액자 속의 어머니를 바라보는 장면을 통해 외로운 상황이 암시된다. 그러나 이성철에게 어머니의 추억은 별다른 위안이 되지 못한다. 어머니는 한없는 그리움을 불러일으키지만, 그 강도에 비례해서 아니 몇 곱을 배가시켜서 현실을 진저리치게 만들고, 분노하게 만들고 있다. 외로운 젊은이, 그는 술에 취해 아무 의미 없는 개망나니 노릇을 일삼거나 오토바이를 타고 황량한 탄광촌의 가파른 길을 질주할 따름이다.

　　그는 오토바이에 시동을 걸고 치달리기 시작했다. 일부러 짧게 잘라 낸 머플러에서 폭음이 터져 나왔다. 석탄 먼지를 휘날리며 오토바이는 거리를 치달았다. 길 가던 아낙 하나가 기겁을 하여 뒤로 물러섰다. 헬멧의 보안경 너머로 보이는 거리는 마치 영화 속의 거리 같았다. 헬멧 하나를 쓰고 벗을 때가 얼마나 다른가. 헬멧을 쓰면 그 너머에 펼쳐지는 광경은 현실감을 잃었다. 어떤 일이 벌어져도 그것은 허구에 불과한 것만같이 여겨졌다. 사람이 죽어도, 사고가 나도 그것은 현실이 아닌, 허구 속의 일인 것으로 생각되었다. 비록 그 사고로 그 자신이 다친다 하더라도 헬멧을 벗을 때까지는 그것은 현실이 아니라, 헬멧 속의 허구였다.

(『새떼』, 138쪽)

오토바이를 타고 달리는 그 순간 현실에서 일탈한다. 탄광촌의 황량함도, 혐오스러운 가족도, 전망이 없는 막막함도 다 잊어버리고, 그 속도(speed)에 취하는 것이다. 속도감. 그것은 인간에게 마약(speed)처럼 현실을 잊어버리게 하는 작용을 한다. 특히 이 속도는 인간의 신체가 만들어내는 것이 아니라, 기계 장치가 만들어낸다는 점에서 더욱 의미심장하다. 인간이 달리기를 한다면, 흘러내리는 땀, 가빠지는 호흡, 빨라지는 맥박, 노곤해져 가는 다리 등을 통해 질주하는 현실 세계를 벗어날 수 없다. 그러나 기계 장치는 인간을 속도감을 수혜 받는 대상으로 만들고, 그를 통해 인간은 비현실적이고 비인간적인 환상의 세계로 진입할 수 있다. 이 때문에 자본주의 문명이 발달해 오면서 자동차 경주, 경륜, 오토바이 폭주 등이 하나의 문화적 현상으로 자리잡고 있는 것일 터이다.

영화도 성철이 오토바이를 타고 질주하는 장면을 의미 있게 보여준다. 오토바이 질주에 맞추어 카메라가 함께 움직임으로써 그 속도감을 그대로 살려낸다. 꼬불꼬불하고 지저분한 골목길을 맹렬한 기세로 달려 광산 중턱 언저리에 다다르면, 성철은 헬멧의 보안경을 휙 끌어올린다. 그 순간 아래에 내려다보이는 회색빛 탄광촌, 자신이 살고 있는 지긋지긋한 현실은 더 선명하게 드러나고, 성철의 얼굴은 묘하게 일그러진다. 결국 환상적인 속도감을 통해 다시금 절망적인 현실이 확인되고, 그 속에서 청년은 더 깊은 우울을 느낄 따름이다. 마약에 취해 있다 깨어난 이후가 더 비참하듯.

우울하고 외로운 젊은이들, 이 두 남자 사이에 우울한 여자 송영숙이 등장한다. 그녀는 탄광촌에 있는 본다방의 송업원이다. 환락가의 여자들도 나름대로의 등급에 따라 옮겨다닌다. 도시의 세련된 까페, 화려한 요정 같은 술집이 소위 물 좋은 곳이라면, 변두리를 전전하다가 나이를 먹었거나 급전이 필요해서 귀양 가는 심정으로 자신을 내던지는 곳이 탄광촌 혹은 섬마을의 다방, 선술집이다. 물론 경기 좋은 시절의 탄광촌은 다소 예외이지만, 송영숙의 생활은 이미 중심으로부터 밀려나온 자의 것이다. 주위 사람들은 젊은 몸뚱아리에 대한 욕망으로 그녀를 볼 따름이다. 그녀 또한 티켓을 끊어 몸을 팔아야만 먹고 사는 신세이다. 다양한 관계를 맺지만, 그 누구에게서도 인간다운 대접을 받아 보지 못한다는 것이 그녀의 우울함이다. 쓸쓸한 풍경과 그 속의 쓸쓸한 젊은이, 이제 세 사람의 쓸쓸함이 서로 만나는 지점에 다다른다. 그래서 이야기는 시작된다.

3. 쓸쓸함을 넘어서

이 세 사람의 쓸쓸하고 삭막함은 풍경의 그것과 걸맞다. 이들이 뿜어내는 황량함은 그 동질감으로 인해 서로를 돌아보게 하는 계기를 마련해 준다. 이성철은 즐기는 대상이었던 송영숙을 진정으로 좋아하기 시작하고, 송영숙은 자신을 처음으로 '친구'라고 불러 준 한고조에게 연정을 느낀다. 한고조는 떨떠름한 표정으로 탄광촌의 '그들'에게 선을 그어 놓은 상태였지만, 송영숙에게 자신의 본모습을 보여줄 만큼 가깝게 다가가게 된다.

하지만 이들의 관계는 진정한 소통의 단계에 이르지는 못한다. 그것은 영화에서 어항 속 물고기의 이미지로 나타난다. 영숙이는 공장 숙직실로 한고조를 만나러 온다. 그러나 형은 서울서 온 여자랑 같이 나갔으니까, 이젠 찾아오지 말라는 대식의 퉁명스러운 목소리를 들으며 송영숙은 다방으로 돌아온다. 그날 밤, 송영숙은 살이 훤히 비치는 슬립 차림으로 다방에 혼자 앉아 담배를 피운다. 소파 옆의 직사각형 어항이 조명 구실을 할 뿐 실내는 어두컴컴하다. 그리고 아이러니컬하게도 심수봉의 '무궁화' 한 구절—'포기하면 안 된다. …… 하면 된다. 의지다. ……'—이 처량하게 울려 퍼진다. 아무것도 의지대로 할 수 없는데, 아니 '의지'라는 단어조차 잊어버린 지 이미 오래인데…… 이제

겨우 인간다운 정을 여리게나마 전해 보려는 순간 그것조차 가로막힌다. 그런데도 '하면 된다'는 노랫가락이, 행진곡 풍의 강인한 남성적 목소리가 아니라 비음 섞인 트로트 가락으로 가냘프게 흘러나오고 있으니 이 반어적 상황은 우리에게 한층 더 비애를 느끼게 만든다. 더구나 어항의 물고기들은 화려한 모습으로 기운 좋게 헤엄쳐 다닌다. 비스듬히 의자에 기댄 그녀 옆에 환한 형광등 불빛이 반짝이는 어항. 일견 환하게 열린 공간인 것 같지만, 차가운 유리벽 속에 갇혀 헤엄치는 물고기는 영화 속 젊은이들을 그대로 투영한 것이나 다름없다. 이 유리벽을 깨뜨리는 것이 바로 '그들'이나 '우리'가 모두 같은 '인간'임을 확인하는 시선이다.

송영숙은 개천가 어둠 속에서 한고조에게 자신의 본명을 말해 준다. '이금란'이란 이름을 밝히고, "그 여자가 누굴 좋아하게요?"라는 질문을 던지며 수줍게 달려와 안긴다. 생모가 죽은 후 다방에서 송영숙에게 술주정을 하던 이성철은 한고조와 몸싸움을 벌인다. 그 싸움 때문에 경찰서로 끌려가 갖은 닦달을 다 당하고 나오고, 송영숙은 밤새 그를 간호한다. 한고조는 신분을 숨기기 위해 사용했던 '김기영'이란 이름이 가명이며, 수배자 한태훈임을 밝힌다. 이름 밝히기, 맨얼굴 드러내기는 인간 관계를 맺는 가장 근본적인 방식이다. 70년대 소설 「삼포 가는 길」은 작부 백화가 떠돌이 노동자로부터 삶은 달걀과 돈 몇 푼을 받아들고, 진짜 내 이름은 이점례라고 수줍게 밝히는 모습을 보여준다. 그 맨얼굴을 드러내는 순간, 세파에 닳고 닳은 작부는 아주 여리고 나지막한 목소리를 가진 시골 처녀가 되는 것이다. 이때야 비로소 작부와 떠돌이 노동자가 아닌, 인간과 인간으로서의 관계가 맺어진다. 그리고 그 관계의 아름다운 힘이 험한 세상을 헤쳐 나가리라는 희망을 가능하게 한다.

송영숙이 이금란이 되고, 김기영이 한고조(한태훈)가 되는 것은 바로 그 인간 관계의 맺음이다. '다방 레지, 시골 처녀/연탄공장 노동자, 수배 중인 대학생'이 아니라 한 인간의 모습으로 또 다른 인간을 바라보는 것, 이 지점이 바로 희망의 모습이다. 학생 운동가가 보았던 민중의 이기적인 모습—늘 양쪽 눈으로 양쪽을 다 흘겨보고 있던 새떼—은 인간의 얼굴로 다가온다. 이제 '그들'은 '우리'가 된다.

　소설의 결말에서 한고조의 신분은 발각된다. 이성철 폭행 사건으로 끌려간 경찰서에서 했던 지문 날인 때문에 그의 정체가 밝혀지는 것이다. 형사들은 이 기회에 한고조와 보호 관찰 중인 빨치산 출신 사상범, 탄광 노조원들을 엮어서, '탄광침투 간첩사건'을 조작하려고 한다. 형사들이 득의만만하게 '한태훈'이라고 외치며, 그를 검거하는 순간 한고조는 '전혀 놀라지 않았을 뿐만 아니라' '어조가 너무도 진지하게' 김기영임을 밝힌다. 더구나 탄광 동료들에게 '오해가 있는 모양이야. 내가 한태훈이래' 하며 웃음을 보낼 정도로 여유를 가지고 있다. 그러나 이 여유는 감동적으로 다가오기보다는 다소 공허하게 느껴진다.

> 　그의 내면 깊은 곳 어딘가에서 격렬한 비명이 육신을 터뜨리며 쏟아져 나올 듯이 부글거렸다. 그때 그의 몸뚱이로부터 무엇인가가 분리되어 철교 밑으로 까마득히 추락하는 것이 느껴졌다. (…중략…) 그는 다시 철교 가운데로 걸어 들어갔다. 아까 그 철교 밑으로 무엇인가가 추락하는 것을 분명히 보았다고 생각되었기 때문이었다.
> 　그는 그것이 무엇인지를 알 수 있었다. 침목 사이로 내려다 보이는 개천 얼음 위, 철교를 떠받친 콘크리트 교각 옆에 하나의 시체가 드러누워서 그를 올려다보고 있었다.
> 　그것은 한태훈이었다. (『새떼』, 351~352쪽)

송영숙이 이성철을 죽였다는 소식을 듣고, 철길을 따라 걷던 한고조는 심적 변화를 일으킨다. 그리고 연탄공장으로 돌아와 대식에게 '공룡'처럼 변한 자본주의에 대해 설명해 주며, 싸워 나가야 한다는 것을 가르쳐 준다. 회의적인 지식인의 죽음과 민중으로의 재탄생. 소설의 핵심적인 장면은 환상 속에서 이루어진 결심이다. 한태훈의 시체를 바라보고, 스스로가 노동자가 되었음을 인식하는 것이 그러하다. 관념적인 지식인을 벗어나 구체적인 민중이 되는 과정이 작가의 또 다른 관념적인 차원에서 이루어지고 있다는 것은 하나의 아이러니이다.

이 막연성과 관념성은 영화에서도 그대로 이어진다. 한고조는 자신의 신분이 탄로날까 두려워 떠나려 하며, 이금란은 그를 따라가려 한다. 그러나 마지막

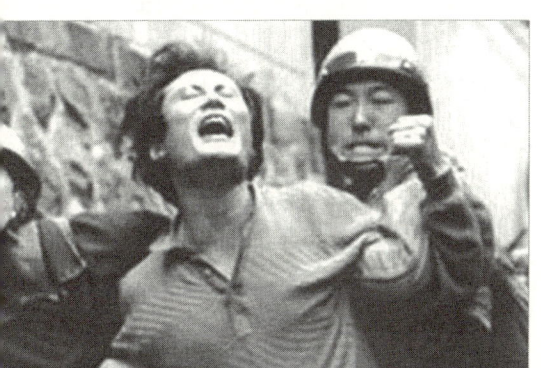

◀ 80년대 학생운동과 공권력의 대립.

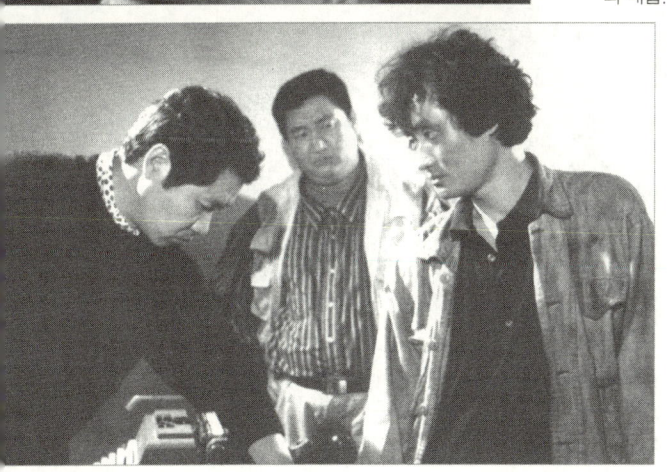

◀ 이성철과 다방에서 싸운 후, 경찰서로 끌려와 조사를 받는 한고조.

순간, 여관으로 이금란을 불러낸 이성철은 그녀에게 자신과 함께 떠나자고 애원한다. 서로의 맨얼굴을 확인했다면, 서로간의 정을 확인했다면, 왜 이들은 모두 떠나려 하는가. 감독의 현실주의적 시선은 이 지점에서 냉혹하게 상황을 정리한다. 성철은 금란에게 찔려 죽음으로써 탄광촌을 떠나고, 금란은 기영과 약속했던 기차가 아닌 경찰차에 실려 살인자로서 탄광촌을 떠나게 된다. 결국 영화는 밑바닥 인생의 새출발이란 현실의 무게에 짓눌리고 만다는 점을 보여준다. 이제 기영은 혼자 기차를 타고 떠난다. 마지막 장면은 기차 속에서 기영의 독백이다— '오늘을 뭐라 부르든 간에 이미 변화가 시작되었다. 오늘의 어둠을 희망이라 부르자'—그 변화는 바로 인간을 인간의 시선으로 보는 것이다. 남으로만 여겼던 '그들'이 '우리'와 다를 바 없다는 것을 확인했다는 것이 바로 변화의 시작이다. 그러나 그 자체로 어둠이 희망이 될 수 있을까. 그러기에는 무리수가 따른다. 작위적인 결말이 영화를 마무리하고, 남는 것은 탄광촌 풍경의 쓸쓸함이다.

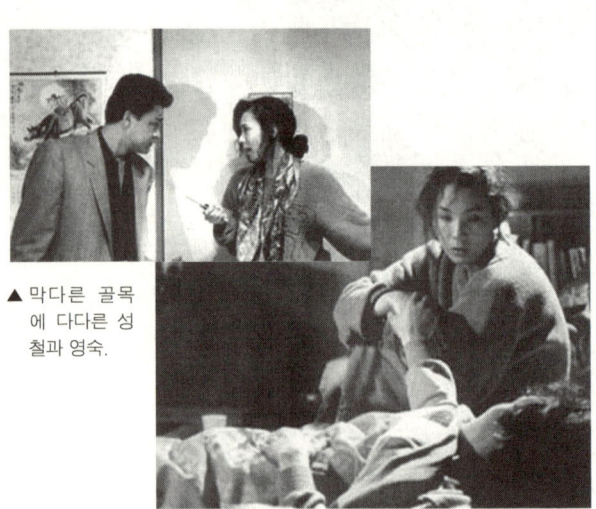

▲ 막다른 골목에 다다른 성철과 영숙.

▲ 서로의 본모습을 보여줄 만큼 가까워진 한고조와 영숙.

4. 대금소리와 북소리

『새떼』의 첫머리에서 한고조가 탄광촌에 도착했을 때, 그를 사로잡은 것은 두 가지였다. 두말할 나위도 없이 하나는 탄광촌의 스산한 풍경이었고, 또 하나는 한겨울의 차가운 공기를 휘감으며 울려 퍼지는 대금소리였다. 그 가락은 '시커먼 색깔의 두툼한 방한복으로 머리까지 꼭꼭 싸매고' '원래의 색깔을 알 수 없을 지경으로 석탄 먼지에 절은 도시락 보따리를 들고 있'는 광원들을 모여들게 한다. 그 초라한 행색의 광원들은 대금소리를 들으며, '꼼짝도 하지 않고, 거의 숨도 쉬지 않는 듯한 침묵 속에서, 거의 엄숙하게 대금과 불을 지키고 서 있었으며, 그들은 마치 신을 경배하는 사제와 신도로서 지금 경건한 의식을 집행하고 있는 사람들 같았으며, 새로이 안치한 시조(始祖)의 무덤 앞에서 장손이 부어 올리는 맑은 제주(祭酒)를 지켜 보고 있는 자손들 같'은 신성한 몰입에 빠져 든다. 이 대금소리의 힘은 음악적 차원에서라기보다는 민중의 한과 신명이 서린 역사적 장에서 비롯된다.

대금소리가 가진 힘에 대한 묘사와 설명은, 마치 구비구비 휘돌아 감기는 대금소리의 질긴 가락처럼 길고 유장하다. 실제로 작가는 거의 두 페이지에 걸친 문장 하나로 그것을 표현한다. 그를 통해 역사는 실패와 좌절의 경험으로부터 발전한다는 것, 괴로움과 고통을 딛고 일어나야 진정한 흥과 신명이 나온다는 변증법을 밝혀낸다. 이 깨달음에 하나를 더 보태어, 작가는 대금을 부는 피리아재 고재면의 가계사를 설명해 나간다. 장악원의 대금 악사였던 아버지 고재훈을 통해 전해 내려온 대금과 아악의 역사는 우리 현대사 그 자체이다. 그것은 지배 세력의 억압과 외세의 탄압 속에서, 한과 흥을 변증법적으로 발전시켜 온 민중적 전통이라 할 수 있다. 이 전통을 인식했을 때 마침내 한고조는 자신의 길에 대한 확신을 얻을 수 있었다. 민중에 대한 불신으로 가득 차서 탄광촌으로 내려온 것이 소제목 '길 1'이고, 이제 수배자의 신분이 탄로나서 잡혀가는 길은 '길 2'로 명명된다. '길 1'은 회의와 좌절감으로 가득 찬 절망의 길이지만, '길 2'는 새로운 믿음이 가득 찬 길이다. 비록 지금은 형사에게 끌려가는 순간이지만, 이것은 대금산조처럼 '이리 굽었다 저리 꺾이고, 저리 휘돌았다 이리 굽는 것 뿐'이다. 오히려 '그 휘도는 것이야말로 언젠가는 그를 흥과 신명과 시원한 해방으로 인도하고야 말 길'임을 확신한다. 『새떼』가 마지막으로 기대는 곳이 '역사'의 장이라면, 영화는 이를 현장화시킨다.

소설의 대금소리는 영화에서 북소리로 바뀐다. 시위 현장에서 낮으면서도 힘있게 울려 퍼지는 북소리. 영화에서 이것은, 한고조의 과거를 회상하는 소도구로 사용된다. 연탄공장 숙직실 바닥의 신문 조각에서 '노동계급 지하조직 발견'이라는 기사 제목을 보았을 때, 여관 TV에서 전국 노동자 대표자 협의회 결성대회와 강제 진압 뉴스를 보았을 때, 성철을 폭행한 후 경찰서 보호실에서 시위와 진압 풍경(이한열 죽음, 1987)을 회상할 때, 어김없이 북소리는 울려 퍼지고, 한고조는 학생 운동가였던 자신

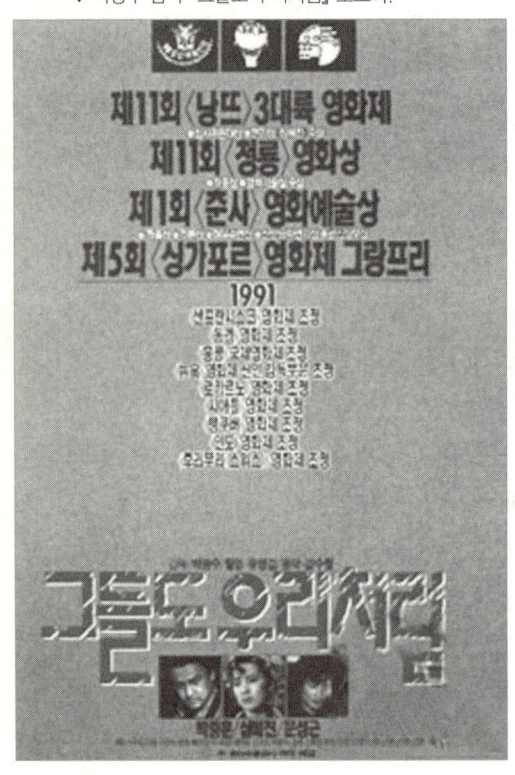

▼ 박광수 감독 『그들도 우리처럼』 포스터.

제11회 〈낭뜨〉 3대륙 영화제
제11회 〈청룡〉 영화상
제1회 〈춘사〉 영화예술상
제5회 〈성가포르〉 영화제 그랑프리
1991

그들도 우리처럼

박중훈 심혜진 문성근

의 과거 속으로 들어간다. 지금 있는 곳은 탄광촌이지만, 자신의 존재 조건은 벗어날 수 없음을 수시로 북소리가 환기시킨다. 영화가 시작과 동시에 울리는 북소리는 그렇게 한고조의 현재를 끊임없이 되살리고, 마지막 내레이터의 목소리로 '희망'을 이야기할 때도 북소리는 여전히 둥둥 울려 퍼진다.

'대금소리'와 '북소리'. 이 두 가지는 최인석과 박광수의 차이를 두드러지게 보여준다. 최인석은 역사적 의미를 설명하는 방식을 선택한다. 소설의 모든 인물은 각기 자신들의 내력을 설명한다. 모든 장소와 상황은 그 역사적 맥락을 다 밝혀야만 한다. 너무나 많은 이야기와 설명 속에서 세부적 진실은 곳곳에서 드러나지만, 중심은 희미해지고 만다. 박광수는 현장에서 울려 퍼지는 북소리의 분위기에 집중한다. 그러나 그 분위기의 강렬함은, 의미를 사라지게 한다. 영화는 인물과 상황이 배경으로 드리워진 탄광촌 스케치만을 남길 뿐이다. 『새떼』와 『그들도 우리처럼』은 서사적 장르와 영상적 장르의 특성을 잘 포착하고 있다. 그러나 그것이 설명과 이미지의 극단으로 나가 버렸고, 그 결과 소설은 많은 이야기 속에 중심이 산만해지고, 영화는 강렬한 풍경 속에서 의미가 사라지고 말았다. 모든 것을 다 설명해 주기와 모든 것을 다 이미지화하기. 그래서 '감동'이 설 자리는 사라진 것일까.

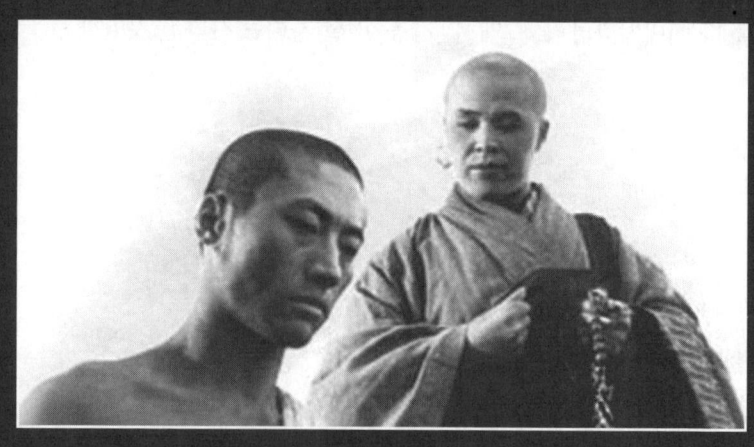

제5부

죽음, 다시 삶으로

소리의 빛과 한의 리얼리티

이청준 원작 「소리의 빛 1·2」, 임권택 감독 『서편제』

노귀남

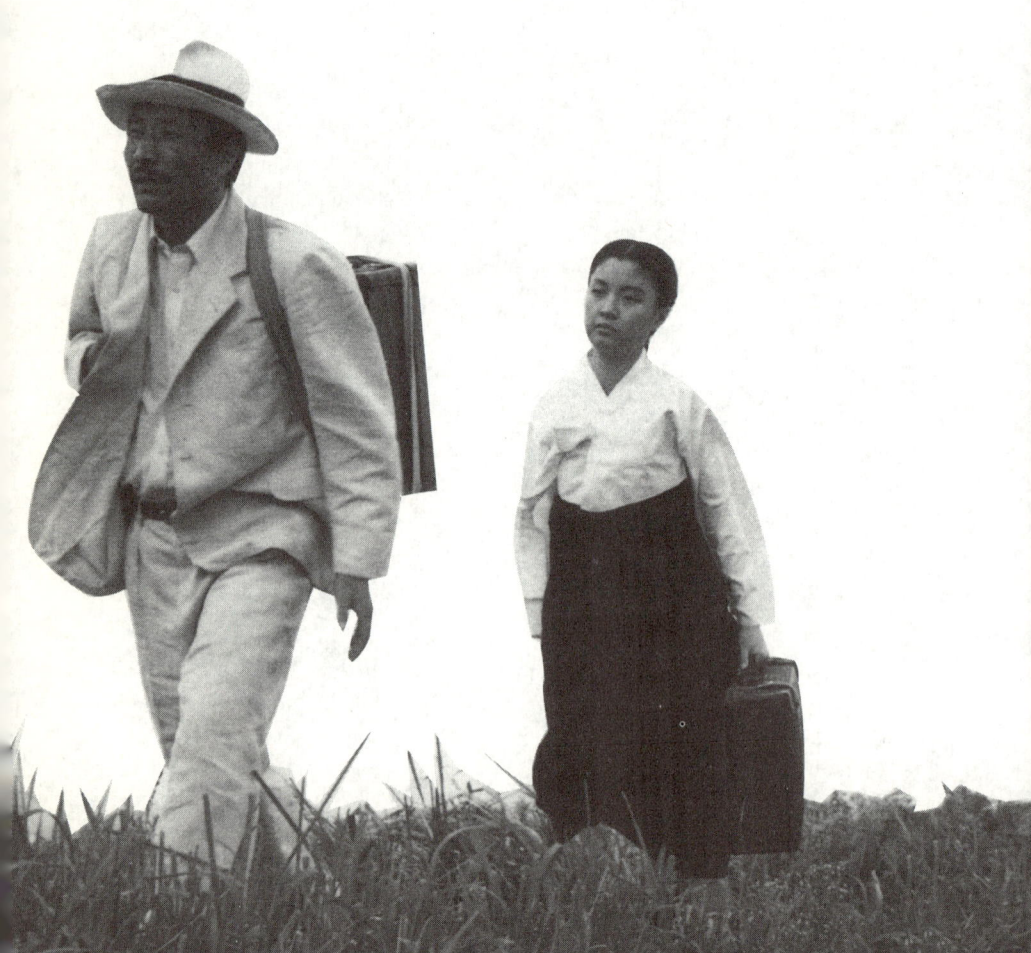

1

　소설이 근대를 대변하는 새로운 예술 장르가 되었던 것처럼, 영화는 현대 산업사회와 함께 떠오른 예술의 하나이다. 소설이 영화를 누린 시대는 가고, 점점 영화가 영상 산업의 적자로서만이 아니라 시대를 대표하는 장르로 군림해 가고 있다. 그런데도 우리 영화 산업은 후진성을 면치 못한 형편이다. 이럴 때 우리 영화의 발돋움 가능성을 찾아 보는 뜻에서, 어떤 면으로 성공을 보여준 『서편제』를 새롭게 조명해 보고자 한다. 임권택 감독의 영화 『서편제』는 많은 관객을 모았다. 무엇이 우리에게 감동을 주었을까? 경제적 풍요 속에서 정신적 허전함을 느끼던 차에 우리 옛것에 대한 향수를 불러일으킬 수 있었기 때문일까. 보아 왔던 통속적인 우리 영화 수준을 깬 것이라 생각한 때문일까.

　우리 영화의 통속성은 안이한 구성에서 비롯되는 경우가 많다. 구성이 치밀하게 짜여 있어야 주제가 산다. 영화는 문학과 다른 장르의 예술이지만 밑그림이 되는 각본은 문학에서 출발한다는 측면에서, 영화와 문학은 이웃 사촌과 같고, 긴 세월 동안 실험되고 단련되어 온 소설의 구성력은 영화에 어떤 힘을 줄 수 있을 것이다. 실제로, 『닥터 지바고』 등 문학 작품을 영화화하여 성공한 경우가 얼마든지 있으니 말이다.

　이 글은 『서편제』의 구성을 비교 분석함으로써, 소설과 영화의 차이와 상관성을 살펴보고, 나아가 영화의 작품성을 점검하는 계기를 마련하고자 한다.

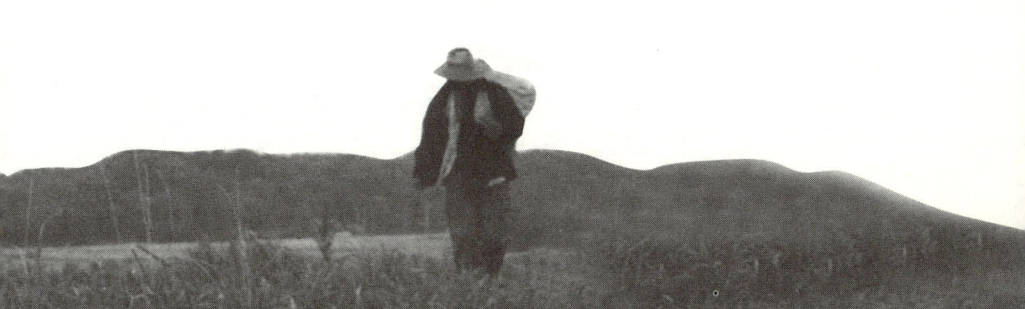

2

영화 『서편제』는 이청준의 연작 소설 『소리의 빛 — 南道사람 1·2』를 묶어 김명곤이 각색하였다. 이야기의 얼개는 소리의 전수자(傳授者)로서 소리꾼 사내(김명곤)와 그 소리를 전수받은 양녀 송화(오정해)와 소리를 버리고 집을 떠났다가 다시 소리를 찾아 나선 의붓아들 동호(김규철)를 축으로 펼쳐진다. 이 세 사람 사이는 사연이 많은 비정상적인 가족 관계를 이루고 있고, 그 가운데 한(恨)의 정서를 매개로 한 소리의 전수를 축으로 삼아 전체 구성을 이끌어 간다. 인물 구성은 부자 사이의 갈등, 부녀 사이의 유대, 오누이의 우애와 그리움의 감정을 중심으로 하여, 그 관계의 줄기를 이루고 있다. 사건 구성은 소리가 싫어서 집을 떠났던 동호가 다시 소리를 찾아 나서는데, 누이의 인생 궤적을 좇아가는 여정을 현재 시점으로 하고, 소리의 전수 과정과 관련된 과거 이야기를 회상과 추적 속에 설정하고 있다.

그런 구성 가운데 눈여겨봐야 할 부분은 한의 정서를 소리에 어떻게 매개시키는가 하는 문제이다. '한으로 해서 소리가 열리고, 한으로 해서 소리가 깊어진다'는 것이 그 점에서 무엇을 의미하는가? 소설도 영화도 한과 소리가 불가분의 관계에 있다는 중심 내용은 비슷하지만, 그것을 이끌어 가는 과정과 방법, 말하자면 구성은 서로 다르다. 이 점을 먼저 소설에서부터 살펴보자.

남도 사람에게 소리와 한과 삶은 운명적으로 하나의 끈으로 이어져 있는 것인지 모른다. 이런 정서를 바탕으로 삼고 이청준은 소설을 이끌어 가고 있는 듯하다. 한 남도 '사내'가 소리를 찾아서 소릿재와 소릿재 주막을 찾아가고, 그 주막을 지키는 한 여인을 만나 소리를 청해 듣고 그 소리 주인의 내력을 새삼스럽게 확인하고, 또다시 소리를 찾아 길을 떠나는 이야기, 이것이 「소리의 빛—南道사람 1」의 줄거리이다.「소리의 빛—南道사람 2」는 '사내' 가 마침내 소리하는 장님색시를 만나지만, 오직 그 소리를 새삼스럽게 확인할 뿐이다. '사내' 는 밤새 그 소리를 청해 듣고는 그 외의 어떤 요구도 어떤 내색도 없이, 홀연히 길을 떠난다. 이처럼 소리밖에는 안중에 없는 듯이, '소리의 미학' 을 절정으로 끌어올려 놓는다.

그런 다음, 소설은 그 '소리' 에다 '한' 을 덧붙이는 말로써 결말을 짓는다.「소리의 빛—南道사람 1」에서는 '사람의 한이라는 것은 인생살이 한평생을 살아가면서 긴긴 세월 동안 먼지처럼 쌓여 생기는 것이며, 어떤 사람들한테는 외려 사는 것이 한을 쌓는 일이고 한을 쌓는 것이 바로 사는 것' 이라 한다.「소리의 빛—南道사람 2」에서는 '자기 한(恨) 덩어리를 지니고 그것을 조금씩 갈아 마시며 살아가는 위인들이 있는 듯싶데그랴. 그런 사람들한테는 그 한이라는 것이 되레 한세상 살아가는 힘이 되고 양식이 되는 폭'이라고 한다. 이 정도에 이르면, 역설적이게 '한' 이 소리를 만나 화룡점정 같은 '한의 결정(結晶)' '한

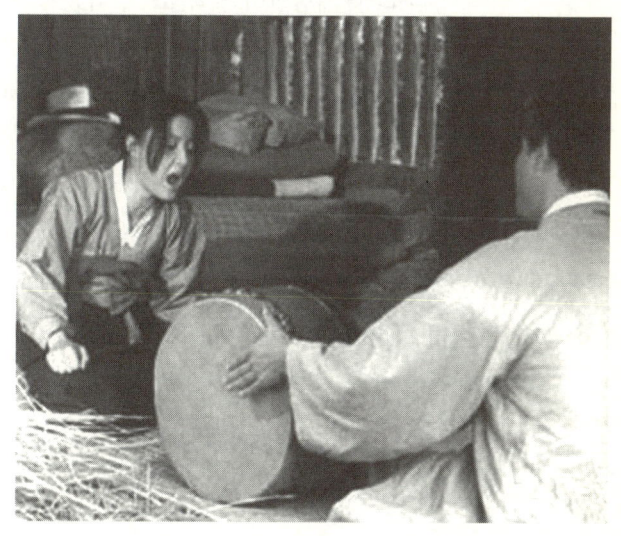

▶ 소리 공부하는 송화

의 미학'을 만들어낸다.

여기서, 우리는 '한'이 소리의 핵심을 이루고 있지만 그 한의 주제를 앞에서 함부로 말하지 않는다는 점을 주목해야 한다. 작가는, 한을 앞세우지 않고 소리를 찾아가는 과정을 끝까지 밀고 나감으로써 한의 주제에 힘을 실어 줄 수 있게 한다. 따라서 '한으로 해서 소리가 열리고, 한으로 해서 소리가 깊어진다'는 '한의 미학'이 압권을 이룰 수 있게된다. 이런 것이 바로 구성의 힘에서 나온다.

그러면 스토리를 어떻게 효과적이고 개연성 있게 '구성' 하는지 보자.

한이 깊어지게 하는 하나의 계기가 되는 사건은 소설에서나 영화에서나 멀쩡하던 계집아이의 눈을 멀게 하는 일이다. 이로써, 가슴에 한을 심어 주고, 그 한을 삭임과 함께 눈의 정기가 소리로 뻗치게 하여 소리가 깊어지게 한다는 의도를 이야기에 숨긴다.

소설에서, 소리꾼 계집딸이 열 살도 못 되었을 때 일이다. 견딜 수 없는 통증 때문에 잠을 깨어 일어나니 두 눈알이 활활 타들어 오는 것 같았고, 그후 앞을 영영 볼 수 없는 신세가 되었다. 아비가 잠든 계집 자식 눈 속에 청강수를 몰래 찍어 넣어, 눈으로 뻗칠 사람의 영기가 귀와 목청 쪽으로 옮겨 소리를 비상하게 한 것이란다. 이런 사건으로 말미암아, 판소리의 소리에 '한'과 '빛'이라는 구체적이고 가시적 세계를 더함으로써, '소리의 빛'이라는 새로운 미적 세계로 확대, 비약시키는 가운데 어떤 신비스러운 아름다움까지 느끼게 만든다.

그러나 소설은 이 점을 단정적으로 말하지 않고, 이런 주제적 의미를 형상화시킬 수 있는 소설적 장치를 면밀하게 배치해 나간다. 작가는 어떤 장치에 의해 판소리의 아름다움을 소설적으로 드러낼 수 있었던가. 이 점은 장르의 차별성을 말하는 것이고, 동시에 각기 다른 장에서 추구된 미가 예술이란 이름으로 통합되는 장을 확인할 수 있는 기회를 줄 것이다.

이청준은 몇 가지 중요한 이미지를 포석으로 깐다.

'소리를 들을 때마다 그의 머리 위에서 이글이글 불타오르는 뜨거운 여름 햇덩이가 하나 있었고, 이것은 어렸을 적부터의 한 숙명의 태양'이라는 것과 '파도비늘이 반짝이는 바다가 내려다보이는 해변가 언덕밭, 이 한 모퉁이의 무덤가 잔디밭에 허리 고삐가 매여 지내고 있는 소년'과 '물결 위를 떠도는 부표처럼 가물가물 콩밭 사이를 오락가락하며 하루 종일 그 노랫소리도 같고 울음 소리도 같은 이상스런 콧소리 같은 웅웅거리는 노랫가락 소리', 또 '진종일 녹음 속에만 숨어 있던 노랫소리가 비로소 뱀처럼 은밀스럽게 산 어스름을 타고 내려와 그 뱀이 먹이를 덮치듯이 아직도 가물가물 밭고랑 사이를 떠돌던 소년의 어미를 후다닥 덮쳐 버린 소리의 얼굴' 등이 그것이다. 이런 이미지들에서 "소리는 얼굴이 없었으되, 소년의 기억 속엔 그 머리 위에 이글거리던 햇덩이보다도 분명한 소리의 얼굴이 있을 수 없었다. 그리고 그 언제나 뜨겁게만 불타고 있던 햇덩이야말로 그날의 소년이 숙명처럼 아직 그것을 찾아 헤매다니고 있는 그 자신의 운명의 얼굴이었다"는 '운명적 삶'을 만들어낸다.

어른이 되어 '사내'가 소리를 찾아 나설 수밖에 없는 그 운명적 삶에는 의식의 심층에 자리한 자신의 삶의 시원이 잡아끌고 있고, 거기에는 또 어미의 한 많은 일생이 보태어져 있다. '소리를 이미지로 바꾸는 데에 개인적 삶의 한 원형을 겹치기

▼ 송화를 찾아 나선 동호.

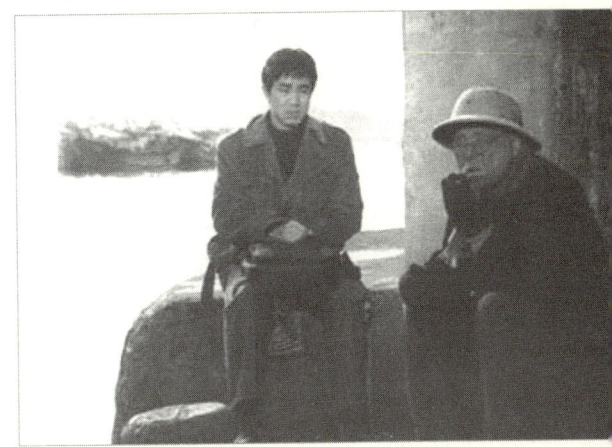

함'으로써, 판소리의 소리에 다른 장르의 형상력을 덧붙이는 것이다. 파도비늘, 견디기 힘든 햇덩이, 인생의 축소판 같은 삶의 현장인 밭고랑, 소리의 얼굴 등의 이미지들이 한 소년에게 삶에 대한 원한과 살기 같은 것을 간직하게 하고, 그 삶을 소리와 결합시킴으로써, 삶을 승화하는, 즉 한을 삭이고 예술의 경지로 끌어올린 판소리의 세계를 그려낸다.

그러면 운명적 삶의 시원을 말하는 서사를 좀더 살펴보자.

소년의 어미가 계집아이 하나를 낳아 놓고 죽은 뒤 소리의 사내가 후줄근한 모습으로 소년의 집 사립문을 들어섰다. 하지만 소년은 아직도 그때의 그 사내 얼굴이 소리의 진짜 얼굴이라고 생각지 않았다. 소년에겐 여전히 그 뜨거운 햇덩이가 소리의 진짜 얼굴로 남아 있었다. 나이가 들어 가도 마찬가지였다. 괴롭고 고통스런 얼굴을 버리고 살 수가 없었다. 머리 위에 햇덩이가 뜨겁게 불타고 있지 않으면 그의 육신과 영혼이 속절없이 맥을 놓고 늘어졌다. 그는 그 햇덩이를 만나기 위해 끊임없이 소리를 찾아다니지 않으면 안 되었다.

어미를 잃고 난 뒤 소년은 사내를 따라 십여 년 고을고을 소리를 팔며 떠돌아 다니고 있었다. 사내는 그 어린것에게 소리를 시키는 게 소원이었다. 하지만 녀석은 끝내 아비의 뜻을 따를 수 없었다. 어미를 죽인 것이 바로 사내의 소리였으므로, 그는 사내와 사내의 소리를 죽이고 말 은밀한 계획을 꾸미고 있었다. 사내의 소리는 이상한 마력을 가지고 있었다. 녀석에게 살의를 잔뜩 동해 올려놓고는, 그에게서 다시 계략을 좇을 육신의 힘을 몽땅 다 뽑아가 버리는 것이었다. 녀석이 정작 그의 부푼 살기를 좇아 나서 볼 엄두라도 낼라치면, 사내의 소리는 마치 무슨 마비의 독물처럼 육신의 힘과 부풀어오른 살의의 촉수를 무력하게 만들어 버리곤 하였다. 그는 아비가 잠든 틈을 타 돌멩이를 가슴에 품고 다가갔지만, 결코 죽이지 못했다. 아비는 그런 녀석의 속셈을 알고 있는 듯했지만 태연했다. 그 길로 녀석은 숲 속을 멀리 빠져 나왔다. 멀리서 그를 부르며 찾아 헤매는 듯한 사내의 소리가 골짜기를 아득히 메아리쳐 왔지만, 그는 멀리 발길을 돌렸다.

그러나 녀석은 아직도 골짜기를 메아리쳐 오던 사내의 마지막 소리를 피해 갈 곳은 아무 데도 없었다. 어른이 되어 다시 소리를 찾아 나설 수밖에 없었던 것이다. 사내는 소릿재 주막에서 여인의 소리를 듣고 있으면서도 안타깝게 그를 찾아 헤매는 사내의 소리를 듣고 있다.

이와 같은 서사 속에 누이가 장님이 된 이야기가 보태지는데, 이 의미를 두고 여인과 주인공 '사내'가 각기 다르게 말한다. 소릿재 주막 여인은, 좋은 소리를 가꾸자면 소리를 지니는 사람 가슴에다 한을 심어 주어야 하므로, 목청을 다스리게 하도록 눈을 멀게 했을 것이란다. '사내'는, 한이란 심어 줄 수 있는 것이 아니라 살아가면서 먼지처럼 쌓여 생기는 것이며, 노인이 자식년을 떠나지 못하게 할 생각이 앞서서 그랬을 것이란다. '사내'의 해석은 눈을 멀게 한다는 작위성이 단순한 한의 문제로 남지 않음을 뜻한다. 이 문제는 주제로 연결되는 구성상의 복선이 되는데, 노인이 자식을 떠나지 못하게 하는 이유 속에 '사내' 또한 그 삶을 떠나지 못하고 돌아오게 된 까닭을 암시적으로 겹침으로써, 한을 확대 재생산하는 소설적 개연성을 구성하게 한다. 즉, 그런 이해 가운데, '사내'는 비로소 노인을 받아들이며 자신의 운명도 한도 함께 삭여, 삶과 한과 소리가 하나로 되는 소리의 경지를 '수용하는 자'가 된다.

이러한 서사 구도 속에는 세 축으로 이끌어 가는 '이어짐'의 구성이 있다.

첫째는 이미지 구성이 중심이 되는 이야기이다. 즉 햇덩이, 파도비늘, 소리 얼굴, 살기 등의 이미지를 변용시켜 삶과 한이 서로 쌓여 소리로 이어지게 하는 축이다. 다시 말해, 햇덩이 등의 이미지의 매개로 소리가 한(삶)과 어우러진다. 이것이 '삶의 공간을 이룬 이어짐'이라면, 이 이어짐이 있는 삶의 공간은 한이 소리의 미학을 만들고 또한 소리가 한의 미학을 만듦을 뜻한다. 즉, 한으로 하여 천박한 소리에 삶의 무게와 깊이를 심게 함으로써 인생의 소리, 소리의 미학을 만든다. 그리고 한만 있다면 마냥 한스러울 뿐이겠지만, 거기에 소리가 함께 있음으로써 한의 미학을 이뤄낸다.

둘째는 노인(사내)의 소리—눈먼 딸의 소리—소릿재 묘지기 격의 주모 여인의 소리로 그 맥이 이어지는데, 이것은 '소리 삶이 세대로 이어짐'을 말하는 서사이다. 이것은 첫째 축의 소리와 한과 삶을 '전수하고 지키는 문제'를 중심으로 삼는다.

셋째는 소리를 떠났던 자가 되돌아올 수밖에 없는 '운명의 서사'를 구성하는 축이다. 의식의 밑바닥에 있던 '햇덩이'가 '사내'를 움직여 자신의 운명적 삶 속으로 되돌아가게 한다. 그래서 소리에 먼지처럼 쌓여 있는 소리꾼의 삶과 한들을 듣는, 즉 운명 속의 소리를 알아보는 지음(知音)으로서 자신과 소리꾼을 만난다. 이 지음은 '잃어버린 삶을 되살리는 이어짐'이다. 이것은 앞의 두 축의 현재적 의미를 재생산하는 축인데, 서사 구도를 현재에서 과거로 되돌아가게 하고, 이것을 다시 현재로 끌어오는 중심축이다.

이런 '이어짐'들에는 첫째의 이미지 '햇덩이' 등을 기본축으로 한다. 이 이미지 매개에 의해, 소리를 재생산하게 하는 지킴(전수)과 회귀(소리 되찾기)의 두 축이 이어짐으로써, 주제를 구성해 나간다. 즉, 이 이어짐들 속에서 소리 세계의 예술적 재생력과 보편성을 확보하고, 나아가 한의 미학과 함께 삶을 공유하고 계승하는 주제를 암시한다.

3

　그런데 소설과 영화의 가장 뚜렷한 경계는 '소리의 빛'에서 갈라진
다. 「소리의 빛―南道사람 2」은 '한으로 해서 소리가 열리고, 한으로
해서 소리가 깊어진다'는 '소리의 미학'을 결정적으로 문학의 세계로
열어 놓는 '소리의 빛'으로 끌어간다.
　장흥읍에서 십여 리 떨어진 탐진강 물굽이의 한 자락을 끼고 돌아앉
은 주막집이 있었다. 주인 사내는 늙은 홀아비 천씨이고, 주모격인 장
님 색시와 함께 지내고 있다. 기묘년(1969) 늦가을, 낯익지 않은 외지
손님이 주막을 찾아든다. 그가 색시에게 소리를 청한다. 읍내에서부터
소문을 듣고, 술맛보단 소리를 좇아 남도천지 안 돌아본 데가 없다며,
소리만 있어 주면 밤이라도 새우겠다는 것이다.

　　"들을 만한 데도 없이 천하기만 한 제 소리요."
　　"아닐세, 자네 소리에는 내게 무엇보다도 반갑고 소중한 것이 있었네.
　　소리보다도 나는 그 소리 속에서 그것을 만나러 이 세월을 허송하고 다녔
　　을지도 모르는 소중스런 것이 말이네."

　그 소중한 것은 어떤 이상스럽게 뜨거운 '햇덩이'에 대한 기억 같은
것이었다. 뜨거운 햇덩이의 기억, 사내의 기억 속 소년에게는 어전히
그 햇덩이가 소리의 진짜 얼굴로 남아 있었다. 반생을 지녀온 숙명의
태양이요, 소리의 얼굴이다. 사내는 그날 밤 장님 색시한테서 눈썹을
불태울 것 같은 그 무섭게도 뜨거운 햇덩이를 다시 보게 된다. 그처럼
뜨거운 햇덩이를 품은 소리를 만난 일이 없는 것만 같았다.
　소리의 끝을 햇덩이 같은 빛과 열기로 말하는 부분은 소리의 장르를
넘어서는 지점이다. 빛을 영상으로만 말한다면 소리의 장과는 단절될

터인데, 작가는 햇덩이 등 몇몇 이미지들을 포석으로 깔고, 앞에서 살펴본 바대로 면밀한 구성 아래에서 그것을 스토리(서사)와 결합시킴으로써 문학적 아름다움으로 바꾸어낼 수 있었다. 소리와 영상을 결합하는 이청준의 소설은 양자를 동시에 구현하는 제삼의 장인 '소리의 빛'을 만들어냈다. 이 '소리의 빛'은 문학의 강점을 극대화하여 예술 지상주의적인 '시적 아름다움'을 지향한다.

소설에서 이미지 구성을 통해 구현된 '소리의 빛'을 영화로 옮겨 놓으면 어떻게 될까.

영화는 앞 장면에서 이것을 '부분적'으로 암시할 뿐이다. 어미가 밭에서 일을 할 때, 아이는 무덤가 잔디밭에 허리 고삐가 매여 뜨거운 '햇덩이'를 감당하고 있다. 이 영상을 영화 전체의 주제적 구성과는 거의 연결시키지 못한다. 그리고 소설 「소리의 빛」을 스토리 중심으로 차용하여 영화의 마지막 부분을 장식하는 동호와 송화의 만남으로 그려낸다. 소설의 '햇덩이'는 소리와 한을 매개하고, 앞에서 살펴보았듯이 그것은 또한 '이어짐'의 구성에서 기본축이면서 소리와 한의 전체 서사 구도에 작용하는 추동력이었다. 간단히 말해, 그것은 부분적 이미지로 끝나는 것이 아니라, 전체 주제적 의미로 확대 재생산되는 구성력을 가지는 것이었다. 이런 차이는 영화가 소설과 다른 방향에서 주제적 구성을 잡고 있다는 중요한 대목을 말한다.

영화는 소설의 스토리를 거의 다 끌어들인다. 전통 소리꾼 사내와 그의 소리를 전수받는 눈먼 딸, 거기에 아비의 소리를 거부하고 떠나는 의붓아들, 소리의 맥이 거의 끊어질 것 같던 상황에서 의붓아들이 흩어진 남도 소리의 맥을 다시 찾아 나선다는 서사 구도 등등이 영화에도 다 이야기되고 있다. 그렇지만 영화는 다른 목소리를 낸다.

백만 이상의 관객이 몰려들어 보았다는 『서편제』. 더군다나, 많은 사람들이 눈물을 흘렸다고 한다. 영화의 어떤 목소리가 우리에게 감동을 주었을까. 우선 소설과 차이가 있는 줄거리와 구성을 살펴보자.

소리판에서 실패를 한 유봉이 송화를 자기 곁에 붙잡아 두고 오직 소리에만 전념시켜 자기 소리를 전수받도록 할 목적으로 그녀의 눈을 멀게 만든다. '부자'를 과하게 쓰면 눈이 먼다는 것을 알고 보약이란 핑계로 송화에게 부자를 달여 먹인다. 이 사건은 '한으로 해서 소리가 열리고, 한으로 해서 소리가 깊어진다'는 소리와 한을 다룬 원작상의 주제적 의미와 불가분의 관계에 있다. 소설에서처럼 어떤 개연성을 가지도록, 그 관계를 영화화할 수 있는 장치는 있었던가. 아니면, 이 사건은 생경하게 겉돌아 영화적 설득력을 잃게 하고 예술 영화로서는 실패하게 만들었던가.

소설에서는 소리와 한을 매개하는 데 중요한 역할을 하는 소년의 기

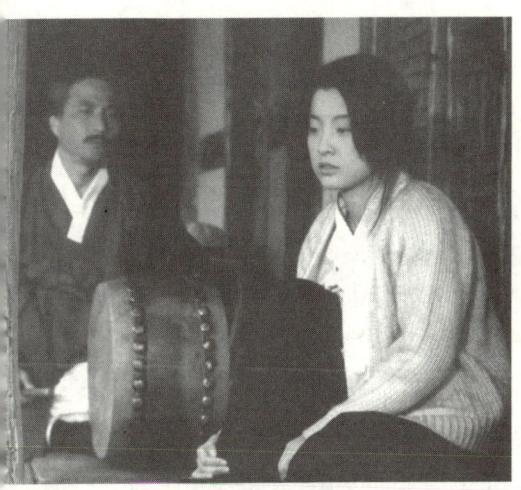

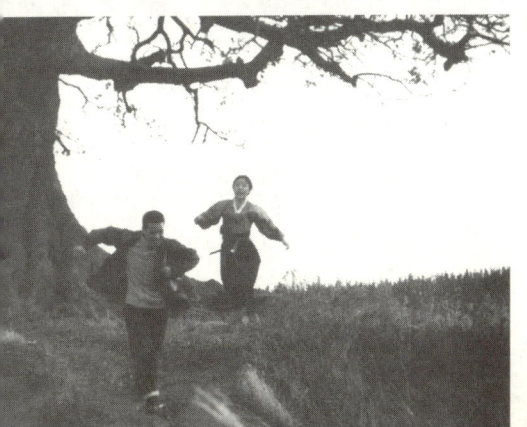

▲ 눈먼 후 다시 소리 공부를 시작한 송화.
◀▼ 집을 떠나는 동호.
▼ 소리에 흥미를 잃어 가는 동호.

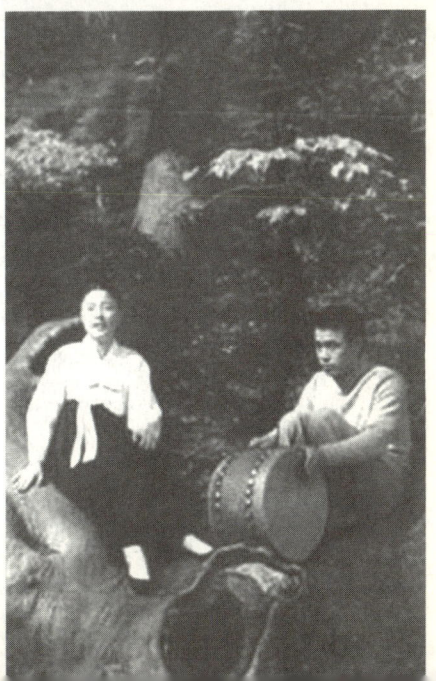

억이 바탕에 깔려 있다. 소년 어머니의 삶과 죽음, 소리꾼을 따라다닐 때 줄곧 자신을 지배하는 살기와 소리 얼굴 등은 '소리 세계'와 매개되어 그려지고, 소리는 그 세계로부터 탈출하게 만드는 이상한 힘이 되고, 동시에 자신을 다시 그 세계로 불러들이는 마력이 된다. 이때 중요한 대립 구도는 소리판을 떠남과 다시 끌려옴의 문제, 소리꾼과 사내의 대결, 그 중간 매개자로 소릿재 주막의 여인과 장님 색시로 짜여져 있다.

영화에서는 그와 같은 스토리에 또 하나의 대립 구도를 추가한다. 판소리의 소리 세계와 왜놈 양놈 노래의 소리 세계라는 문화적 갈등이 그것이다. 이 점이 관객에게 전통에 대한 향수와 감동을 강하게 부추겼다고 본다. 영화 『서편제』와 함께 판소리 강습이 성행했던 것은 이런 추측이 타당하다고 보게 한다.

그렇다면 이 영화 속의 대립 구도가 어떻게 전체 구성과 연계되어 있는가. 이 점이 이 영화의 중요한 평가축이 될 수 있을 것이다.

영화 『서편제』 인물 구성은 소리의 전수자(傳授者)로서 소리꾼 사내 유봉과 그 소리를 전수받은 양녀 송화와 소리를 버리고 집을 떠났다가 다시 소리를 찾아나선 의붓아들 동호 등을 중심축으로 하는 '전수자—지킴이—도돌이'의 관계로 요약될 수 있다. 이 세 사람 사이는 사연이 많은 비정상적인 가족 관계를 이루고 있었다. 그 불행 가운데 생겨나는 한(恨)의 정서는 판소리 전통 세계라는 전체 주제적 세계를 완성해 가는 중요한 추동력이다. 한의 대결, 충돌, 화해, 승화 과정이 부자 사이의 갈등, 부녀 사이의 유대, 오누이의 우애와 그리움의 감정으로 엮어지고, 이로써 인물 관계의 구성 줄기를 이룬다. 사건 구성은 동호의 과거 추적과 회상으로 꾸려진다. 소리가 싫어서 집을 떠났던 동호가 다시 소리를 찾아 나서는데, 누이의 인생 궤적을 좇아가는 여정을 현재 시점으로 하고, 소리의 전수 과정과 관련된 과거 이야기를 회상과 추적 속에 설정한다.

　이런 구도에 덧붙여지는 영화 속의 보조자들은 민화를 그리며 먹고 사는 유봉의 친구인 낙산 아저씨, 판소리계를 이어 가던 유봉의 옛 동료들, 연명 수단으로 소리를 팔기 위해 동업한 약장수들이다. 이들은 판소리의 소리 세계와 서구적 소리 세계라는 문화적 갈등을 도입하기 위해서는 필연적인 요소가 된다. 전통과 서구의 대립은 가치관에 극심한 혼란을 겪고 있는 오늘에 있어 가장 고전적인 갈등 모델이 될 것이다. 이런 갈등에 대한 대안을 찾기에는 현실이 이미 서구 쪽으로 기울어 있을 때, 전통 세계의 인물들이 몰락해 가는 것은 당연하다. 이것을 관객은 어떻게 지켜 보았을까?

　스승과의 다른 갈등으로 일찌감치 소리판에서 출문을 당한 유봉은 오히려 독자적인 소리판 계승에 대한 남다른 집착과 희망을 가질 수 있었다. 이런 까닭으로 유봉은 새로운 소리/문화가 일방적으로 승리를 거둬 세상을 온통 휩쓸 때에도 끝끝내 자기 세

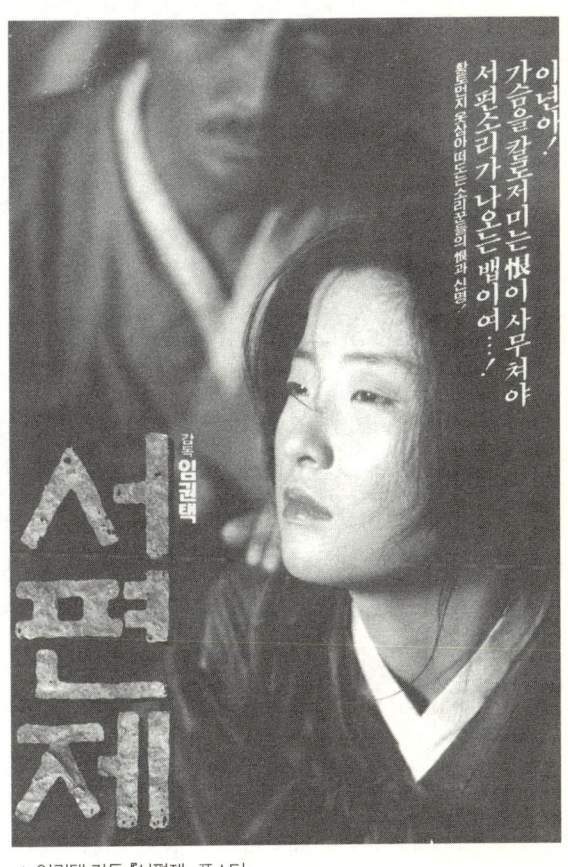

▲ 임권택 감독 『서편제』 포스터.

계를 지키고 거기에 목숨을 바친다. 그가 딸에게 눈을 멀게 해서라도 소리를 전수시키는 것도 이미 세상 물정과는 초월하여 지닐 수 있었던 소리에 대한 순수한 열정, 집착과 무관하지 않을 것이다. 반면 세상이 바뀌면서 한때 잘나가던 동료 소리꾼은 마약 중독자로 몰락해 가고, 낙산 아저씨도 겨우겨우 연명해 간다. 여기서 전통 세계의 일방적 몰락에 속수무책인 오늘의 관객이 '동정과 연민'을 가지고 유봉의 외로운 지킴에 동감하는 일은 별로 어려운 일이 아닐 것이다. 그렇다면, 구성의 치밀함과 상관없이 감성적 동의에 주로 기댄다면 여느 통속적 영화와는 무엇이 다르단 말인가.

그런데 여기서 전수자와 지킴이로서 유봉과 송화를 중심으로 하는 영화로 끝났다면, 그런 통속성을 면하기 어려울 것이다. 이런 측면에서 '도돌이'의 매개는 문제를 보는 새로운 관건이 된다. 동호를 중심으로 하여 '도돌이'로서 역할하는 회귀 구도가 전통 세계를 전적으로 새롭게 조명하고, 전통과 서구의 대립이라는 고전적 갈등 모델을 수준 높게 제시할 수 있는 중요한 계기가 될 수 있기 때문이다. 이런 이유로, 우리는 '전수자, 지킴이, 도돌이'라는 회귀 구도 속에서 판소리 세계의 주제적 의미를 구현해 가는 과정이 진정으로 어떤 보편적 예술미를 만들어내고 있는지 물어야 할 것이다. 이것은 영화 『서편제』가 판소리 세계 자체를 기록하는 것이 아니고, 영화로서 값해야 하는 문제이기 때문이다. 영화로써 드러내는 미학은 분명 판소리도 소설도 아닐 터이다. 이 영화에서 도입된 새로운 대립 구도는 전통 소리 세계와 새로 들어 오는 양악의 소리 세계라고 했다. 여기서 중요한 주제적 몫은 멀리 떠난 자의 회귀, 즉 도돌이에 실린다고 보아야 한다. 이는 판소리의 세계를 들여다보는 감상자가 판소리 세계에 접근하는 가장 가까운 매개자가 될 수 있고, 또 주제적 의미를 영화의 장 바깥으로 확장할 수 있는 투사자의 몫을 할 수 있기 때문이다. 말하자면 동호가 영화 속에서 이와 같은 매개자와 투사자로서의 개연성을 가질 수 있는가라는 문제에 이 영화의 성패가 달려 있을 수 있다는 뜻이다. 소설에서 동호의 역할을 하는 '사내'는 앞에서 살펴본 바대로 소설적 이미지 배치를 통해 그 주제를 살려낼 수 있었다. 그런데 영화에서는 이 부분을 어떻게 형상화했던가? 동호가 왜 떠나야 하고 왜 다시 돌아올 수밖에 없었던가?

이 점은 시대의 배경과 함께 그려져 있는 소리판의 지킴과 흔들림이 대립하고 있는 가운데 드러난다. 일제 강점에서 해방이 되자, 유봉은 판소리 세상이 올 것이라 믿고 있었지만, 현실은 또 하나의 침입자 양악이 들어 온다. 그럼에도 유봉은 왜놈 노래, 양놈 노래가 판소리를 당하기나 하는가, 판소리가 판을 치는 세상이 오고야 말 테다고 굳게 믿는다. 이런 믿음 속에서 두 자식, 송화와 동호에게 열심히 소리 공부를 시킨다. 그러한 유봉에게 낙산 아저씨는 한물 간 소리를 배워 배곯게 하지 말고, 그림이나 배워 굶지 않게 하라고 한다. 이것은 분명 현실적 시련이었다. 판소리로 먹고 살기 위해 약장수와 동업을 해보지만 그것도 여의치 못하였다. 떠돌이 생활을 하면서 술자리에서 노래를 팔기도 한다. 천한 재인놈이라는 모욕을 당하고 살아갈 길은 막막하기만 하다. 그러나 유봉은 소리판을 결코 떠나지 않는다. 설혹 굶는다 해도 소리에서 만족을 얻을 수 있는 지극한 애정을 그는 가지고 있었다. 그러나 동호는 그럴 수 없었다. 언제까지 이런 짓을 하며 살아도 희망이 없다는 것이다. 아비에 대한 반발은 물론이고 누님인 송화에게조차 이러고 살거나고 대들고 어느 날 훌쩍 집을 떠난다.

이 가운데 소설과 다르게 그려지는 삶의 모습은, 일제 강점과 해방 등과 같은 역사적 현실의 소용돌이와 세계의 변화 속에서 전통적 가치가 제대로 자리잡지 못하는 생존 문제가 개입하는 데 있다. 판소리는 고사하고 현실 속에서 당장 무얼 먹고 사는가 하는 현실의 가장 적나라한 요구가 어떻게 충족되는가 하는 문제이다. 이 문제와 갈등을 어떻게 해결하고, 또는 왜 다시 동호가 돌아오는가에 대해 영화는 실제로 대답하지 못한다. 즉, 전수자, 지킴이, 도돌이의 구성이 제대로 이뤄지지 못해 영화의 예술성이 떨어졌다. 그럼에도 불구하고, 관객은 그런 역사의 삶을 이미 자신이 살아온 내력으로 내면화하고 있었고, 그 가운데 있는 우리 역사의 아픔을 공유하고 있었던 점에서, 비록 구성상의 한계가 있을지라도, 흥행에는 성공할 수 있었다고 본다.

그와 같은 관객과의 공유항을 담보로, 내용상의 구체적 대립 관계를 생략하고 구성이 거칠어지면서, 영화 속에서는 현실에 대한 좌절의 출구를 '장님'이 되는 극단적 사건으로 풀어 간다. 현실에서 판소리는 철저히 축출당하고 오직 유배지와 같은 소릿재 헛간에서 소리 공부를 했던 것은 무엇을 말하는가. 아마도, 이 점은 장님이 되게 하는 사건을 들고 나와 한의 문제를 풀어 가려 한, 궁여지책 같은 구성상의 한계와 비슷한 문제에 물려 있을 것이다. 이런 측면에서, '도돌이'가 왜 판소리의 세계를 찾는지, 그가 무엇을 추구하는지, 이런 주제적 의미와 함께 영화에서 추가하여 그린 전통과 서구의 대립 구도 등을 영화적으로 제대로 형상화하는 데에는 실패했다고 말할 수 있다.

4

짧게 결론짓자면, 영화 『서편제』는 구성에서 전수자, 지킴이, 도돌이라는 의미 있는 구도를 설정하고도 그 가운데 리얼리티를 구현하는 데는 실패했다. '무얼 먹고 살아요'라는 절박한 질문은 격동하는 역사와 함께 살았던 민중들의 모습을 짚어 주는 가장 정확한 주소였다. 지금, 먹고 살 만한 시점에 그 문제를 되돌아볼 때, 경제 지상주의 뒤에 감춰져 있던 '잘못된 역사' 내지 '유기된 역사'는 무엇이며, 또 그것을 어떻게 바로잡고 되찾을 것인가 하는 중요한 문제에 대해, 단순히 '전통'에 대한 연민만으로 답할 수 있을까. 연민의 생명력은 급변하는 후기 산업 사회 속에 살아 남기에는 너무 짧다. 이 문제뿐만 아니라, 우리는 오늘날 영화 산업이 후기 산업 지상주의에 빠져 또다시 역사를 유기하고 외국 영화 추수주의 속을 헤매는 징조들을 지나쳐 버릴 수 없다.

우리 영화의 대안을 찾기 위해 소설의 구성과 비교해 보면, 영화의 힘이 구성의 치밀함과 완결성 면에서 많이 떨어짐을 볼 수 있다. 어떤 영상을 끌어들일 때, 그것을 단순히 그 장면의 아름다움만을 생각하고 끝나서는 안 된다. 호흡을 길게 하여, 영상과 영상을 매개시키고 전체 주제와의 관계 속으로 녹여 넣는 구성력이 부족하고서 영화의 예술성을 기대하기는 어렵다. 세상에서 자꾸 밀려나는 소리판의 한 끝에, 유봉, 송화, 동호 세 사람이 구불구불 휘어져 돌아가는 호젓한 돌담길 위에서 진도아리랑을 연출하는 장면은 소리에 담긴 애환과 한풀이의 정서를 고조시켜 관객에게 돌려 주었지만, 그 아름다움에 비해 호흡은 길지 못했던 이유를 곰곰 생각하며, 우리 영화를 돌아보아야 할 것이다. 이 점은 원작에서 '소리의 빛'을 형상화하는 장점을 눈여겨보아야 하는 큰 이유이다. 우리 영화의 작품성을 놓고 볼 때, 구성의 문제는 세계관이나 내용보다도 우선하여 더 고민해야 할 과제라 생각된다.

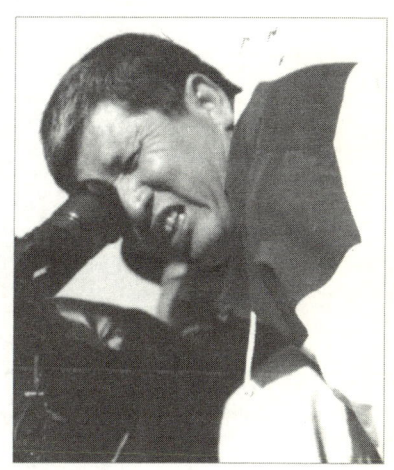

▲ 임권택 감독
1936년 전남 장성 출생.
1962년 「두만강아 잘 있거라」로 데뷔.

주요 작품
「짝코」, 「우상의 눈물」, 「길소뜸」,
「씨받이」, 「장군의 아들」

진혼의 축제

이청준 원작, 임권택 감독 『축제』

곽봉재

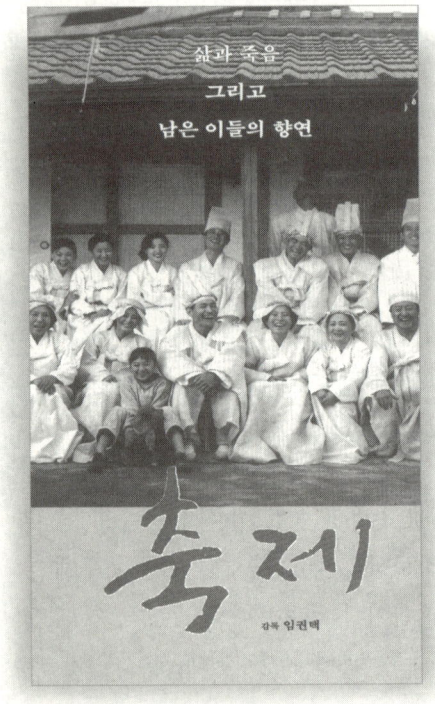

1. 과거, 현재적 삶의 거울

사람들은 때때로 과거에 빠져 든다. 지금이 옛날의 생활보다 더 나을 것이 없다는 생각 때문이다. 그러나 회고되는 과거가 현재의 불행이나 불만족을 보상해 주지는 못한다. 과거에서 깨어나는 순간 삭막한 현실이 성벽처럼 막아 서기 때문이다.

과거를 돌이켜보는 사고의 행위가 개인이 아니라 집단이나 시대적 차원에서 이루어진다면 경우는 다르다. 이때에는 시대와 시대의 변화, 차별성과 연속성, 사회 주체의 변화에 주목해야 한다. 그런 가운데 개인의 삶을 시대와 사회의 질서에 연관시킬 수 있다면 그야말로 시대와 역사를 깊이 있게 통찰할 수 있다.

예술가들이 과거에서 자신의 예술 세계를 빛낼 원자재를 계발해 온 역사는 유서 깊다. 르네상스 예술의 그리스, 피카소의 아프리카, 서사 장르의 역사물(문화방송이 오랜 동안 기획했던 '조선왕조 오 백년'을 보라), 프루스트의 『잃어버린 시간을 찾아서』, 김동리 소설의 무속 세계, 심지어 스필버그의 '스타워즈'에도 서부 개척 시대라는 과거가 있었다. 김소월에게 민요가 있었고 이육사에게 선비 정신이, 정지용에게 은일의 정신이라는 한시적 전통이 있다. 서태지의 『하여가』에 쓰인 태평소도 마찬가지다. 이처럼 과거는 퍼내어도 마르지 않는 우물과 같다.

노숙한 소설가답게 이청준은 소설 『축제』를 통해 장례라는 형식과 그 속에 담긴 정신을 문제삼는다. 소설 『축제』의 소재는 치매를 앓는 노모의 죽음과 그 장례식이다. 이청준이 꽤 오랫동안 치매를 앓는 노모를 모셨다는 사실은 알 만한 사람은 다 안다. 요즘 사회 문제화되기까지 하는 치매 노인 문제는 물화되어 가는 현대의 인간성을 드러내는 데 부족함이 없다. '현대판 고려장'으로 불려지는 자식들의 반인륜적인 행위는 사회적 지탄을 받아 마땅하지만, 모든 문제에는 사회적 배경이 깔려 있기 마련이고, 거기에 사람들마다 각종의 문제가 얽혀 있다. 제정신이 아닌 부모를 냉대하거나 거리에 버려 두는 비인간성을 개인의 부도덕으로만 문제삼을 수 있는 것인지 아니면 사회가 공유해야 할 그 문제의 범위는 어디까지인지 여전히 갈피를 못 잡고 있다. 왜 우리가, 우리 시대의 가족이 이런 지경에 처했는가라는 물음에 대한 이청준식 답변이 첫번째 흥미를 끄는 요소다.

흥미를 유발하는 두 번째 요소는 죽음을 대하는 산 자들의 의식, 즉 장례 의식이다. 문명의 발생과 함께 하는 장구한 역사를 지닌 장례 의식은 그 민족의 문화를 단적으로 대변한다. 장례의 절차가 갖는 역사성은 물론이고 장례를 치르는 사람들의 죽음에 관한 태도는 인생에 관한 철학적 태도의 결정이라고 할 수 있다. 기도문을 낭송하거나 검은 옷을 입고 경건한 묵념을 올리는 서양인들의 풍속과 달리 우리네 초상집은 떠들썩하다. 노름판이 벌어지고 상가를 온통 헤집고 다니는 아이들의 떠드는 소리, 조객들을 대접하려 지지고 볶는 음식 냄새가 상주의 곡소리와 한데 어우러지는 기묘한 풍경은 그러나 우리에게는 너무나 친근하다. 복색이나 곡소리를 뺀다면 영락없이 잔칫집처럼 보일 것도 같다. 그 활기 넘치는 상가집 문화를 살펴보자.

2. 장례, 진혼(鎭魂)의 축제

장례를 소재로 삼고 있으면서 '축제'라는 제목을 사용한 데 대해서 소설 속의 작가는 육신의 덫을 벗어 비로소 해방되는 순간이 죽음이고 장례는 그것을 축하하는 장이기 때문이라고 말한다. 죽는 자의 입장에서라면 가난과 고통으로 이어진 삶의 고단함이 죽음을 통해 해소된다

는 의미에서 분명 죽음은 해탈이다. 죽음은 온갖 유의 세계에서 무로
화하는 존재의 비의(秘意)를 장례 속에 간직하고 있다. 그렇다하더라
도 어머니의 죽음을 앞에 두고 이 무슨 개똥철학인가 하는 생각이 들
법도 하다. 오해의 소지가 있어서인지 아니면 비난의 여지를 피해 가
려 함인지 작가는 소설 속 노모의 죽음에 대한 이야기가 자신의 것임
을 분명히 하고 동시에 객관적인 태도를 유지하기 위해 애쓰겠다고 굳
이 서문에 밝혀 놓았다. 왜일까?

   소설에 등장하는 인물 '용순'은 오해의 희생자요 생산자로서 번뇌의
화신이다. 준섭의 소설「빗새 이야기」의 빗새처럼 할머니와 살 돈을 벌
고자 대처의 술집을 전전하는 용순은 둥지 하나 짓지 못해 남의 둥지
를 전전하며 비를 긋는 버려진 운명을 타고났다. 노모가 끝내 용순의
어릴 적 옷을 버리지 못하고 간직하고 있었다거나 이미 다 쓰러져 가
는 옛집을 떠나지 않으려 고집을 피운 것은 그런 용순에 대한 한없는

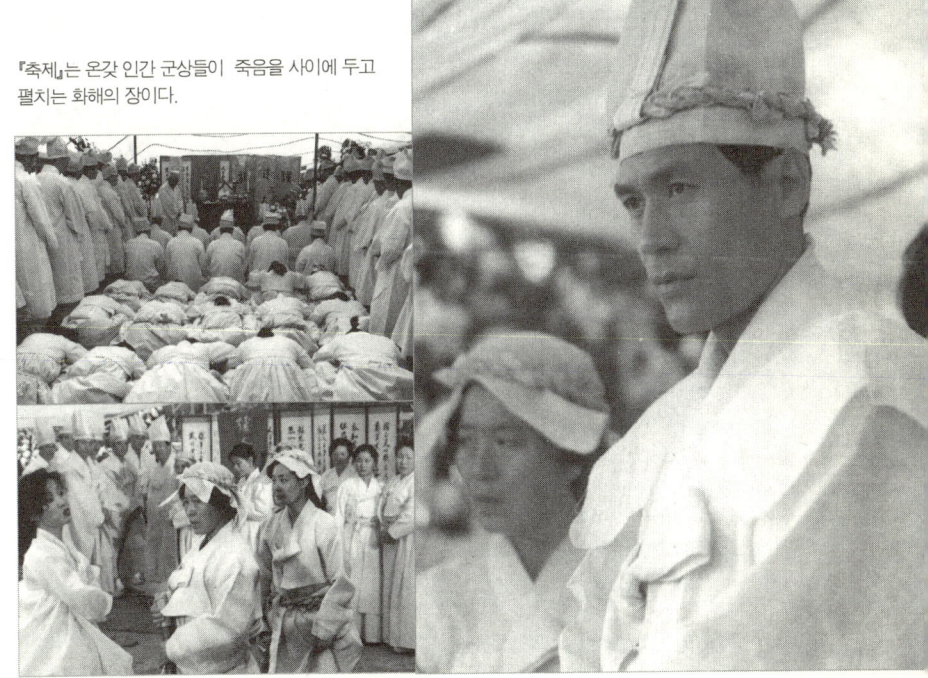

『축제』는 온갖 인간 군상들이 죽음을 사이에 두고
펼치는 화해의 장이다.

연민 탓이었다. 장례식에 나타나 패악을 부리는 용순의 모습에 질려 하는 사람들은 차치하고라도 용순은 가족의 이야기를 팔아 먹고 산다 는 준섭의 부채감을 건드린다.

상갓집 곳곳을 기웃거리며 준섭의 삶과 그 배경을 취재하던 잡지사 기자 장혜림이 불편한 심기의 준섭과 적개심으로 가득 찬 용순의 화해 를 주도한다. 장례가 끝날 즈음 장기자의 제안으로 가족 사진을 촬영 하게 되고, 장기자가 용순을 불러 가족과 함께 서기를 청하자 놀기 좋 아하고 사람 좋은 새말어른이 부추겨 자리를 만든다. '너를 빼놓고 이 런 사진 찍었다간 돌아가신 할머님이 벌떡 일어나 쫓아내려 오실지도 모른께…….' 물론 준섭과 다른 사람들은 가타부타 언급을 피함으로서 묵인한다. 이 화해의 장을 현실적으로 매개한 것은 장기자이지만 실질 적인 매개자는 죽은 노모, 용순의 할머니다. 그러므로 노모의 죽음은 산자들이 삶의 매듭을 풀어내는 계기로 작용하고 또 매듭풀기에 의해 완성된다. 이제부터 용순은 과거의 버려진 천덕꾸러기로서가 아니라 이씨 집안의 자손으로서 살아갈 것이다. 그것은 가능성이다. 용순과 나머지 가족의 화해를 통해 비로소 노인의 삶의 의미가 완결된다. 타 자에 의한 의미의 완결, 죽은 자의 삶이 산 자들에 의해 마무리되는 것 이다. 가족으로 태어나 서로를 상처내다가 결국엔 가족으로 돌아올 수 있었던 것은 그들을 가족으로 묶는 어머니를 통해서이다. 『축제』의 장 례식이 축제일 수 있는 까닭은 대가족을 감싸 안는 어머니의 사랑이 이루어지는 데 있고 작가 이청준이 찾고자 하는 보편적 의미도 가족으 로 연결되는 의미망에 걸쳐 있다.

핵가족화된 오늘날의 가족 개념에서 보자면 노모로 매개되는 대가족 은 분명 과거적 삶의 양식이다. 작가는 대가족 사회의 어머니에 주목하 는데 이는 핵가족 사회의 어머니가 더 이상 헌신적이며 성스러운 존재 가 아니라 독립된 주체인 여성이고자 하는 변화에 대해 부정적임을 전제한다고 볼 수 있다. 가족 구성원의 정체성 혼란은 여성들에게서 가장 심각하게 나타나지만 학교나 매스미디어가 교육의 전체 비율에 육박하는 현실에서 청소년 역시 인간 관계의 원초적 경험 부족과 그에 따른 혼란을 겪기는 마찬가지다. 그러한 상황에서 가족내 남성의 역할이 흔들릴 수밖에 없다. 중·장년층치고 이향의 경험이 없는 사람이 없고, 각박한 도시 생활 속에서 고향의 원환적인 완결성을 그리워해 보지 않은 사람 역시 드물다. 고향으로 돌아가고 싶지만 돌아갈 고향은 기억 속에만 존재할 뿐이라는 사실을 명쾌하게 제시한 황석영의 소설 「삼포 가는 길」을 생각해 보라. 갈 수 없는 고향은 더욱 아름다워지는 법. 이상화된 과거, 고향의 삶에 대한 동경은 도시를 중심으로 한 현재적 삶의 결핍에 대한 반사작용이 아닌가. 모두를 감싸 안는 정서적 고향으로서 과거적 삶에 대한 회한이 '축제'의 배경이 되는 정서이다.

소설 『축제』가 준섭과 죽은 노모, 용순 사이의 미묘한 애증 관계를 중심으로 전개되고 있고 준섭으로 대표되는 가족과 용순의 화해를 앞으로의 가능성으로 제시하고 있다. 이때 기자 장혜림은 매우 중요한 매개 역할을 하고 있다. 그런데 영화 속에서 장혜림은 관객과 준섭의 가족사를 매개하는 인물로도 설정된다. 그녀의 질문과 가족, 이웃 사람들의 답변에서 준섭의 해묵은 이야기들이 풀어져 나오고 관객은 그 속에서 용순과 준섭을 중심으로 한 가족사를 듣는다. 준섭의 동화 「할미꽃은 봄을 세는 술래란다」가 용순이 준섭에 대한 오해를 푸는 계기로 작용하고 그 책의 내용, 자식들에게 나이를 나눠 주다 궁극엔 어린 아이가 되어 엄마의 자궁 같은 무덤으로 들어간다는 식의 해설이 노인의 사랑과 죽음에 대한 준섭의 생각을 드러내게 한다. 용순과 준섭의 화해도 소설 원본과는 달리 영화에서는 준섭의 시도로 이루어진다.

영화 『축제』가 죽음의 의미를 설명하는 장치로 동화를 사용한 것이나 준섭을 직접 내세워 용순과 화해를 하게 하고 용순이 그것을 받아들이는 식의 변화는 작위성이 강하다. 그 작위성은 현실의 화해를 무리하게 끌어내고자 하는 데서 발생한다. 죽음과 탄생에 대한 동화식 설명이라든지 삶의 해탈을 문제삼는 이청준의 관념적 태도를 여실하게 드러내 보인다. 시나리오 대본으로 각색하는 과정에서 재구성된 동화는 한편의 완결된 단편 구조를 띔으로써 한결 더 관념성을 짙게 하는 결과를 낳는다. 작가로서 이청준이 추구하는 문학 세계와 감독으로서 임권택이 추구하는 영화 세계는 각각 그 성격을 달리한다. 이청준이 삶의 질박한 현실을 주목하기보다는 관념적인 의미의 구현에 더 관심을 기울이고 있다면 임권택은 현실성의 구현에 더 힘쓴다고 할 수 있다. 소설『축제』가 노모의 타계를 계기로 삶과 죽음의 형이상학적 의미를 해부하고 있다면, 그리고 나아가 가족사에 얽힌 고통과 상처를 장례식이라는 절차 속에서 화해시키고 승화시키고자 한다면 영화『축제』는 작가 이청준의 관념성과 장례식의 어수선하면서도 엄숙한 분위기 속에 펼쳐지는 삶의 리얼리티를 구현하는 이중적 과제를 떠맡기 위해 무던히 애쓰고 있다.

두 마리 토끼를 잡으려는 감독의 애매한 태도는 영화의 짜임새를 느슨하게 하거나 의미의 집약성을 흐트러뜨린다. 교훈적인 목소리의 동화가 제시되는 환경, 세트로 구성된 인위적 공간성이 동화의 분위기를 창조하는 데는 모자람이 없지만 되풀이되는 은지와 준섭의 대화는 관객들에게 동화의 철학을 강요함으로써 역작용을 일으킨다. 가족사에 대한 준섭의 생각을 담아내기에 설정된 장기자의 역할은 변사식이거나 탐정의 추리쯤으로 전락하고 만다. 이 어정쩡한 인물의 설정은 결국 원작의 의미를 해치지 않으려는 감독/각색자의 의도 때문인데 그렇다면 차라리 준섭의 직접 회상이 더 본래의 목적을 실현하기에 적절하지 않았을까 하는 생각을 하게 한다. 결국 과거사의 얽힌 매듭을 풀어냄으로써 죽음의 완결성을 과도하게 풀어내려는 감독의 과욕이 불러

온 혼돈이랄 수밖에 없는 결과이다.

그럼에도 불구하고 작가가 용순을 가족으로 받아들이는 것은 행복한 결말에 대한 애착 때문이라고 할 수 있는데, 그것은 곧 죽은 노모에 대한 애착 때문이다. 글의 서두에서 제삼자의 시각 운운한 이유가 여기에 있다. 어찌되었든 감독의 애매한 입장이 작가의 그것에서 비롯되었음을 알 수 있다. 그리고 영화가 군더더기로 치장된 까닭이 새로운 영화적 구조로의 변모보다는 소설식 구조를 해치지 않으려 한 감독의 태도 탓임을 짐작하기 어렵지 않다. 이청준은 『축제』의 집필 의도가 영화 제작에 있음을 밝혀 놓았다. 영화 감독 임권택과 작가 이청준의 의기 투합은 이청준의 작품을 임권택 감독이 가져다 쓴 『서편제』가 임권택에게 우리 시대 최고의 감독이라는 명성을 가져다 주었던 데서 비롯되었음을 누가 부정하랴. 그렇다면 감독으로서 임권택의 어정쩡한 태도는 영화 『축제』를 소설가 이청준에 대한 임권택의 빚 갚음 정도로 관객들에게 비쳐질 수도 있다.

소설이 가족간의 화해에 초점을 맞춘 서사적 논리를 갖추고 있다면, 영화는 영상이 지닌 현장성의 묘를 적절하게 살림으로써 죽음을 대하는 우리네 정서를 한껏 발산시킨다(이 대목에서 임권택은 적어도 영화감독답다). 새말어른의 선창으로 이어지는 삼경의 허두가는 오직 그 소리를 통해서만 도달할 수 있는 카타르시스를 경험하도록 하는 것이다. 죽은 자의 혼을 위로하는 것은 곧 산 자의 한을 위무하는 일이다. 슬픔이 어울려 빚어내는 곡소리가 춤으로 이어지고 한바탕 울음 잔치로 승화되는 경험은 오직 영화만이 이룰 수 있는 것임을 명쾌하게 보여주는 대목이다.

3. 生의 孤兒들

남겨진 자식들이 아무리 나이가 들었건 부모를 잃은 사람을 고아라고 부른다면 그들도 고아이기는 마찬가지다. 자신의 삶의 동료이자 증인인 부모의 실종은 소설에서 삶의 근거를 잃어버린 허망함으로 해석된다. 산업화 시대의 삶에 있어서 가족 공동체라는 의미는 갈수록 약화되고 있다. 바람잘 날 없지만 비적대적인 대가족의 성원으로 자라는 것과 단출하지만 자본에 의해 관리되는 모순 속의 핵가족 아래서 자라는 것은 분명 다르다. 타인을 대하는 다양한 방식을 접하지 못하는 것이 핵가족의 단점이라면 가부장제의 타율성에 지배 받는 것이 대가족제의 단점이랄 수도 있다. 대가족의 고향을 두고 떠나온 이농의 과거를 지니고 있으면서 도시 유학의 젊은 시절을 보내고 고향에는 늙은 부모가 쓸쓸히 남겨진 것이 우리 시대 개인들의 초상이다. 노모의 죽음은 개인의 죽음이 아니라 시대의 죽음으로 읽혀져야 하는 이유가 여기에 있다. 그런 의미에서 『축제』는 우리네 삶의 역사를 드러내고 있다.

그러므로 부모의 죽음은 오래된 당신들의 삶의 터전에서 받들어지고, 그것을 계기로 도시에 흩어져 사는 자식들이 모여든다. 명절을 제외하고 흩어진 가족들이 모두 모여들어 과거 농촌 공동체 사회의 풍성한 어울림을 연출할 수 있는 시간이 과거를 지키는 사람들, 노부모의 죽음이 있을 때다. 온갖 풍상을 겪으며 묵혔던 이야기들이 쏟아져 나오고 한과 슬픔과 만남의 기쁨이 한바탕 어울리는 시간. 온 동네 사람들이 한결같이 일손을 거들고 고인과 함께 했던 시간을 마지막으로 나누는 유일한 시간이 장례라면, 그래서 그곳엔 어떤 불순함도 이해가 얽힌 모순도 존재하지 않는다면, 또 존재하더라도 죽음의 장이 지닌 의미심장함에 문제될 것이 없다면 그것이 곧 축제가 아니겠는가. 자본

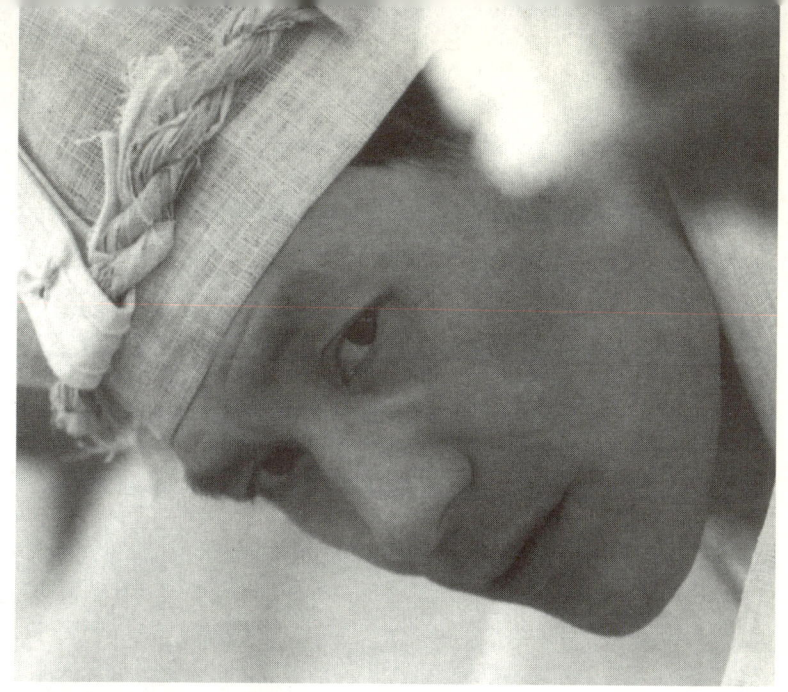

작가의 분신인 주인공 한기주에게 노모의 죽음은 고아인 삶의 시작이자 새로운 가족을
구성해야 하는 노정의 시작이다.

주의 사회에서 살아가는 인간들이 이제는 분해되어 버린 농촌 공동체
의 비적대적인 화해로운 인간 관계를 그리워할 때, 과거의 연장으로서
죽음의 흥청거리는 장례는 분명 마지막 축제일 수 있다. 현재 진형형
과거에 대해 작가가 왜 그토록 애착을 보이는지 이해하기란 어려운 일
이 아니다.

　『축제』는 삶의 연속성에 관한 진부하게만 여겨지는 해석, 남겨진 자
들이 죽은 자들과 공유했던 정서와 정신의 터전을 일군다는 사실을 상
기시킨다. 지나간 공동체의 삶에 대한 소박한 긍정을 담고, 그 긍정의
방식이 우리에게 생각해야 할 가능성으로 남겨지는 것(소설)과 완결된
것으로 보여지는 것(영화)은 그러나 다르다. 우리 삶의 근거를 찾아 떠
도는 이청준의 작가적 노력이 우리들 삶을 떠받들고 있는 근거의 의미
에 집중되어 있음을 두둔할 수는 있지만 그것을 보여주기란 쉽지 않음
을 영화『축제』는 보여준다. 모두의 죽음이 축제가 될 수 있는 것이 아
니듯이 말이다.

거듭거듭 다시 쓰는 화엄경

: 소설과 영화를 넘어서 보기
고은 원작, 장선우 감독 『화엄경』

노귀남

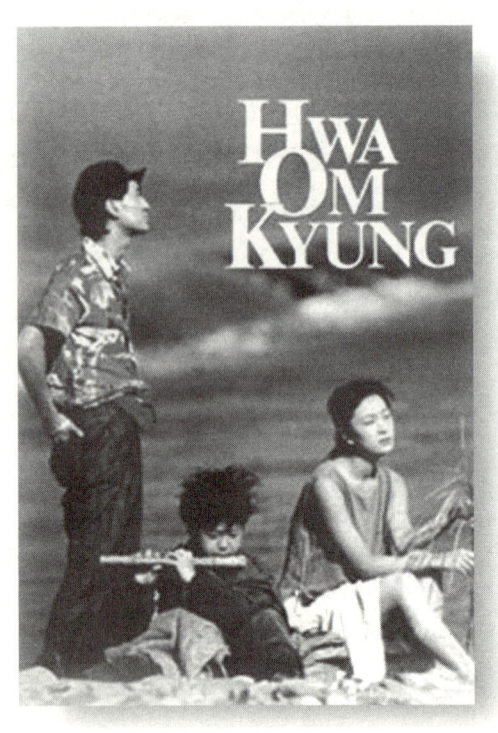

1. 아우라, 힘은 현실을 움직인다

『화엄경』은 불교 경전 가운데 까다로우면서 최고의 법을 담고 있다고 말한다. 그 화엄은 꿈이고 이상 세계인가, 아니면 현실인가. 어쨌든 고은은 소설로 썼고, 장선우는 그 소설에서 영화를 만들었다. 한 주제를 각기 다른 장 속에서 다루고 있는데, 경전과 소설이 어떻게 다르고, 또 영화에서는 무엇을 달리 말하는가?

소설 『화엄경』은 원전의 마지막 품(品)인 입법계품을 소설화하는데, 선재 동자의 남순(南巡) 구도(求道)가 이야기의 골격을 이룬다. 경전을 변형시킴으로써 상당한 부분 원전을 손상시키거나, 새로운 의미를 더 생산해낼 수도 있다. 소설 『화엄경』은 그러면 무엇을 잃었고, 무엇을 더 얻었을까. 또 영화는 거기에다 또 무엇을 더 잃어버렸거나 더 얻게 되었을까.

우선, 주인공에 대해서 몇 가지 질문부터 던져 보자. 경전 속의 선재 동자는 어떤 인물인가. 소설의 선재는 어떤 성격인가. 그는 왜 끊임없는 구도의 길에서 '세월이 가도 늘 소년'(199쪽)인가.

경전의 선재 동자는 오직 최상의 깨달음을 구하는 한마음으로 문수 보살에게 간청한다.

착하다 선남자여. 그대가 이미 위없는 보리심을 발하고 보살의 행을 찾는구나. 어떤 중생이 위없는 보리심을 내는 것도 어려운 일이지만, 발심하여 보살행을 찾는 것은 더더욱 어려운 일이다.

선남자여, 모든 것을 아는 지혜를 성취하려면 반드시 참된 선지식을 찾아야 한다. 선지식을 찾는 일에 지치거나 게으르지 말고, 선지식을 보고 만족한 마음을 내지 말며, 선지식의 가르침에는 그대로 순종하고, 선지식의 교묘한 방편에 허물을 보지 말라.

문수 보살은 먼저 진리를 구하는 자의 자세를 타이른다. 그리고 선재 동자에게 덕운 비구를 찾아가 "보살은 어떻게 보살행을 배우며, 어떻게 보살행을 닦으며, 어떻게 해야 보현행을 속히 성취합니까?"라고 물으라고 일러준다. 선재 동자는 여러 선지식을 찾아가 차례로 묻고 최고의 가르침을 성취한 후, 다시 문수 보살을 만나고 마지막으로 보현 보살을 만남으로써, 마침내 모든 보리행을 갖추어 닦고 공덕과 지혜를 두루 장엄한 불세계를 이루는 '보현행원'을 세운다.

선재 동자는 문수 보살의 첫 가르침 그대로 한결같이 구도자의 길을 간다. 정진, 정진하여 미래 세상에 이르기까지 완전한 비전을 갖춘 다음, 다시 현세로 돌아와 보현 보살처럼 물러서지 않는 대원을 세운 최고 실천가가 된다. 모두 54선지식의 가르침을 통해서 과거와 현재와 미래를 꿰뚫어 봄으로써, '지금 여기'에 견고한 해탈의 법을 실현하는 길을 열어 놓은 것이 '입법계품'이다. 이것이 『화엄경』의 대단원이고, 따라서 이 세계는 '현실'이다.

이 현실성은 경전에서 선재 동자의 '一心'의 성격 속에 그대로 담겨 있다. 진리를 구하는 그의 마음은 지극히 간절하고, 선지식의 가르침에 한 치의 의심 없이 정진하므로, 보는 이와 듣는 이가 그 간절함에 '전염되고 마는 기운'을 가진다. 이 전염성 속에 화엄계는 생생하게 현실로 살아있다.

그 힘을 아우라(aura)라고 할 것 같으면, 소설의 주인공 선재에게도 아우라가 살아 있을까. 적어도 원전의 선재와 소설의 선재가 같은 힘을 가진다고 말할 수 없을 것이다. 어쩜 그 아우라의 상실과 불순함을 비난할 것이다. 다른 한편, 원전이 가지고 있는 절대적 힘에 눌려 감히 중생으로서 접근이 불가능하던 세계를, 적어도 비집고 들어갈 길은 터 놓았다고 할 수도 있다. 말하자면, 경전에 대중성을 더했다고 칭찬을 할 만하다.

사진과 영화 같은 복제 기술의 발전은 원화나 원전의 아우라를 상실시킨 반면, 예술의 대중화를 촉진시켰다고 벤야민은 말했다. 이것은 진리와 예술을 독점하는 지배 세계를 차단할 수 있는 '대중화'라는 의의를 담는다. 이와 같은 문맥에서 경전을 번역하고, 더 나아가 소설화하는 작업을 생각할 수 있다. 이런 일은, 진리를 누구와도 함께 하고 일체 중생이 모두 성불하기를 목표로 하는 불교 정신과 맥을 같이 하는 또 다른 정신과 힘을 낳는다.

그러나 그 단계를 거치면서 잃어버리거나 변질하는, 말하자면 순수성 또는 진실성을 의심할 일은 생기지 않는가. 이 문제를 어떻게 극복할 것인가. 이 점에서 소설 『화엄경』을 다시 살펴보자.

2. 선재는 나이를 먹는가 안 먹는가

소설은 인물을 다루는 방법이나 구성에 있어 경전과 같을 수 없다. '세월이 가도 늘 소년'이라는 나이와 시간의 문제는 원전에서는 불타의 가르침 속에 저절로 해결될 수 있는 문제이다. 원전을 읽으면서 선재가 몇 살이지, 왜 늙지를 않지, 이런 의문을 내지 않게 되어 있다. 그런데 소설 속에서는 누가 질문을 하기도 전에 구성 속에 그 딜레마를 안고 간다. 따라서 그것을 자꾸 설명하고 풀어 가시 않으면 안 된다. 그 의문을 풀 수 있을 때 비로소 주제를 이해할 수 있게 된다. 이 설명을 하는 한 방편으로 소설은 꿈과 현실의 관계를 등장시킨다.

시간과 공간의 문제가 해결되면, 존재에 대한 의문이 저절로 풀릴 것이다. 아홉 살박이 선재는 나이를 먹지 않는 것이 아니라, 나이를 먹는 시간의 딜레마를 풀어야 하는 것이다. 이 모순을 어떻게 말하랴. 꿈은 세월을 압축할 수 있는 현실 가능한 장치이다. 마치 일장 춘몽처럼 꿈에서 시간은 한 생을 지내고도 하룻밤이면 된다. 이것으로 시간의 문제가 해결되는가. 꿈 속에서 벌어지는 애욕과 어리석음과 다툼을 버릴수 없는데. 이 문제를 말하기 위해 소설 속에는 새로운 인물을 창조한다.

아버지가 죽자 소나강에 뿌리고, 아버지인 '문도 할아버지'의 유언을 전해 주는 열네 살의 처녀 이련(尼蓮)을 비롯하여, 매잡이의 매를 자유롭게 해준 인연으로 길라잡이가 되어 주는 매, 환생을 보여준 소녀 세이야, 사랑과 미움을 말하는 장님 여인 미다라니, 최승장자의 외질녀로 남녀의 몸을 바꾸는 것을 보여준 처녀 수메라 등은 소설에서 새롭게 등장하는 인물이다. 이들은 물론 입법계품의 주제를 살리기 위한 소설적 표현으로 이뤄진다.

또한 총 55회에 걸친 54 선지식(문수보살은 첫번째와 54번째 두 번 등장)을 소설에서도 순서대로 등장시킨다. 하지만 그 선지식을 소설적으로 성격화한다. 이런 특징이 가장 강하게 나타나는 인물 중에, 원전에서 26번째 등장하는 바수밀다 여인이 있다. 소설에서 퍄슈미타로 나오는데, 그는 어떤 빛과 지혜도 꼼짝 못 시킬 '중생의 어떤 확고한 무지'(233쪽)자인 소년으로 변형되어 나온다. 이 소년은 또 여인으로 변신하는데, 배경이 된 사막의 세계와 이 여인과의 동행 체험을 통해서 애욕과 인생고의 최악 경계를 보여준다. 이 가운데 드러내는 주제는 "애욕을 비웃지 말라. 그 애욕의 만남까지도 보살의 씨앗이다. 보살의 꽃이다. 보살의 열매이다. 보살이다"(235쪽)라고 말한다.

이와 같은 보살의 의미망 속에 화엄 세계가 이뤄지게 될 것이다. 선재는 그 도정에 올라 있다. 여기서 '세월이 가도 늘 소년'이라는 문제를 다시 생각한다면, 이 열쇠가 그 길 속에 있어야 옳다. 앞에서 '꿈의 시간 압축'이 그 열쇠라 했는데, 선재는 선지식한테서 또 다른 열쇠를 찾는다. 그것은 세상의 모두를 '헛것'이라고 하는 생각이다. 49번째 선지식 무승군장자를 만나러 가는 길에 전생의 늙은 천민이 선(善)을 욕한 것을 생각하고, 선재가 불쑥 항거하는 한마디: "악이라고! 선도 텅 빈 헛것이거늘 악이라고! 선이 헛것인데 어찌 악이 헛되지 않느냐." (472쪽) 이 외침은 선을 헛것이라고 부정하기 위한 안티테제로서 악을 내세운 것에 대해, 또다시 반명제를 세워 거부한다. 악으로 선을 무너뜨려 헛것으로 만들었으니, 그 악을 무너뜨리기 위해서는 뭐라고 말해야 하는가. 그러니, 선은 물론이거니와 악도 또한 헛것일 수밖에 없다. 모든 존재가 허망한 것이니, 시간과 나이를 어떻게 세울 수 있을까. 선재는 이 세상의 모든 법을 깨뜨리고, 그 믿음에서 물러서지 않는 행원을 세운다.

그런데 이렇게 모든 것을 헛것으로 만들어 놓고, 무엇을 다시 진실로 세워야 하고 그것을 어떻게 실천해야 하는가? 이것을 우선 가늠할 수 있는 눈을 지혜라고 할 때, 50번째 선지식 최적정 바라문의 가르침은 "지혜를 행(行)으로 얕보지 말고 행을 지혜로 막지 말게. 본디 지혜와 행은 보살의 뱃속에 들어 있는 한 태아라네"(482쪽)라고 말한다. 이렇게 되면, 선재가 가는 길이 바로 실천이자 지혜인가. 그는 세상의 어떤 유혹도, 집도, 명예도, 여자도 모두 버리고, 마지막 법계에 들 수 있는 보현행원의 바다로 간다. 그는 길에 멈추지 않았다. 이 끝없는 행으로 하여 지혜가 막힘이 없었던가, 지혜가 막힘이 없어 멈추지 않았던가.

30번째의 선지식 대천신을 만났을 때, 선재의 입에서 흘러 나오는 찬탄을 들어보자. "오, 참된 완성이여, 무(無)여, 오, 묘유(妙有)여"(280쪽)라고 대천신의 세계를 찬탄한 것은 하늘에까지 미치는 위없는 진리에 대한 머리숙임이었다. 이 깨달음은 또다시 나그네가 되어 하늘과 땅끝까지 이어질 것이었다. 그래서 "선재는 사람이 아니라 하나의 여행이다. 순례이다"(280쪽)고 할 수 있었다. 이 '순례'가 그대로 소설의 구성을 말하고, 주제를 말한다.

이처럼 선재의 여행은 선재라는 존재도 녹이고 그대로 행이고 지혜가 되는가. 나이도 세월도 분별할 것이 없고, 오직 구도의 열정이 남는다?

3. 다시, 문제는 리얼리즘이다

여기서 한 질문을 던져 보자. 소설 『화엄경』은 리얼리즘을 추구하고 있는가, 환상을 좇고 있는가? 이 소설의 어법은 시간을 초월해 이승과 저승을 넘나들고, 꿈과 현실을 뒤바꿈하면서 뭔가 말하려 하고 있다. 그 뭔가는 지혜를 찾고 행을 다지는 일이라고 할지라도, 왜, 다 읽고 난 독자에게는 지혜도 행도 내용으로 남지 않는가? 말하자면, 다시 던져진 문제로만 있다. 남는 게 있다면 '너도 가거라, 지혜가 모자라더라도 가거라. 그러면 너도 지혜와 한 뱃속에 있으리라'라는 '어렴풋이 들리는 수기(授記, 미래에 성불할 것이라는 부처님의 예언)'일 것이다. 최적정 바라문의 말은 그 점을 시사한다. '지혜를 행(行)으로 얕보지 말고 행을 지혜로 막지 말게. 본디 지혜와 행은 보살의 뱃속에 들어 있는 한 태아라네'라고. 이제 선재가 가는 길은 걸림이 없다. 또는 소설의 주제는 거침이 없다. 진리가 뭔지 코앞에 내놓을 수 없는 것이라 할지라도, 있다고 믿고 거기를 향해 멈추지 않고 가는 행위, 구도에 가속도가 붙어, 발을 앞으로 내딛는 행위, 그것으로 바로 의미가 되고, 존재이자, 진리이자, 지혜일 수 있기 때문이다. 이쯤되면 고민이 있는 듯하나, 고민이 없다. 그것을 이미 초월했다. 존재가 발디딜 땅과 날아오를 하늘, 세상의 악과 싸우는 투쟁 전선과 그 전선의 해체, 몸담고 있는 이 세계 현실의 리얼리티와 환상, 이런 구분조차 무의미하게 될 때, 그 구도자는 비로소 자신일 수 있게 된다.

그렇다면, 이 소설은 리얼리즘도 환상도 아니다. 단지 그 모든 것이 미결정인 상태로 유보되어 있다. 바로 이 점을 영화 『화엄경』은 일단 리얼리즘을 근간으로 삼고 말한다.

4. 영화의 '현실성'—한계를 넘고 싶다

영화의 현실 배경은 소설에서의 인도가 아니라, 일상 속의 한국 땅이다. 거기에 아름다운 자연이나 삶의 낭만성은 배제시킨다. 처음과 끝 모두 가난한 사람들의 삶의 모습을 빼놓지 않고, 어떤 꾸밈과 거짓으로는 말할 수 없는 일상을 그대로 노출시킨다. 이 점이 현실성(reality)을 갖고 화엄경을 말하려는 각색자이자 감독인 장선우의 출발점이다.

선재의 구도는 관념적인 진리 구함이 아니라, 어머니 찾기라는 구체적 매개를 통해 이뤄진다. 그리고 소설에서와는 달리, 54 선지식에 해당하는 인물을 법운 스님, 욕쟁이 의사 해운, 장기수인 투사 해경, 꽃을 접는 장님 인화 누나, 천문학자인 김박사와 그 아들, 등대지기 등 7, 8명의 현실 속의 인물과, 관세음보살의 화신인 두 여인(이혜영과 원미경 분장)으로 압축시켜 등장시킨다. 그리고 선재의 여인이라 할 수 있는 뱃사공의 손녀 이련, 선재가 형이라고 부른 일자무식 막노동꾼 청년을 비롯한 공사판 인부들, 만물상 트럭 행상꾼 지호, 거지 소년 주완이 등이 등장한다. 이런 인물들이 주제를 향해 어떻게 형상화되어 있는지 살펴보자.

이 영화는 표면적으로는 어머니를 찾는 고아 선재의 정신적 성장을 그리고 있다. 이 이면에는 '믿음'과 '지혜'를 화두로 삼고, 진리 세계의 완성을 뜻하는 화엄의 바다에 이르는 선재의 순례가 자리잡는다. 소설에서보다 2살 많은 11살의 어린 소년 선재는 아버지의 유언에 따라 자신을 버린 어머니를 찾아 나서고, 이 막연한 여행길에 진리를 구하는 동기와 목적을 부여해 주는 법운을 만난다. 이렇게 시작되는 전체 9장의 이야기 속에서 그는 사람을 만나고 그 가운데 진리에 대한 가르침을 받거나 삶의 의미를 터득한다. 감독은 각 장의 주제적 문구를 다소 비영화적인 수법으로 장의 첫머리에 삽입하는데, 이는 관념적인 '설법'의 요소를 영상 구성의 형상화와 타협시켜, 난해한 화엄 사상을 현실 속에 풀어 놓는 역할을 한다.

선재는 현실 속에서 왜 어머니를 찾아야만 했던가.

그는 원래 버려진 아이였다. 그를 주워 기르기 전, 아버지는 사회의

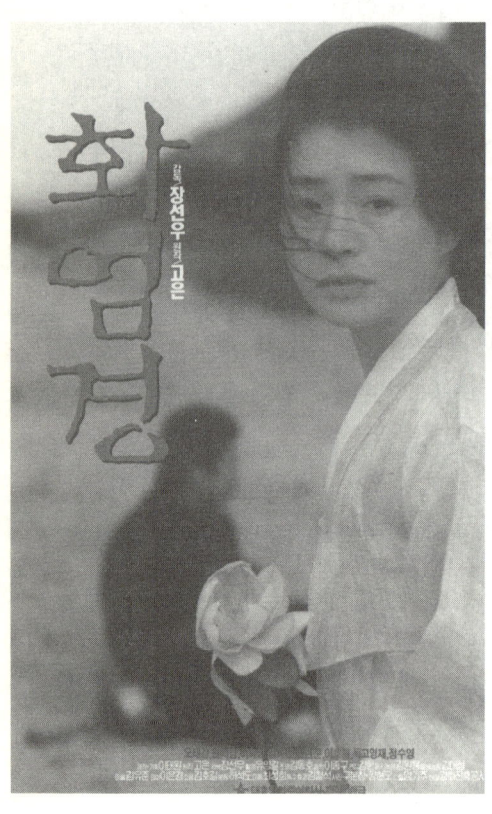

밑바닥을 굴러다니는 범죄자였다. 버려진 사람이 버려진 아이를 통해 새로운 인생의 길을 갔다. 하지만 아버지는 최하층의 굴레를 벗어날 길을 몰랐다. 결국 주검도 수습할 수 없는 인생으로 삶을 마감하고, 행려 사망자로 처리된 그 주검은 간단히 화장된다. 하지만 아버지는 선재에게 그러한 삶을 대물림시키고 싶지 않은 듯, 어머니를 찾으라는 유언을 남겼다. 선재는 이제 공사판을 전전하는 막노동꾼들과 집도 없이 공사판 현장 사무실에 누덕누덕 삶을 살아가야 하는 까막눈 형의 의리에 삶을 의지해야 할 판이다.

이런 상황 때문이 아니라 가난 속에서도 듬뿍 받았던 사랑의 기억 때문에, 아버지의 유언은 곧 순수한 믿음이 되고, 그 믿음대로 선재는 길을 떠난다.

그런데 어머니를 찾을 수 있다는 '믿음'이 있다고, 그것이 실현되는 것은 아니다. 찾는 것이 어머니이든 진리이든 '지혜'가 없으면 진정한 '실현'은 없다. 이것이 법운의 첫번째 가르침이다. 이 지혜를 어디서 어떻게 찾아야 할지의 문제는, 처음에는 '누구를, 어디서 찾아야 하는지'까지 선재에게 누가 일러줘야만 하는 벅찬 주제였다. 의사 해운과 장기수 해경 할아버지는 그렇게 인도를 받고야 만날 수 있었던 스승이다.

해운은 동해 바닷가 한 마을에서 의사 노릇을 하고 있지만, 인텔리도 중산층도 아닌, 말씨, 행동, 삶 모두 가장 가난하고 배운 것 없는 사람들과 다를 바 없는 사람이다. 그의 삶은 그 자체로 높은 진리를 실천하는 모습으로 선재에게 다가온다. 해운(海雲)이란 이름대로 그는 '모든 것은 낮아서 바다가 되고 하늘은 거기에 내려와 있다'는 바다와 하늘을 동시에 상징하는 인물이다. 그는 바다가 무한한 것처럼 인간을 비롯한 모든 존재 역시 우주와 같이 큰 것이지만, 그 존재 가치가 평등하다는 참뜻은 모른다고 시치미를 뗀다. 그는, 평등을 찾다가 40년 넘게 감옥에 있는 해경에게 찾아가 그 뜻을 물으라고 일러준다.

해경을 만나기까지는 많은 시련이 놓여 있었다. 꽃을 접는 장님 여인을 만나 이 여인의 처참한 삶과 함께, 사랑과 연민, 원망과 사랑의 모순적 사람 관계를 간접 경험한다. 여인이 피리 한 곡을 청했지만, 선재는 피리를 불 줄을 몰라 무슨 위안은커녕 그 청조차 들어줄 수 없었다. 여인은 그가 피리를 잘 불 수 있을 때까지 기다리겠다고 한다. 선재는 슬픔을 감당할 수 있어야 하는 문제를 스스로 느끼고, 그 답을 찾아야 하는 상황에 처음으로 부딪쳤던 것이다. 피리는 법운이 주면서 슬플

때마다 불면 소리가 날 것이라고 했던 것인데, 선재는 받을 그때는 몰랐던 문제를 이제 찾아야만 했다.

선재는 소를 훔쳐 타고, 피리를 불며, 꿈 속 세상으로 빠져 들어가, 화려한 드레스를 입고 버들가지를 든 미모의 여인을 만난다. "날 엄마라 생각해도 좋아요." 이 말은 곧 선재가 바라는 바, 욕망이다. 한편, 버들가지는 관세음보살을 상징하므로 욕망의 해탈을 지향함을 뜻한다. 이런 딜레마 속에서 꿈결 같은 시간을 보내다 산책 중에 여인이 낭떠러지로 떨어지면서 그는 꿈에서 깨어난다. 양장의 관세음보살, 이 묘한 착종과 낭떠러지는 일종의 경계이다. 욕망과 해탈, 꿈과 현실을, 여인이 떨어지는 순간 눈치 빠른 구도자라면 그 모두가 꿈인 줄 깨달을 법도 한데.

그러나 양극의 경계에 걸린 딜레마는 계속된다. 선재는 3년에 걸쳐 소를 세 번 훔쳐서라도 해경 할아버지를 찾아가서 물어야 했다. 겨우 만난, 해경 할아버지의 말은 또 다른 의문만 남긴다. "평등이란 골고루 잘사는 것이 아니라, 정말 평등은 모든 존재가 실체도 없고 생긴 적도 없다는 것이며, 그것은 마치 거울에 비친 그림자와 같다란 점에서 평등이란다". 선재는 그의 말에 수긍할 수 없었다. 엄마도 아빠도 자신도 그림자일 수 없기 때문이다. 그런데도, 허공이 모든 것을 받아들이듯이, '허무처럼 큰 공간은 없다' 는 것이 평등에 대한 해경 할아버지의 가르침이다.

선재는 떠나오면서 기슭에서 감옥소 높은 담을 내려다보고 장기수 할아버지에게 바치기 위해 피리를 분다. 그가 슬픈 곡조를 조금은 아는 사람이 되었다고 해야 하나. 『화엄경』을 다시 볼 때, 영화의 시작과 끝의 '현실주의'를 잇대어 놓는 중간 한 자리치고는 '평등이란 허무'가 잘 잡히지를 않는다. 선재의 피리 곡조는, 때를 기다리겠다던 장님 여인을 다시 찾아야 하기 때문인지, 해경 할아버지의 '허무'를 위안하는

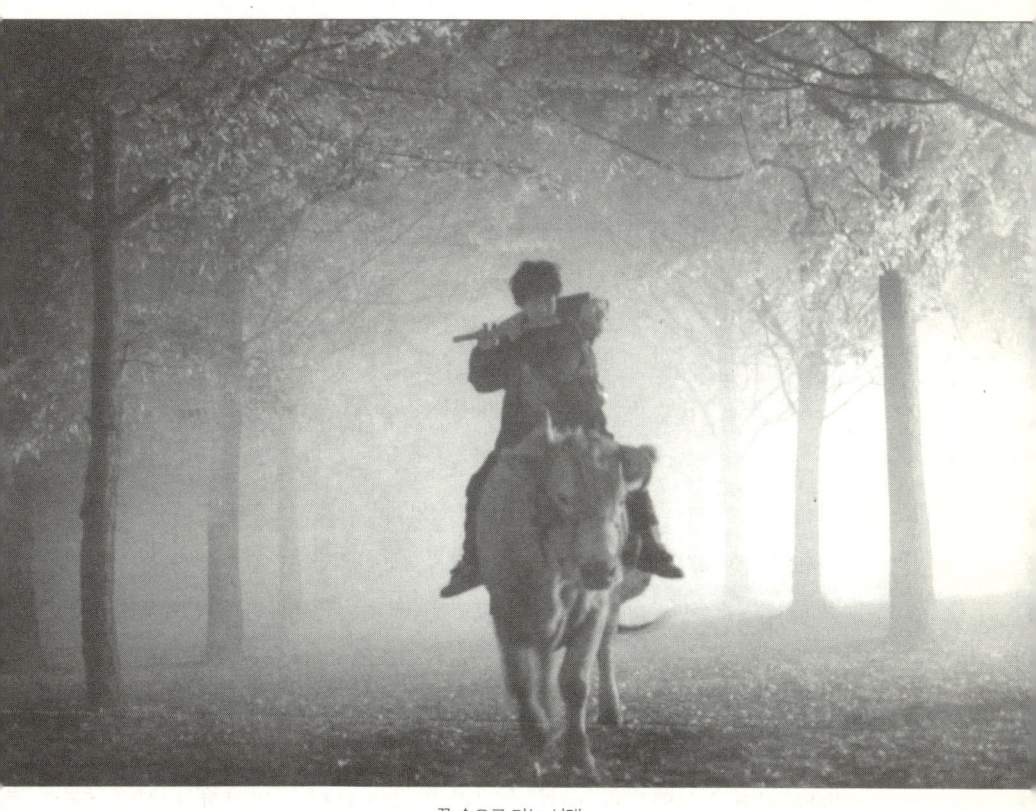

꿈 속으로 가는 선재

것인지, 가슴 아프게 울리지만 그 의미는 모호하다.

아무튼 선재는 인화 누나를 다시 찾아가서, '길을 거슬러 가는' 경험을 통해 새로운 가르침을 얻는다. "흐르는 것을 따르세요. 흐르지 않는 것을 따르지 마세요"라고. 선재는 흘러간다. 성숙한 이련을 우연히 다시 만나고, 법운을 만나, 인연지어져 있는 사람을 거둬들이라는, 다시 말해 "애욕을 비웃지 말라, 보살의 씨앗이다"는 일깨움을 받는다. 선재는 이련을 감당하지만 버리고서 또 흘러간다.

그런데 순진한 보살님들의 큰 반발을 산 것은 폭풍우 속 산등성이에서 11살 선재가 성숙한 이련과 애욕의 씨를 뿌리는 장면이다. 소설에서 있었던 '나이 딜레마'를 영화에서도 여지없이 안고 간 것인가? 혹은 이 영화가 현실성이 없다는 한계를 드러내는 한 약점인가. 아니면, 우리가 뛰어넘고 보아야 할 의도된 장치인가.

여기서 영화를 건너뛰어 보면, 선재에게는 두 번의 죽음이 있다. 한 번은 바다에 뛰어들어 자살하고, 또 한 번은 기진하여 쓰러져서는 저승을 다녀온다. 먼젓번은 등대지기의 사위가 건져 주어 살아나고, 뒷번은 관세음보살로 화현한 어머니의 힘으로 깨어난다. 현실 속에서 벌어지는 자살과 구원을, "이 세상에 홀로 있는 것은 없다"는 인간애를 통해서 호소한다. 즉 사랑으로 하여, 인간 스스로 인간을 구원한다는 것이다. 그렇지만, 끝없는 구도, 길 위의 삶은 기진맥진하리만큼 벅차고, 진리의 궁극적 문제인 생사와 구원은 현실에서 도무지 이뤄지지 않는다. 선재의 꿈이었는지, 아니면 정말 저승을 다녀온 것인지, 아무튼 선재는 비현실 속의 인물 어머니를 통해 그 문제를 풀어낸다.

삼베 한복을 입고 연꽃을 든 어머니 이미지는 영화의 처음과 중간에 이미 삽입(insert)되어 복선으로 작용하는데, 이 점은 자칫 초월적 의미로 해석될 수 있는 부분에 대한 세심한 연출이었다고 보인다. 뿐만 아니라, 선재가 그렇게 찾아 헤매던 어머니와 만난 장면은 비현실 공간에서 이뤄진 것이지만, 그 상황만은 지극히 평범한 일상의 모습으로 연출되어 있다. 한옥의 방문을 열고 밥상을 들여오는 어머니, 편안한 잠자리에서 일어난 아들 선재, "어서 먹자. 따스할 때 먹자꾸나 선재야"라고 건네는 일상의 대화 등, 이런 장면들은 궁극적 진리 또는 구원의 문제에 리얼리티를 담으려고 애쓴 장치이다. 선재의 죽음이란 극단의 처방은 가장 비현실적일 수 있지만, 그런 노력으로 영화는 어느 정도 리얼리즘을 확보한다.

이 리얼리즘적 기도는 선재가 발 디디고 있는 땅의 모습을 조명하는 데서 더욱 극명하게 드러난다. 선재가 죽음에서 깨어나 정신을 차려 본 주변은 쓰레기로 몸살을 앓고 있는, 흙도 물도 썩어 가는 강가였다.

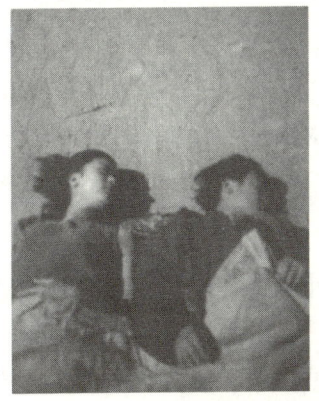
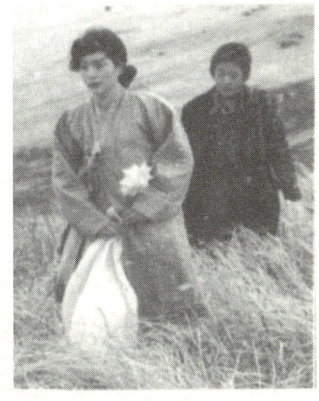
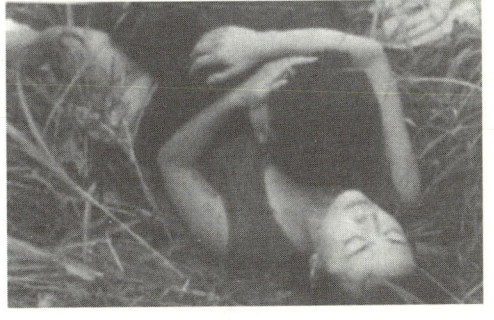

▲▶ 꿈 속에서 어머니를 만난 선재
▲◀ "애욕을 비웃지 말라. 보살의 씨앗이다"
▶ 폭풍우 속 산등성이에서 선재와 이련.

마치, 주검의 재를 뿌리는 극락강을 너절한 모습 그대로 잡아 보여주던, 결코 애절한 서정에만 호소하지 않았던 깊숙한 의도를 불쑥 수면 위로 떠올리는 영화의 첫 장면처럼, 쓰레기가 넘치는 강가는 어머니와 밥상을 마주하던 따뜻한 앞 장면을 극적으로 반전시키며 강도 높게 접근해 온다. 강물에 빠져 잃었던 정신을 되차린 선재는 한동안 넋놓고 운다. 울다가 문득 깨닫기라도 한 듯 더러운 흙을 파서 꾸역꾸역 먹고, 먹을 수 없게 오염된 강물을 손으로 움켜 퍼 마신다. 이 당혹스런 역설의 행위 뒤에, 그는 자기 이름이 새겨져 있어 어머니를 찾을 수 있는 유일한 징표이기도 했던 담요를 진흙탕에서 건져올려, 그 한 자락을 끌면서 또다시 길을 간다. 장면장면들은 마치 행위 예술의 그것처럼 강렬한 메시지를 가지고 보는 이에게 다가온다. 이로써 선재는 꿈을 좇는 일을 버리고, 만신창이 같은 육신을 끌고 현실 속으로 되돌아온다. 감독은 나그네길의 절정을 이처럼 삶의 끝 죽음에다 놓고, 이것을 다시 현실로 끌어내려서 본다. 즉, 초현실과 현실, 꿈과 현실로 잇대어 '영화의 주제적 현실' 을 연출했다.

이로써, 선재가 가는 길은 이전과 다른 의미를 담는다. 지금까지 것을 모두 버려야 비로소 현실이 있다. 마치 일장 춘몽처럼 깨버리고 원래 자리, 현실로 돌아나온다.

현실로 돌아와 보면, 언제 만나 살림을 하고 있는지, 이련과 트럭 행상 청년 지호가 길 위에서 부부싸움을 하는 장면이 이어진다. 만삭인 이련은 떠돌이살이에 지친 모양이다. 이련은 붙잡는 지호를 뿌리치고 울면서 길을 간다. 이때 구성진 피리 소리가 들린다. 곡조를 끝내고, 선재는 읊조리듯 잔잔한 소리로 말한다.

"세상은 자신을 잃어 가면서 세상이 된대요. 하늘은 비를 잃어 허공이 되고요, 강은 강을 잃어 바다가 되죠. 꽃은 꽃을 잃어 열매가 되고요. 나는 또한 마음을 잃어 허공이 되었어요. 마음을 잃어야 해요. 그렇지 않으면 탐내고 원망하고 다투는 어리석은 고통의 바다를 헤어나지 못해요."

이것이 긴 나그네길에서 선재가 스스로 깨달은 내용이다. '자신을 버리라'는 일깨움은 이런과 지호 두 사람에게 다툼을 멈추고 자신의 길로 돌아가게 한다.

이렇게 현실로 돌아가는 '영화의 주제적 현실'을 놓고, 이야기를 되돌려, 11살 선재가 애욕의 폭풍우에 휘말린 문제를 생각해 보자. 전후 맥락을 끊고 그 장면만 놓고 보면 격이 맞지 않는 애욕이다. 그래서 비현실적이고, 순진한 불교인이라면 더욱 용납하기 어려웠으리라. 그런데 선재가 말하는 것은 결국 현실이다. 진리의 관념성, 잘못에 사로잡혀 있는 현실의 비현실성, 환상, 꿈을 깨버린 후, 있는 그대로의 현실이다. 여기에 당도하기 위한 '단계적 현실'이 있는 것이 아니다. 한 인간 선재의 현실을 개선하여 성숙한 단계의 선재가 있고, 이렇게 나이를 먹고 단계적으로 익어 가야 할 문제가 아니다. 비유하자면 꿈에 단계가 있는 것이 아니고, 눈뜨면 아침이듯, 현실은 항상 지금 여기에 있는 것이다.

이렇게 보면, 나이와 세월의 문제만 그런 것이 아니다. 속된 일을 가리지 않고 두타행을 하는 가운데 지혜를 말하는 떠돌이 스님 법운, 스스로 낮은 사람이 된 욕쟁이 의사 해운, 허무가 진짜 병등이라고 말하는 장기수 투사 해경 할아버지, 진리는 멈춰 있는 것이 아니라 흐르는 것이라고 하던 꽃을 접는 장님 인화 누나, 진리를 시공의 끝으로 확장시켜 부재와 존재를 말하는 천문학자 김박사와 아들, 혼자 살면서도 혼자가 아님을 가르쳐 준 등대지기 등, 이들은 선재에게 가르침을 주었던 사람들이다. 이 만남들과 가르침 또한 버려야 할 것이다. 선재가 법운이 준 피리와 인화 누나가 남긴 종이꽃을 강물에 미련없이 던져

버리는 것처럼.

　말하자면, 영화『화엄경』은 애써 만든 영상들을 지워 버려야 하는, '날것'의 현실만을 우리에게 내밀어 놓는다. 밤늦게 일터에서 돌아오는 여인 이련을 집까지 '한번쯤' 바래다 주는 일, 새로 태어난 이련의 아기에게 담요를 건네 주는 일, 떠돌이 삶이 들어 있을 배낭을 벗어 고아인 주완이에게 지워 주는 일, 그리고는 고물들을 줍는 일이라도 해서 부끄럽지 않게 입치레하는 일 등등, 이런 일들은 그럴듯한 의미 또는 진리를 덧붙일 수 없는, 있는 그대로 '날것'의 현실일 뿐이다. 거기다 대고 인생은 고해(苦海)이다, 무상하다, 업보(業報)이다, 지혜로워야 한다, 착하거라, 있는 것도 아니고 없는 것도 아니다, 진정한 평등은 어떻다, 참된 가르침은 이것이다……라고 말하는 것은 부질없는 일이다.

　그렇다면, 선재에게 변한 것은 아무것도 없다. 사회에서 소외된 빈민층을 벗어날 수 있는 것도 아니고, 그렇다고 그가 그 동안 뭔가 배운 것이 있어 전문인이 된 것도 아니다. 우리 사회는 버려진 사람은 버려진 그대로, 몸살을 앓는 환경은 앓는 그대로 거의 방치한다. 종교도, 정치도, 자선 사업도 구원이 못 된다. 스스로가 아니면 구원이 없다고 해야 할 것 같다. 이렇게 문제를 열어 놓은 채 영화는 끝난다.

　위에서 말한 영화의 주제적 현실은 모든 껍데기를 벗은, 종교적 절대 교의도, 어떤 사상 이념도, 어떤 고집 어떤 마음조차 아예 벗고서 '날것'으로 돌아온 현실을 뜻한다. '인스턴트' 시대에 '날것'이라…… 영화『화엄경』은 이 강렬한 '날것'의 주제 의식, 꽉 짠 주제 의식 때문에 홍행에 실패했는지 모른다. 날것은 당장 먹을 수 없는 것이다. 그 요리 과정은 영화 밖에 있기 때문이다. 하지만 영화 밖은 밖대로 현실을 현실 그대로 보지 않는다. 이떤 이념으로, 어떤 이해 관계로, 탈이데올로기라는 또 다른 이데올로기로, 형형 색색으로 덧칠하여 있는 그대로 보지 않는다. 그래서 우리는 한계를 넘고 싶다.

5. 맺는 말

영화 『화엄경』이 소설에서 벗어나서 말할 수 있었던 것은 소설 밖으로 나올 수 있었던 각색 때문일 것이다. 인물을 재구성하고, 과감하게 현실을 삽입할 수 있었기 때문에 화엄경에 대한 새로운 해석을 낳았다.

그러나 그 현실과 관련한 주제 의식이 지나치리만큼 강하여, 영화 속으로 소화시키지 못하고 '날것'으로 드러난다는 점에서 이중적이게 된다. 어머니/진리 찾기가 환경 문제와 어떻게 매개되는지, 끝장면에서 가난한 사람들의 삶의 모습에서 건강성을 말할 때 그들의 앞길에 어떤 비전을 가질 수 있는지. 영화가 감상적 서정을 배제하려고 하지만, 결국 그런 한계 속에 있다는 비판을 면하기 어려울 것이다. '날것'을 설교하고 주입하는 것은 곧 식상하게 만들기 때문이다.

현실 문제를 끌어들이기 위해서는 더욱 치밀한 매개를 설정하는, 구성의 밀도를 요구한다. 그래서 주제 의식이 강할수록, 너무 많을 것을 얘기하기보다 말하는 기법을 찾는 절제가 더 중요하다. 영화가 문학에 기대하는 것은 스토리가 아니라, 표현과 구성이 주제와 밀도 있게 나가는 방법이다. 영화 『화엄경』은 이런 면에서 많은 것을 남겼다. 스토리에 연연해 하지 않고, 주제를 어떻게 영상화할 것인지를 고심하여, 소설보다 훨씬 뛰어난 리얼리티를 확보할 수 있었다.

여기서 더 나아가 우리가 고민해야 할 것은 『화엄경』처럼 주제를 현실로 향해 열어 놓는 경우라 하더라도, 치밀한 매개를 통한 간접화가 따라야 한다는 점이다.

'유리(羑里)'의 기원과 현실적 의미

박상륭 원작『죽음의 한 연구』, 양윤호 감독 영화『유리』

노귀남

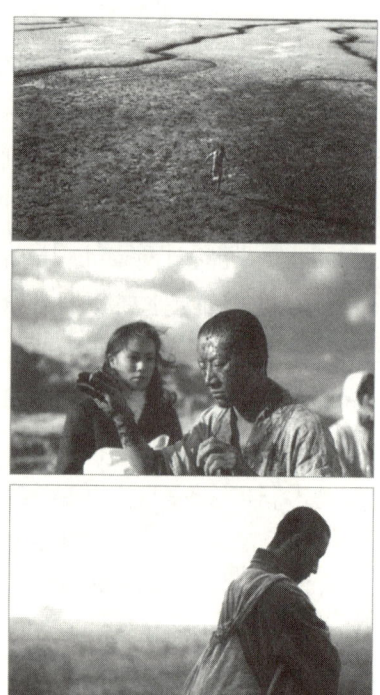

1. 독수리의 눈

이렇게 시작하자, 소설도 방편이다. 박상륭(朴常隆, 1940~)의 소설이 죽음까지 포함한 인간의 궁극적인 문제를 탐구해 들어가는 구도자의 또는 구도적 소설이라고 한다면, 더욱더 소설은 그 궁극적 주제에 대한 한 방편이다. 달을 가리키는 손가락을 버려야 달을 본다. 소설 또한 버려져야 한다. 현실의 실상(實相)을 보고자 한다면 말이다.

『죽음의 한 연구』는 1973년에 탈고하여 1975년 '한국문학사'에서 간행했다. 3년 넘게 매달려 힘써 쓴 작품이었지만, 크게 주목을 받지 못했다. 그러다가 1986년 '문학과지성사'에서 다시 출간한 후 1997년에 초판 21쇄를 내고 곧 이어 재판을 냈다. 아주 늦게야 꾸준히 읽힐 수 있는 작가로 자리잡아 가고 있는 셈이다. 이처럼 박상륭에 대한 독자의 범위는 아주 천천히 넓혀지고 있고, 김현이 고백했듯이, 그의 소설 또한 한 숨에 읽히지 않아서, 아주 천천히 두고두고 보아야 할 것이다.

정말, 박상륭의 소설 읽기는 주제는커녕 길조차 잃고, 그 숲 속을 헤매다 어디로 어떻게 나왔는지 모르고 책을 덮고 마는 지경이 된다. 그의 문체는 개미지옥에 빨려들 듯하고, 읽어보겠다고 기어든 이를 눈밝은 독수리가 채어내 주지 않는다면, 거기서 영 헤어나올 수 없는 것 같고, 하여도 또 독수리 밥이 되고 말 것이니, 참으로 난처하다. 개미지옥을 무너뜨리고 매잡이가 사냥감을 돌려받을 길은 어디에 있을까.

우리는 고민해야 한다. 요리할 방법[길]부터 찾아야 한다. 헤매다가 숲은 못 보았지만, 가지가지 무수한 나무는 보았다. 기독교, 불교, 샤머니즘, 음양사상, 단군 신화, 오시리스 신화 등등 온갖 교의(敎義)와 이즘이 등장하고, 문학의 기원을 탐색하는 신화 원형적 심상, 인간 심리의 심층을 파고드는 프로이트적 근친 상간 모티프와 오디푸스 콤플렉스, 융의 아미무스/아니마와 같은, 성(性)의 그림자로 드리운 양성성

(兩性性)과 집단 무의식, 『티벳 사자(死者)의 서(書)』를 소설로 재구성하는 듯한 '바르도'에 대한 추구, 이처럼 복합적인 세계를 용광로처럼 녹여 『죽음의 한 연구』를 말한다. 문학적 영향 관계를 거칠게 보면, 인류학자 프레이즈가 『황금가지』에 엮어 보여주었던 신화 세계의 문학적 차용과, 제임스 조이스의 의식의 흐름, 엘리어트의 『황무지』를 연상시키는 황무지 유리(羑里)의 재생 또는 구원 심상 등이 중요한 소설적 담론으로 재생산된다. 뿐만 아니라, 작가의 전라도 고향말과, 모국의 역사 가운데 집단 의식과 같은 것으로 이어지는 처용 설화, 구전 가요, 이상의 「오감도」 등이 소설의 짜임 속에 스며들어 있다. 이런 방대한 세계에 걸쳐 있는 박상륭의 소설을 어느 가닥으로 다시 짜내려 읽어야 할까. 김진수가 "극미의 존재론으로부터 시작하여 극대의 우주론을 포괄하는 하나의 장대한 형이상학적 세계를 구축하면서 인류의 도정 전체를 조망하는 사상과 종교의 백과사전을 이루고 있다"고 평가했듯이, 박상륭은 참으로 감당하기 어려운 문학 세계를 가고 있다.

한국의 당대 문학에서 박상륭의 위치를 찾아보면, 그는 우리가 거의 경험해 보지 못한 유별난 세계에 놓여 있다. 문체도 그렇고, 소설의 소재 내용도 그렇다. 그리고 그는 1969년 3월 캐나다로 이민 가서, 만 30년이 넘었는데, 자신이 '이민감(移民感)'이라고 했던 한 고독 의식을 문학 속에 풀어 놓기도 한다. 그 사이 그의 글쓰기가 한국 현실에 직접 몸담고 있지 않았다는 측면에서도, 그를 한국 문학으로서의 '현실감'으로 읽기는 쉽지 않다. 이런 까닭에 한국의 비평가들이 역사적으로 구분할 때, 그가 들어갈 자리를 잘 찾지를 못한다. 그의 문학 속에서 탐구하는 인간의 죽음과 삶에 대한 '보편적 주제', 글쓰기 방법과 대상으로 삼은 '세계적 공간' 등은 언뜻 보기에 '현실 속의 구체성'을 별로 문제삼고 있지 않은 듯하다. 그래서 그는 한국 작가로 국한되기보다 이미 세계 작가로 우뚝 서 있는지 모른다.

그러나 이제, 우리는 그에 대한 과장된 찬사나 무지를 되돌아보아야 하지 않을까. 문학을 다루는 섬세한 논증의 뒷받침 없이, 겉으로 드러나는 형이상학적 종교적 내용으로 판단하여 비현실주의적으로 평가하거나, 그를 한국 문학의 이물감으로 치부하기보다, 진지한 리얼리즘적 관점에서 새겨 읽을 필요가 있다. 현실을 보는 시각의 폭을 넓히기 위해 높이 나는 '독수리의 눈'을 요구하고, 그 현실을 다시 장악하기 위해 매잡이의 솜씨로 독수리를 지상으로 끌어내려야 한다.

이 점을 화두로 삼아 『죽음의 한 연구』를 현실주의의 눈으로 읽고, 이것을 바탕으로 해서 영화 『유리』(감독 양윤호)를 살펴보고자 한다.

2. 유리(羑里)의 기원

『죽음의 한 연구』에 나오는 '유리(羑里)'는 소설 속의 한 공간이자, 33세 청년 구도자 '나'의 이름이다. 유리는 원래, 은대(殷代)의 감옥〔牖〕 이름이며, 또 땅 이름으로, 하남성(河南城) 탕음현(湯陰縣) 북쪽에 있는 유성(牖城)을 이른다. 은의 주(紂)가 주(周)의 문왕(文王)을 그곳에 가두었는데, 그 유배지에서 문왕은 복희씨가 그린 괘(卦)에 대해 총설하여 「괘사(卦辭)」를 완성했다고 한다. '유(羑)'자는 사람을 선(善)에 나아가게 하다는 뜻을 담고 있다. '유리'는 그러한 뜻들을 상징한다. 또, 우주의 생성 원리와 자연의 이치를 밝히는 역(易)의 음양 사상이 나온 산실(産室)이었던바, 죽음 같은 유형지이자 생성의 땅이라는 양면성, 즉 음과 양, 죽음과 삶을 하나에 품은 양성성을 상징한다. 이러한 상징은 "마른 늪에서 고기 낚기"라는 화두로써, 살인의 죄값을 치르는 형벌처럼 '유리'를 사는 유리에게 주어져 소설적 구성을 이뤄 간다.

그러나 그러한 소설적 상징으로 말하는 '유리' 가운데에, '유형지'와

'음양 사상'이란 원관념 이 그 고유 명사에 담긴 원래의 뜻대로 유지되 는 것은 아니다. 이야기 속에 나오는 '유리의 전 설'에는 어부왕 전설을 끌어 썼다. 유리의 육조 촌장이 되는 유리에게 중국 선종의 여섯 번째

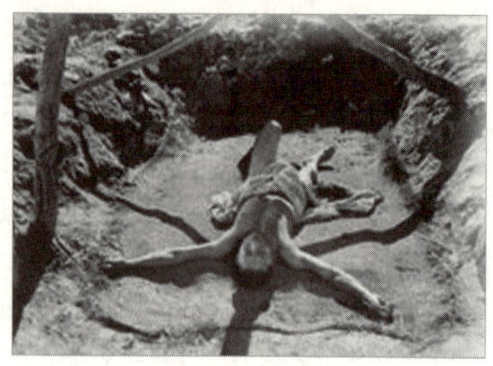
'마른 늪에 고기 낚기'를 하다가…

종조인 혜능의 모습이, 또한 이집트의 오시리스의 신화가 겹쳐지며, 촛불승의 밀고가 발단이 되어 결국 형장에서 나무에 매달려 죽음을 맞 는 모습에는 유다에 팔려가는 예수의 심상이 겹쳐진다. 뿐만 아니라, 유리는 죽음 직후의 49일 동안의 상태를 뜻하는 '바르도'와 같은 것 [곳]이며, 또한 '탄트라'의 수행자이기도 하다. 이처럼 유리는 앞에서 말한 사상, 종교, 신화 등이 겹쳐지면서 혼융된 심상으로 변화시켰기 때문에, 그 원관념은 이미 날것이 아니라, 문학적 제조품이 된다.

그러면 이 제조품 『죽음의 한 연구』로써, 작가는 신화도 종교도 사 상도 아닌, 그 무엇을 말하고자 하는가. 또는 우리는 그 소설에서 무엇 을 '스스로' 얻을 것인가. 그가 끌어 쓴 종교 따위를 알고자 한다면, 우 리는 차라리 원전을 찾아 읽는 것이 원뜻에 더 안전하고 정통하게 다 가갈 것이다. 그렇지만, 그렇게 끌어온 것들의 소설적 의미는 무엇인 가. 또는 왜 그것들을 소설로써 말하고자 하는가. 소설 방편으로 찾고 자 하는 것은 무엇인가.

소설을 만드는 데는 소설적 방편이 있다. 구성(構成, plot), 즉 이야기 를 꾸리는 방법에 의해 소설이 만들어진다. 이 소설에서 구성의 실마 리는 길이 된다. 길은 '나', 유리에게 매우 중요한 구도의 과정, '도

(道)'로서의 '길'을 뜻한다.

그 길에서 종내 하나의 의문만을 얻어내고, 〔…중략…〕 저 길의 끝까지 닿으려면, 이 늙은이는 다른 새 미투리로 바꿔 신어야 될지도 모르며, 눈 꼽만큼쯤 더 늙어질지도 모르는데도, 그러나 길은, 전혀 그런 시간 관계 위에 놓여져 있는 것처럼은 보이지 않았고, 그럼에도 그것이 흐름과 따져 질 것이란다면, 모든 찰나 위에 길 자신의 모든 것을 노출해 버리는, 그것 은 차라리 하나의 점(點) 같은 것이었다. 그것은 수륙 육만 리의 길로 감 아진 한 늙은 꾸리와 꼭 같은 것이었는데도, 그러나 그것을 통과해 나간 다고 할 때 그것이 신발에 구멍을 내버린다는 일은, 그것이 공시성(共時 性)을 잃는다는 의미인지도 몰랐다. 그러나 이러한 수수께끼를 푼다는 일 은 나의 일이 아닌지도 모른다. 다만 산(山)독수리의 눈으로 지렁이의 고 뇌는 헤아리지 말 것이다. 아, 말 것이다. (재판본 상권 19-20쪽)

유리는 세상의 길을 다 보고 싶은 것인가. '길'을 흐름으로 따져 본 다면, 길이 닿지 않는 곳은 없을 터이니, 그 길의 모든 것을 노출시킨 찰나는 흐름이라는 시간성을 떨치고, 한 순간 한 꾸리로 뭉뚱그려지는 '점' 곧 '공시성'을 얻는다. 말하자면, 시간성이 공간성으로 바뀐다. 그러나 길을 가는 자의 신발에는 구멍이 뚫리는 일이, 곧 공시성을 잃 어버리는 일이 벌어진다. 이 길의 '모순'이 유리에게 의문이사 짐이 된 다. 이 모순은 몸으로 증명할 길이 없는 말, 번뇌를 일으키는 '사변(詞 煩)'이지만, 분명 '길'은 신발에다 구멍을 내고 마는 '세상살이'다.

그래서 우리는 유리가 어떻게 가는지 주목해, 유리의 길의 무게를 세 상살이 곧 현실에 실어 살펴본다.

'나'가 유리를 찾아가는 길에서 처음 만난 늙은이는 유리에서 떠나 오는 중이던 도보 고행승이다. 늙은이는 흙 이겨 암자를 짓고 여생을 한번 단단히 붙들어 매고 싶어했지만, 바람처럼 정처 없이 길을 따라 길이 부르는 대로, 백팔염주 헤아리듯 그저 걷는 것으로 인생을 말했다.

이 늙은이가 자기 길의 한 가운데에서 느닷없는 죽음을 보여준다. 입에 흙을 한입 물고 죽은 그 얼굴에서, 유리는 자기의 죽은 얼굴을 본다. "내가 늙어 어느 녘에 죽었구나" 라고.

몸, 흙집, 죽음──이것은 땅 위의 길이고, 현실이다.

유리에게 길은 곧장 죽음의 문제가 된다. 늙은이 죽음 때문에 이미 그가 겪은 두 죽음, 스승과 스승 친구 혈루병자 죽음이 자신의 문제, 죽음 문제로 다가온 것이다. 스승은 죽으면서, 장례도 치르지 못하게 하고서는, 한 40일 유리에서 살도록 '나'를 쫓아버리듯이 길을 떠나 보냈던 바, 그 길에서 또 한 늙은이의 '죽음'을 보게 되었으니, 난감하여 자신에 속한 모든 것, 옷마저 벗어던지게 했다. 차라리 '살해나 육교(肉交)'로 몰아가는 어떤 공포, 외로움, 숨막힘으로 사막 같은 '유리'가 '나'에게 다가왔다.

유리는 한 수도부를 만나 육교를 치뤄 거추장스럽기만 하던 동정을 떼어내 버린 후, 탐욕의 화신 같은 존자라는 와선승(臥禪僧)과 그 문하생 애꾸눈이, 이 두 중을 살해한다. 이 '육교와 살해'는 유리 속에 있던 어떤 공포나 숨막힘을 분출시킨 것인가. 원한도 증오도 가질 만남도 아니면서 저질러 버린 살인, 시작도 끝도 없는 의문으로 괴로워할 때, 스승만큼은 늙었을 한 중을 만난다. 그는 유리의 괴로운 고백에 대해 "마른 늪에 고기 낚기"라는 화두를 던진다. 그의 예언대로 그마저도 죽이는데, 그런 다음에야 비로소 그가 자기 스승임을 알아본다.

아비이자 스승을 압살한 유리. 살불살조(殺佛殺祖). 이런 이야기 전개가 어떻게 '구도적 살인'이며, 관념을 죽이는 일일까. 과연, 현실을 살리는 '리얼리티'를 얻을 수 있을까. 유리가 마른 늪에서 고기를 낚는

'길'을 얻었거나, 거기에 버금가는 깨우침이 있었다고 하더라도, 어디까지 '유리'는 상징이고, 작가가 정교하게 재구성한 '허구의 공간'이다. 거기에 신화를 끌어왔어도 신화가 아니고, 교의를 풀어 놓아도 종교가 아니다.

그러니, 문학으로서 말해야 하지 않은가. 신화 문학적 원형을 밝히거나, 또는 심리주의 같은 비평의 그물을 던진다면, 한 배 가득히 참으로 풍성한 문학적 수확을 거둘 만하다. 그렇더라도 그 수확에만 유혹될 일이 아니다.

사투리와 독특한 어투로 개성을 만들어내는 문체 미학은 문자 서사에 입체감을 주고, 또한 읽는 재미도 듬뿍 안겨준다. 거기에다 어휘가 구성해내는 짜임새까지 한 올을 다투는 정교함을 보여준다. 이를테면, 자녀(姿女)를 말했더라도, 이 속뜻의 구성은 자녀(子女)이게 관계짓는 혈루병자의 죽음과 환생(還生). 사부(師父)의 부(父)만 아니라, 혈육의 부(父)도 겸해서 꾸려지는 아비—이 아비는 친구를 환생시켜 자녀(子女)로 삼고서, 이 딸을 자녀(姿女) 곧 수도부(修道婦)가 되게 한 아비이기도 하니, '나'와 수도부는 오누이 사이이며, 또 그것을 암시하는 날줄을 죽은 남편 오시리스를 부르는 누이 이시스의 노래로 짜 엮을 때, 거기에 치밀하게 계산된 문학적 장치로 무엇을 말했던가. 이것은 색욕 또는 '간음'이 아니고서는 이뤄질 수 없는 삶과 죽음, 참으로 황폐한 삶이고 가망 없는 죽음이다. 수노부가 '촛불승의 강간 때문에' 죽게 되는 문제는, 삶과 죽음의 윤회에서 필연적 고리가 되는 색욕 또는 '간음'의 문제에서 작은 한 부분일 따름이다. 이런 정도의 간음의 황폐성은 '정절(貞節)'을 훼손시킨 윤리적 차원의 의미에 치우쳐 파악한 것이다. 우리는 더 근원적인 황폐성, 삶과 죽음과 간음의 문제에 대해 더 질문해 들어가야 한다.

유리가 가는 길은 언제나 죽음을 상징하는 해골을 끼고 있었고, 절을 해도 죽음을 향해 하듯 재배(再拜)를 했다. 이 황폐한 죽음에 재생을 담고자 욕망한다면, 또는 마른 늪에서 고기를 잡고자 한다면, 세례를 받아야 하는가, 돌멩이라도 던져 고기를 보여야 하는가. 종교는 준엄한 목소리로 "간음하지 말라!"는 계율을 가르치는데, 이 외침이 어디를 비집고 소설 속의 한 자리를 차지할 수 있을까.

색욕 또는 '간음' 없이 이뤄질 수 없는 삶과 죽음, 이것을 '간음의 역설(逆說, Paradox)'이라고 해 보자.

> 내가 어머니의 옆구리라도 열고 태어나지 않은 이상엔 내가 이 세상에 태어났었을 때 벌써, 그 동정을 떼이고 말았던 것이다. (상권 49쪽)

이 세상에 태어나는 일, 목숨과 삶 자체가 이미 간음으로 시작된다. 음욕은 생명을 탄생시키는 원천이다. 음욕은 또한 촛불중의 경우처럼 생명의 늪을 고갈시키는 화염이며, 간음이다. 그런데 우리 상식으로는 음욕을 간음과 동일시하지 않는다. 음욕에 대해 금기 또는 선악의 경계를 만들어서는 그 의미를 그렇게 '제도화'한 것이다. 그러나 어디가 그 경계이며, 이 경계를 과연 누가 만들 수 있다는 말인가. 아마, 혈루병자는 그 딜레마의 덫에 걸려 죽어 갔을 것이다. 그는 한 속녀(俗女)를 애착해 파계한 중이었다. 환속한 뒤로는 정작 고자로 지내, 속녀와 밤잠을 자기를 꺼려하다 마침내 혈루병이 걸리고, 황폐의 냄새를 풍기다가 죽었다. 스승은 유리에게 그의 죽음을 '계집으로부터 도피해 가며 계집의 자궁으로 드는 죽음'(상권 33쪽)이라고 말했다. 이 말은 한 목숨의 중생살이가 한 번 태어나서 한 번 죽는 것으로 끝나는 것이 아니고, 윤회(輪廻)하는 것이어서, 다시 자궁으로 드는 죽음 즉 '환생'을 할 수밖에 없다는 뜻이다. 이승 일도 모르는 터에, 전생(前生)과 저승을 어떻게 알며 어떻게 수용하랴. 유리도 처음에 그렇게 생각했을 것

이다. "윤회며 재생은, 그 가장 두
려운 그러나 타도해 버려야 할 적
으로 생각되어진다. 그래서 그 고
리로부터 영구히 벗어나는 일은,
자기 소멸을 완전히 성취해버리
는 일처럼 여겨지는 것일지도 모
른다. 나는 모른다. 아 그러나, 젠
장맞을, 〔…중략…〕 하긴 계집이
여, 내 한 번 품어 주마"(상권 33
쪽). 이렇게 하여 벌거벗은 몸으
로 유리가 유리를 향해 내달았을
때, 그는 다시 알몸으로 계집의
'자궁' 속으로 뛰어든 셈이다. 말
하자면, '유리'는 계집의 자궁을
상징할 수밖에 없는 현실 공간이
며, 또 그 현실의 계집은 '수도부'
이다. 이 이중적 상징 속에서, 윤
회와 재생을 종교적으로 말하는
것이 아니라, 소설적으로 풀어간
다.

　그런데 유리는 마른 늪이었다.

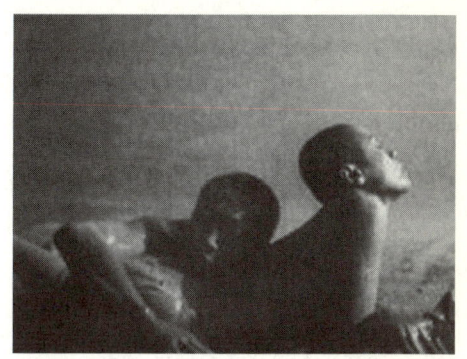

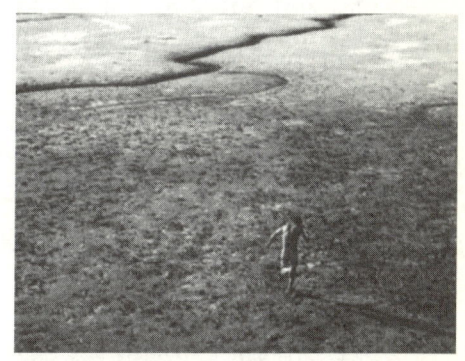

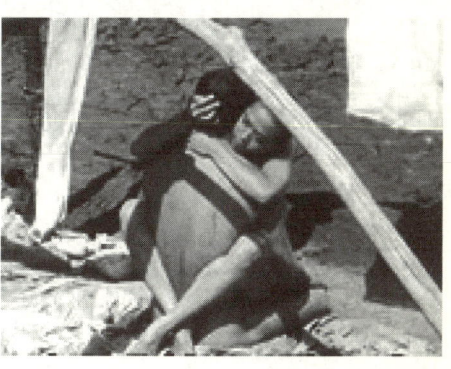

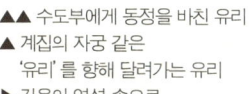
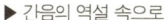

▲▲ 수도부에게 동정을 바친 유리
▲ 계집의 자궁 같은
　'유리'를 향해 달려가는 유리
▶ 간음의 역설 속으로

유리는 '고기'가 살 수 없는 여기서 고기를 잡아야 했다. 근원을 알 수 없는 살인, 죽음 때문이었다. '해골'을 끼고 살 수밖에 없는 차에, 그 땅에서 수도부를 취했으니, '광야에서 은혜를 얻었나니'(상권 187쪽)라 할 만하겠다. 그러나 그것은 오누이 사이의 근친상간이고, 따라서 '간음의 역설'에 걸려든 것이다. 유리는 당시에 그것을 완전히 깨닫지 못했다. 덫이라고 생각했더라도, 간음의 역설 문제가 아니고 단순한 색욕 문제쯤으로 접어 두고("왓대이든 해웃값이든, 그런 것에 관해서 나는, 더 이상 개의치 않기로 했고, ……그런 식의 유리의 세사로부터는, 나는 언젠지 한번 더 출가해 버리고 있었는데" : 상권 207쪽), '나'는 제8일에서 제11일에 걸쳐 '연금술적 혼례'로 상징되는 관념의 세계에 빠져 있었다.

생산과 재생을 뜻하는 '음욕의 연금술'은 '거미와 전갈 따위의 암수 관계'(상권 187-189쪽)로 설명된다. 그 관계는 수컷을 분골쇄신하여 집어삼키는 '살벌한 육교(肉交)'인 바, 아내는 남편을 자기 자궁 속에 넣어버린 꼴이다. 계집과 어미의 구별이, 남편과 아들의 구별이 안 되는 이 관계는 '간음'이 곧 재생을 가능하게 하는 힘임을 보여준다. '간음의 역설'이다. 그러나 연금술의 공식이 아무리 치밀해도 거기에는 결정적인 '리얼리티'가 없다.

우리는 현실의 실상을 보고자 했다. 손가락을 잊어버리듯, 지금까지 본 것을 버리지 않을 수 없다. 이것을 유리식으로 말하면, '변절'이고 '개종'이다. 만약, 유리가 '개종'하여 '유리'를 떠나지 않았더라면, 자칭 '존자'였던 와선승처럼 연금술을 파는 모주가 되어 또 하나의 '수도청'을 세웠을 것이다.

나로서는 결코 너에게, 아집이나 오욕을 여의라거나, 해탈을 성취하라고는 말하지 않을 것이다. 그것은 자네의 문제란 말이지. 나로서는 차라리, 자네로 하여금, 어떤 교리 교의 또는 어떤 자들이 먹다 남긴 사상의 찌꺼기 같은 것에 집착하는 것 여의기를, 아집이나 오욕 여의기를 치열히 하는 어떤 자들보다 더 치열히 하라고나 하고 싶은 게야. [⋯중략⋯] 그러니 그저, 붙매이지 않고, 자꾸 변절하고, 자꾸 받아들이고, 자꾸 떠나는 일밖엔 없다구. (상권 25-26쪽)

유리가 수도부를 유리에 남겨 두고서 읍내로 가는 것은, 스승의 암시도 있었지만, 그 보다는 그 스스로 '어떤 종단에도, 어떤 도문에도 속해져 있지 않은, 한 고아 같은 각설이 중'(하권 13쪽)임을 실천하는 일이다. 그는 길중으로서 세상의 길을 보고 싶은 게다. 그 '길'을 가는 데 있어, 도보 고행자는 '가려는 길의 끝까지 이르지 않고서는, 아무런 대답도 할 수 없는 각설이'(상권 330쪽)여야 했다. '어떤 자들보다 더 치열히' 하여 자꾸 변절하고 개종하는 것은, 살기를 발버둥치면서 죽음의 길로 재촉해 가고 있기 때문이며, 성취하지 못한 죽음이 앞에 가로놓여 있기 때문이다.

하여, 읍내는 또 하나의 길, '죽음'을 말한다. 폐허가 된 교회당에 갇혀 있던 목사의 해골로써 신과 그를 간구하는 자의 '죽음'과 부딪힌다. 유리는 교회당에 들어가 '고양이'를 죽이고 인부들에게 불에 굽히는 사형(私刑)을 당한다. 순교로써 구원을 꿈꾸었을 목사는 아무런 이적도 보이지 못하고, 고양이 귀신과 같은 괴담만 무성하게 했다. 읍내는 "만신전(萬神殿) 같은 고장"으로서 "종교 없이는 못 살면서도, 또한 종교와는 살 수가 없는"(하권 12쪽) 모순 속에 세상살이를 보여준 것이다.

그런데 그 읍내는 왜, '창기와 아편과 독주'로 병들어 있는 땅인가.

이것은 신(神)의 문제, '인간의 원죄' 문제에서 출발한다. 한 번 죽은 몸은 두 번 다시 죽지 못하며, 육신을 잃어 염태(念態)만을 갖고 있는 존재로서는, 죄과가 있어 고문을 받더라도 그것은 실제로 체험되는 것이 아니다. 때문에, 죄과를 삭이고 영혼을 맑혀야 한다면 이승에 던져져 살[肉]을 입혀야 한다. 살이야말로 죽음 자체이고 곧 필멸(必滅)이며, 이야말로 '인간의 원죄'이다. 살이 단지 고깃덩어리로서 아무런 고뇌가 없다면야 모르겠으나, 그것의 필멸성을 깨닫는 순간 불멸의 '영혼' 문제가 개입된다. 그래서, 죽을 것이 없는 불멸하는 영성 회복에 대해 소망하는 것, 곧 '불멸성'은 몸의 필멸성의 극복이고 원죄의 극복이며, 이것은 죽음에 대한 소망이 된다.

이것이 신 또는 예수의 죽음으로 보여주고 극복하고 성취한 전부이다. 예수의 육적 부활은 인간에게 중생(重生)의 소망을 심어 주었다. 신의 죽음과 부활로 하여, 죽음이 인간에게 희망으로 보이게 한다. 그 부활을 믿음으로써, 삶은 조금도 비참하다거나, 고통스럽다거나, 고독한 것으로 여겨지지 않을 것이다.

그러나 저 마지막 신의 죽음과 함께, '외적 대상이었던 모든 것이 마음 속에 자리함으로써, 밖에 있던 신(神)도 사탄도 심령 속에서 살아 있는 것'이 되어, 자기 속에 이주해 온 하나님, 자기 속의 중생(重生), 자기 속의 천국을 가꾸는 데 게을리하면, 자기 속에 함께 침입해 든 악령, 사리고 든 죽음 같은 것이 무성하게 되고 만다. 외적 대상의 신이 죽은 것은 인간이 보다 성숙해진 것을 뜻할지 모르나, 독화살 같은 불안, 초조, 절망이 방향도 시간도 없이 날아와 인간의 심령에 꽂힌다. 이 문제는, 자기 밖에 있던 신을 안으로 들임으로써, 자기 심령의 불멸성이 외적 대상으로 환치되는 것, 즉 육(肉)이 죽더라고 그 죽음 속에서 '불멸성'을 찾게 되는 일이 될지도 모른다. 결론짓자면, 해골 속에 뿌리 내린 나무의 한 가지는 불멸성이고, 다른 가지는 필멸성이다. 자기 내면을 돌이켜 보는, 자기 자신을 믿는 문제 속에 '죽음의 문제'가 놓여 있다. 그래서 '유리'는 예수 이름으로 대속받는 것을 바라지 않고, 자기의 짐을 자기가 끝까지 지기를 바랐다. (하권 82-87쪽 참조)

"무신 소 목심 소 팔짜 우에다, 사람 껍데기만 입히놨는가도 모르것다고. 기양 쎄가 빠지게 일만 히어도 말여, 무신 볼 내력이 있어야제." (상권 311쪽)

"만약에 저싱이란 것이 없다고 헌다면, 선업이 암만 무겁단들 그거 머세다 쓰것는그라우?" (상권 313쪽)

"고놈의 바를 정자, 바르게 맘 묵고, 바르게 맹글라고, 뼈를 토막내다본개라우, 뫼이 바르덜 못허고, 뫼이 삐틀어지는디." (하권 94쪽)

몸을 놀려 살아야 하는 사람들의 고통, 이 문제는 어디에서 기원하는가. 신의 심판? 업보? 계급 모순? 어느 것으로 답하든, 산다는 일의 고단스러움은 육신에 근거한다. 살을 입고 난 것에 대한 일차적인 질문을 하지 않고, 그 뒤에 따른 고통의 문제에 대해 신, 업, 계급 등으로 말하는 것은 가지로써 뿌리와 줄기를 대신하려는 것과 같다. 또한 우상을 만드는 일과 같다. 읍내가 만신전 같다고 하는 것은 살을 입고 사는 세상살이에 대해 하나의 '종단'처럼 권력으로 주장하고 답하기 때

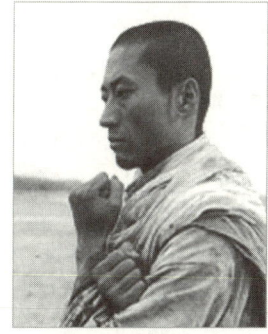

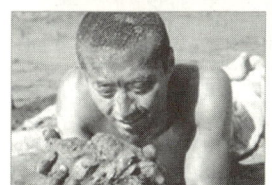

▼ 읍내에서 시련받는 유리

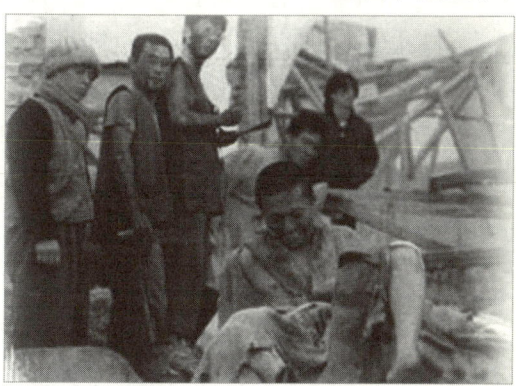

문이다.

이 읍은, 종단에서 축출 파문을 당했거나, 파계 환속한 남자 여자들이 고행을 왔거나 도피해 와서 살다 보니 이뤄진 은둔의 고장이었다. 그 은둔이, 정치적 실권을 장악한 종단에 의해 강제된 파계거나, 또는 개종인지도 모를 일이었으니, 어쨌든 그들의 변절적인 피는 후대에까지 이어져, '무신앙과도 살지를 못하고, 어떤 종교와도 또 살지를 못하는 듯' 했다. 이와 같은 모순과 '불화(不和)'를 간파한, 읍장직을 맡고 있는 장로의 조부가 초대 읍장으로 오면서, 선물로 가져온 것이 '창기와 아편과 독주' 였다. 마침내, 읍내 사람들은 이것을 종교로 삼아, '자기들의 혼신을 제물로 바쳐버린 것'(하권 153쪽)이다. 읍장 집안의 재산은 이렇게 해서 엄청나게 불렸다.

창기와 아편과 독주의 '물신화(物神化)', 그것이 읍내의 깊은 병이었다. 썩어가는 자궁에 자신의 본래 물(物)인 살을 박고서, 자기 내부 신[精神]의 자리를 외부 물신에 내어 주었다. 그러니, 자기 육신의 죽음을 극복해야 할 '인간의 원죄'를 아편과 독주로써 까마득히 잊어버리고, 죽음을 향해 꼬여 들어간다. 읍내 사람은 자신의 원죄를 일깨워 줄 자기 정신(精神)을 잃은 '정신적 고아들'(하권 190쪽)이다. 이와 같은 물신화는 부자와 가난한 자를 가르는 줄기를 쳤을 터, 계급 모순까지도 그 뿌리가 깊어지게 한다.

이런 점에서 읍내는 정신의 죽음터, 공동 묘지이다.

이 읍내 자체의 '죽음' 은 장로의 선친이 실패한 바대로 최고의 신 하나님도 뚫지 못한, 현실에 실존(實存)하는 죽음이다. 즉, 가장 현실적인 삶의 문제에 관계한 현실적인 죽음을 말한다. 이 현실의 벽은 유리를 왜 '유리' 로 돌아가게 하는가. 유리는, 육신의 고통에 허덕이는 사람들의 질문에 답할 수도 없고, 구원을 청하는 장로의 손길도 뿌리치고, 장로의 손녀의 간곡한 구애에도 오열을 토하고서, 왜 또 '개종'을 준비하고 '유리'로 돌아가는가. '결정적인 리얼리티 문제'로 떠났던 그 '유리'는 다시 우리에게 무엇인가.

'유리'는 읍내 현실과 불화(不和)하여 들어가는 유형지다. 정신적 고아가 자기를 견디지 못하고 스스로 '이승'을 등지고 '개종'하여서 가는 '저승'이다. 이곳은 자청하여 선택하는 죽음의 장소, 읍내의 자궁, '마른 늪'이다.

앞에서 보았듯이, '유리'의 역사적 기원은 유형지였다. 소설 속에서 전설로 전해지기로는 유리는 원래 바다였다. 그 바닷물이 '근(根)'에 창병이 든 늙은 촌장 탓'으로 한 번 빠져나간 후로 다시 돌아오지 않고, 소금에 찌든 땅만 남아 햇볕에 쪼들려온 황무지가 되었단다. 이 기원에 의해서 보면, 유리가 '마른 늪'에서 고기를 낚는 일은 원래 바다를 꿈꾸는 것이고, 창병이 걸리지 않은 자궁의 바다에서 수사(水死)를 꿈꾸는 것이다. 따라서 유리는 병이 깊은 읍내 문제를 고스란히 안고서 '유리'로 돌아갔다.

3. 영화 속의 유리

소설에서, 유리는 왜 읍내에서 유리로 되돌아갔던가. 앞에서 살펴본 바대로 읍내 문제는 깊은 창병에 걸린 것과 같은 데 있었고, 따라서 그 해법은 병에 걸리지 않은 자궁의 바다에서 수사(水死)를 꿈꾸는 데 있었다. 이때 죽음은 윤회의 바퀴 가운데 한 고리로서, 곧 자궁에 다시 들거나, 영원히 그 윤회의 고리를 끊고서 해탈하는 것을 의미한다. 이 죽음의 주제를 소설 후반부는 수도부의 죽음과 유리 자신의 죽음을 통해 보여주는데, 『티벳 사자의 서』를 바탕으로 한 상상력과 결합시켜 바르도의 문제까지 포함해서 탐색해 갔다.

영화는 죽음의 문제를 정면으로 다루었다고 하기에는 그 구성이 끈끈하지 못했다. 중심적 구성의 축은 유리와 촛불승의 대결로 보아야 하겠지만, 이 대결을 잘 짜인 주제라고 파악하기에는 문제가 많다. 워낙 무거운 원작의 주제 때문일까. 소설과 영화의 혼동 때문이라고 할까. 아무튼 등장 인물들 구성이 뚜렷한 문제 속의 갈등 관계로 팽팽하게 밀고 가지 못했다. 즉, 영화가 소설에서 벗어나서 독자적인 주제를 살리지 못함으로써, 난해하게 만들었다. 영화는 소설의 해설이 아니라 또 다른 창조여야 한다. 영화도 하나의 완결 구조를 가져야 하기 때문이다. 소설도 보고 영화도 보고, 둘을 상호보완적인 관계에서 이해해야 할 것이라면 영화의 영역은 개척될 수 없다. 이런 문제는 영화가 소설을 원작으로 삼을 때 가장 고민해야 할 점이다.

그러면 무엇으로 영화 『유리』를 말할 수 있는가?

외설과 종교 모독? 아니면, 구도자의 사랑과 번민, 구도자들 사이의

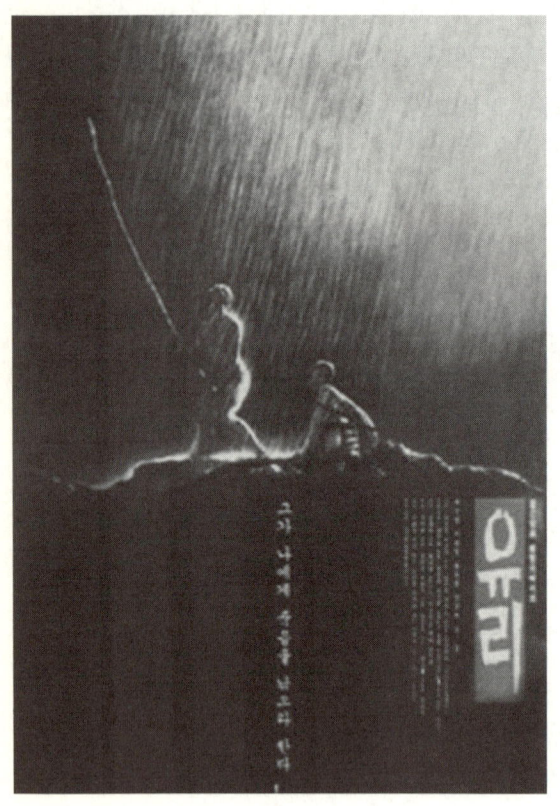

◀ 양윤호 감독 『유리』 포스터. 개봉 당시 외설 시비로 가위질을 당하는 수난을 겪기도 한 영화이다.

질투와 갈등, 죽음의 문제 탐구, 구도적 성취 과정의 시련과 유혹……
아니면, 구원? 보기에 따라 이런 측면들이 뒤섞여 있어서, 무엇을 말하
는지 뚜렷한 한 초점을 잡기 어렵다.

그럼에도 불구하고, 유리의 구도 과정은 중요한 소재이고, 이것을 어
떤 갈등 관계로 구현하느냐가 영화로 말하는 부분일 것이다. 이 문제
를 살펴보기 위해, 신라 시대 부설(浮雪) 거사의 자녀와 인연 있는 월
명암에 전해 오는 설화에서 시작해 보자.

월명(月明)은 오빠 등운(登雲)과 함께 발심하여 수도하고 있을 때, 월
명의 아름다움에 마음이 끌린 부목(負木)이 월명 각씨에게 정욕을 품고
접근했다. 월명은 부목의 간절한 요구를 물리쳐야 할 것인가 어떤가를 오
빠에게 의논했다. 등운은 부목이 그렇게 소원하는 것이라면 한 번 허락해
도 좋다고 했다. 그 후 등운은 누이에게 소감을 물었다. 월명은 '허공에
대고 장대를 휘두르는 것 같다'고 했다. 얼마 뒤 부목은 다시 월명에게 육
체를 요구했다. 월명은 다시 오빠에게 물었다. 등운은 한 번 더 들어줘도
무방할 것이라 했다. 두 번째로 소감을 물으니, 월명은 '진흙탕에 장대를
휘두르는 것 같다'고 했다. 부목이 또 몸을 요구하자, 오빠 승낙을 받고
세 번째도 허락했다. 오빠가 소감을 묻자, '굳은 땅에 장대가 부딪치는 것
같다'고 했다. 이 말을 듣는 순간, 등운은 월명을 그대로 버려둘 수 없다
고 생각했다.

등운은 월명에게 '깨치지 않으면 죽는다'고 결단을 요구했다. 깨치는
길은 오직 부목을 죽이는 것뿐이라고 했다. 애욕과 견성(見性)의 두 갈래
길에서 월명은 어느 한 편이든 선택해야 했다. 아궁이에 불을 지피고 숯
불이 벌겋게 피어오를 무렵, 월명이 부목에게 숯불을 골라 달라고 부탁했
다. 부목은 무심코 허리를 굽혀 아궁이 안에 반신을 들이밀고 숯불을 고
르기 시작했다. 바로 이때, 월명이 그의 몸을 힘껏 아궁이 안으로 밀어넣

었다. 부목이 아궁이에서 나오려고 하자, 등운이 발로 차서 못 나오게 밀어넣었다. 부목은 그만 죽고 말았다.

등운은 월명에게 말했다. "살인자는 무간지옥에 떨어지는 법, 이제 우리가 제도 받을 길은 깨치는 것 뿐이다. 지옥이냐 깨치느냐의 두 길밖에 없다."

두 사람은 그 날부터 용맹정진하여 마침내 깨달았다.

지옥이냐, 성불이냐. 죽는 길이냐, 사는 길이냐. 가장 치열한 선택을 요구하는 데서 삶의 동기 또는 원동력은 극대화한다. 소설과 같이, 영화 속의 주제를 이끌어 가는 동기 또한 살육과 색욕이다. 애꾸눈 염불승, 비곗덩이 존자승을 살해하고, 또 스승까지 죽인 유리가 갈 길은 어디에 있을까. 더구나 그것이 원한에 사무친 무슨 복수도 아니고—그랬다면, 속이라도 후련했을 테지만—우발적이면서 스스로도 알 수 없는 의문투성이의 죽임에 대해, 어떻게 해답을 얻어야 하는가. 단지 스승한테서 마지막으로 얻는 암시, '마른 늪에서 물고기를 낚아내라'는 화두(話頭)뿐, 유리에게 다른 길은 없었다.

그러나 '마른 늪에서 물고기 낚기'가 무슨 의미를 갖는 것인지, 애당초 모순된 것에서 어떤 가치를 찾아낸다는 것은 불가능한 일 아닌가. 도보 고행승(길중)의 말처럼 그냥 길이 부르더란 말이지, 하고 기약없이 황무지 유리를 산다? 유리로서는, 길중이 한평생 길을 가다 길 가운데서 죽었다고 해서 무엇을 얻은 바가 있는 것인지, 그조차도 무의미한 것인지 알 수 없는 노릇이다. 영화의 첫머리대로, 차라리 살육이라도 저지르든지, 온몸을 땀이며 피며 정액에 개같이 범벅을 만들어 구도의 순결성 따위는 장사 지내든지—개에게도 불성(佛性)이 있습니까? 이렇게 의문투성이 속에 처절하게 자신을 던져넣을 때, 촛불승의 삶과 유리의 삶의 방식이 갈라진다고나 할까.

뜨거운 햇볕으로 사막화한 땅, '유리'의 습성에 길들여져 사느냐. 아니면, 그 황무지의 삶을 거스르는 행위, 물고기를 낚아내는 다른 삶을 찾느냐. 길들여진 삶을 거스르는 것은 차라리 형벌과 같은 고행이다. 그래서 그 길을 가고자 한다면 '원죄(종교에 한정하지 않고 보편적 의미로)'를 뒤집어쓰고 가야 하는지 모른다. 이와 같이, 삶을 뒤집는, 피를 묻히는 일이 촛불승에게도 구도의 동기이기는 했다. 장가든 첫날밤, 자기 계집의 방에 친구를 들여보내고 그들을 살해한 후 유리로 떠돌아온 것이었다. 역시, 살인이라는 엄청난 동기에도 불구하고, 촛불승은 유리에서 '장옷(유리 사람들은 뜨거운 햇볕을 견디기 위해 온몸을 가리고 얼굴만 내놓고 산다)'의 편리함 속에 젖어들어 모든 치부를 가리고 만다. 그는 타인을 훔쳐보는 대신, 자신의 남성을 훔쳐보는 행위로 수행을 삼음으로써, 색욕에 탐닉하고 아편이며 수음에 빠졌다. 그럴수록 허전하고, 빈곳에 불만이 싹트고, 불만은 더욱 자극되고 초조해 벗어날 수 없게 된다. 색욕의 덫에 걸리고 만 것이다.

▶ 죽음을 준비하는 유리
▼ 유리와 촛불승의 대결

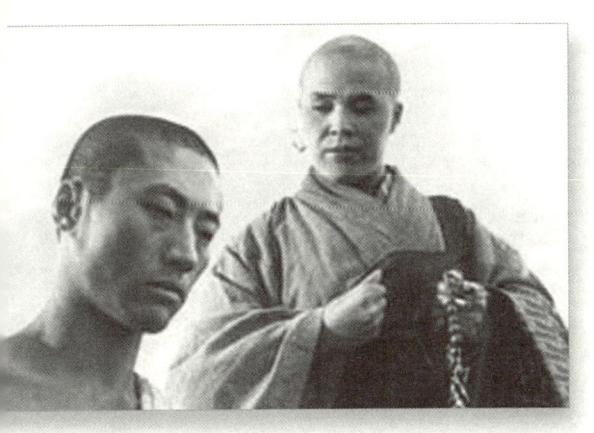

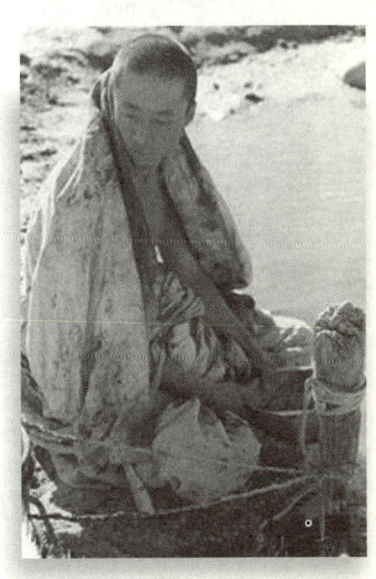

유리 역시 그 스승의 말대로 '색욕이 과한 놈'이다. 첫 장면에, 고행
승 길중을 만나 느닷없이 그가 죽자, 그 주검을 팽개쳐 놓고 알몸으로
뛰어가는 유리의 모습. 이것은 삶이라는 문제 가운데 원초적 욕구, '태
초'로 향하는 일과 다르지 않다. 알몸으로 온 인간, 그 알몸으로 돌아
가 봐야 건더기라도 얻을 게 아닌가.

그 알몸은 원래 핏덩어리다. 손에 피를 묻히는, 존자승과 염주승의
살해를 '일종의 간음과 같은 일'이라고 스승이 말했을 때, 유리 스스로
는 그 의미를 깨닫지 못했다. 살인을 비롯해 인간의 모든 죄의 본질은
자궁에서 시작되는 것, 원죄는 신을 거역하여 금단의 열매를 따먹은
탓이 아니라, 색욕을 발동시킨 탓일 게다. 그래서 문제는 색욕의 덫을
어떻게 푸느냐는 데 있다
고 본다. 발단 이후에 벌어
지는 갈등 관계를 살펴보
건대, 그 문제를 원작만큼
파헤치지 못했다.

수도부 누이, 읍장의 조
카딸인 목사의 딸, 읍장의
손녀딸 등은 유리와의 관

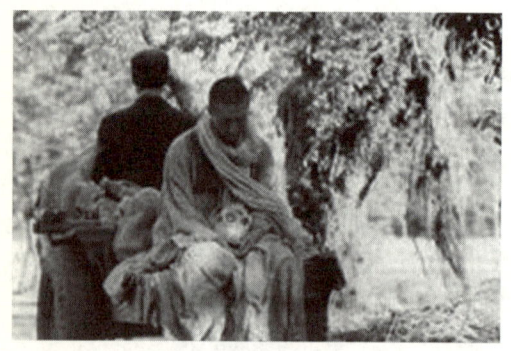

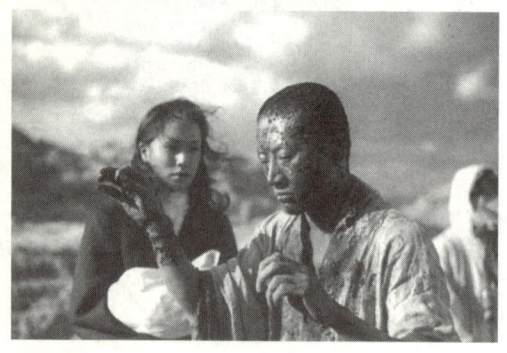

▲ 읍내에서 '유리'로 되돌아가는 유리
◀ 눈먼 유리

계에서 '사랑' 그 자체가 중요한 주제로 모아지지 않는다. 누이와 근친 상간의 문제에 비중을 둔 것인가. 수도부 누이, 유리, 손녀딸 이 세 사람의 관계에는 삼각 관계로 엮는 심각한 사건이 없지 않은가. 타락한 목사 딸까지 포함해 유리가 거치는 여성편력이라 하기도 어렵지 않은가. 그렇다면, 살인과 죽음, 인간의 욕망, 음욕, 질투, 구원의 문제에 이르기까지, 이런 것을 싸잡아 구도의 문제로 초점이 모아져 있다고 보아야 하는가. 이 문제를 끈질기게 물고 들어가는 인물들의 갈등 관계 역시 미약했다.

영화가 주로 소설의 주인공 유리를 충실하게 따라 가려고 애쓰는 바람에, 뒷부분에서 촛불승이 고백하여 밝혀진 유리와의 갈등의 의미를, 앞부분에서는 거의 알아챌 수 없게 만들었다. 다시 말해, 촛불승의 고백을 소설적 주제와 관계 속에서 살피지 않으면, 그 의미를 찾기 어렵다는 뜻이다.

영화의 승부는 치밀한 영화적 구성에 의해 걸어야 한다. 영화의 중요한 주제가 촛불승의 고백에 의존해 해설되어야 한다면, 이것은 서사문학의 특성을 못 벗어난 것과 마찬가지다. 물론 촛불승의 고백의 장면에서, 유리에게 촛농으로 눈을 멀게 하는 예형(豫刑)이 가해 지고, 유리는 끝까지 자기 운명에서 도망치지 않고 육신의 감각을 잃어가는 것을 고스란히 견뎌내고 있는 것과 대조되어, 이 팽팽한 긴장 가운데 촛불승의 고백의 효과는 배가되었다. 여기에 남길 수 있는 의미와 한계를 짚어 보자.

유리는 이미 혀를 잃었는데 이것은 죽은 수도부의 입 속에 넣어 줘 버렸고, 또 시력까지 잃게 되어 서서히 죽음에 직면해 가면서도 그것을 두려워 하여 도망치거나 타협하지 않는다. 이렇게 죽어가는 일이 기실은 촛불승의 질투와 적대감 때문이었지만, 유리는 한 번도 그와 타협도 대결도 하지 않았다. 촛불승은 장옷 대신 양산으로 격을 높여

써서라도 불볕의 '유리'를 '타협해' 살아왔는데, 그런 유리의 모습은 차라리 '혼동'이고 '불화'여서 도저히 넘을 수 없는 벽이었다. 황무지라 할지라도 일상 속에 안주해 살던 촛불승은 질투와 적대감에 떨면서, 유리에게서도 자신처럼 비범하지도 않고, 현실과 타협할 수 있는 인간적인 모습을 보고, 자기 위안을 삼고 싶었다. 그리하여 촛불승은 유리가 사형을 받도록 하는 일에 가담하였던 것이고, 유리가 이 막다른 데에 몰려서는 굴복하고 마는 보통 인간의 모습을 보이는 것을 촛불승은 기대하고 확인하고 싶었던 것이다.

그러면, 죽음은 비범함 또는 초월적인 힘으로만 감당할 수 있는가. 죽음, 이것은 인간 생의 현실 가운데서 제대로 말할 수 없다는 점에서 초현실적인 문제임에 틀림없다. 그렇더라도 죽음은 인간의 평균치에서 현실성을 획득할 수 없이 신과 같은 권능에만 속한 것이 아니어야 한다. 그런 것은 인간의 문제가 아닐 터, 죽음은 인간에게 없다는 모순을 낳기 때문이다.

촛불승의 처절한 고백은 유리의 죽음을 형이상으로 끌고 가는 초점을 비로소 인간 촛불승의 문맥으로 끌어내려 영화 전체를 되씹어 보게 하는 데서 중요한 의미를 갖는다. 그래서 이 영화의 역설적인 성과는 죽음의 리얼리티를 성취하는 데 실패한 데 있었다. 이 실패에서 비로소 사느냐 죽느냐는 문제를 다시 생각할 수 있기 때문이

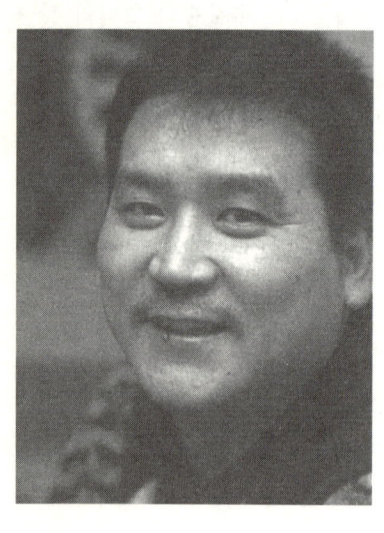

◀ 양윤호 감독

다. 관념적이고 추상적인 영화를 그나마 구원할 수 있었다고나 할까. 다시 말해, 유리가 보여준 목숨을 건 싸움, 구도에 있어서, '마른 늪에 물고기 낚기'가 한갓 관념의 놀음으로 끝나지 않고, 촛불승을 통해 다시 '유리'를 살아가게 하는 동기가 되었다. 현실을 거스르는 삶이란 이렇게 돌이켜보는 데서 출발하고 있다.

4. 맺는 말

뭇 생명의 습속은 인육을 잃는 것을 두려워하면서 자꾸 살 속[자궁]으로 기어든다. 육교의 한 끝에 태어남이 있고 다른 한 끝에 죽음이 있다. 그래서 죽음은 인간에게 가장 육감적인, 육감의 극점이다. 그 다음은 절멸(絶滅), 육감의 단절이자 인육의 해체이다. 이런 죽음을 부정하거나 죽음을 모르는 인간은 인육의 불멸, 부활, 성화(聖化)를 꿈꾼다. 이 꿈은 종종 은밀한 인간의 탐욕으로 발동하여 위선을 떨거나 사이비 교주가 된다. 누구나 죽을 수 있는 죽음, 개도 붙을 수 있는 흘레에다 대고 그 의미에 차별을 지어서 죽음의 성화, 육교의 성화를 말하는 것은 우습다.

그러나 누구나 죽는 죽음 가운데, 죽을 수밖에 없는 죽음과, 두려워하시 않고 수용할 수 있는 죽음 또는 죽음을 선택할 수 있는 힘은 다르다. 이것은 운명의 힘과 자율의 힘의 차이로서, 자율 쪽은 운명과 견줄 수 없는 무상(無上), 무등등(無等等)의 죽음으로 간다. 이것은 죽음에 대한 관념적 탐구나 성화가 아니고, 새로운 인간의 길, 인간의 의지로써 역사를 바꾸는 길을 가는, 다시 말해 몸을 몸이게 하는 육화(肉化)이다. 유리처럼, 성화(聖化)를 꿈꾸는 은밀한 탐욕 따위는 버리고 또 버려 사이비 교주이기를 거부하는 '개종', 여기에 자기 삶의 길을 끝까지 지고 가는 '죽음의 육화'가 있다. 유리는 길과 죽음의 현실을 그렇게 보여주었다.

소설에서 걸사(乞士)랄지 돌팔이 중이랄지 그런 중들이 찾아가는 네 곳의 땅이 사방에 있었다. 운봉, 눈뫼, 비골, 유리이다. 남녘 '유리'를 들어가다 만난 도보 고행승의 말로는 '유리를 사는 힘과 인내로써, 운산이나 눈뫼나 비골을 또한 이겨낼 수 있는 것은 아닌 것'(상권 10쪽)이라고 했다.

이 소설을 읽고 우리가 유리를 사는 일을 보았다고 해서 그것이 한국을 사는 일이 아닐 것은 분명하다.

그럼에도 불구하고, 우리가 유리를 통해서 '지금 여기' 우리 현실과 삶을 생각하는 것은, 소설을 버리고서 유리에서 '개종'하여 현실로 돌아와야 한다는 소설적 진실 때문이다. 우리는 너무나 많은 현실 모순을 안고 있으면서, 아집과 독선에 사로잡혀 '개종'할 줄 모르고 작당을 하고, 파벌을 만들어 헤게모니를 행사한다. 은밀하게 꿈꾸고 있는 탐욕을 스스로 보지 못하고서는 세상살이를 안다고 나설 일이 아닌 것 같다.